"A lady's imagination is very rapid; it jumps from admiration to love, from love to matrimony in a moment."

—Jane Austen

女人的想像力一向不可思議，可以從愛慕一下子跳到愛情，然後一眨眼的功夫，又從愛情跳到互訂終身。——珍・奧斯汀

傲慢與偏見

PRIDE AND PREJUDICE

珍・奧斯汀 Jane Austen ◎著
樂軒 ◎譯

臺灣商務印書館

牙雕之美——介紹臺灣商務印書館新譯《傲慢與偏見》

韓　秀

當我們懷著感激的心，將電腦留在家裡，將車子停在合適的位置，關掉手機，走進一家書店，被高速、簡約、跳躍的現代生活攪得紛亂不堪的心緒就會在這個時候沉靜下來，於是我們會看到皮面精裝、布面精裝，或是裝幀精美的平裝書冊，它們承載著許多我們似曾相識的過往。其中，無論哪種語言的文本，大約都不會漏掉珍·奧斯汀的《傲慢與偏見》。兩百多年過去了，奧斯汀為我們在兩寸見方的一塊象牙上精雕細琢出來的人物性格，至今鮮活，至今會讓我們展開笑顏，會讓我們深深點頭會意，會讓我們了解，人性在這兩百年裡並沒有什麼了不起的改變，我們的優點照舊，我們的缺陷也照舊。奧斯汀的睿智讓我們從這片美麗的牙雕上看到了我們自己，發現我們自己從前沒有發現的某些特質。

在倫敦的四面八方，在一個直徑不超過五十英里的範圍裡，在那些風景如畫的鄉間小道上，嘀嘀嗄嗄，馬蹄聲聲，馬車輪子骨碌碌轉著，複雜的、匪夷所思的、讓人噴飯的、讓人流淚的、讓人的心整個兒揪成一團兒的人際關係在其中展開。奧斯汀開門見山：「凡是有錢的單身男子，必定想娶位太太，這是一條無人不曉的真理。」同時存在的還有另外一條真理，十五歲以上的少女也都在算計著到哪裡去找到一位可心的夫婿。黃金單身漢與門第高貴的美人兒都是可遇而不可求的稀世珍寶，於是，這爭奪便空前激烈。

門第不高、沒有多少財富的鄉紳家庭裡，卻有著五個女兒。母親公開宣示對於金龜婿的渴慕，喋喋不休地說出許多不得體的話語，父親則一味地以詼諧避免正視現實。五姊妹中更有一位行為不檢，險險乎鬧出極大風波；就在這樣的情勢下，溫柔敦厚的大姐珍以不變應萬變，居然克服了重重構陷與誤解，贏得愛情、贏得美滿的婚姻。

這一切的曲折只是一幅背景，在這背景之上，兩位極有性格的男女，自視甚高的貴族子弟達西先生與這個家庭裡面的二姐伊莉莎白，一位爽朗、風趣、自尊、嫉惡如仇的美麗少女展開了精采的對手戲。

兩百年前的男女，生活在一個個極小的社交圈裡，交往靠的是對話、是書信。當事人未能直接對話，或未能直接通信之時，唯恐天下不亂的遠親近鄰製造出來的閒言碎語、蜚短流長便起到了挑撥離間、製造隔閡的妙用。妙趣橫生的對話與書信在奧斯汀的書寫裡便佔到了極重要的位置。現代人依靠伊媚兒、短訊過日子，雖然無遠弗屆，畢竟少了許多的情趣與優雅。更何況，當傲慢撞上了偏見，僵局無法打破之時，達西先生一封坦誠的長信，且親自送到了伊莉莎白手中，於是少女的心由困惑生出感動，由憐憫生出敬重，心緒百轉千迴之後終至愧悔不已，這才扭轉乾坤，露出了曙光。這，恐怕是短訊難以企及的。

與展露人物性格有關的事物一一精雕細琢，其他，全部一筆帶過，突顯出奧斯汀精湛卓越的敘事技巧，開現代小說先河。我們多麼好奇，那時候的人們吃些什麼，衣飾又是怎生模樣，那時候的莊園風景秀麗到何種程度？奧斯汀根本沒有滿足我們的好奇心。兩位妹妹喜歡到帽子店去消費，那帽子什麼顏色、樣式？我們只知道姊姊們批評說：「難看」，其他一概不知。奧斯汀把這些事情留給日後的電影工作者去操心。但是，她對彭貝里莊園卻情有獨鍾，細加描繪。並非只因為那是達西先生的莊園，日後可愛的伊莉莎白將在那裡度過餘生。而是因為伊莉莎白心情的巨大轉折正是發生在這個秀美的莊園裡。連綿的綠色山坡、曲徑與小橋。意外出現的達西在小徑上時隱時現，伊莉莎白的心於是懸在了半空中，他是走向自己還是走向別的地方？讀者也就跟著忐忑不安，惟恐這一對璧人又一次地失之交臂。

噢，可敬的馬克・吐溫先生卻不是這麼想的，他說，他每讀一次《傲慢與偏見》就想把奧斯汀從墳墓裡拖出來敲打一頓。我就很想請問老先生，如果您這樣地不喜歡這本書，為什麼要一讀再讀呢？您的書房裡書籍堆積如山，您的視線為什麼總是停留在這本書上呢？在您的氣急敗壞下面是不是隱藏著一些些的嫉妒呢？哈！奧斯汀聽到這裡，一定會大笑出聲。兩百年來，對奧斯汀及其作品的研究早已成為顯學。學者們各抒己見爭論不休的當兒，讀者們卻各有懷抱，浸淫在小說裡。

原來，愛情的基礎是感激與尊重，在某種特殊的情形下，還要加上大把的俠義心腸。原來，婚姻並非圍城那般可怕，需要一點各自後退一步的智慧，方能平安如意。甚至，奧斯汀還讓我們看到了能夠自由相處的美好姻緣。

熱鬧中，我只是靜靜地將這片精美絕倫的牙雕捧在掌心，欣賞著，感謝著奧斯汀的精雕細琢。

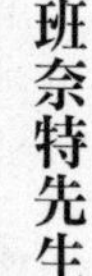

人物介紹

班奈特先生

一位住在英格蘭哈福德郡的老紳士，脾氣古怪、變幻莫測。與其妻子、五位女兒一同住在朗博恩。對大女兒珍、二女兒伊莉莎白寵愛有加，卻放任妻子及三位小女兒愚昧、不得體的行為，總是躲進書房尋求寧靜，以沉默、諷刺的態度面對自己的婚姻問題。

班奈特太太

因為沒有兒子繼承財產及房宅，長期處在精神焦慮中，人生的使命停駐在五個女兒的終身大事上，以十足的神經質、虛榮心為女兒尋找金龜婿，總是嚴肅地向班奈特先生抱怨自己受盡折磨、脆弱、可憐的神經。她的生活慰藉是探訪親友和打聽新聞，卻不費心管教女兒們的言行舉止。

珍・班奈特

班奈特家中最年長的女兒。容貌美麗出眾，性情溫柔、善解人意，感情豐富，卻對感情抱著矜持的態度，總是收藏起自己真摯的情感，對賓利先生一往情深。

伊莉莎白・班奈特

班奈特家的二女兒（別稱：麗琪、伊萊莎）。開朗樂觀、聰慧敏捷，一雙慧黠的黑色眼睛最引人注目，總是與達西先生針鋒相對。堅信沒有愛情的婚姻毫無價值，不盲目服從世俗的婚姻觀，認為自己最終能獲得幸福的生活。

瑪麗・班奈特

班奈特家的三女兒。是性格拘謹的書獃子，因無其他姊妹出眾的外貌，而將精神專注在書籍上。刻苦好學，最常對人談起的便是道德格言，並常矯揉造作的賣弄音樂才藝及本領。

凱薩琳・班奈特

班奈特家的四女兒（別稱：凱蒂）。個性浮誇虛榮，常與么妹結伴出現於宴會中，熱衷於跳舞的交際場合。

麗迪亞・班奈特

班奈特家的么女兒。愛慕虛榮、舉止輕佻，嚮往安逸享樂的生活，在班奈特太太的溺愛縱容下，常與軍官們跳舞調情，極容易受到感情的誘惑。

查理斯·賓利

單身富家青年，文質彬彬，繼承可觀遺產。在班奈特家住宅附近租下尼瑟菲德莊園，性格溫和、待人真誠，傾心於珍·班奈特溫柔美麗的特質，兩人互相愛慕。

費茲威廉·達西

賓利先生的摯友，來自富裕的家族。英俊冷漠，性格內斂，在社交場合中，予人神秘難懂的感覺，常流露出傲慢的態度。但在不擅言詞、不奉迎附和的姿態下，蘊藏著善良溫厚的感情。

喬治安娜·達西

達西先生的妹妹，多才多藝，在哥哥的保護與疼愛下，顯得羞怯內向。

威廉·柯林斯

班奈特先生的表姪，趨炎附勢的牧師，自命不凡，俗不可耐，為班奈特家的遺產繼承人。曲意奉承教區的資助人凱瑟琳·德·柏格夫人。

夏綠蒂．盧卡斯

伊莉莎白的摯友，無崇高的理想愛情觀，最終為了世俗的利益嫁給了威廉．柯林斯。

喬治．韋翰

外貌英俊挺拔、生活放蕩的軍官，遊手好閒，一心想要以婚姻為手段，攀附榮華富貴。有能力以堂堂儀表、優美談吐誘惑女人的感情。

凱瑟琳．德．柏格夫人

達西先生的姨母，提拔威廉．柯林斯為牧師，有根深柢固的門第觀念，跋扈專橫，一心想將女兒嫁與達西為妻。

安妮．德．柏格

凱瑟琳．德．柏格夫人的女兒，從小體弱多病，性格怯懦。

愛德華．加德納

班奈特太太的親弟弟，倫敦生意人，為人練達，見識廣達。與其妻子加德納太太皆十分疼愛珍、伊莉莎白，在班奈特家面臨危難之際，給予支持和慰藉。

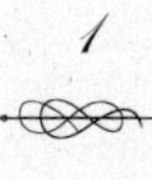

凡是有錢的單身男子必定想娶位太太，這是一條無人不曉的真理。

既然這條真理家喻戶曉深入人心，所以這種單身男子，每逢一搬到什麼地方，別看其喜好或想法四鄰八舍毫不瞭解，但家家總是把他看作自己這個或那個女兒理所應得的一筆財產。

一天，班奈特先生的太太問他道：「親愛的，尼瑟菲德莊園已經租出去了，你聽說了嗎？」

班奈特先生回答道，他沒有聽說過。

「的確租出去了，」她說，「朗格太太剛剛上這兒來過，她把這件事的底細，一五一十地都告訴了我。」

班奈特先生沒答腔。

「難道你不想知道，是誰租下的嗎？」他太太急得直喊。

「既然你想說，我也不反對，你說來聽聽吧。」

這句話足以鼓勵她講下去了。

「嗨，親愛的，你得知道，朗格太太說租尼瑟菲德莊園的是一位從英國北部來的闊少爺。聽說他是星期一那天乘一輛駟馬高車來看的房子，看後非常滿意，當場就和莫里斯先生成交了。他要在米迦勒節以前搬進來，下個週末會先叫幾個僕人來住。」

「這人姓什麼？」
「賓利。」
「有太太的呢，還是個單身漢？」
「哦，單身，我親愛的，一點兒不錯！一個有大筆家產的單身漢；每年四五千鎊，這對咱們的幾個姑娘是件多好的事呀！」
「這怎麼說？對我們的女兒們有什麼影響呢？」
「親愛的班奈特先生，」太太答道，「你這人真是沒勁！你也一定知道，我正在想的是讓他娶我們的一個女兒。」
「這就是他搬到這兒來住的目的？」
「目的！胡說，你怎麼能這樣說呢！不過他倒是很有可能會和女兒們其中的一個談戀愛，所以他來了以後，你要馬上去拜訪他。」
「我去拜訪沒有必要，你可以帶著幾個女兒去。要不然，你讓她們自己去，說不定這樣更好。要論長相漂亮，你跟她們哪個比都不差，你們一起去，賓利最看得中的倒可能是你。」
「我的老天爺，你太捧我啦。從前也的確有人讚賞過我的美貌，現在我可不敢說有什麼出眾的地方了。一個女人有了五個長大成人的閨女，就不該再為自己的美貌多費心思了。」
「如此說來，那女人也不必對自己的美貌著墨太多了。」
「不過，親愛的，賓利先生一搬到我們附近來，你確實就應該去拜訪拜訪他。」
「實話跟你說吧，這不是我該管的事。」

「可是你該考慮考慮你的女兒們才是。只要想像一下這會給你的一個女兒建立起什麼樣的幸福。威廉爵士夫婦已決定去拜訪他，也只不過是出於這種考慮。因為，你知道，他們一般是不拜訪新搬來的鄰居的。你的確必須去看望他，你不去，我們就無法去拜訪他呀。」

「你實在顧慮太多了，賓利先生見到你一定會很高興，我可以寫幾句話讓你帶去，就說無論他挑中我哪一個女兒，我都樂意他們的婚事；只不過在信裡我得替小寶貝麗琪特地美言兩句。」

「這種事我看你別幹為好。與幾個姊妹比，麗琪並沒有哪點強。我敢說，論端莊標緻，她還不及珍的一半，論脾氣隨和，她也不及麗迪亞的一半。可是你老是偏向她。」

「她們沒有哪一個值得誇獎的，」他回答道，「她們跟人家的姑娘一樣，又傻，又無知；倒是麗琪要比她的幾個姊妹伶俐些。」

「班奈特先生，你怎麼可以這樣糟蹋你自己的女兒？你看到我生氣，你就高興了吧？你一點也不體諒我現在脆弱的神經。」

「你錯怪我了，親愛的。我對你的神經是非常尊重的，它是我的老相識了。至少在這二十年裡，不斷地聽到你鄭重其事地提到它。」

「唉！你根本就不瞭解我承受的痛苦。」

「但我希望你能從痛苦中恢復過來，活著看到更多每年有四千英鎊收入的年輕人搬到周邊地區來。」

「你不上他們的門，搬來二十個也沒用。」

「你放心好了，親愛的，要是有二十個搬來，我都要登門拜訪。」

班奈特先生可真是刁鑽古怪。他一方面喜歡插科打諢，愛挖苦人，同時又不苟言笑，變幻莫測，真使他那位太太積二十三年之經驗，還摸不透他的性格。這位太太的性格要簡單多了。她是一個理解能力差、孤陋寡聞而又喜怒無常的女人。當她不高興的時候，她便以為她的神經出毛病了。她的人生使命就是嫁女兒；她的生活慰藉就是探親訪友和打聽新聞。

2

班奈特先生始終對妻子說不會去拜訪賓利先生，但其實他一直都想著去拜訪他，並且他還是較早去拜訪賓利先生的那些人中的一個。等到他去拜訪過以後，當天晚上太太才知道實情。這消息透露出來的經過是這樣的——他看到第二個女兒在裝飾帽子，就突然對她說：

「麗琪，這頂帽子賓利先生要是喜歡就好。」

「我們沒打算登賓利先生的家門，哪裡會知道他喜歡什麼！」麗琪的媽媽氣沖沖說。

「可是，媽媽，你不記得了，」伊莉莎白說，「我們可以在舞會上碰見他。朗格太太答應過要把他介紹給我們。」

「我不相信朗格太太肯這麼做。她自己有兩個親外甥女。她是個自私自利、假仁假義的女人，我瞧不起她。」

「我也瞧不起她，」班奈特先生說，「聽到你不指望她來幫忙，我很高興。」

班奈特太太不屑答理他，可是忍不住氣，便罵起女兒來。

「不要咳嗽沒完沒了的，凱蒂，你行行好！多少也可憐可憐我的神經。你要把它們給撕碎了。」

「凱蒂真不知趣，」她父親說，「咳嗽也不知道揀個時候。」

「我又不是故意咳著玩兒。」凱蒂氣惱地回答道。

「麗琪，你們下次什麼時候開舞會？」

「從明天算起再過兩星期。」

「啊，原來是這樣的呀，」她母親嚷起來，「朗格太太到舞會的前一天才回得來，這樣她就不可能介紹賓利先生了，因為她自己也還沒認識他呢。」

「那麼，好太太，你大可以占你朋友的上風，反過來替她介紹這位貴人啦。」

「辦不到，我的好老爺，辦不到，我自己還不認識他呢；你怎麼可以這樣嘲笑人？」

「你周到的考慮真是讓我佩服得五體投地。認識兩個星期當然不算什麼，兩個星期的交往後也當然不能真正瞭解一個人。但是如果我們不去嘗試，別人一定會這麼做。朗格太太和她的兩個外甥女畢竟不會坐失良機的。因此，如果你拒絕做這一引見的事兒——為此朗格太太當然會對你十分感激的。那麼我可就自己把它承擔下來了。」

女兒們目瞪口呆地看著她們的父親。班奈特太太也只是一個勁兒地說：「胡說，胡說！」

「你這樣一驚一乍是什麼意思！」他嚷道，「難道你認為替人家介紹賓利先生，為她們效一點兒勞是講不通的嗎？如果你這樣認為，我就不敢和你苟同了。瑪麗，你說呢？我知道，你這姑娘很有頭腦，常讀大部頭書，還要做摘錄。」

瑪麗滿心想發表一番高見，可是又不知從何說起才好。

「趁瑪麗斟酌她的意見的時候，」班奈特先生接著說，「咱們還是回過頭來談賓利先生吧。」

「我膩煩賓利先生。」班奈特太太嚷著。

「遺憾得很，你竟會跟我說這種話；你怎麼不早說呢？要是今天上午聽到你這樣說，那我當然就不會去拜訪他啦。但我確實已經去拜訪過賓利先生了，我們現在不能逃脫認識這樣一個朋友的命運了。」

女性們的詫異和吃驚的程度正像他事先所預料的那樣，或許班奈特太太的驚異更勝女兒們一籌。儘管在一陣驚喜過後，她開始宣稱，這一切都早在她的預料之中了。

「我親愛的班奈特先生，你真是太好了！我早就知道，我終究會說服你的。我相信你很疼愛自己的女兒們，是決不會不和這樣一位朋友交往的。呵呵，我真是太高興了！你早上就去拜訪過了，直到現在才把這個好事說出來，這真是一個完美的笑話。」

「凱蒂，現在你愛怎麼咳嗽就可以怎麼咳嗽了。」班奈特先生邊說邊走出了房門，懶得再看太太怎樣歡天喜地。

「姑娘們，你們有個多了不起的爸爸呀！」門一關上，班奈特太太就說，「我不知道你們要怎樣報答他的恩情，或是為這件事報答我。老實跟你們說吧，我們老夫婦活到這麼一大把年紀了，哪兒有興致天天去交朋結友。可是為了你們，我們隨便什麼事都樂意去做。麗迪亞，乖寶貝，雖然你年紀最小，但開起舞會來，說不定賓利先生就偏偏要跟你跳呢。」

「噢！」麗迪亞滿不在乎地說，「我才不怕呢，因為雖然我年齡最小，可個子數我高。」

於是，她們就猜測賓利先生多久會來回訪班奈特先生，決定什麼時候請他來吃飯，就這樣度過了一個晚上。

3

班奈特太太儘管有五個女兒幫腔，對這次訪問問來問去，但還是不足以從她丈夫那裡得到一個對賓利先生的滿意描述。她們用了種種方法對付他，時而單刀直入問，時而挖空心思猜，時而旁敲側擊套，但她們所有的招數都讓他躲過了，最後迫不得已，只好揀二手貨，向鄰居盧卡斯夫人打聽。她的報導全是好話。據說威廉爵士很喜歡他。他十分年輕，一表人才，極其平易近人，而且更妙的是，他還準備帶一大幫人一起來參加下次舞會，這真是令人再高興不過了。喜歡跳舞是談情說愛的可靠步驟，大家都熱切希望去博取賓利先生的歡心。

「我要是能看到一個女兒美滿地住進尼瑟菲德莊園，」班奈特太太對丈夫說道，「看到其他幾個女兒也嫁給這樣的好人家，我也就心滿意足了。」

幾天以後賓利先生回訪了班奈特先生，在他的書房與他坐了大約有十分鐘的時間。他原本想著能夠一睹年輕小姐們的芳容，對她們的美貌他已多有耳聞，可是見他的只有她們的父親。小姐們倒是比他更幸運，因為她們處於樓上視窗的有利地位，看清楚了他穿的是藍外套，騎的是一匹黑馬。

邀請賓利先生到班奈特府上共進晚餐的請帖很快就發出去了。班奈特太太已經計畫了好幾道菜，每道菜都足以增加她的體面，說明她是個會當家的主婦。不過，事不湊巧，賓利先生來信說，他第二天非進城不可，他們的這一番盛情他實在無法領受，他提議遲一遲再說。這讓班奈特太太擔心，她覺得賓利先生剛來到哈福德郡，怎麼會就要進城有事，照理，他應該在尼瑟菲德莊園安安心心住下來才是；但看現在的情形，難道他經常這樣漂泊不定？多虧得盧卡斯夫人對她說，他可能是到倫敦去邀請那一大群客人來參加他辦的舞會，這才使班奈特太太稍微減輕了一些顧慮。接著，鄰居們馬上就紛紛傳說賓利先生並沒有帶來預先說的十二位淑女和七位紳士，而僅僅是帶來六位客人，五個是他自己的姊妹，一個是他的表姊妹，這個消息總算讓小姐們放了心。最後，等到這群貴客走進舞場的時候，卻一共只有五個——賓利先生，他的兩個姊妹，一個姊夫，還有另外一個青年。

儀表堂堂的賓利先生，真的很有紳士風度，而且和藹可親，舉止大方，一點沒有拘泥做作的地方。他的姊妹也都是優雅的淑女，態度落落大方。他的姊夫赫斯特只不過是個不太引人注意的普通紳士，但是他的朋友達西卻立刻以魁偉的身材、英俊的外表、高貴的舉止而引起了全場人的注意。他進場不到五分鐘，大家都紛紛傳話說他每年有一萬英鎊的收入。男賓們都稱讚他一表人才，女賓們都說他比賓利先生還要帥氣。整場舞會幾乎有一半以上的時間人們都在以愛慕的眼光看著他。不過，最後，人們發現他為人驕傲、自高自大，人們巴結不上他，因此對他起了厭惡的感覺，他在人們心目中的形象一下子變得黯然了。他既然擺出那麼一副討人嫌惹人厭的樣子，那麼，人們就不管他在德比郡有多大的財產了，也挽救不了他，況且和他的朋友賓利先生比起來，他就更沒有什麼了不起的了。

賓利先生沒用多長時間就熟悉了全場所有的主要人物。他生氣勃勃，為人又不拘束，每一支舞曲他都要跳。但使他氣惱的是，舞會散場得這樣早。他又談起他自己要在尼瑟菲德莊園開一次舞會。他這樣的好脾氣自然博得了大家對他的好感。賓利先生和他的那個朋友形成了多麼顯著的對照啊！達西先生只跟赫斯特太太跳了一支舞，跟賓利小姐跳了一支舞，此外就在室內踱步，偶而找他自己人談話。人家要介紹他跟別的小姐跳舞，他全部拒絕掉。大家都斷定他是世界上最驕傲、最讓人難以接受的人，希望他不要再來。班奈特太太尤其對他反感，她對他的整個舉止都感到討厭，而且這種討厭竟變本加厲，形成了一種憎惡，因為他得罪了她的一個女兒。

由於男賓少，伊莉莎白．班奈特有兩場舞都不得不乾坐著。那當兒，達西先生曾一度站在她的身旁，賓利先生特地歇了幾分鐘沒有跳舞，走到他這位朋友跟前，硬要他去請女賓跳，兩個人的談話給伊莉莎白聽到了。

「來吧，達西，」賓利說，「我一定要你跳。我真不願看到你一個人這麼傻乎乎地站在這兒。還是去跳一曲舞吧。」

「我絕對不跳。你知道我一向討厭跳舞，如果跟特別熟的人跳還行。這舞會上的舞伴簡直叫人受不了。你的姊妹們都在跟別人跳，要是叫舞場裡別的女人跟我跳，我覺得是活受罪！」

「我可不願意像你這樣挑剔，」賓利提高了嗓音說，「隨便怎麼樣我也不願意像你這樣做的。說實話，我生平沒有見過今天晚上這麼多漂亮的姑娘；你看那邊，不就有幾位貌美的嗎？」

「你當然不會比我啦，因為整個舞場唯一的一位漂亮姑娘在跟你跳舞！」達西先生說，一面望著班奈特家的大女兒。

「噢！我從來沒有見過像她這麼美麗的！可是她的一個妹妹就坐在你後面，那位姑娘也很漂亮，而且我敢說，她也很討人喜愛。還是讓我請我的舞伴來給你們介紹一下吧。」

「你說的是哪一位？」達西先生轉過身來，朝著伊莉莎白望了一會兒，等她也看見了他，他才收回自己的目光，無精打采地說，「她還可以，但還沒有漂亮到能讓我動心，這會兒我可沒有興趣去抬舉那些坐冷板凳的小姐。你還是回到你的舞伴身邊去欣賞她迷人的笑臉吧，別把時間浪費在我的身上。」

於是，賓利先生就走開了，接著達西自己也走開了。伊莉莎白依舊坐在那裡，對達西先生沒有一點好感。不過，因為她生性活潑開朗，她滿有興致地把這段偷聽到的話去跟她的朋友們分享。

不過，班奈特一家這一個晚上還是過得很快樂。賓利先生邀大小姐跳了兩曲舞，而且這位貴人的姊妹們都對她另眼相看。班奈特太太看到她的大女兒這麼得尼瑟菲德莊園一家人的喜歡，覺得非常高興。珍跟她母親一樣得意，只不過沒有像她母親那樣喜形於色。伊莉莎白也為珍感到高興。瑪麗曾聽到人們在賓利小姐面前提到她自己，說她是鄰近一帶才華最出眾的姑娘；凱薩琳和麗迪亞運氣最好，每曲舞都有男舞伴，這是她們每逢開舞會時唯一關心的一件事。母女們高高興興地回到她們所住的朗博恩村（她們算是這個村子裡的旺族），看見班奈特先生還沒有休息。且說這個班奈特先生平常只要捧上一本書，就會忘了時間，可是這次他沒有睡覺，因為他極想知道大家寄託了厚望的這一盛會，情況究竟如何。他還以為他太太對那位貴客一定很失望，但是，他立刻就發覺事實並非如此。

「噢！親愛的，」她一走進房間就這麼說，「我們這一個晚上過得太快活了，舞會棒極了。你沒有去真可惜。珍那麼受人歡迎，簡直是無法形容。人人都說她長得漂亮；賓利先生認為她很美，跟她跳了兩支舞！兩支舞！你想想看！親愛的，他確實跟她跳了兩場！全場那麼多女賓，就只有她一個人蒙受了他兩次邀請。他頭一支舞是邀請盧卡斯小姐跳的。我看到他站到她身邊去，不禁有些難受！不過，他對她根本沒什麼感覺，其實，什麼人也不會對她有什麼興趣；當珍走下舞池的時候，他可就完全被她吸引住了。他立刻打聽她的姓名，請人介紹，然後邀她跳下一支舞。他第三場舞是跟金小姐跳的，第四場跟瑪麗亞・盧卡斯跳，第五場又跟珍跳，第六場是跟麗琪跳，還有布朗熱舞……」

「要是他稍許體諒我一點，」班奈特先生不耐煩地叫起來了，「他就不會跳這麼多，一半也不會！天哪，不要提他那些舞伴了吧。噢！但願他頭一場舞就跳得扭傷了腳踝！」

「噢！親愛的，」班奈特太太接下去說，「我非常喜歡他。他是那麼英俊！他的姊妹們也都很討人喜歡。我生平沒有看見過比她們的服裝更講究的衣服了。我敢說，赫斯特太太衣服上的花邊……」說到這裡又給打斷了。

班奈特先生從來沒有性子聽人談到衣飾。她因此不得不另找話題，於是就談到達西先生那令人厭惡的傲慢無禮的態度，她的措辭十分刻薄，而且還帶著幾分誇張。

「不過，」她沒忘記補充幾句，「他不喜歡咱們的麗琪，這對麗琪並沒有什麼可惜，因為他自高自大目中無人，不值得去認識他，簡直叫人不可容忍！他一會兒走到這裡，一會兒走到那裡，自以為是個了不起的大人物！還嫌姑娘們不夠漂亮，配不上跟他跳舞呢！要是你在場的話，你就可以好好地給他一次教訓。我對這人真是討厭極了！」

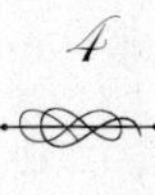

珍本來並不輕易流露自己對賓利先生的好感，可是，當她和伊莉莎白兩個人在一起的時候，她就向她的妹妹訴說心事，說她自己多麼愛慕他。

「他真是一個標準的好青年，」珍說，「有見識，脾氣好，人又活潑開朗。我還是第一次看見他那種討人喜歡的舉止！那麼大方，又有很好的教養！」

「他也長得很英俊。」伊莉莎白回答道，「如果有條件的話，一個年輕的男人就應當像他這樣把自己弄得漂亮些。他真是一個完美無缺的人。」

「當他第二次來請我跳舞時，我真是欣喜若狂。我真想不到他會這樣抬舉我。」

「你真的沒想到嗎？我可是早就替你想到了。不過，這正是我和你性格不同的地方。你遇到人家抬舉你，總是受寵若驚，我就不是這樣，我會覺得那是很自然的事情。他第二次來請你跳舞，這不是理所當然的事嗎？你比起舞場裡任何一位小姐都要漂亮得多，他長了眼睛自然會看得出。他向你獻殷勤，你根本用不著感激。說起來，他的確很可愛，我也很高興你喜歡他。不過你以前可也喜歡過很多不怎麼樣的人啊。」

「我的親麗琪！」

「噢！我知道，你這人感情十分豐富。你從來看不出人家的短處。在你眼睛裡，全天下都是好人，沒有壞人，沒有討人厭的人。我從來沒聽見你說人家一句不滿的話。」

「我覺得責難別人不會有什麼好處，可是我一向都是想到什麼就說什麼。」

「我知道你是這樣的人，正是這一點，讓我對你感到奇怪。你這樣一個聰明人，為什麼竟會看不出別人的愚蠢和無聊呢！你走遍天下，到處都可以遇到假裝老實的人。可是，內心坦蕩只有你才做得到。那麼，你也喜歡那位先生的姊妹們嗎？她們的風度可比不上賓利先生呀。」

「乍看上去的確比不上賓利先生，不過跟她們攀談起來，你就會發現她們也是那種可愛的人了。聽說賓利小姐將要跟她兄弟住在一起，替他料理家務；她和我們肯定會成為好鄰居的。」

伊莉莎白聽著姊姊的話，默不做聲，但心裡並不信服。她的觀察力比她姊姊要敏銳，她的脾氣也沒有珍的那麼溫柔有耐心，因此提到賓利姊妹，她只要想想她們在跳舞場裡的那種舉止，就知道她們並不打算要取得一般人的好感。而且伊莉莎白自有主見，決不因為人家對她好就改變想法，她不會對她們產生多大好感的。事實上她們都是些非常好的小姐，她們不是不會談笑風生，而是要在她們高興的時候才會；她們也不是不會待人和顏悅色，而是要看她們是否樂意這樣做。可惜的是，她們的確是太傲慢了。她們都長得很漂亮，曾經在一個一流的私立學校裡受過教育，都有兩萬鎊的財產，花錢如流水，只願意結交有身價地位的人，因此才造成了她們在各方面都自視甚高，不把別人放在眼裡。她們出生於英格蘭北部的一個十分體面的大家族。她們對自己的出身引以為豪，可是卻幾乎忘了她們兄弟的財產以及她們自己的財產都是通過上層人瞧不起的商業活動賺來的。

賓利先生從他的父親那兒只繼承了差不多十萬英鎊的遺產。他父親生前本來很希望購置一些田產，可惜心願未了就與世長辭了。賓利先生也有此意，並且一度打算就在自己故鄉購置田產。不過，目前他既然有了一幢滿意的房子，而且有莊園供他打獵遊玩，於是，那些瞭解他的人都說，像他這樣一個隨遇而安的人，下半輩子恐怕就在尼瑟菲德莊園度過，購置田產的事又要留給他的後代去操辦了。他的姊妹們倒替他著急，希望他早日購置產業；不過，儘管他如今僅僅是以一個租戶的身分在這兒住了下來，他的妹妹還是非常願意替他掌管家務，而他的姊姊即赫斯特夫人，因為嫁了個財產不算可觀的丈夫，就把弟弟的家當做自己的家來常住。當時賓利先生成年還不滿兩個年頭，只因為偶然聽到人家推薦尼瑟菲德莊園的房子，他便不由自主地來到這兒看看。

整幢房子他裡裡外外看了半個小時，覺得房子的地段和幾間主要的房間都很中他的意，加上房東又在一旁不停地讚美這房子，於是他當場就租了下來。

他和達西雖然性格大不相同，但他們卻是一對特別要好的朋友。達西喜歡賓利，是因為賓利為人和氣寬厚、坦白爽快，儘管個性方面和他有點相反，但他自己也從來不曾覺得自己的性格有什麼不好的地方。達西很看重賓利這個朋友，因此賓利對他極為信賴，對他的見解也深感佩服。在智力方面講，達西比賓利強——這並不是說賓利有多笨，而是說達西更聰明些。達西為人傲慢、含蓄並且愛挑剔，他雖說受過良好的教養，可是他的風度總不受人歡迎。從這一方面講，他的朋友可比他高明了。賓利無論走到哪兒都會討人喜歡，達西卻始終讓人責難。

從他倆談起梅里屯舞會的態度來看，就足見兩人性格的差異。賓利說，他生平從來沒有遇到過什麼人比這兒的人更和藹，也沒有遇到過這麼多漂亮可愛的小姐。在他看來，這兒每個人都對他很友善、熱情、不拘束，他覺得和全場的人在很短的時間內就彼此很熟悉了。講起班奈特小姐，他想像不出這世上還能有一個比她更美的天使。至於達西，他總覺得他所看到的這些人既不美，又沒有氣質，沒有一個人能讓他提起興趣，也沒有一個人能讓他動心，能取得他的歡心。他承認班奈特小姐是很漂亮，可是她太愛笑了。賓利姊妹也同意他的這種看法，可是她們仍然羡慕她、喜歡她，說她是個甜姐兒，她們並不反對賓利先生跟這樣的一位小姐發展關係。班奈特小姐就這樣成為一個甜姐兒了。她們的兄弟賓利先生聽到了這番讚美，便覺得今後可以去愛班奈特小姐了。

5

距離朗博恩不遠的地方，住著威廉・盧卡斯爵士一家，他們與班奈特家是特別要好的鄰居。爵士從前在梅里屯做生意，在那兒賺到大錢起家，他曾在當市長的任期內向國王上書，獲得了國王授予的爵士頭銜；這個顯要的身分使他覺得非常榮幸，從此他就對做生意不感興趣了，而且他討厭住在一個小鎮上，於是徹底放棄了生意，離開那個小鎮，帶著家屬遷到離梅里屯大約有一英里遠的一幢房子裡去，給他們那地方起名為盧卡斯農莊。在這兒，他可以心安理得地以達官顯貴自居，而且，既然擺脫了生意的糾纏，他大可以全心全意地從事社交活動。儘管他很得意自己的地位，卻並不因此而自傲，反而對什麼人都應酬得非常周到。他生來不肯得罪人，待人接物總是那麼和藹體貼，而且，自從那次覲見國王後，他就更加彬彬有禮了。盧卡斯夫人是個心地善良的女人，是班奈特太太的好鄰居。盧卡斯家有好幾個孩子，大女兒機靈聰明，年紀大約二十六七歲，她跟伊莉莎白是很要好的朋友。這回，盧卡斯家幾位小姐跟班奈特家幾位小姐相約見見面，要談一談這次舞會上的事情。於是，在舞會後的第二天上午，盧卡斯家的小姐們到朗博恩來跟班奈特家的小姐交換意見。

班奈特太太一看見盧卡斯小姐，便客客氣氣、很有分寸地說：「昨晚的舞會全靠你開場開得好，賓利先生第一個邀請你跳舞。」

「是呀，可是他喜歡的倒是第二個舞伴。」

「哦，我想你是說珍吧，因為他跟她跳了兩次。也許他真的很喜歡珍，我相信他是真的，我聽到了一些話，可是，我有些莫名其妙，我也聽到了一些與魯賓遜先生有關的話。」

「你指的是我隨意之中聽到他和魯賓遜先生的談話吧？我不是跟你說過了嘛，魯賓遜先生問他喜歡不喜歡我們梅里屯的舞會，問他是否覺得到場的那些姑娘都很漂亮，問他覺得哪一個最美？他立刻就回答了最後一個問題：『很顯然是班奈特家的大小姐最美。』關於這一點，我也覺得無可厚非。」

「當然啦！說起來，那的確成了定論啦，看上去的確像是，不過，也許到頭來會是一場空呢。」

「我偷聽到的話比你聽到的要更有說服力。伊萊莎，」夏綠蒂說，「達西先生的話比他朋友的話要差勁很多，可不是嗎？可憐的伊萊莎！他只不過認為她還湊合！」

「我請你不要再向麗琪提起他這種粗魯的舉動，這會讓麗琪生氣。他是那麼討厭的一個人，被他看上了才叫不幸呢。朗格太太告訴我說，昨兒晚上他坐在她身邊有半個鐘頭，可是一直都沒開口。」

「你的話是真的嗎，媽媽？一點兒沒說錯嗎？」珍開口說道，「我親眼看到達西先生跟她說過話的。」

「嘿——那是後來伊莉莎白問起他喜不喜歡尼瑟菲德莊園，他才不得已回答一下。可是據伊莉莎白說，他那表情似乎非常生氣，好像是責怪她跟他說話似的。」

「賓利小姐告訴我，」珍說，「達西先生從來不愛多說話，除非跟知己的朋友們談談。他對待朋友非常和藹友善。」

「我根本不相信你說的這種話，要是他果真和藹友善，那他就該跟朗格太太說說話啦。可是，這也不難解釋，大家都說他非常驕傲，他之所以沒跟朗格太太說話，或許是有人跟他說朗格太太連馬車也沒有一部，臨時雇了一輛馬車去參加舞會吧。」

「他沒跟朗格太太說話，我倒不關心，」盧卡斯小姐說，「我只怪他沒邀請麗琪跳舞。」

「麗琪，假如我是你，」她母親說，「下次他要是來邀請我和他跳舞，我偏不跟他跳。」

「媽媽，我可以堅決地向你保證，我是怎麼也不會跟他跳舞的。」

「他雖然驕傲，」盧卡斯小姐說，「可不像一般人的驕傲那樣使我生氣，因為他的驕傲還是有緣故的。像他這麼優秀的青年，門第好，又有錢，樣樣都比人家強，也難怪他要自以為了不起。以我看，他有驕傲的權利。」

「你說的是真的。」伊莉莎白回答道，「我也很容易原諒他的驕傲，要是他沒有觸犯我的驕傲的話。」

「我覺得驕傲是一般人都有的毛病。」瑪麗說。她一向覺得自己的見解很高明，因此這會兒談話的興致也提高了。「從我所讀過的許多書看來，我相信那的確是非常普遍的一種通病，人們總是會輕而易舉地犯這種毛病，簡直誰都不免因為自己具有了某種品質而自高自大。虛榮與驕傲是截然不同的兩個概念，儘管字面上常常當做同義詞用，一個人可以驕傲而不愛虛榮。驕傲多半是我們對自己的評價很高，虛榮卻是指我們希望別人對我們的評價很高。」

盧卡斯家的一個小兄弟（他是跟他姊姊們一起來的）忽然說道：「如果我也有達西先生那樣多的財富，我真不在乎我驕傲到什麼程度。我要養一群獵狗，還要每天喝一瓶酒。」

班奈特太太說：「那你就喝得過分啦！我要是看見了，我就馬上奪掉你的酒瓶。」

那孩子表示抗議，說她不應該那樣做。班奈特太太則又宣布了一遍，說她一定要那樣做，這場辯論直到客人起身告辭方才結束。

6

不久，朗博恩的女士們就去拜訪尼瑟菲德莊園的女士們了，而很快人家照例來回拜了她們。班奈特家的大女兒那種討人喜愛的舉止，使赫斯特太太和賓利小姐對她的好感越來越強烈。儘管珍的母親讓人覺得難以接受，幾個小妹妹也不值得深交，可是兩位賓利小姐卻是願意跟年紀大的兩位班奈特小姐建立友誼，而珍極其喜悅地領受了這份盛情。可是伊莉莎白看出她們對待任何人仍然很高傲、目中無人，甚至對待珍也這樣，伊莉莎白有點接受不了。而且，她們之所以待珍好，多半是她們的兄弟賓利先生對珍愛慕的緣故。只要你看見他們倆在一起，你就看得出賓利先生的確是愛慕珍的。伊莉莎白又很清楚地看出珍對賓利先生是一見鍾情，不由自主地為他傾倒了，也可以說是很愛他了。她又高興地想到，珍雖說是感情豐富的人，但生性穩重，仍然保持著溫柔平靜的外表，這就不會引起別人的懷疑，因此他倆的心意也就不會給人察覺了。不過，伊莉莎白曾經跟自己的朋友盧卡斯小姐談到過這一點。

夏綠蒂當時回答說：「這種事想瞞過大家，也許是怪有意思的，不過，這樣躲躲閃閃，有時候反而不好。要是一個女人在她自己心愛的人面前，也用這種遮遮掩掩的技巧來向自己所愛的人隱藏自己強烈的愛意，那她就可能沒有機會博得他的歡心；那麼，就是把天下人都蒙在鼓裡，也對她沒什麼好處。男女戀愛如果雙方心裡都想著感恩圖報和虛榮，這樣下去是很難成為好事的。戀愛的開頭也許都是很隨意的——某人對某人產生點兒好感，本是極其自然的一件事，只可惜沒有對方的一點鼓勵而自己還有勇氣去表白愛慕之情的，簡直太少了。百分之九十的女人表露出來的愛意要比她心裡面想的還多。毫無疑問，賓利喜歡你姊姊，可是你姊姊如果不幫他一把勁，他也許就永遠停留在喜歡這一程度上了。」

「不過，就珍的性格來說，她已經盡力在幫他的忙了。要是我都能看出她對他的好感，而他卻看不出，那他未免不夠聰明吧。」

「伊萊莎，你得記住，賓利先生可不像你那麼懂得珍的性格。」

「假如一個女人愛上了一個男人，只要女方不故意隱瞞她的愛意，男方一定會看得出的。」

「如果男方和女方經常見面，或許他總會看出來的。雖然賓利和珍見面的次數相當多，卻從來沒有在一起接連待上幾個小時，何況他們見面時，總是亂七八糟的人一大堆，不可能讓他們倆好好談心。因此珍就得時時刻刻留神，一看到可以逗引他，就千萬不要錯過機會。等到把他的心俘獲了，再從從容容地去談戀愛也不遲。」

伊莉莎白回答道：「假如只求嫁一個有錢的男人，你這個辦法不錯；但如果決心找個有錢的丈夫，或者乾脆只要隨便找個丈夫就算了的話，我或許會照你的辦法去做。可惜珍不是這樣的人，她為人處世，就是不願意使用心計來討男人的歡心。而且，她自己也還拿不準她究竟對他的愛到了什麼地步，愛得是否得體，因為她認識他才不過兩個星期。她在梅里屯跟他跳了四次舞；有天上午她在他家裡跟他見過一次面，然後又跟他吃過四次晚飯，可每一次總有別人摻和在一起。就這麼點兒淺淺的來往，叫她怎麼能瞭解他的性格呢？」

「可是，事情並不是你所說的那樣。要是她只跟他吃吃晚飯，那她或許只看得出他的飯量大不大，可是，我給你說，他們既在一起吃過四頓飯，也就是在一起待了四個晚上呀——四個晚上的作用可非同尋常呢。」

「是的，這四個晚上叫他們彼此瞭解到對方的一種性格，那就是他們倆都喜歡玩二十一點，不喜歡玩康默斯。至於別的重要的特點，我看他們彼此之間還瞭解得很少。」

「嗯，」夏綠蒂說，「我真心誠意希望珍能成功。我認為即使她明天就跟他結婚，她也必定能獲得幸福，這幸福不亞於她花上一年的時間研究賓利先生方方面面的性格，然後再跟他結婚所能獲得的幸福。婚姻生活是否幸福，完全靠機遇。一對愛人婚前把彼此的脾氣摸得非常透，或者脾氣性格非常相似，也並不能保證他們的婚姻生活就會幸福。他們總是弄到後來差異越來越明顯，彼此厭倦。你既然決心和這個人過一輩子，那你最好儘量少瞭解對方的缺點。」

「啊，夏綠蒂，你這話說得真風趣，不過這種說法未必合情理。你也心知這不太合情理，你自己就不願意那麼做。」

伊莉莎白只忙著談論賓利先生對她姊姊的殷勤，卻全然沒有想到她自己已經成了賓利那位朋友感興趣的目標。說到達西先生，他開始認為伊莉莎白並不怎麼漂亮。他在舞會上望著她的時候，並沒有帶著一點好感，第二次見面的時候，他也不過用挑毛病的眼光去看待她。不過，他儘管在朋友們面前，在自己心裡，都說她的面貌很平庸，不過，很快他就改變了對她的看法，他發覺她那雙烏黑的眼睛美麗動人，使她的整個臉蛋兒顯得極其聰慧。緊接著這個發現之後，他又在她身上發現了幾個同樣叫人不舒服的地方。他用十分挑剔的眼光，發覺她的身段這兒不勻稱，那兒也不勻稱，可是他還是不得不承認她體態輕盈，讓人賞心悅目。雖然他信誓旦旦地說她缺少上流社會的翩翩風采，可是她落落大方愛打趣的風度，又把他迷住了。伊莉莎白對此完全蒙在鼓裡，她只覺得達西是個到處不受人歡迎的男人，何況他曾經認為她不夠漂亮不配做他的舞伴。

達西開始希望跟她有進一步的交往。他為了想要慢慢地跟她交談，因此，當她跟別人談話的時候，他會留神去聽。有一次威廉・盧卡斯爵士大請客，他這樣的做法當場引起了她的注意。

且說當時伊莉莎白對夏綠蒂說：「你瞧，達西先生是什麼意思呢？我跟福斯特上校談話，幹嗎他要在那兒聽？」

「我也不知道，這個問題只有達西先生自己能夠回答。」

「要是下次我再發現他這樣，我一定要叫他明白我並不是個糊塗的人。這個專門挖苦別人的傢伙，要是我不先給他點顏色看看，我就會見他都怕啦。」

不一會兒，達西又走到她身邊來了，他那樣子雖然並不像要過來跟她們倆聊天，盧卡斯小姐卻不時慫恿伊莉莎白向他把剛才這個問題正面提出來。伊莉莎白便立刻轉過臉來對達西說：

「達西先生，我剛剛跟福斯特上校講笑話，要他給我們在梅里屯開一次舞會，你覺得我這話合適嗎？」

「的確說得很起興，不過這件事本來就是叫女士們非常起興的。」

「你這樣說我們，未免太刻薄了些吧？」

「你這一下反而讓別人見笑了。」盧卡斯小姐說，「我去打開琴，伊萊莎，你自個兒明白該如何接下去了。」

「你這種朋友真讓人捉摸不透！不管當著什麼人的面，總是要我彈琴唱歌，我又不是存心要在音樂方面出風頭，所以，我是不會感謝你的好意的。可是賓客們都是聽慣了第一流演奏家的，我實在不好意思在他們面前坐下來獻醜。」話雖如此，盧卡斯小姐還是再三要求，伊莉莎白拗不過她，便說：「好吧，既然非得獻醜不可，那就獻獻醜吧。」她又板著臉對達西瞥了一眼，說道：「有句古話說得好，在場的各位當然也知道這句話：『留口氣吹涼稀飯』，我也就給自己留口氣唱歌吧。」

伊莉莎白的表演雖然說不上很好，也還娓娓動聽。唱了一兩支歌以後，大家要求她再唱幾支。她還沒來得及回答，她的妹妹瑪麗就迫不及待地接替她坐到鋼琴跟前去了。原來在她們幾個姊妹之間，就只有瑪麗長得不好看，因此她發奮鑽研學問，培養自己的才藝，老是急著要賣弄賣弄自己的本領。瑪麗既沒有天賦，格調也不高，雖說虛榮心促使她刻苦好學，但是同樣也造成了她一副女才子氣派和自大的態度。有了這種氣派和態度，即使她的修養再好也達不到理想效果，何況她不過如此而已。再說伊莉莎白，雖說彈琴不如她的一半好，可是落落大方，一舉一動都不矯揉造作，因此大家聽起來就舒服得多。瑪麗的幾位妹妹，在房間那頭兒和盧卡斯家的小姐們在一起，正在跟兩三個軍官起勁地跳舞，瑪麗奏完了一支很長的協奏曲之後，她們便要求她再奏幾支蘇格蘭和愛爾蘭小調，她也就高高興興地繼續彈下去，要博得別人的誇獎和感激。

當時達西先生就站在她們附近，他看到她們就這樣度過了一個晚上，也不跟別人聊天，心裡很是生氣。心思很重的他沒有發覺到威廉·盧卡斯爵士站在了他身邊，最後，他才聽到爵士這樣對他說：「達西先生，跳舞對於年輕人是多麼可愛的一種娛樂！說來說去，什麼都比不上跳舞，我認為還是跳舞最合適作為上流社會的高雅娛樂方式。」

「當然嘍，先生——而且好就好在跳舞在低等社會裡也很風行，就算野蠻人也很會跳舞呢。」

威廉爵士笑了笑沒做聲。接著他看見賓利先生也過來跳舞，便對達西這麼說：「你的朋友跳得很出色，我相信，你的舞技也很不錯吧，達西先生？」

「你大概在梅里屯看見過我跳舞的吧，先生？」

「見過，不錯，而且看得非常高興。你常到皇宮裡去跳舞嗎？」

「從來沒去過，先生。」

「我還真難以相信你不肯賞臉到皇宮裡去呢！」

「無論在什麼地方，我也不願意賞這種臉，能避免總是避免。」

「你在城裡一定有住宅吧？」

達西先生聳了聳身子。

「我曾經計畫到城裡安家，因為我喜歡上流社會，不過我可不敢說倫敦的空氣是否適合於我太太。」

爵士停了一會兒，希望達西先生能回答他的話，可是對方無意回答。不久伊莉莎白朝他們跟前走來，他腦子一轉，想趁此獻一下殷勤，便對她叫道：

「親愛的伊莉莎白小姐，你幹嘛不跳舞呀？——達西先生，請讓我把這位年輕的小姐介紹給你，這是位最理想的舞伴。有了這樣一位佳麗做你的舞伴，我想你總不會拒絕吧。」他拉住了伊莉莎白的手，預備往達西面前送。達西雖然極為驚奇，可也不是不願意接住伊莉莎白的手，不料，伊莉莎白立刻把手縮了回去，好像還有些神色慌張地對威廉爵士說：

「先生，我的確一點兒也不想跳舞。如果你認為我是過來跳舞的，那麼你就錯了。」

達西先生非常有禮貌地要求她賞光，跟他跳一場，可是他白白請求了一番。伊莉莎白下定了決心就不動搖，爵士怎麼也說服不了她。

「伊莉莎白小姐，你跳舞跳得那麼好，就算是讓我飽一次眼福，這總不算是過分的要求吧？再說，這位先生雖說平常並不喜歡這種娛樂，可是要他賞我們半個小時的臉，我相信他也不會不肯的。」

伊莉莎白微笑著說：「達西先生未免太客氣了。」

「他的確太客氣了——可是，親愛的伊莉莎白小姐，看他這樣求你，你總不會怪他多禮吧。誰不想要一個像你這樣的舞伴？」

伊莉莎白笑盈盈地瞟了一眼就轉身走開了。她的拒絕並沒有使達西覺得難過，達西正在相當甜蜜地想念著她，這時，賓利小姐走過來向他打招呼：

「我能猜中你現在在幻想些什麼。」

「你猜不中。」

「你與我想的肯定是一樣的事情，許多個晚上都是跟這些人在一起無聊地度過的，簡直就無法再待下去。我從來不曾這樣煩悶過！既枯燥乏味，又吵鬧又無聊到了極點。這批人又一個個都自以為了不起！我就想聽聽你挖苦他們幾句。」

「跟你說實話吧，你完全猜錯了。我心裡想的要美得多呢！我正在玩味著，一個漂亮女人的一雙美麗眼睛竟會給人這麼大的愉悅。」

賓利小姐立刻目不轉睛地盯著他，要他告訴她，究竟是哪位小姐有這種魅力讓他如此想入非非。達西先生鼓起勇氣回答說：

「伊莉莎白・班奈特小姐。」

「伊莉莎白・班奈特小姐！」賓利小姐重複了一遍，「你的話真讓我感到驚奇。你看中她多久啦？

請你告訴我，我什麼時候可以向你道喜啊？」

「我就知道你會這樣問我的。女人的想像力真敏銳，從愛慕一下子就跳躍到戀愛，一眨眼的工夫又從戀愛跳到結婚。我知道你要預備來向我道喜了。」

「嗯，看你這麼一本正經，我想這件事是百分之百地決定啦。你一定會得到一位有趣的丈母娘，而且她會在彭貝里跟你住上一輩子。」

她這番諷刺話說得那麼得意，達西卻完全似聽非聽，她看到他那般若無其事，便放了心，於是她就越發喋喋不休了。

7

班奈特先生的全部財產幾乎都在一宗每年可以獲得兩千鎊收入的產業上。說起這宗產業，他的女兒們真是很不幸，因為他沒有兒子，按法律規定，他的產業得由一個遠親來繼承。至於她們母親的家私，在這樣的人家本來也算得上一筆大數目，事實上卻還不夠彌補他的損失。班奈特太太的父親曾經在梅里屯當律師，留給了她四千英鎊的遺產。她有個妹妹，嫁給了她爸爸的秘書菲力浦斯，妹夫接下來就承繼了她爸爸的行業；她還有兄弟住在倫敦，生意做得相當活絡。

朗博恩和梅里屯相隔只有一英里路，這樣班奈特家的幾位小姐要到梅里屯去是很方便的，她們每星期總得上那兒去三四次，看看她們的姨媽，還可以順路到一家女帽店去逛一逛。兩個最小的妹妹凱薩琳和麗迪亞特別傾心於逛女帽店，她們的心事比姊姊們要少得多，每當她們沒有更好的消遣辦法，就必定到梅里屯去，打發掉早上的時間，並且晚上也就有了些談話資料。儘管這村子裡通常沒有什麼新聞可以打聽，她們還老是想方設法地從她們姨媽那兒打聽到一些新鮮事。最近，附近來了一個民兵團，這就給她們提供了豐富的消息來源，真叫她們高興非凡。這一團人要在這兒駐紮整個冬天，司令部就設在梅里屯。所以，她們每一次去看望菲力浦斯太太時，都有很大的收穫，得到最有趣的消息。她們常常打聽到幾個軍官的名字和他們的社會關係。不久，這些軍官們的住宅就讓大家知道了，然後，她們也很快就認識了他們。由於菲力浦斯先生一一拜訪了那些軍官，這真是替她的外甥女們開闢了一條意想不到的通向幸福的道路。從此，這兩個姊妹開口閉口都離不開那些軍官。在這以前，只要提到賓利先生的巨大財產，她們的母親就會眉飛色舞，但是對於這兩姊妹而言，跟軍官們的制服比起來，巨大的財產簡直分文不值了。

一天早晨，班奈特先生又聽到她們興高采烈地談到這個問題，他不禁潑冷水說：

「看你們談話的神氣，我覺得你們真是些再愚蠢不過的女孩子。以前我對此半信半疑，現在我可完全相信了。」

凱薩琳一聽此話，有點慌張，但沒有做出回答。麗迪亞卻完全不理會父親的話，還一個勁兒地說下去，說她自己多麼愛慕卡特上尉，還渴望當天能見到他，因為他明天上午就要到倫敦去。

班奈特太太對她丈夫說：「我想不明白，親愛的，你總喜歡說你自己的孩子愚蠢，可是我呢？我就是看不起世界上所有的孩子，也絕對不會看不起自家的孩子。」

「既然我自己的孩子是真的愚蠢，那我就會有自知之明。」

「可事實上，她們卻一個個都很聰明。」

「我們兩個人總算有了一個分歧。我本來希望你我在任何方面的意見都能一致，可是說起我們的兩個小女兒，要說她們聰明的話，我可不會與你的意見一致。」

「親愛的班奈特，你可不能指望這些女孩這麼年輕就跟她們爹媽一樣的見識呀。不過，等她們到了我們的年紀，她們也許就會跟我們一樣，不會再想到什麼軍官們了。我在她們這個年齡時，有段時間也很喜愛紅制服——就是現在，我還是對紅制服挺有好感呢。要是有位年輕英俊的上校，每年有五六千鎊的收入，隨便向我的哪一個女兒求婚，我是決不會拒絕他的。那天晚上在威廉爵士家裡，看見福斯特上校穿著一身軍裝，真是有風度！」

「媽媽，」麗迪亞大聲叫道，「我聽姨媽說，福斯特上校跟卡特上尉沒有以前那麼勤地到瓦森小姐家了。姨媽近來常常看到他們站在克拉克家的書房裡。」

班奈特太太正要說些什麼，一個男僕走了進來，遞給班奈特小姐一封信。這是尼瑟菲德莊園送來的一封信，男僕站在屋裡等著送回信。班奈特太太高興得眼睛發亮。當珍讀信的時候，她就心急地問道：

「嘿，珍，是誰寫給你的信？信上說些什麼？喂，珍，趕快告訴我們，快點兒呀，寶貝！」

「是賓利小姐寫來的信。」珍說著，一邊把信讀出來：

我親愛的朋友：

要是你不肯發發慈悲光臨舍下跟路易莎和我一同吃晚飯，我和她兩個人就要終生成為冤家了。成天就只有我們兩個女人在一塊兒談心，到頭來就吵架了。接信後請速前來。我的哥哥和他的幾位朋友們都要上軍官們那兒去吃晚餐。

你永遠的朋友卡洛琳．賓利

「上軍官們那兒去吃飯！」麗迪亞大聲叫嚷，「這件事怎麼姨媽沒告訴我們呢？」

「上別人家去吃飯，」班奈特太太說，「這真是不好的事。」

「我可以乘著車子去嗎？」珍問。

「這可不好，親愛的，你最好騎著馬去。天好像要下雨的樣子，如果要下雨你就可以在那兒過夜。」

「這倒是個好辦法，」伊莉莎白說，「只要你能肯定他們不會送她回來。」

「噢，賓利先生的馬車要送他的朋友到梅里屯去，赫斯特夫婦又只有車沒有馬。」

「不過，我覺得還是乘馬車去好。」

「可是，乖孩子，你爸爸勻不出拖車子的馬來——農莊上正要馬用。是吧，親愛的班奈特？」

「農莊上常常要馬用，幾乎沒有讓我用的時候。」

伊莉莎白說：「可是，今天如果讓你有機會用上，就正合媽媽的心願了。」

終於，她逼得父親不得不承認——那幾匹拉車子的馬已經有了別的用處。於是珍只得騎著另外一匹馬去。母親送她出門時，高高興興地說了許多祝願天氣變壞的話。她果真如願以償，珍走了不久，果然下起了很大的雨。所有的妹妹都替她擔憂，只有她這位母親反而高興。大雨整個黃昏都沒有停住，珍就只得在尼瑟菲德留宿了。

班奈特太太一遍又一遍地說：「我就知道我的話會應驗。」好像天下雨也是她一手設計的。但是，她的神機妙算究竟給女兒帶來了多大的幸福，她要到第二天早上才能知道。早飯還沒吃完，尼瑟菲德莊園就打發了人送來一封給伊莉莎白的信：

我親愛的麗琪：

今晨我覺得特別難受，我想這可能是昨天淋了雨的緣故。這裡的好朋友們要我等到身體舒適一些再回來。朋友們再三要請鐘斯醫生來替我看病，因此，你們千萬不要吃驚，就算是鐘斯先生來給我看病，我也只不過是有點兒喉嚨痛和頭痛，並沒有什麼大不了的毛病。

姊字

伊莉莎白讀信的時候，班奈特先生就對他太太說：「哦，親愛的，如果你的女兒得了重病——甚至賠上了性命——倒也值得呀，因為她是奉了你的命令去追求賓利先生的。」

「噢！難道她這麼容易一下子送命！哪有一點小傷風就會送命的道理。人家自會把她侍候得好好的。只要她不出賓利家，什麼事也不會有的。倘使有車子的話，我倒想去看看她。」最為著急的是伊莉莎白，她才不管有車無車，決定非去看望自己的姊姊不可。她既然不會騎馬，唯一的辦法便就只有步行。她把自己的打算說了出來。

她媽媽叫道：「你怎麼這麼笨！剛下過雨，路上這麼泥濘，虧你想得出來！等你走到那兒，讓人看見了不是很沒面子嗎？」

「只要讓我見到珍就成。」

「麗琪，」她的父親說，「你想讓我替你弄幾匹馬來駕馬車嗎？」

「我當然不是這個意思。走路難不倒我，只要有心去，這點兒路算得上什麼。不就是三英里路嗎？我還可以趕回來吃晚飯呢。」

這時瑪麗說道：「你完全是出於姊妹深情，我很佩服，但是你千萬不能衝動，你得理智一點，而且我覺得只要你有那份心意就行了。」

凱薩琳和麗迪亞同聲說道：「我們陪你到梅里屯。」伊莉莎白表示贊成，於是姊妹三個就一塊兒出發了。

「要是我們趕得快些，」麗迪亞邊走邊這麼說，「趕得及的話，或許還能在卡特上尉臨走前看看他。」

三姊妹到了梅里屯便分了手，兩位妹妹到一個軍官太太的家裡去，留下伊莉莎白一個人繼續往前走。她急匆匆地大踏步走過了一片片田野，跨過了一道道柵欄以及一個個水窪，終於看見了那座房子。這時她已經雙腳乏力，襪子上全是泥，臉紅撲撲的。

她被領進了餐廳，除了珍之外，他們全都在那兒，只有珍不在場。大家看見她那個模樣，都十分吃驚。赫斯特太太和賓利小姐心想，這麼一大早，她竟踏著泥濘從三英里路開外趕到這兒來，而且是一個人趕來的，這事情簡直叫人無法相信。伊莉莎白料定他們會瞧不起她這一舉動。不過，他們倒很客氣地接待了她，特別是賓利先生，不僅是客客氣氣地接待她，而且非常有禮貌。達西先生說話不多，赫斯特先生完全一言不發。達西先生的心裡很矛盾：他一方面愛慕她那步行之後嬌豔的臉色，另一方面又懷疑她是否有必要打那麼遠趕來。至於赫斯特先生，他一心一意只想要吃早飯。

伊莉莎白問起姊姊的病情，但沒有得到滿意的回答。據說班奈特小姐晚上沒有休息好，現在雖然已經起床，但還發著高燒，只能待在房間裡。他們馬上就把她領到她姊姊那兒去。珍看到伊莉莎白來了，非常高興，原來她怕家裡人擔心，所以信裡並沒有說她極其盼望有個家人來看望她。這會兒見了妹妹，她沒有力氣多說話，因此，當賓利小姐走開以後，剩下她們姊妹倆在一塊兒的時候，她只說在這兒她們待她那麼好，讓她心存感激——除了這些話，她就沒有再說什麼。伊莉莎白靜悄悄地守護著她。

吃過早飯，賓利家的姊妹也到珍的房間來陪她，伊莉莎白看到她們對珍那麼熱情親切，便不禁對她們產生了好感。鐘斯醫生趕到了，檢查了病人的症狀，說她是因為淋雨而得了重感冒（其實大家也都這麼認為），他囑咐她們要盡力當心，讓珍多在床上休息，並且給她開了幾樣藥。她們照著醫生的囑咐做了，但是珍的體溫又上升，而且頭痛得厲害。伊莉莎白始終守在珍的房間，兩位賓利小姐也在一旁，男士們都不在家裡，其實他們在家裡也幫不了什麼忙。

下午三點，伊莉莎白覺得自己應該走了，於是勉強向主人家告別。賓利小姐要她乘馬車回去，她正打算客氣推辭一下就接受主人的這番盛意，不過，珍不願伊莉莎白這麼快就回去，於是，賓利小姐就不得不改變主意，留伊莉莎白在尼瑟菲德莊園暫時住下來。伊莉莎白十分感激地答應了。接下來就是讓一個僕人上朗博恩去，把她在這兒暫住的事情告訴她家裡人，同時讓僕人給她帶些衣服來。

8

下午五點鐘，主人家兩姊妹出去換衣服；六點半的時候伊莉莎白被叫去吃晚飯。大家都很有禮貌，紛紛來探問珍的病情，賓利先生尤其問得關切，這叫伊莉莎白心情愉快，只可惜珍的病情一點也沒有好轉，因此，她無法給他們滿意的回答。賓利姊妹聽到這話，便一再說她們是多麼憂慮，說重感冒是多麼可怕，又說她們自己多麼討厭生病，不過，剛說過這些話，她們就不當它一回事了。伊莉莎白看到珍不在她們面前的時候她們就這般冷落珍，於是，那種討厭她們的心情現在又重新在她心裡增長了。的確，他們這家人裡面只有她們的兄弟賓利先生的表現能讓她滿意，賓利先生真的是十分擔心珍的病情，而且對伊莉莎白的關心也很殷勤、體貼。伊莉莎白本以為人家會把她看做一個不速之客而受到冷漠，可是，有了賓利先生這份殷勤，她就不這麼覺得了。除他以外，別人都不是很熱情。賓利小姐們一心思想著達西先生，赫斯特太太也差不多；再說到那個懶骨頭赫斯特先生，他就坐在伊莉莎白身旁，他活在世上就是為了吃、喝、玩牌，他發現伊莉莎白寧可吃一碟普通的菜也不喜歡吃燴肉，就不再與她說話了。

伊莉莎白一吃過晚飯就回到珍的那個房間去。她一走出飯廳，賓利小姐就開始說她的壞話，把她說得壞透了，說她既粗魯又不懂禮節，不懂得跟人家攀談，儀表不佳，又沒有情趣，人又長得難看。赫斯特太太也同意她妹妹的看法，而且還補充了幾句：

「總而言之，她除了跑路的本領以外，沒有一點是值得認可的。她今兒早上那副狼狽模樣我永遠忘不了，簡直跟瘋子一樣。」

「沒錯，她的確像個瘋子，路易莎，我一想起來就忍不住要笑。她這一趟來得不值，姊姊犯了一點感冒，幹嘛要她那麼瘋狂地跑遍了整個村莊？頭髮給弄得亂糟糟的，邋裡邋遢！」

「是呀，還有她的襯裙，可惜你沒看到她的襯裙。我說的絕對是真的，那上面糊上了有足足六英寸泥，她使勁地扯外面的裙子來遮住裡面的襯裙，可是遮蓋不住。」

賓利先生說：「你所描繪的一點也不錯，路易莎，可是我並不以為然。我倒覺得伊莉莎白・班奈特小姐今兒早上走進屋來的時候，那種神情模樣十分可愛呢！至於你們說的沾滿了泥巴的襯裙，我並沒有看到。」

「你一定看到了，達西先生。」賓利小姐說，「我想，你總不願意看到你自己的姊妹這樣一副狼狽樣子吧？」

「當然不願意。」

「無緣無故趕上那麼三英里路，或者五英里路，誰曉得多少英里呢？泥土蓋沒了踝骨，而且是孤孤單單的一個人！誰知道她的目的是為了什麼呢？我看她是十足地表現了她沒受過什麼家教，完全是鄉下人不體面的輕狂舉止。」

賓利先生說：「那正說明了她對她姊姊的深切關心，這很好。」

賓利小姐語氣怪怪地問達西先生：「達西先生，我倒擔心，她這次魯莽的行為，是否會影響你對她那雙美麗的眼睛的愛慕呢？」

達西回答道：「一點兒影響也沒有，她跑過了這趟路以後，那雙眼睛更加有魅力了。」說完這句話，屋子裡沉默了一會兒，然後赫斯特太太又開始了她的議論：

「我非常關心珍．班奈特——她倒的確是位很招人愛的姑娘，我誠心誠意地希望她嫁個好人家。只可惜她的父母是那個模樣，加上還有那麼些窮親戚，我擔心她沒什麼希望。」

「我不是聽你說過，她有個姨父在梅里屯當律師嗎？」

「是呀，她們還有個舅舅住在倫敦奇普賽德附近。」

「那真是挺好的。」她的妹妹補充了一句，於是姊妹倆都放聲大笑起來。

賓利一聽此話，便大叫起來：「即使她們的舅舅再多，可以把整個奇普賽德街都塞滿，也不能把她們討人喜愛的地方減損分毫。」

「可是，這樣的話，她們要嫁給有地位的男人，就沒多少機會了？」達西回答道。

賓利先生沒有理睬這句話，他的姊妹們卻聽得非常得意，於是越發肆無忌憚地拿班奈特小姐地位卑微的親戚開了好一陣玩笑。不過，她們一離開飯廳，來到珍的房間時，就重新做出百般溫柔體貼的樣子，一直陪著珍坐到喝咖啡的時候。珍的病還不見好轉，伊莉莎白寸步不離地守著姊姊，直到傍晚珍睡著了，才放下了心，覺得自己應該到樓下去一趟（雖說她是那麼不情願下樓去）。走進客廳，她發覺大家正在玩牌，他們馬上就邀請她一起玩，可是她害怕他們玩的賭注很大，便謝絕了，只推說放心不下姊姊，一會兒就得上樓去，她想找本書來看一看。赫斯特先生吃驚地看著她說：

「你寧可看書，也不要玩牌嗎？這真是與眾不同。」

賓利小姐說：「伊莉莎白．班奈特小姐瞧不起玩牌，她是個了不起的讀書人，對別的事她都毫無興趣。」

伊莉莎白嚷道：「這樣的誇獎我不敢當，這樣的責備我也承受不了，我並不是什麼了不起的讀書人，除了讀書，我還對很多事情感興趣。」

賓利先生說：「我覺得你很樂意照料你自己的姊姊，但願她早日康復，那你就會更加快活了。」

伊莉莎白從心底裡感激他，然後，她走到一張放了幾本書的桌子跟前。賓利先生要另外拿些書來給她——把他書房裡所有的書都拿來。「如果我有很多藏書就更好了，無論是為你的益處著想，還是為我自己的面子著想。可是我太懶於看書，藏書很少，讀過的就更少了。」伊莉莎白跟他說，房間裡那幾本書已經夠她看了。

賓利小姐說：「我很奇怪，爸爸怎麼只留下來這麼幾本書。達西先生，你在彭貝里的那個書房真是氣派啊！」

達西說：「那有什麼稀奇。那是我祖上幾代的功勞啊。」

「你自己又買了不少書，我看見你老是在買書。」

「我有現在這樣的日子過，當然不好意思讓家裡的書房受冷落。」

「冷落！我相信你不會冷落你那個高貴房子裡的任何東西。查理斯，以後你自己建築住宅的時候，我只希望有彭貝里一半那麼美麗就好了。」

「我也希望這樣。」

「可是我還要竭力奉勸你就在那兒附近購置地產，而且要拿彭貝里做個榜樣。德比郡是全英國最美麗的地方了。」

「我非常高興那麼辦。我真想乾脆就把彭貝里買下來，只要達西願意成全我。」

「我是在參照你的經濟條件可能辦到的事情，查理斯。」

「卡洛琳，我敢說，買下彭貝里比仿照彭貝里的樣式造房子，更有可能吧。」

伊莉莎白只顧著聽他們談話，弄得沒心思看書了，索性把書放在一旁，走到牌桌跟前，在賓利先生和他姊姊中間坐了下來，看他們幾個玩牌。

這時賓利小姐又問達西：「從春天到現在，達西小姐長高了很多吧？她將來可能會長得和我一樣高吧？」

「我想會吧。她現在大概有伊莉莎白・班奈特小姐那麼高了，沒準還會更高一些呢。」

「我真想再見見她！我從來沒碰到過這麼使我喜愛的人。模樣兒那麼俏，又那樣懂禮貌，小小的年紀就多才多藝，她的鋼琴真是彈得棒極了。」

賓利先生說：「這真叫我驚奇，年輕的姑娘們怎麼都有那麼大的能耐，一個個都出落得多才多藝。」

「年輕的姑娘們一個個都出落得多才多藝？親愛的查理斯，你這話是什麼意思呀？」

「我沒有說錯，我認為一個個都是那樣。她們都會裝飾臺桌，點綴屏風，編織錢袋。我簡直就沒有見過哪一位不是樣樣都會，而且每逢人們談起一個年輕姑娘時，沒有哪一次不是說她多才多藝的。」

達西說：「這一套極其平凡的所謂才藝，你這麼說倒是沒錯！多少女人只不過會編織錢袋，點綴屏風，就享有了多才多藝的美名。這種對一般女性的評價，我卻不能同意。毫不誇張地說，我認識很多女人，而真正多才多藝的實在不過半打。」

「我也是這樣認為的。」賓利小姐說。

伊莉莎白說：「那麼，在你的想像中，一個婦女要很多條件才能稱為多才多藝啦。」

「不錯，我認為應該包括很多條件。」

「噢，當然嘍，」他的忠實朋友賓利先生叫了起來，「要是一個婦女不能超越常人，就不能算是多才多藝。一個女人必須對音樂、唱歌、繪畫、舞蹈和現代語言都精通，才配得上這個稱號。另外，她的儀表和步態、她的聲調、她的談吐和表情，都得相當文雅又風趣，否則她就不夠資格。」

達西接著說：「除了具備這些條件以外，她還應該不斷地讀書，充實自己，有點真才實學。」

「怪不得你認識的才女只有半打呢。你這麼一說，我現在疑心你連一個也不認識呢。」

「你怎麼對你們女人這般苛求呢，竟以為不可能有一個女人具備這些條件？」

「我從來沒見過這樣的女人，我從來沒見過哪一個人像你所說的這樣有才幹又有情趣，又那麼好學，那麼儀態優雅。」

聽了伊莉莎白的話，赫斯特太太和賓利小姐都叫起來了，說她不應該表示懷疑，因為這種懷疑是不公平的，而且她們還一致提出反證，說她們身邊的朋友中就有不少人都具備這些條件。一直等到赫斯特先生叫她們好好打牌，怪她們不能用心打牌，她們才住嘴，一場爭論就這樣結束了，伊莉莎白沒有多久也離開了客廳。

門關上之後，賓利小姐說：「有些女人們為了自抬身價，往往在男人們面前貶低女人，伊莉莎白・班奈特就是這樣一個女人，不少男人就是這樣被迷惑的。但是我認為這是一種十分卑鄙的詭計，一種無恥的手段。」

達西聽出她這幾句話是有意說給自己聽的，便回答道：「毫無疑問，姑娘們為了把男人弄到手，有時會使用各種手腕，這真是卑鄙。這樣狡猾奸詐的做法，應該受到鄙棄。」

賓利小姐不太滿意他這個回答，但是也不願再往下說了。

伊莉莎白又到他們這兒來了一次，只是為了告訴他們一聲，她姊姊的病更加嚴重了，她得守在她身邊。賓利先生馬上就讓人去請鐘斯醫生來，他的姊妹們卻都主張趕快到城裡去請一位最有名的大夫來。伊莉莎白不贊成，不過她也不便拒絕他們的一番盛意，於是大家協商出了一個辦法：如果班奈特小姐第二天一大早依舊沒有好轉，就馬上去請鐘斯醫生來。賓利先生心裡很是擔心，他的姊姊和妹妹也說很為珍擔心。吃過晚飯以後，兩姊妹合奏了幾支歌來消除一些煩悶，而賓利先生仍在擔心，因為想不出好辦法來解除焦慮，便囑咐女管家盡心盡意地照料病人和病人的妹妹。

9

那天晚上，伊莉莎白大部分時間都是在她姊姊房間裡度過的。第二天一大早，賓利先生就派了個女僕人來問候她們。過了一會兒，賓利的姊姊妹妹也打發了兩個斯文的侍女來探聽病情，伊莉莎白總算可以有點好消息告訴她們說，病人已略有好轉。不過，她雖然寬了一下心，卻還是要求主人替她差人送封信到朗博恩去，讓她們的母親來看看珍，判斷一下她的病情。信立刻就送去了，班奈特太太也很快就帶著兩個最小的女兒來到尼瑟菲德莊園，那時主人們剛剛吃過早飯。

如果說班奈特太太發覺珍有什麼危險，那她真的就要傷心死了，但是她一看到珍的病並不怎麼嚴重，也就放心了。她也並不希望珍馬上康復，因為，要是一康復，她就得離開尼瑟菲德莊園回家去。所以珍提出要跟她回家，她根本不聽，況且那位差不多與她同時趕到的醫生，也認為病人不適合馬上轉移。班奈特太太陪著珍坐了一會兒工夫，賓利小姐就上來請她們幾個下去吃早餐，於是她就帶著三個女兒一塊兒上飯廳去。賓利先生對她們表示歡迎，說是希望班奈特太太看到了女兒的病一定會覺得並不是想像中那般嚴重，希望她能放心。

而班奈特太太則說：「我沒有想像到會這般嚴重呢！先生，她病得太厲害了，根本不能轉移。剛才鐘斯醫生也說，千萬不可以叫她搬動。我們只得勞煩你們多照顧幾天啦。」

「轉移！」賓利叫道，「怎麼會讓她轉移呢？我相信我的妹妹也決計不肯讓她這樣做的。」賓利小姐冷淡而有禮貌地說：「你放心好啦，夫人，班奈特小姐待在我們這兒，我們一定盡心盡意地照顧她的。」

班奈特太太連聲向主人道謝。

接著她又說道：「要不是靠你們這些好朋友照顧，我相信她真不知道會病成什麼樣了，因為她實在病得很重，痛苦得很厲害，不過好在她特別能承受痛苦——她一貫都是這樣的，我生平沒見過還有人有她這般溫柔到極點的性格。我另外的幾個女兒全都比不上她這麼溫順。賓利先生，你這所房子十分迷人，從那條石子路上望出去，景致也很美麗。在這個村莊裡，我從來沒見過一個地方比得上尼瑟菲德莊園。雖然你的租期很短，但我勸你能長期住下來。」

賓利先生說：「不過，我是個急性子，無論幹什麼事，都是說幹就幹，要是打定主意要離開尼瑟菲德莊園，沒準我在五分鐘之內就搬走了。不過目前我算在這兒定居了。」

「我猜得一點兒不錯。」伊莉莎白說。

賓利轉過頭去對她大聲說道：「你開始瞭解我啦，是嗎？」

「噢，是呀，我對你很瞭解。」

「但願你這句話是在恭維我，不過，這麼容易被人看透，那恐怕也挺讓人可憐吧。」

「那不能一概而論。一個深沉複雜的人，不一定就比你這樣的人更叫人難以捉摸。」

她的母親連忙說：「麗琪，別忘了你在做客，你可不能到人家這裡來胡鬧。」

「我到現在才發現你是個研究人的性格的專家。」賓利馬上接下去說，「那一定是一門很有意思的研究吧。」

「不錯，可是最有意思的還是研究複雜的性格，至少這樣的性格有研究的價值。」

達西說：「一般說來，鄉下人可以作為這種研究對象的就很少。因為在鄉下，你的活動範圍受到限制，你周圍的人都是非常單調的。」

「可是人們本身的變動很多，他們身上永遠有新的情況讓你去注意。」

班奈特太太聽到達西剛才以那樣一種口氣提到鄉下，不禁有點生氣，便大聲地說：「對呀，告訴你吧，鄉下可供研究的對象並不比城裡少。」

大家都吃了一驚。達西只是不做聲地看了她一下，就靜悄悄地走開了。班奈特太太自以為把達西說服了，便接著說下去：「我覺得倫敦除了店鋪和公共場所以外，其他地方比鄉下好不到哪兒去。鄉下可舒服得多了——賓利先生，你說呢？」

「我到了鄉下就不想走了，」他回答道，「我住到城裡也就不想走了。鄉下和城裡各有各的好處，我隨便住在哪兒都一樣快活。」

「嗯，這是因為你有好脾氣。可是剛才那位先生，」她說到這裡，便朝達西望了一眼，「就會覺得鄉下沒有什麼值得肯定的。」

「媽媽，你根本就是誤會了，」伊莉莎白這話一出口，她母親就紅了臉，「你完全弄錯了達西先生的意思。達西先生只不過是說，鄉下碰不到像城裡那麼些各種不同性格的人，你可得承認這是事實啊。」

「當然嘍，寶貝，誰也不否認這點。要是說這個村子裡還碰到的人不多，那我覺得比這大的村莊也就沒有幾個了。據我所知，平常跟我們來往吃飯的就有二十四戶人家呢。」

要不是看在伊莉莎白的份兒上，賓利先生真的差一點兒就要笑起來了。但他的妹妹可沒有他那麼給人面子，便不由得帶著表情豐富的笑容望著達西先生。伊莉莎白為了找個話題轉移一下她母親的心思，便問她母親說，自從她離家後，夏綠蒂·盧卡斯有沒有來過朗博恩。

「她昨天來過，是跟他父親一塊兒來的。威廉爵士是個多麼和藹可親的人呀，賓利先生，他不是嗎？那麼時髦、那麼文質彬彬，又那麼隨便的一個人！他見到什麼人都會上前打招呼。這就是我常說的有良好的教養。有些人自以為了不起，總是金口難開，他們的想法並沒有什麼了不起的。」

「昨天夏綠蒂在我們家裡吃飯了嗎？」

「沒有，她急著趕回家去。據我猜想，大概是她得趕回去為家人做餡餅。賓利先生，我總是雇傭那些能幹的僕人，我的女兒可不是像她們那樣教養大的。不過一切要看各人的情況，告訴你，盧卡斯家的姑娘們全是些好女孩，雖然長得不漂亮！當然並不是我個人以為夏綠蒂長得難看，她究竟是我們很好的朋友。」

「看起來，她是位很可愛的姑娘。」賓利說。

「是呀，可是你得承認，她的確長得很一般。盧卡斯夫人就經常那麼說，她還羨慕我的珍長得漂亮呢。我並不喜歡誇自己的孩子，可是，說句心裡話，這並不是我自己說話自信。還在她十五歲的那一年，在城裡我那位兄弟加德納家裡，有位先生就愛上了她並打算向她求婚呢，我的弟媳婦說珍太小了，他才沒有提出來。不過他卻為珍寫了好些感人的情詩。」

「那位先生的戀愛就這麼終結了。」伊莉莎白不耐煩地打斷了她母親的話，「我想，我覺得可能很多人都是這樣來結束自己的愛情。詩居然有這種功能——能夠趕跑愛情，也不知道是哪個聰明人第一個發現的！」

「我總是認為，詩是愛情的食糧。」達西說。

「那須得是一種美好、堅貞、健康的愛情才行。本身強健，吃什麼東西才可以獲得滋補。要是愛情只不過是一點兒表面上的跡象，那麼我相信，一首十四行的詩就能把它了結掉。」

達西只笑了一下，接著所有的人都不說話了，這時候伊莉莎白很是著急，擔心她母親又要出醜。她想說點兒什麼，可一時也不知道說些什麼。沉默了一下以後，班奈特太太又重新向賓利先生道謝，說是多虧他對珍細心照料，同時為伊莉莎白冒昧到來打擾了他表示歉意。賓利先生回答得極其懇切而有禮貌，弄得他的妹妹也不得不客氣起來，說了些很得體的話。她說客氣話的態度並不十分自然，可是班奈特太太已經夠滿意的了。一會兒，班奈特太太就讓人準備馬車。這個號令一發，她那位最小的女兒立刻走上前來。原來自從她們母女來到此地，兩個女兒就一直在私下裡商量，最後最小的妹妹來提醒賓利先生兌現他剛來鄉下時的承諾，在尼瑟菲德莊園開一次舞會。

麗迪亞是個胖胖的、發育得很好的姑娘，今年才十五歲，她皮膚細嫩，人也溫柔可愛。她母親最寵愛她，由於這份寵愛，她很小就進入了社交界。她生性活潑外向，天生有些不知分寸，加上她的姨父經常盛情款待那些軍官們，軍官們又見她舉止頗有些輕佻，便對她產生了相當的好感，於是她更加放肆了。所以大膽的她就能向賓利先生提出開舞會的事，冒冒失失地重提他先前的承諾，而且還說，要是他不履行承諾，那就是天下最丟人的事。賓利先生對她這一突來的挑釁回答，叫她母親很是高興。

「我可以向你保證，我非常願意履行我的承諾，只要等你姊姊康復了，由你隨便訂個開舞會的日子就行。你總不會在姊姊生病的時候跳舞吧？」

麗迪亞表示滿意：「你這話說得不錯。等到珍完全康復了，舞會才是最合適的，而且到那時候，卡特上尉也許又會回到梅里屯來。等你開過舞會以後，我一定非要他們也開一次舞會不可。我一定會跟福斯特上校說，要是他不開舞會，那是很丟人的。」

於是，班奈特太太帶著她的兩個小女兒回家去了。伊莉莎白立刻回到珍身邊去，也不去管賓利家的兩位小姐怎樣在背後議論她跟她家裡人如何有失體統。不過，儘管賓利小姐不停地冷嘲熱諷，拿她的「美麗的眼睛」開玩笑，達西卻始終不肯受她們的慫恿，跟她們一起來中傷伊莉莎白。

10

這一天過得和前一天沒有多大的差別。赫斯特太太和賓利小姐上午陪了病人幾個小時，病人儘管好轉得很慢，但還是在不斷地好轉。晚上，伊莉莎白跟她們一塊兒待在客廳裡，不過這一回他們卻沒有打「祿牌」。達西先生在寫信，賓利小姐坐在他身旁看著他寫，一再糾纏著要他代她向他的妹妹問好。赫斯特先生和賓利先生在打兩個人對玩的皮克牌，赫斯特太太在一旁看著。

伊莉莎白在做針線活兒，一面留神地聽著達西跟賓利小姐談話。賓利小姐對達西先生不停地恭維，不是說他的字寫得好，就是說他的每一行字跡都很整齊，要不就是讚美他的信寫得很細膩，可是對方對她卻是愛理不理的。這兩個人你問我答，形成了一段奇妙的對白。這樣，伊莉莎白就覺得自己的確沒有把他們倆看錯。

「達西小姐收到了這樣的一封信，將會多高興啊！」

他沒有回答。

「你寫字這樣快，真是少見。」

「你這話可說得不對。我其實寫得相當慢。」

「你一年得寫多少封信啊？還得寫事務上的信，我看這事夠讓人煩吧！」

「這麼說，這些信幸虧碰到了我，沒有碰到你。」

「請你轉告達西小姐，我很想和她見見面。」

「我已經奉命在信中告訴過她了。」

「我怕你那支筆不大好用了，讓我來代你修理一下吧。修筆真是我的拿手好戲。」

「謝謝你的好意，我一向都是自己修理。」

「你怎麼寫得那麼工整？」

他沒有做聲。

「請轉告你妹妹，就說我聽到她彈豎琴大有進步了，真覺得高興，還有，她給我設計的裝飾桌子的那張美麗的小圖案，我喜歡極了，我覺得比起格蘭特利小姐的那張要強好多倍。」

「可否請你通融一下，你的這些話能否等到下一次寫信時再告訴她？這一次我實在不能寫那麼多了。」

「哦，行啊。到一月份我就可以跟她見面了。不過，你老是給她寫那麼動人的長信嗎，達西先生？」

「我的信一般都寫得很長，不過，我不能判斷每封信是否都寫得動人。」

「不過我總覺得，凡是善於寫長信的人，無論如何也不會寫得不好。」

她的哥哥說：「卡洛琳，這種誇獎的話可不能用在達西身上，因為他並不能夠很順利地寫長信，他最愛追求四音節的字了——達西，我沒說錯吧？」

「我寫信的風格和你很不同。」

「哦，」賓利小姐叫起來了，「查理斯寫信總是馬虎得不可想像，不是漏掉了一半字，就是塗掉了另一半字。」

「那是因為我的思維太快了，簡直來不及寫，因此收信人有時候讀到我的信，反而覺得沒什麼內容。」

「賓利先生，」伊莉莎白說，「你這樣謙虛，真叫人家本來要責備你也覺得於心不忍了。」

達西說：「假裝謙虛偏偏往往就是信口雌黃，或者是拐彎抹角的自誇。」

「那麼，我剛剛那幾句謙虛的話，究竟是信口雌黃呢，還是拐彎抹角的自誇？」

「應當算是拐彎抹角的自誇，因為你對於你自己寫信方面的某些缺點覺得很得意，而且你認為引起這些缺點的原因是思維敏捷，懶得去注意書法，你認為你這些缺點沒什麼大不了的，完全不會考慮到效果是不是完美。你今天早上跟班奈特太太說，如果你決定要從尼瑟菲德莊園搬走，你五分鐘之內就可能動手搬家，這種話無非是誇耀自己。再說，欲速則不達，無論對人對己，都沒有真正的好處，這有什麼值得誇耀的呢？」

「得了吧，」賓利先生不願聽下去了，「晚上還記起早上的事，真是太不值得。而且說句心裡話，我相信我的自我評價並沒有錯，我到現在還相信沒有錯。因此，我至少不是故意擺出一副急性子，想要在女士們面前故意炫耀自己。」

「或許你真的相信你自己的話，可是我怎麼也不相信你做事情會那麼當機立斷。我知道你也跟一般人一樣，都是隨機應變。比如你正跨上馬要走了，忽然有朋友跟你說：『賓利，你最好還是待到下個星期再走吧。』沒準你可能就會聽他的話不走了，要是他再跟你說點什麼的，你也許就會再待上一個月呢。」

伊莉莎白叫道：「你這一番話只不過說明了賓利先生行事不任性。你這樣一說，比他自己說得更像是誇耀了。」

賓利說：「我真太高興了，我的朋友所說的話，經你這麼一解釋，反面變成恭維我的話了。不過，只怕有些遺憾，你這種解釋並不投合那位先生的本意，因為我如果真遇到這種事，我會很堅決地謝絕那位朋友的挽留，騎上馬就走，那他一定更看得起我。」

「那麼，難道達西先生認為，不管你本來的打算是多麼草率，只要你一打定主意就行動上堅持到底，也就不該說你的不是了嗎？」

「老實說，我也解釋不清楚，那得由達西自己來說明。」

「你想要把這些意見說成我的意見，我可不願接受。不過，班奈特小姐，即使把你所說的這種情形假定為真實的，你可別忘了這一點：那個朋友雖然叫他回到屋子裡去，希望他不要那麼急性子，可是那也不過是那位朋友的一個希望，對他提出那麼一個要求，但並沒有堅持要他非那樣做下去不可。」

「輕而易舉地聽從朋友的意見，在你身上我可看不出這個優點。」

「如果不問是非，無原則地聽從，恐怕對於兩個人都不能算是一種恭維吧。」

「達西先生，我覺得你未免否定了友誼和感情對於一個人的影響。如果你要尊重你的朋友提出的意見，經常是還等不及你的朋友來說服就會心甘情願地聽從的。我說的並不是你對賓利先生假設的情況。也許我們可以等到假設變成現實的時候，再來討論他處理得是不是適當。不過一般說來，朋友之間在一般的情況下，遇到一件無關緊要的事情的時候，一個已經打定主意，另一個要他改變一下主意，如果被要求的人不等到對方加以說服，就聽從了對方的意見，你就會對他看不起嗎？」

「我們先不討論這個問題，不妨先仔細研究一下，那個朋友提出的要求究竟有多重要，他們兩個人的交情又有多深。」

賓利大聲說道：「好極了，請你仔仔細細講吧，連他們的身材高矮和大小也不要忘了。因為，班奈特小姐，對於這一點，你一定想像不到討論起問題來的時候有多重要。老實說，要是達西先生不比我高那麼多，大那麼多，我才不會那麼尊重他。在某些時候，某些場合，達西是個再討厭不過的傢伙——特別是星期天晚上在他家裡，碰到了他沒有事情做的時候。」

達西先生笑了笑，伊莉莎白本來要笑，可是覺得他好像有些生氣了，便忍住了沒有笑。賓利小姐看見人家戲弄達西，很是生氣，便抱怨她的哥哥不應該談這樣沒意思的話。

達西說：「我明白你的用意，賓利，你不喜歡辯論，要盡快結束這場辯論。」

「你說的也許沒錯。辯論往往很像爭論，假若你和班奈特小姐能在我走出房間以後再辯論，那我是非常感激的。我走出去以後，你們愛怎麼說就可以怎麼說我了。」

伊莉莎白說：「你要這樣做，對我並沒有什麼損失。達西先生最好還是繼續寫信吧！」

達西先生聽從了她的意見，去把那封信寫好。

這件事過去以後，達西懇請賓利小姐和伊莉莎白小姐給他來一點音樂聽聽，賓利小姐就很樂意地走到鋼琴跟前，先客氣了一番，請伊莉莎白帶頭，伊莉莎白卻更加客氣又真誠地推辭了，然後賓利小姐才在鋼琴前坐下來。

赫斯特太太替妹妹伴唱。當她們姊妹倆演奏的時候，伊莉莎白翻閱著鋼琴上的幾本琴譜，只見達西先生一直注視著她。如果說，這位了不起的人這樣看著她是出於愛慕，她可不大敢有這種奢望；不過，要是說達西望著她是因為討厭她，那就更不合情理了。最後，她只得這樣想：她之所以引起了達西的注意，是因為她是在場的幾個人中最讓他討厭的。她這樣想著，並沒有傷心的感覺，因為她根本不喜歡他，因此不在乎他是否喜歡自己。

彈了幾支義大利歌曲以後，賓利小姐便改彈了一些節奏明快的蘇格蘭曲子。沒多久，達西先生走到伊莉莎白跟前來，對她說：

「班奈特小姐，你是不是想趁這個機會來跳一次蘇格蘭舞？」

伊莉莎白沒有回答他，只是笑了笑。他見她不做聲，覺得有點奇怪，便又問了她一次。

「哦，」她說，「我早就聽見你的問題了，可是我一下子不知該如何回答你。當然，我知道你希望我回答一聲『好的』，這樣你就可以得意地蔑視我的低級趣味，只可惜我一向喜歡戳穿這種把戲，捉弄一下那些存心想要蔑視別人的人。所以，我要對你說，我根本不愛跳蘇格蘭舞。這下你可不敢蔑視我了吧？」

「我果真不敢。」

伊莉莎白本來打算讓他難堪一下，這會兒見他那麼服貼的樣子，倒覺得不好意思了。不過，伊莉莎白與生俱來的溫順乖巧，讓她不輕易得罪任何人，而達西已經被她迷住了，以前任何女人也不曾使他這樣著迷過。他不由得認真地考慮：要不是她的親戚出身微賤，那我就難免有危險了。

賓利小姐見到這般光景，很是嫉妒，或者也可以說是她因多疑而心生嫉妒。於是她一心想把伊莉莎白趕走，也就一心希望她的好朋友珍趕快康復。

為了挑撥達西厭惡這位客人，她常常挑逗達西，說他跟伊莉莎白終將結成美滿姻緣，而且說這門事會給達西帶來多大幸福。

第二天賓利小姐跟達西兩人在矮樹林裡散步，賓利小姐說：「我希望將來有一天你與班奈特小姐成婚了，你得委婉地奉勸你那位岳母以後要少說話為好，還有你那幾位小姨子，要是你能辦得到，最好也得把她們那種醉心追求軍官的毛病醫治好。還有一件事，我真不好意思說出口，就是你夫人有自命不凡而總是語出傷人的小毛病，你也得盡力幫助她克制一下。」

「關於促進我家庭幸福的意見，還有嗎？」

「哦，還有呢。請你務必把她的姨父菲力浦斯夫婦的畫像掛到彭貝里畫廊裡面去，就掛在你那位當法官的伯祖父大人遺像旁邊。因為他們都是同行，只不過部門不同而已。至於尊夫人伊莉莎白，可千萬別讓別人替她畫像，你怎麼能找到一位畫家能把她那雙美麗聰明的眼睛生動形象地畫出來？」

「那雙眼睛的神氣的確是難以描繪的。可是眼睛的形狀和顏色，以及她的睫毛，都非常美妙，也許描畫得出來。」

他們正談著的時候，忽然看見赫斯特太太和伊莉莎白從另外一條路走了過來。

賓利小姐連忙招呼她們說：「我想不到你們也出來散步。」她說這話的時候，心裡很有些惴惴不安，擔心剛才的話讓她們聽見了。

「你們也太對不起我們了，」赫斯特太太回答道，「出來散步也不叫上我們兩個。」

接著她就挽住達西空著的那條臂膀，丟下伊莉莎白一個人走著。這條路恰巧只容得下三個人並排走，達西先生覺得她們很冒昧，便說道：

「這條路太窄，不能讓我們大家一塊兒並排走，我們還是走到大道上去吧。」

伊莉莎白本不想跟他們待在一起，一聽這話，就笑著說：

「用不著啦，用不著，你們就在這兒走吧。你們三個人並排走非常好，而且還更好看呢。加上第四個人，優美的畫面就給破壞了。再見。」

於是她就得意揚揚地跑開了。她一面蹓躂，一面想到再過兩天就可以回家，就覺得很高興。珍的病已經大為好轉，當天晚上就想走出房間去玩一玩，哪怕只玩一兩個小時。

11

那天晚飯後，伊莉莎白就上樓到她姊姊那兒去，看她穿戴得很得體又不會著涼，便陪著她上客廳去。她的女朋友們見到她都表示歡迎，一個個都為珍的身體康復而感到高興。在男士們沒有來的那一個鐘頭裡，她們的和藹可親可是很少見的。她們真有健談的本領，描述起宴會來活靈活現，說起故事來風趣幽默，哪怕譏笑起一個朋友來也是眉飛色舞。

可是男士們一走進來，珍就不怎麼引人注目了。達西一進門，賓利姊妹兩個的注意力馬上就轉移到了達西身上，要跟他說話。達西首先向班奈特小姐問好，客客氣氣地祝賀她病體康復；赫斯特先生也向珍行了一個鞠躬禮，說是見到她「非常高興」；賓利對珍的問候最為熱情、情深意切、滿懷欣喜。開頭半小時，他完全是在添煤，生怕屋子裡冷起來會叫病人受不了。珍依照賓利的話，移坐到離門口較遠的爐子的另一邊去，免得受涼。然後，賓利才在她身旁坐下，一心跟她說話，簡直不理睬其他人。伊莉莎白正在對面角落裡做針線活兒，把這情景都看在眼裡，感到十分高興。

喝過茶以後，赫斯特先生提醒賓利小姐把牌桌擺好，可是沒有用，因為賓利小姐早就看出達西先生不想打牌，因此赫斯特先生後來公開提出要打牌她也不加理睬。她跟他說，這會兒誰也不想玩牌，其他人對這件事都不做聲，看來她的確沒有說錯。因此，赫斯特先生無事可做，只得躺在沙發上打瞌睡。達西拿起一本書來看，賓利小姐也拿起一本書來。一旁的赫斯特太太正在認真地玩弄自己的手鐲和指環，偶爾也在她弟弟跟班奈特小姐的對話中插幾句嘴。

賓利小姐一邊看達西讀書，一邊自己讀書，兩件事她都半心半意的，還不停地問他點什麼的，或者是看他讀到了哪一頁。不過她總是沒有辦法讓他開口說話，她問一句他就答一句，答過以後便繼續讀他的書。賓利小姐之所以要挑選那一本書讀，是因為那是達西所讀的第二卷，她原本打算要好好地讀那本書的，不料這會兒倒讀得精疲力竭了。她打了個哈欠，說道：「這樣度過一個晚上，真是愉快啊！我說呀，讀書的樂趣勝過所有的娛樂。除了讀書之外，其他的事情都是一上手就要厭倦。以後我自己有了家，要是沒有個很好的書房，那會多遺憾啊。」

沒有人跟她搭話，於是她又打了個哈欠，拋開書本，把客廳環顧了一下，想找點兒其他有趣的事情來做，這時忽聽得她哥哥跟班奈特小姐說要開一次舞會，她就猛地掉過頭來對賓利說：

「這麼說，查理斯，你真打算在尼瑟菲德開一次舞會嗎？我勸你最好還是先徵求一下在座每個人的意見再做決定吧。我們這兒就有人覺得跳舞是受罪而不是娛樂，要是我說謊，你怪我好了。」

「如果你指的是達西，」賓利大聲說，「那麼，他可以在跳舞開始以前就上床去睡覺，隨他的便好啦。舞會已經決定了，只等尼可爾斯把一切都準備妥當，我就發請帖。」

賓利小姐說：「如果這次舞會開得有新意，那我就更高興了，通常舞會上的那老一套，實在乏味。你如果能把那一天的活動改一下，用談話來代替跳舞，那一定很有意思。」

「也許是有意思得多，卡洛琳，可是那樣就不是舞會了。」

賓利小姐不再說話了。過了一會兒，她就站起身來在房間裡踱步，故意在達西面前賣弄她輕盈的體態，不過，達西只顧在那裡認真看書，因此她只是白費了一番心思。她決定再做一次努力，於是轉過身來對伊莉莎白說：

「伊莉莎白‧班奈特小姐，我勸你還是像我這樣，在房間裡走動走動吧。坐了那麼久，走動一下可以給你提提精神的。」

伊莉莎白有些吃驚，可是立刻同意了她的提議。於是賓利小姐的真正目的達到了——達西先生果然抬起頭來，原來達西也和伊莉莎白一樣，早就看出了她是沒事找事想引起達西的注意，達西這會兒不知不覺地放下了書本。兩位小姐立刻請他來一塊兒踱步，可是他謝絕了她們的邀請，說是她們倆之所以要在屋子裡踱來踱去，據他猜測，無非有兩個動機，如果他參加她們一起踱步，對於她們的任何一個動機都會有所妨礙。他這話是什麼意思？賓利小姐迫不及待地想知道他到底是怎樣想的，便問伊莉莎白懂不懂達西的意思。

伊莉莎白回答道：「根本不懂，他一定是存心與我們過不去，不過你最好別理他，讓他自討沒趣。」可惜賓利小姐遇到任何事情都不忍心叫達西先生失望，於是再三要求他把他的所謂兩個動機解釋給她們聽。

達西等她一住口，便馬上說：「我非常願意解釋，事情不外乎是這樣的，你們是知心朋友，所以選擇了這個辦法來消磨時間，還要談談私事，要不就是你們自以為踱起步來體態無比優美，所以要踱踱步。倘若是出於第一個動機，我夾在你們中間就會妨礙你們：如果是出於第二個動機，那麼我在火爐旁邊坐著反而可以更好地欣賞你們。」

「哦，真嚇人！」賓利小姐叫起來了，「我從來沒聽到過這麼尖刻的話，他已經這麼說了，我們是否給他一些懲罰呀？」

「要是你存心懲罰他，那是輕而易舉的事，」伊莉莎白說，「我們可以一起討論，找到一個好的方式，捉弄他一番，或者說譏笑他一番。你對他十分瞭解，你該懂得怎樣懲罰他的。」

「我敢發誓，我真的不瞭解他。不瞞你說，我們雖然熟悉對方，可是遠沒到懂得怎樣來對付他的程度。想要對付這種性格冷靜、頭腦機靈的人，可不容易！不行，不行，我想我們是鬥不過他的。如果要譏笑他的話，又找不到根據，我們可不能憑空譏笑人家，否則，我們還會讓別人笑話呢，讓達西先生洋洋得意呢。」

「原來達西先生是不能讓人笑話的！」伊莉莎白嚷道，「這種優越的條件還真是少見。我希望這樣的朋友不要太多，否則，我的損失可就大啦。我可是個愛開玩笑的人。」

「賓利小姐過獎啦。」達西說，「要是一個人把開玩笑當做人生最重要的事，那麼，就算是最聰明最優秀的人——不，最聰明最優秀的行為——也會貽笑大方的。」

「那當然啦！」伊莉莎白回答道，「這樣的人的確是存在的，可是我希望我自己不是其中一員。我希望我怎麼樣也不會譏笑那些得體而聰明的行為。愚蠢和無聊，荒唐和矛盾，這的確讓我覺得十分可笑，我自己也承認，一有機會，我就會對此加以譏笑，不過我還沒有發現你有這些弱點。」

「沒有一個人是沒有弱點的，否則可就真糟了，絕頂聰明也要招人嘲笑了。我一生都在研究如何避免這些弱點。」

「例如虛榮和傲慢就是這一類弱點。」

「不錯，虛榮的確是個弱點，可是傲慢，只要你真是聰明過人，你就會傲慢得比較適當。」

伊莉莎白忍不住想笑，於是她掉過頭去。

「你拷問達西先生該結束了吧？我想。」賓利小姐說，「請問答案是什麼呢？」

「我完全承認達西先生是一個完美的人。他自己也承認了這一點，並沒有掩飾。」

「不，」達西說，「我並沒有說過這種傲慢的話。我有夠多的毛病，不過這些毛病與頭腦並沒有關係。至於我的性格，我則不敢做任何保證。我認為我的性格不太能受一點委屈，也就是說，我在為人處世方面不太能委曲求全地附和別人。要我盡快忘記別人的愚蠢和過錯我卻總是做不到，如果有人已經冒犯了我，我也忘不掉。說到我的一些情緒，也並不是我一打算消除它們，它們就會立刻消失。我的脾氣可以說是夠叫人厭惡的。如果我對一個人沒有了好感，就永遠不會有好感。」

「這倒是個典型的缺點！」伊莉莎白大聲說道，「跟人家結怨不解怨，的確是一個性格陰影，可是你對於自己的缺點，已經很挑剔了。這樣一來，我就不能再譏笑你了。」

「我也認為，一個人不管是怎樣的脾氣，都免不了有這樣那樣的缺點，這種天生的缺陷，即使受再好的教育，也是改不掉的。」

「你有一種性格傾向——對任何人都感到厭煩，這就是你的缺點。」

「而你的缺點呢，」達西笑著回答，「就是存心要誤解別人。」

賓利小姐眼見她不能參與這場談話，不禁有些厭倦，就大聲說：「讓我們來聽聽音樂吧。路易莎，你不介意我吵醒赫斯特先生吧？」

她的姊姊沒有表示一點兒反對，於是，賓利小姐打開了鋼琴。達西沉思了片刻，覺得這樣也不錯。他開始感覺到自己剛才對伊莉莎白未免過分親近了一點。

12

珍和伊莉莎白商量好，由伊莉莎白第二天早上就寫信給她母親，請她當天就派一輛車來接她們回家。可是，班奈特太太早就打算讓她兩個女兒在尼瑟菲德莊園待到下星期二，以便讓珍剛好住滿一個星期，因此不肯派車來提前接她們回家，回信也寫得使她們不太滿意——至少伊莉莎白很不滿意，因為她早就想回家了。班奈特太太信上說，到星期二家裡才能弄到馬車來。她寫完信之後，又補充說是如果賓利先生兄妹挽留她們多待幾天，她非常願意讓她們待下去。可伊莉莎白就是不願再待下去，她打定主意一定要回家——她更不指望主人會挽留她們，她反而怕人家以為她們姊妹倆賴在那兒不想走。於是她催促珍馬上去向賓利借一輛馬車。她們最後決定向主人家說明，她們當天上午就要離開尼瑟菲德莊園，而且希望能借給她們一輛馬車。

賓利姊妹聽到這話，表示百般關切，誠心地再三挽留她們，希望她們至少待到第二天再回去，珍讓她們說服了，於是姊妹倆只得再耽擱一天。這一下可叫賓利小姐後悔挽留她們，她對伊莉莎白又嫉妒又厭惡，因此也就顧不得對珍的好感了。賓利聽到她們馬上要走而非常煩惱，便一遍又一遍地央求珍，說她還沒有完全康復，馬上就走對身體不好，可是珍覺得自己的主張是對的，便再三堅持要走。

不過達西卻覺得這消息挺好的，他認為伊莉莎白在尼瑟菲德莊園待得夠久了。他沒想到她是那麼讓他迷戀，加上賓利小姐一方面對她不友好，另一方面還總愛拿自己尋開心。他靈機一動，決定叫自己特別當心些，目前他要隱藏自己對伊莉莎白的愛慕之情——一點兒形跡也不要流露出來，免得她會有什麼非分之想，就此要操縱他達西這輩子的幸福。他感覺到，假如她存了那種心，那麼一定是他昨天對待她的態度引起的——她不是對他更有好感，便是把他完全厭棄了。他這樣拿定了主意，於是星期六一整天都沒跟她說上十句話。雖然他那天曾經有一次跟她單獨在一起待了有半小時，他卻只是十分專心地用心看書，看也沒看她一眼。

星期日做過晨禱以後，班奈特家兩姊妹立即向大家告辭，主人家幾乎人人樂意。賓利小姐對伊莉莎白一下子變得友好起來，對珍也一下子變得親熱了。分手的時候，賓利小姐先跟珍說，非常盼望以後有機會在朗博恩或者在尼瑟菲德莊園跟她重逢，接著又很熱情地擁抱了她一番，甚至還跟伊莉莎白握了握手。伊莉莎白則十分高興地離開了這些人。

到家以後，母親並不是很歡迎她們。班奈特太太奇怪她們倆怎麼竟會提前回來，非常埋怨她們給家裡招來那麼多麻煩，說是珍肯定又要傷風感冒了。倒是她們的父親，看到兩個女兒回家來了，嘴上雖然沒有怎麼說，但心裡卻是非常高興。他早就體會到，這兩個女兒在家裡的地位多麼重要。特別是每天晚上大家一起聊天時，珍和伊莉莎白不在場，談話總是沒勁，甚至毫無意義。

她們發覺瑪麗還是一如既往地研究音樂和人性的學問，她拿出了一些新的札記給她們欣賞，又發表一些對舊道德的新見解給她們聽。凱薩琳和麗迪亞也告訴了她們一些新聞，可是性質完全不同。據她們說，民兵團自星期三以來發生了不少事情：有幾個軍官新近跟她們的姨父吃過飯，一個士兵挨了鞭打，還聽說福斯特上校馬上要結婚了。

13

第二天吃早餐的時候，班奈特先生對他的太太說：「親愛的，我希望你把晚飯準備得好一些，因為我預料今天家裡要來客人。」

「你指的是哪一位客人，親愛的？我一點也不知道有誰要來，只有夏綠蒂・盧卡斯碰巧會來看我們，我覺得拿我們平常的飯菜招待她就可以了。我不相信她在家裡經常吃得這麼好。」

「我所說到的這位客人是一位先生，以前沒有來過我們家。」

這句話讓班奈特太太的眼睛直發光。「一位先生，又沒有來過我們家！那準是賓利先生，沒有錯。——哦，珍，你怎麼沒露過半點兒風聲，你真狡猾！——嘿，賓利先生要來，太讓我高興啦，可是——老天爺呀！運氣真不好，今天沒辦法買魚。麗迪亞寶貝兒，你幫我按一下鈴。我要馬上吩咐希爾去辦。」

她的丈夫連忙說：「並不是賓利先生要來。說起這位客人，我也沒見過他。」

這句話叫全家都十分吃驚。他的太太和五個女兒立刻迫不及待地刨根問底，這讓他十分得意。

拿太太和女兒們的好奇心打趣了一番之後，他便一本正經地說：「大約在一個月以前，我就收到了一封信，兩星期以前我寫了回信，因為我覺得這件事比較難解決，得趁早處理。信是我的表外甥柯林斯先生寄來的。我死了以後，這位表外甥有權可以想什麼時候把你們攆出這所屋子，就什麼時候攆出去。」

「哦，天啊，」他的太太大聲嚷道，「聽你提起這件事我就受不了，求你別再提起那個讓人討厭的傢伙。自己的產業不能讓自己的孩子繼承，卻要讓別人來繼承，這是世界上最殘酷的事。如果我是你，一定早就採取對策來補救這個問題啦。」

珍和伊莉莎白則努力向班奈特太太解釋清楚「限定繼承權」的含義，但她們的母親就是不能理解其中的含義。她不願意理解，老是破口大罵，說是自己的產業不能由五個親生女兒繼承，卻白白送給一個陌生人，這實在是太荒謬了。

「這的確是一件荒謬的事。」班奈特先生說，「柯林斯先生要繼承朗博恩的產業，他這份罪是一輩子都洗不清的。不過，要是你聽聽他這封信裡所說的話，那你就會心軟一些，因為他這番表白還算不錯。」

「不，我相信我絕對不會心軟下來。我覺得他寫信給你真是既魯莽、又虛偽，我恨這種虛偽的人。如果他也與他父親那樣，與你大吵一次才好呢。」

「哦，真的，他對這個問題，好像因為顧及孝道而猶豫不決，且讓我把信讀給你們聽吧！」

親愛的先生：

以前你與先父發生的矛盾，一直使我感到不安。自先父不幸去世以後，我常常想到要彌補這個裂痕；但我又猶豫不決，怕的是先父生前既然對您結下冤仇，而我今天卻來與您修好，這未免有辱先人——「注意聽呀，親愛的。」——不過目前我已經全部都考慮過了，因為我已在復活節那天受了聖職。多蒙故劉易士·德·柏格公爵的孀妻凱瑟琳·德·柏格夫人寵禮有加，慈悲為懷，提拔我擔任該教區的教士，我保證任職後會竭盡全力，恭侍夫人左右並奉行英國教會所規定的一切禮儀。由於我是一名教士，我覺得我有責任盡我最大努力，使家家戶戶得以和睦友好。因此我自信我這番好意一定會受到您的重視，而有關我繼承朗博恩產權一事，您也可不必在意，並請接受我獻上的這一枝橄欖枝。我這樣侵犯了你女兒們的利益，我真是深感不安，萬分抱歉；但請您放心，我極願給她們一切可能的補償，此事有待日後詳議。如果您不反對我前往貴府拜候，我擬於十一月十八日星期一下午四點鐘之前前來拜謁，準備在府上打擾至下星期六為止。這對於我是十分方便的，因為凱瑟琳夫人決不會反對我星期日偶爾離開教堂一下，因為有其他教士在主管那一天的事務。謹向尊夫人及諸位令嬡致候。

您的祝福者和朋友威廉・柯林斯

十月十五日

肯特郡維斯特安姆附近的亨斯福德

「那麼，今天下午四點鐘的時候，這位主動前來修好的先生就要來啦。」班奈特先生一邊把信折好，一邊說，「他一定是個很有良心、十分有禮貌的青年。我相信他一定會成為一個值得器重的好朋友，只要凱瑟琳夫人能夠開開恩，讓他以後再上我們這兒來，那就更好啦。」

「他說要給我們的幾個女兒做一些補償，倒還不錯，如果他確實打算設法補償，我倒不反對。」

珍說：「他說要給我們補償，我們雖然猜不出他要用什麼樣的方法來彌補我們，可是他有這一片好意也很難得。」

伊莉莎白聽到他對凱瑟琳夫人那麼尊敬，而且他竟那麼好心好意，隨時準備替他自己教區裡的居民行洗禮、主持婚禮和喪禮，覺得十分有意思。

「我覺得這個柯林斯是一個很古怪的人，」她說，「我真弄不懂他。他的文筆過於浮誇。他所謂因為繼承了我們的產權而感到萬分抱歉，這話是什麼意思呢？就算他可以放棄這份財產，我們也不要以為他真會這樣做，他是個頭腦聰明的人嗎，爸爸？」

「不，寶貝，我想他不會是的。我倒覺得沒準他是一個十分不聰明的人。從他信裡那種既謙卑又自大的口氣上就可以看得出來。我倒真想見見他。」

瑪麗說：「就文筆而論，他的信倒似乎是寫得不錯。橄欖枝這種說法雖然很不新穎，可是我覺得用得倒恰如其分。」

在凱薩琳和麗迪亞看來，無論是那封信也好，寫信的人也好，一點意思都沒有。因為她們覺得她們的表兄絕不會穿著紅制服來，而這幾個星期以來，穿其他任何顏色衣服的人，她們都不樂意結交。至於她們的母親，原來的怨氣已經被柯林斯先生這封信打消了很多，她準備相當平心靜氣地見見他，這使得她的丈夫和女兒們都覺得奇怪。

柯林斯先生準時來了，全家都十分客氣地接待他，班奈特先生幾乎沒說什麼話，可是班奈特太太和幾位小姐都十分願意與他交談一下；而柯林斯先生本人好像既不需要人家鼓勵他多說幾句，也不打算一聲不作。他是個二十五歲的青年，身材魁梧、壯碩，一副端莊氣派，又很拘泥禮節。他剛一坐下來就恭維班奈特太太福氣好，養了這麼多好女兒，還說他早就聽到人們對她們的美貌讚揚備至，今天一見面，才知道她們比傳說中的要漂亮得多。他又說，他相信小姐們到時候都會結下美好的姻緣。他這些奉承話，只有班奈特太太愛聽，沒有哪句恭維話她聽不下去，後來，她直截了當地說：

「我相信你是個好心腸的人，先生，我一心希望能如你所說的那樣，否則她們的命運就不堪設想了。

事情實在太古怪啦。」

「您指的是產業的繼承權問題吧？」

「唉，先生，我的確是說這件事。你得承認，這對於我可憐的女兒們確實是一件十分不幸的事。我也不能怪罪你，因為我也知道，世界上這一類的事完全靠命運。一旦要把財產限定繼承人，那就無從知道它會落到誰的手裡去。」

「太太，我深深地知道，這件事讓表妹們十分傷心，我在這個問題上有很多話要說，一時卻不敢莽撞冒失。可是我可以保證的是，我上這兒來，就是為了要向她們表示我的敬慕。其他的，目前我也不打算多說，或許等到將來我們彼此熟悉以後——」

到吃飯的時間了，於是他的話不得不被打斷。小姐們彼此相視而笑。柯林斯先生十分愛慕這些小姐，他也把客廳、飯廳，以及屋子裡所有的傢具，都仔細看了一遍，讚美了一番。班奈特太太本當聽到他這些盛讚之辭，心裡很得意，可是一想到這些財產以後就是這個人的，她又非常難受。吃晚餐時，柯林斯對晚餐大為讚賞，他請求主人告訴他，究竟是哪位表妹有這樣的好廚藝。班奈特太太聽到他這句話，不禁指責他說得不對。她相當不客氣地跟他說，他們家還能請得起一位好廚子，根本用不到女兒們管廚房裡的事。柯林斯馬上請求她原諒。於是，她用柔和的聲調說，她根本沒有怪他的意思，但柯林斯先生還是為此道歉了差不多有一刻鐘的時間。

14

吃晚飯時，班奈特先生幾乎沒說一句話，但等到僕人們不在旁邊了，他就想道，現在應當跟這位客人聊一下了。他心裡琢磨，如果他用凱瑟琳夫人來引發他們的談話，這位貴客一定會笑逐顏開的，於是他開頭就說柯林斯先生有了凱瑟琳夫人那樣一個女施主，真是幸運極了，又說凱瑟琳・德・柏格夫人對他那樣尊重，而且極其周到地照顧到他生活方面的安適，真是一位難得的好女恩主。班奈特先生這個話題真是好。柯林斯先生果然一個勁地讚美起那位夫人來。這個問題讓他本來就嚴肅的態度顯得更嚴肅了，他帶著非常自負的神氣說，他一輩子也沒有看到過任何身分高貴的人能夠像凱瑟琳夫人那樣有德行，那樣平易近人。他十分榮幸，曾經當著她的面兩次佈道，承蒙她的厚愛，對他那兩次佈道表示讚賞。凱瑟琳夫人也曾經兩次請他到羅辛斯去吃飯，上星期六晚上還請他到她家裡去打過四十張牌。據他所知，很多人都覺得凱瑟琳夫人為人傲慢，可是他卻感到她很親切。她平常跟他交談，總是把他當做一個有地位的人來看待。她不會反對他和鄰居交往，也不反對他偶爾離開教區一兩個星期，去拜訪親人、朋友。多蒙她的體貼，她還關心他的婚姻，曾親自勸他早點結婚，只要他能夠謹慎挑選對象。她有一次還曾光臨他的寒舍，對於他住宅所有經過他整修過的地方都表示贊成，並且蒙她親自指點，讓他給樓上的壁櫥添置幾個架子。

班奈特太太說：「我相信這一切都做得很得體、很客氣，我覺得她一定是個和藹的女人。一般的貴夫人們都比不上她。先生，她住的地方離你的住所遠嗎？」

「寒舍那個花園跟她老夫人住的羅辛斯花園，只隔著一條胡同。」

「你是否說過她是寡婦，先生？她還有家屬嗎？」

「她只有一個女兒——也就是羅辛斯的繼承人，將來可以繼承到非常可觀的一筆遺產呢。」

「哎呀。」班奈特太太聽得叫了起來，一邊又不斷地搖著頭，「那麼，她比其他很多姑娘富多了。她是怎樣的一位小姐？長得漂亮嗎？」

「她真是位十分可愛的小姐。凱瑟琳夫人自己也說過，講到真正的漂亮，天下最美麗的女性都比不上德．柏格小姐，因為她眉清目秀，氣質與眾不同，只要看一眼就知道她出身高貴。她本來可以多才多藝，唯一不足的是她體質欠佳，沒有進修才藝，否則她一定琴棋書畫樣樣精通。這話是她的女教師說給我聽的，那教師現在還與她們母女倆住在一起。德．柏格小姐真是可愛，常常不拘名分，乘著她那輛小馬車光臨寒舍。」

「她覲見過國王嗎？在進過宮的仕女們中，我記得好像沒有她的名字。」

「只因為她身體柔弱，不能到京城去，正如我有一天跟凱瑟琳夫人說起此事，說這實在使得英國的宮廷損失了一顆最耀眼的明珠，夫人對我這種說法很是滿意。你們可以想像得到，無論什麼場合，我都是十分樂意說幾句話來讓太太小姐們聽得高興。我跟凱瑟琳夫人說過好多次，她美麗的女兒德．柏格小姐天生就是一位公爵夫人，將來不管嫁給哪一位公爵，不論那位丈夫地位有多高，非但不會增加小姐的體面，反而要讓小姐來為他爭光。聽到這些話，夫人高興極了，我總覺得我在這方面比較留意。」

班奈特先生說：「你說得很恰當，你既然有這種天賦，能夠非常巧妙地給人家捧場，這對於你自己也會有好處。我是否可以請教你一下，你這種捧場的奉承話，是臨時發揮的呢，還是事先想好了的？」

「大半是臨時發揮的。不過，有時候我會事先準備一些很好的小恭維話，平常有機會就拿出來應用，而且臨說的時候，總是裝出是自然流露出的心聲。」

班奈特先生果然猜對了，他這位表外甥確實與他想像中的一樣荒謬，他聽了覺得非常有趣，不過表面上卻竭力表現得很平靜，除了偶爾朝著伊莉莎白望一眼以外，他並不需要別人來分享他這份樂趣。

直到吃點心的時候，這一場罪總算受完了。班奈特先生高高興興地把客人帶到會客室裡，等到茶喝完了，他又高高興興地邀請他給太太小姐們來一次精彩的朗誦。柯林斯先生欣然答應了，於是她們就拿了一本書給他，可是一接過那本書（因為那本書一眼就可以看出是從流通圖書館借來的）他就吃驚得往後一退，連忙聲明他是從來都不讀小說的，請她們原諒。凱蒂對他瞪著眼，麗迪亞驚叫了起來。於是她們另外拿了幾本書來，他仔細考慮了一下以後，選了一本福代斯的《講道集》。麗迪亞目瞪口呆地看著他攤開那本書，等到他用單調乏味、一本正經的腔調讀完三頁的時候，麗迪亞忍不住打斷了他：

「媽媽，菲力浦斯姨父要解雇理查，你知道嗎？要是他真的要解雇他，福斯特上校一定願意雇理查。這是星期六姨父親自告訴我的。我打算明天上梅里屯去多瞭解一些情況，順便瞭解一下丹尼先生什麼時候從城裡回來。」

兩個姊姊都吩咐麗迪亞住嘴，柯林斯先生十分生氣，他放下了書本說：

「我老是看到年輕的小姐們對正經書不感興趣，不過這些書完全是為了她們著想而寫的。說句心裡話，我真的感到驚奇，因為對她們最有益的事，當然莫過於聆聽聖哲的教誨。可是我也不會勉強我那年輕的表妹。」

說完，他轉過身來，要求班奈特先生跟他玩十五子棋，班奈特先生同意了，一邊說這倒是個聰明的辦法，還是讓這些女孩子們去玩她們自己的。班奈特太太和她五個女兒極有禮貌地向他表示歉意，請他原諒麗迪亞打斷了他的朗誦，並且說，他要是接著把那本書讀下去，她保證決不會再發生那樣的事。柯林斯先生請她們不要介意，說是他一點兒也不會怪表妹，決不會認為她冒犯了他而記恨她。他解釋一番後，就跟班奈特先生坐到另一張桌子旁邊，準備玩十五子棋。

15

這位柯林斯先生並不是個通情達理的人，雖然他也受過不少教育，也早就踏進了社會，但是先天的不足卻幾乎沒有得到什麼彌補。他大部分日子是在他那愛錢如命的文盲父親的教導下過來的。他也算進過大學，實際上不過照例住了幾個學期，所交的朋友也沒有一個是對他有幫助的。他的父親對他嚴加管教，因此他的為人本來就唯唯諾諾、天資不高，現在又生活得很優閑，當然就不免自高自大了，何況年紀輕輕就發了意外之財，更是自視甚高，哪裡還談得上謙卑。當時亨斯福德教區有個牧師空缺時，鴻運亨通的他得到了凱瑟琳．德．柏格夫人的提拔。他看到他的女施主地位頗高，便用心崇拜，備加尊敬；另一方面他又自命不凡，以為當上了教士，該有多大的權利，於是他養成了驕傲自大和謙卑順從的雙重性格。

現在，他已經有了一幢好房子，一筆為數可觀的收入，想要結婚了。他之所以要和朗博恩班奈特家修好，是想要在他們家找個太太。要是這家人家的幾位小姐果真像傳聞中的那麼漂亮，他一定要挑選一個。他說的補償計畫就是這件事，他認為這樣贖罪，將來繼承她們父親的遺產時可以問心無愧。他個人覺得這真是個兩全其美的辦法，既極其妥善得體，又表現了他的慷慨大方。

他看到班奈特家幾位小姐之後，並沒有改變原來的計畫。一看到珍那張嫵媚的臉蛋，他便打定了主意，而且更加堅定了他那些老式的想法，認為應當娶最大的一位小姐。所以，第一天晚上他就選中了珍。

不過第二天早上他又改變了主意，因為他和班奈特夫人和和美美地談了一刻鐘話，先是談到他自己那幢牧師住宅，然後就不經意地把自己的心事說了出來，他說自己要在朗博恩找一位太太，而且要在她的女兒們中間找一位。班奈特太太親切地微笑著，甚至還鼓勵他，不過，談到他選定了珍，她就要提請他注意一下：「後面的四個女兒，我沒有什麼意見——當然也不能一口答應——不過，她們都沒有選好對象。至於我的大女兒，我可不得不提一提——我覺得有責任提醒你一下——她可能很快就要訂婚了。」

所以，柯林斯先生只得撇開珍不談，改選伊莉莎白，他轉變得十分快——就在班奈特太太撥火的那一剎那之間決定的。伊莉莎白無論是年齡、相貌，比珍都只差一步，珍之後當然就要輪到她了。

班奈特太太得到這個資訊，如獲至寶，因為她就要嫁出兩個女兒了。就在一天前她提都不願意提到的這個柯林斯，現在卻叫她極為看重了。

麗迪亞原本說要到梅里屯去一下，這個念頭到現在還佔據著她的腦子。除了瑪麗之外，姊姊們都十分樂意跟她去；班奈特先生為了要把柯林斯先生打發走，好讓自己在書房裡清靜一會兒，便請他也跟著女兒們一起去。原來柯林斯先生吃過早飯以後，就跟著他到書房來了，一直待到那時候還不想走，名義上在看班奈特先生所收藏的那本對開本的大書，事實上卻在跟班奈特先生大談特談他自己在亨斯福德的住宅和花園，班奈特先生聽得心煩。平日裡他就喜歡書房的安靜。他曾經跟伊莉莎白說過，他願意在任何一間房間裡，接見愚蠢和自高自大的傢伙，但要絕對杜絕那些人出現在書房裡。因此他立刻恭恭敬敬地請柯林斯先生伴著他女兒們一塊兒去走走，這也正合柯林斯先生的心思，他生來就不是一個讀書人，於是非常高興地合上書走了。

散步時，他一路廢話連篇，表妹們只得客客氣氣地隨聲附和，就這樣很沒趣地打發著時間，來到了梅里屯。幾位年紀小的表妹一到那裡，就不再理睬他了。她們的眼睛立刻對著街頭四處張望，看看有沒有軍官們，此外還留意商店櫥窗裡極漂亮的女帽，或者是最新式的花布。

不到一會兒，這幾位小姐都被一位年輕人吸引住了。那人她們從來沒見過，一副道地的紳士派頭，正跟一個軍官在街對面散步，這位軍官就是丹尼先生，麗迪亞正要去打聽他從倫敦回來了沒有，她們走過的時候，他給她們鞠了一個躬。大家看到那個陌生人風度翩翩，都愣住了，不知道這人是誰。凱蒂和麗迪亞決定想法子去打聽，便藉口要到對面商店裡去買點東西，就帶頭往街對面走。十分巧的是，她們剛剛走到人行道上，那兩個男人也正轉過身往回走到了同一個地方。丹尼馬上與她們打了招呼，並請求她們讓他把他的朋友韋翰先生介紹給她們。他說韋翰是前一天跟他一塊兒從倫敦回來的，而且，令人高興的是，韋翰已經被任命為他們團裡的軍官。這真是再好不過了，因為這位青年，只要穿上一身軍裝，就會十全十美。他的容貌舉止確實吸引人，他沒有一處長得不帥氣，眉目清秀、身材魁梧、言談得體。一經介紹之後，他就熱情又很謙虛地談起話來——既懇切，又顯得非常正派，而且又說得恰到好處。當他們正站在那兒談得很投入的時候，忽然傳來了馬蹄聲，只見達西和賓利兩個人騎馬過來。這新來的兩位紳士看見人堆裡有這幾位小姐，便連忙來到她們跟前，照常寒暄了一番，賓利大部分的話都是對珍說的，說他正準備到朗博恩去看望她。達西證明賓利說得沒錯，同時鞠了個躬，當他正打算把眼睛從伊莉莎白身上移開，這時突然看到了那個陌生人。只見他們兩人的表情都十分彆扭，伊莉莎白看到這個邂逅相遇的場合，覺得很是驚奇。兩個人都變了臉色，一個慘白，一個通紅，過了一會兒，韋翰先生用手接觸著自己的帽緣，達西先生也勉強回了一下禮。這是什麼意思呢？伊莉莎白很納悶，這既叫人無從想像，又叫人忍不住想要探個究竟。又過了一會兒，賓利先生若無其事地跟她們告別，騎著馬跟他的朋友走了。

丹尼先生和韋翰先生陪著幾位年輕的小姐，走到菲力浦斯家門口，麗迪亞小姐很誠懇地邀請他們進去，甚至她們的姨媽菲力浦斯太太也打開了窗戶，大聲地幫著她邀請，他們卻鞠了個躬告辭了。

菲力浦斯太太一向喜歡看到她的外甥女們，那大的兩個最近不常見面，因此特別受歡迎。她懇切地說：她們姊妹倆突然從賓利先生那兒回家了，真叫她非常驚奇，要不是碰巧在街上遇到鐘斯醫生的藥店裡那個跑街的小夥子告訴她，說是班奈特家的兩位小姐都已回家了呢，這是因為她們家裡沒有打發馬車去接她們的緣故。正當她們這樣閒談的時候，珍向姨媽介紹了柯林斯先生，她跟他寒暄幾句，極其客氣地表示歡迎他，他也很客氣地感謝她而且向她道歉，說是素昧生平，不該這麼冒冒失失地闖到她府上來，又說他畢竟還是非常高興，因為介紹他的那幾位年輕小姐都是他的親戚，因此他的冒昧前來也還情有可原。這種過分的禮貌使菲力浦斯太太受寵若驚。不過，正當她仔細端詳著這一位生客的時候，她們姊妹倆卻又把另一位生客的事情，大驚小怪地提出來，向她們的姨媽打聽情況，她只得又來回答她們的話，可是她能夠說給外甥女們聽的，也無非是她們早已知道的一些情形。她說這位韋翰是丹尼先生從倫敦帶回來的，他將要在一個郡的民兵團任中尉，又說，剛才他在街上到處逛時，她曾經對他望了整整一個鐘頭之久。這時如果韋翰先生從這兒經過，凱蒂和麗迪亞一定要仔細看看他。可惜現在除了幾位軍官之外，根本沒有人從視窗走過，而這些軍官們同韋翰先生比起來，都是些「愚蠢討厭的傢伙」。有幾個軍官明天要上菲力浦斯家裡來吃飯。姨媽說，倘若她們一家人明天晚上能從朗博恩趕來，那麼她就要打發她的丈夫去把韋翰先生也請來。大家都同意了。菲力浦斯太太說，明天要給她們來一次熱熱鬧鬧的玩摸彩票的遊戲，然後再吃一頓晚飯。這個消息太振奮人心了，因此大家分別的時候都很快樂。柯林斯先生走出門來，又再三道謝，主人也禮貌周全地請他不必那麼客氣。

回家的時候，伊莉莎白一路上把剛剛親眼看見的達西與韋翰先生之間的一幕情景說給珍聽。假使他們兩人之間真有什麼過節，珍一定要為他們兩人中間的一人辯護，或是同時為兩人辯護，只可惜，她現在跟她妹妹一樣，也弄不清情況。

柯林斯先生回來之後，對菲力浦斯太太的殷勤好客大加稱讚，班奈特太太聽得很滿意。柯林斯說，除了凱瑟琳夫人母女之外，他生平從來沒見過更風雅的女人，因為她與自己從不相識，卻對他禮貌周全，還請他也去參加她家明天的晚宴。他想，這件事多少應該歸功於他和班奈特家的親戚關係。這樣殷勤好客的人，他還是生平第一次碰到呢！

16

年輕的小姐們跟她們姨媽的約會，並沒有遭受到父母的反對。柯林斯只覺得來此做客，反而把班奈特夫婦整晚丟在家裡，很不好意思，但是這對夫婦並不介意。於是他和他的五個表妹便乘著馬車，準時到了梅里屯。小姐們一走進客廳，就聽說韋翰先生接受了她們姨父的邀請，而且已經到了，覺得很是高興。

大家聽到這個消息之後，便都坐了下來。柯林斯先生悠閒自在地朝四處張望，稱讚屋裡的一切。屋子的尺寸和裡面的傢具使他十分驚羨，他說他好像進了凱瑟琳夫人在羅辛斯的那間消夏的小餐廳。女主人並不怎麼高興他的這個說法，但接下來，菲力浦斯太太弄明白了羅辛斯是一個什麼樣的地方，它的主人是誰，又聽他說起凱瑟琳夫人的一個客廳的情形，光是一個壁爐架就要值八百英鎊，她這才體會到他那個譬喻實在太恭維她了，即使把她家裡比做羅辛斯女管家的住處，她也不反對了。

柯林斯在對凱瑟琳夫人和她公館的富麗堂皇讚不絕口時，偶然還要穿插上幾句話，說一說他自己的房子以及對它進行的各種裝潢等，他就這樣自得其樂地一直扯到男賓們都進來為止。他發覺菲力浦斯太太很留心聽他的話，她越聽就越瞧不起他，而且決定一有空就把他的話傳播出去。至於小姐們，實在覺得等得太久了，因為她們不高興聽她們表兄的閒扯，又沒事可做，想彈彈琴也不成，只好以壁爐架上的瓷擺設為模特兒進行繪畫，若無其事地畫些小玩意兒消遣消遣。終於等來了男賓們。韋翰先生一走進來，伊莉莎白就覺得，無論是上次看見他，還是從上次見面以來想起他，她都沒有看錯他。某某郡的軍官們都是很講究體面的紳士，參加這次宴會的尤其是他們中的佼佼者。韋翰先生在這些人中無論人品、相貌、風度，還是地位，都出類拔萃，正如他們遠遠超過那位姨父一樣──瞧那位肥頭大耳，大腹便便的姨父，他正帶著滿口葡萄酒味，跟著軍官們走進屋來。

韋翰先生是當天最風光的男子，他幾乎吸引了所有女人的注意力。伊莉莎白是那晚最得意的女子，韋翰終於在她的身旁坐了下來。他馬上就跟她攀談，雖然談的只是些當天晚上下雨和雨季可能就要到來之類的話，但因為韋翰先生和顏悅色的態度，使她不禁感到即使最平凡、最無聊、最陳舊的話，只要說話的人有技巧，還是一樣可以說得十分有趣的。

說起要博得女性的好感，柯林斯先生在這些優秀的軍官們面前，就微不足道了。他在小姐們眼睛裡實在算不上什麼，幸虧好心的菲力浦斯太太有時候還聽他談話，她又十分細心，不時地給他倒咖啡、添鬆餅。一張張牌桌擺好以後，柯林斯便坐下來一同玩惠斯特，總算有了一個機會報答女主人的好意。

他說：「我對這玩意兒簡直一竅不通，不過我很願意把它學會，以我這樣的身分來說──」菲力浦斯太太很感激他的好意，可是卻不願意聽他談論什麼身分地位。

韋翰先生沒有玩惠斯特，他被小姐們高高興興地請到另一張桌子上去玩牌，他坐在伊莉莎白和麗迪亞之間。開頭的形勢很叫人擔憂，因為麗迪亞是個話特別多的姑娘，幾乎霸佔了他。好在她對於摸彩票也同樣愛好，立刻對那玩意兒大感興趣，一股勁兒下注，得獎之後又大聲地歡呼，全然不顧旁邊有誰。韋翰先生一面跟大家摸彩，一面從容不迫地跟伊莉莎白聊天。伊莉莎白很願意聽他說話，很想瞭解一下他和達西先生過去的關係，可是她要聽的他卻不肯講。於是，她也根本不敢提起達西的名字。後來出人意料之外，韋翰先生竟主動說起了那個問題，這似乎讓伊莉莎白的好奇心得到了滿足。韋翰先生問起尼瑟菲德莊園距梅里屯有多遠。她回答了他以後，他又吞吞吐吐地問起達西先生住了多長時間。

伊莉莎白說：「大概有一個月了。」為了不讓這個話題放鬆過去，她又接著說，「據我所知，他是德比郡的一個大財主。」

「是的，」韋翰回答道，「他的財產很可觀──每年有一萬鎊的淨收入。說起這方面，誰也沒有我瞭解得這麼清楚，因為我從小就和他家裡有特別的關係。」

伊莉莎白不禁顯出吃驚的神色。

「班奈特小姐，你昨天也許注意到我們見面時那種冷冰冰的樣子了吧，所以你才會對我的話表現出了很驚奇的神態。你同達西先生很熟嗎？」

「我只希望與他交往到這個地步就行了，」伊莉莎白冒火地叫道，「我和他在一起待了四天，覺得他很討厭。」

韋翰說：「他究竟討人喜歡還是討人厭，我無權發表意見。我認識他太久，跟他也處得太熟，因此很難做出公正的判斷。我不可能做到大公無私。不過我敢說，你對他的看法大致可以說是駭人聽聞的，換了別的場合你可能不會那麼大動肝火。因為這兒的人都是你自己人呢。」

「老實說，除了在尼瑟菲德以外，我到附近任何人家去都會這樣說。哈福德郡沒有一個人會喜歡他。他那副傲慢的氣派，哪一個人見了都會討厭，誰都不會對他說一句好話的。」

歇了一會兒，韋翰說：「說句問心無愧的話，不管是他也好，是別人也好，都不應該受到人家過分的抬舉。不過他這個人，我相信不大會有人過分抬舉他的。他的財富把世人的眼睛給蒙住了，他那目空一切、盛氣凌人的氣派又讓人畏懼，弄得大家只有順著他的意思去看待他。」

「我雖然跟他並不太熟，可是我認為他脾氣很壞。」韋翰聽了這話，只是搖頭。

等到有了說話的機會，他又接下去說：「我不知道他是否打算在這個村莊裡長住。」

「我完全不知道。不過，我在尼瑟菲德莊園的時候，可沒有聽說他要走。你既然打算在那裡工作，我希望你不要因為他在附近而影響了你在某郡民兵團的任職計畫。」

「哦，當然不會了。我才不會讓達西先生趕走呢。要是他不願意看到我，那他就得主動離開。雖然我與他關係很不融洽，我見到他就不好受，可是我沒有必要避開他，我只是要讓大家知道他是怎樣虧待了我，他的為人處世怎樣使我痛心。告訴你，班奈特小姐，他那去世的父親，那位老達西先生，卻是天下最善良的人，也是我生平最真摯的朋友。每當我同現在這位達西先生在一起時，心中就免不了充滿千絲萬縷溫馨的回憶，並從心底裡感到痛苦。他對待我的行為真是惡劣萬分，可是我都不會記在心頭上的，我一切都能原諒他，只是不能容忍他辜負他先人的期望，有辱先人的名譽。」

伊莉莎白對這件事越來越感到有興趣，因此聽得很專心。但是這件事很蹊蹺，她不便進一步追問下去。

韋翰先生又隨便談了些很平常的事情。他談到梅里屯，比如梅里屯鄰舍或社交什麼的，好像他對所有的這一切都很滿意，特別是談到社交問題的時候，他的談吐舉止更顯得溫文爾雅。

他又說：「我之所以喜愛這兒，主要是因為這兒的社交界都是些上等人，又講交情，我又知道這是一支名聲很好的部隊，受到大家愛護。我的朋友丹尼為了勸我上這兒來，又講起他們的營房是多麼好，梅里屯的人們對待他們有多麼尊敬，他們在梅里屯能結交到很多好朋友。社交生活對於我來說是必不可少的。我是個失意的人，精神上不能忍受孤單寂寞，我一定要有職業和社交生活。我原來不打算要過行伍生活的，可是由於環境所迫，現在也只好去參加軍隊了。我本應該做牧師的，我家裡從小就培養我將來成為牧師，要是我博得了我們剛剛談到的達西先生的喜歡，說不定我現在就已經有一份很可觀的牧師俸祿呢。」

「是嗎？」

「真的！當時，老達西先生在遺囑上說明，牧師職位一有了最好的空缺就給我。他是我的教父，對我疼愛有加。他對我的好意，我真是無法形容。他要使我衣食豐裕，而且他十分有把握做到這一點，可是，等到牧師職位有了空缺的時候，卻落到別人名下去了。」

「天哪！」伊莉莎白叫道，「天下還有這種事情！怎麼能夠違背遺囑？你為什麼不依法申訴？」

「遺囑上講到遺產的地方，措辭比較含混，因此我未必可以依法申訴。照說，一個體面的人是不會懷疑先人的意圖的，但是達西先生偏偏這樣做了，或者說，他認為遺囑上也只是說明有條件地提拔我，他硬要說我鋪張浪費、舉止粗魯，因此要取消我一切的權利。總而言之，不說則已，說起來樣樣壞話都說到了。那個牧師位置居然在兩年前空出來了，而那時我也達到接受聖職的年齡，可是這職位卻給了另一個人。我實在無從責備我自己犯了什麼過錯而活該失掉那份俸祿，除非說我性子急躁、心直口快，在別人面前總免不了要直言不諱地說起他來，甚至還當面頂撞他，也不過如此而已。只不過我們完全是性格迥異的人，他對我懷恨在心。」

「這真是駭人聽聞！應該公開，讓他在眾人面前出醜。」

「遲早總會有人來叫他丟臉，可是我決不會去難為他的。除非我對他的父親忘恩負義，否則我決不會揭發他、敵視他。」

伊莉莎白十分欽佩他這種情懷，因此覺得他更加英俊了。

歇了一會兒，她又說道：「可是他究竟有何目的？他為什麼要這樣作踐人呢？」

「無非是決心要跟我結下不解的怨恨，人們認為他這種怨恨是出於某種程度上的嫉妒。要是老達西先生對待我差一些，他的兒子自然就會跟我處得好一些。我相信就是因為他的父親太疼愛我了，這才使他從小就感到氣惱。他不能容忍我跟他競爭，狹窄的心胸容不下我。」

「我想不到達西先生竟會是這麼壞的人。雖說我從來沒有對他有過好感，可也不十分有惡感。我只以為他傲慢，卻不曾想到他卑鄙到這樣的地步——竟蠻不講理蓄意報復人，這樣的不講理，沒有人道！」

她思索了一會兒，便接下去說：「我的確記得，有一次他還在尼瑟菲德莊園裡自鳴得意地說起，他無法消解與別人結下的怨恨，他生性就愛記仇。他的性格一定讓人很厭惡。」

韋翰回答道：「在這件事情上，我的意見也許不足為據，因為我對他難免有成見。」

伊莉莎白又深思了一會兒，然後大聲說：「你是他父親的教子、朋友，是他父親所器重的人，他怎麼竟這樣作踐你！」她幾乎把這樣的話也說出口來，「他怎麼竟如此對待像你這樣一個青年，一看你的臉就知道你是個十分平易近人的人。」不過，她到底還是改說了這樣幾句話：「何況你從小就和他在一起，而且關係還那麼非常密切。」

「我和他是在同一個教區、同一個莊園裡長大的。我們的少年時代部分是在一起過的——同住一幢房子，受到同一個父親的疼愛，在一起玩耍。我父親所幹的行業與現在你姨父菲力浦斯先生是一樣的，後來就把自己的一切都放棄了，全部身心用來給老達西先生照料彭貝里的資產。先父管家有方，使老達西先生受惠匪淺，因此在先父臨終的時候，老達西先生便自動提出負擔我一切的生活費用。我相信他之所以這樣做，一方面是對先父感恩，另一方面也是疼愛我的緣故。」

伊莉莎白叫道：「多奇怪！多可惡！我真不明白，這位達西先生既然這樣有自尊心，怎麼會這樣虧待你！如果只因為是驕傲的話，那麼，他就應該不屑於這樣陰險——我一定要說是陰險。」

「的確讓人覺得奇怪。」韋翰回答道，「總的來說，差不多他的一切行動都是因為傲慢，傲慢是他最要好的朋友。照說他既然傲慢，就應該十分講求道德，可是人總免不了有自相矛盾的地方，他對待我就是感情用事多於傲慢。」

「我真不知道，像他這種可惡的傲慢，對他自己有什麼好處呢？」

「當然有好處了，比如他總是出手大方、慷慨豪爽，花錢不吝嗇、待人殷勤、接濟窮人和資助佃戶。他之所以會這樣，都是因為家族門第使他感到驕傲，他對於他父親的為人也很引為驕傲。他主要就是為了不要有辱家風，有違眾望，不能失掉彭貝里族的聲威。他還具有做哥哥身分的驕傲，這種驕傲，再加上一些手足之情，使他成了他妹妹的既親切又體貼入微的保護人。你會經常聽到別人說他是位體貼入微的最好的哥哥。」

「他妹妹達西小姐是個怎麼樣的姑娘？」

韋翰搖搖頭說：「如果我也能說一句她可愛就好了。凡是達西家裡的人，我都不忍心說他們一句壞話，可是她的確太像她的哥哥了——非常非常傲慢。她小時候很親切，很討人喜愛，那時她也很喜歡我，我常常大半天地陪她玩。可是現在我可不把她放在心上了。她是個漂亮姑娘，大約十五六歲，而且據我所知，她也多才多藝。她父親去世以後，她一直在倫敦居住，有位太太陪她住在一起，教她學習。」

他們又東拉西扯地談了好些別的事，後來伊莉莎白不禁又扯到原來的話題上。她說：「我真奇怪，他竟會和賓利先生這樣要好。賓利先生的性情那麼好，而且他的為人也極其和藹可親，怎麼會跟這樣一個人成為好朋友呢？他們怎麼能夠相處呢？你認識賓利先生嗎？」

「我不認識。」

「他的確是個和藹可親的好脾氣的人。他根本不會瞭解達西先生是怎樣一個人。」

「也許是不瞭解吧。不過達西先生也自有討人喜歡的好辦法。他的手腕很高明，只要他認為一個人值得跟人家攀談，他就會做到談笑風生。他在那些地位跟他相等的人面前，跟在那些處境不及他的人面前，完全是兩個人。別看他總是傲慢十足，可是跟有錢有地位的人在一起的時候，他就顯得胸懷磊落、公正誠實、講究體面又通情達理，也許還會和藹可親，這都是要看人家的財產和地位而定。」

後來，惠斯特牌散場了，玩牌的人都圍到另一張桌子上來，柯林斯先生站在他的表妹伊莉莎白和菲力浦斯太太之間。女主人照例問他是否贏了。他沒有贏，完全輸了。菲力浦斯太太表示惋惜，於是他態度嚴肅地告訴她說，這種小事不必放在心上，因為他根本不在乎錢，請她不要為此感到不安。

他說：「我心裡清楚，太太，人只要坐到了牌桌旁邊，一切就得憑運氣了，五先令不足掛齒。當然，好些人就不能做到這一點，也是多虧凱瑟琳・德・柏格夫人，有了她，我就不必為這點小事心痛了。」

這話引起了韋翰先生的注意。他看了柯林斯先生幾眼，便低聲問伊莉莎白，她這位親戚是不是同德・柏格家很相熟。

伊莉莎白回答道：「凱瑟琳・德・柏格夫人不久前給了他一個牧師職位。不過我並不瞭解柯林斯先生是怎麼受到她賞識的，他們才認識不長時間。」

「我想你一定知道凱瑟琳・德・柏格夫人和安娜・達西夫人是姊妹吧。凱瑟琳夫人是達西先生的姨媽呢。」

「不知道，我的確不知道。關於凱瑟琳夫人的親戚，我一無所知。我還是前天才知道有她這個人的。」

「她的女兒德・柏格小姐將來會繼承一筆很大的財產。大家認為，她和他表兄將來可能會把兩家的財產合併起來。」

這話讓伊莉莎白笑了起來，因為她想起了可憐的賓利小姐。要是達西果真已經另有心上人，那麼，賓利小姐的百般殷勤都是徒然，她對達西妹妹的關懷以及對達西本人的讚美，也完全是白費功夫。

「柯林斯先生對凱瑟琳夫人母女倆真是讚不絕口，可是，我聽得出來，有些地方他說得有些過分，對她的感激之情蒙住了他的頭腦。儘管凱瑟琳夫人是他的恩人，可仍然是個清高自負的婦人。」

「我相信她這兩種毛病都很嚴重。」韋翰回答道，「雖然我已經有很多年沒見過她了，可是我還是討厭她，因為她為人處世既蠻橫又無禮。別人也許會說她非常通情達理，不過我總以為人家之所以誇她能幹，另一方面是因為她有錢有勢，一方面是因為她目中無人，加上她又有那麼傲慢的一個外甥，只有那些具有上流社會教養的人，才有資格與他交往。」

伊莉莎白承認他這番話說得很有理。兩個人很投機地繼續交談著，直到吃晚飯收牌的時候，其他的小姐們才有機會分享一點韋翰先生的殷勤。宴席上菲力浦斯太太宴請的這些客人們大聲喧嘩，簡直叫人無法談話，好在韋翰先生光憑他得體的言行舉止，就足以博得每個人的歡心了。他一言一語十分風趣，一舉一動非常溫雅。伊莉莎白臨走時，腦子裡想的全是他一個人。她在回家的路上只顧想著韋翰先生和她說過的每一句話，可是一路上麗迪亞和柯林斯先生卻沒有住過嘴，因此伊莉莎白連提到他名字的機會也沒有。麗迪亞不停地談到摸彩票的事，談到她哪一次輸了又是哪一次贏了；柯林斯先生盡說些菲力浦斯先生和菲力浦斯太太的熱情好客，又說打惠斯特輸了五先令他毫不在乎，又把晚餐的菜肴一一背出來，還好幾次地說生怕自己擠了表妹們。他嘮嘮叨叨，當馬車停在朗博恩屋前時，他還沒有說完。

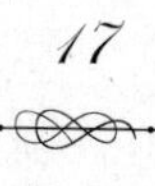

17

第二天，伊莉莎白對珍說起了她與韋翰先生的全部談話。珍聽得既驚奇又關切。她幾乎不敢相信，達西先生是這麼不值得賓利先生器重；可是，韋翰是這麼一個優雅英俊的美男子，他說的話是不應該受到懷疑的。一想到韋翰可能真的受到這些虧待，她心中就湧起了憐憫之情，因此她只得將他們兩個人都往好處想，替他們雙方辯白，把一切說不清楚的事都解釋成意外和誤會。

珍說：「我認為他們雙方都受了其他人的欺騙，至於是怎樣受到欺騙的，我們當然無從猜測，沒準是哪一個有關的人故意挑撥是非。簡單地說，除非是我們有確確實實的根據可以責怪任何一方，否則，我們只能憑空猜想出他們是為了什麼事才鬧得不和的。」

「你這話說得不錯。那麼，親愛的珍，如果你知道了是誰導致他們不和，你也得替這種人辯白一下呀，否則我們又不得不怪到某一個人身上去了。」

「你要怎麼取笑隨你的便，反正我不會改變自己的看法的。親愛的麗琪，你想一想，達西先生的父親生前對韋翰先生疼愛有加，而且答應要供養他。但是，達西先生本人卻這般虧待他，簡直太不像話了，這是不可能的。一個人只要還有點起碼的道德，只要多少還尊重自己的人格，那他是無論如何也不會幹這種事情的。賓利先生把他當做自己最知己的朋友，難道竟也是被他蒙蔽了嗎？」

「我還是認為賓利先生受了達西的蒙蔽，並不認為韋翰先生昨天對我說的那些話是假的。他把一個個的人名，一樁樁的事實，都說得有根有據，一點也不虛妄。倘若事實並非如此，那麼，還是讓達西先生自己來辯白吧。你只要看看韋翰那副神情，就知道他是不會說假話的。」

「這的確叫人很難說，也叫人失望，不知怎麼想才好。」

「說句實在話，人家完全知道該怎麼想。」

珍只有一樁事情是猜得準的，那就是說，要是賓利先生果真受了蒙蔽，那麼，一旦真相大白後，他會痛心疾首的。

兩位年輕的小姐正在矮樹林裡談得起勁，忽然家裡派人來叫她們回去，因為家中來了幾位客人——真湊巧，來的正是她們剛才談到的那幾位。原來尼瑟菲德莊園下星期二要舉行一次盼望了好久的舞會，賓利先生與他的兩個姊妹特地前來邀請這幾位小姐前往參加。賓利姊妹和自己要好的朋友重逢，真是非常高興。她們說，自從分別以來，恍若隔世，還很熱切地問起了分別後珍在做什麼。但是她們對班奈特家裡其餘的人則不理不睬，還極力地迴避著班奈特太太，又很少跟伊莉莎白交談，至於對別的人，那就根本一句話也沒有。他們一會兒就告辭了，而且賓利姊妹出乎她們的兄弟賓利先生的意料之外，一骨碌從座位上站了起來，拔腿就走，好像急於要避開班奈特太太那些糾纏不清的禮節。

尼瑟菲德莊園要舉行舞會，這一件事使班奈特家太太小姐都高興到極點。班奈特太太認為這次舞會是專門為她的女兒舉辦的，而且這次舞會由賓利先生親自登門發出邀請，而不是發請帖，這叫她更加得意。珍心裡一直想像著，到了那天晚上，便可以和兩個知心女友促膝談心，又可以受到她們兄弟的殷勤侍候。伊莉莎白得意地想到可以跟韋翰先生縱情跳舞，又可以從達西的神情舉止中證實她已經聽到的所有情況。至於凱薩琳和麗迪亞，她們都不把自己的樂趣寄託在某件事或某個人的身上，雖然她們倆跟伊莉莎白一樣，想要和韋翰先生跳上大半夜，可是跳舞會上能夠使她們跳個痛快的舞伴絕不止他一個人，何況舞會究竟是舞會。甚至連瑪麗也告訴家裡人說，她對於這次舞會也很感興趣。

瑪麗說：「只要每天上午的時間能夠由我自己支配就夠了。我認為偶爾參加參加舞會不會給我帶來什麼害處，我們大家都應該有社交生活。我認為誰的生活也少不了消遣和娛樂。」

伊莉莎白這會兒十分高興。本來她是很不樂意與柯林斯談話的，現在也不禁問一問他是不是願意上賓利先生那兒去做客，如果願意，參加晚會是不是合適。出乎伊莉莎白的意料之外，柯林斯先生對於做客問題毫不猶豫，而且還敢跳舞，一點不怕大主教或凱瑟琳·德·柏格夫人的責怪。

他對伊莉莎白說：「老實告訴你，這樣的舞會，主人是一個高尚的青年，賓客又是些體面人士，我覺得去了不會有什麼不妥。我非但不反對自己跳舞，而且希望當天晚上表妹們都肯賞臉與我跳舞。伊莉莎白小姐，不知到時候你是否能陪我跳前兩曲舞，我相信珍表妹一定還會怪我對她有什麼失禮吧，因為我這樣也是有正當的理由。」

伊莉莎白才發現自己上當了。她本來已經計畫好要跟韋翰跳前兩曲舞，可柯林斯先生卻從中作梗！她覺得真掃興，不過事到如今，已無法補救。韋翰先生的幸福跟她自己的幸福不得不往後推了，於是她和顏悅色地答應了柯林斯先生的請求。她一想到柯林斯此番殷勤會別有一番用心，她就不高興了。她首先就想到，在她的幾個姊妹中，柯林斯先生已經選定了她，認為她有資格做亨斯福德牧師家裡的主婦，而當羅辛斯沒有更適當的牌友，她也可以湊湊數。她這個想法立即得到了證實，因為柯林斯先生對她越發殷勤了，他老是恭維她聰明活潑。她對自己的魅力並不得意，而是感到驚奇，她的母親不久又跟她說，他們倆是可能結婚的，這叫她做母親的很喜歡。伊莉莎白對母親這句話只當做沒有聽見，因為她明白，只要跟母親表示不滿，就免不了要大吵一場。不過她覺得柯林斯先生還不至於會向她求婚，既然他還沒有明白提出，那就沒必要為了他而爭吵。

自從尼瑟菲德莊園來邀請班奈特家幾位小姐參加跳舞的那天起，一直到舞會的那天，雨下個不停，弄得班奈特家幾個年紀小的女兒不能到梅里屯去，也無法去看望姨媽、訪問軍官和打聽消息，要不是把參加舞會的事拿來作為談話資料，那她們真要無聊死了。她們連舞鞋上要用的玫瑰花也是叫別人去代買的。甚至伊莉莎白也對這種天氣煩透了，就是這鬼天氣弄得她和韋翰先生的友誼毫無進展。總算下星期二有個舞會，有了這盼望，凱蒂和麗迪亞才能熬過了星期五、星期六、星期日和星期一這些漫長的日子。

18

那天，伊莉莎白一走進尼瑟菲德莊園的會客室，就在一群穿著紅制服的男賓中尋找韋翰先生，卻怎麼也找不著他的身影，她馬上就懷疑他也許不會來了。她本以為他一定會來，雖然想起了過去的種種感到擔心，可是她的這種信心並沒有因此受到影響，她比平常更細心地打扮了一番，高高興興地準備要把他那顆心給徹底征服，她也相信只要一個晚上的時間，她就會把他那顆心完全贏到手。但是過了一會兒，她有了一種可怕的懷疑：是不是賓利先生在請軍官們的時候，為了討達西先生的好而故意沒有請韋翰呢？雖然實際情況並不是這樣的，不過他缺席的原委馬上就由他的朋友丹尼先生透露了。因為麗迪亞迫不及待地問丹尼，丹尼就告訴她們說，韋翰前一天就已經進城去了，還沒有回來，然後，他又帶著意味深長的微笑補充說：「我想，他要不是為了迴避這兒的某一位先生，就一定不會這麼湊巧，偏偏這個時候走掉。」

麗迪亞沒有聽到他這條消息，伊莉莎白卻聽見了。伊莉莎白因此斷定：韋翰先生的藉故缺席，雖然她原來也沒有猜對其中的原因，但卻正是達西先生一手造成的。她覺得非常掃興，對達西也就越發起了反感，因此接下來當達西過來跟她打招呼時，她不冷不熱地回答他。要知道，對達西表示寬容、忍耐、殷勤，就等於傷害韋翰。她決定不理睬他，怏怏不樂地掉過頭來就走，甚至跟賓利先生說起話來也有點生氣的意思，只因為他對達西的盲目信任。

伊莉莎白天生就是個樂天派，雖然她今天晚上大為掃興，可是她的情緒還是相當好的。她先把滿腔的愁苦都告訴了那位一星期沒有見面的夏綠蒂・盧卡斯小姐，過了一會兒又自告奮勇地把她表兄柯林斯先生奇怪的情形講給她聽，還特別把柯林斯指給她看。頭兩場舞重新使她覺得煩惱，那是兩場活受罪的跳舞，因為柯林斯先生又笨又刻板，只知道道歉，卻不知道小心一些，老把步子弄錯。他真是個十足叫人討厭的舞伴，讓她覺得丟盡了臉，受盡了罪。因此，從他手裡解脫出來，真叫她欣喜。

她接著跟一位軍官跳舞，還跟他談起韋翰先生。聽他說，韋翰是個到處很受歡迎的人，於是她覺得有了些安慰。跳過這幾場舞以後，她就回到了夏綠蒂・盧卡斯身邊，剛要說話，這時候突然聽到達西先生在叫她，出其不意地要請她跳舞，她不知如何是好，竟然不由自主地答應了。不過，達西跳過以後就立刻走開了，於是，她又怪自己為什麼這樣沒主意。夏綠蒂則盡力安慰她。

「你將來一定會發現他的可愛之處的。」

「不可能！那會倒大楣的！下定決心去恨一個人，怎麼能發現他有可愛之處呢？別這樣咒我吧。」

跳舞重新開始，達西又走到她跟前來請她跳舞，夏綠蒂禁不住跟她咬了咬耳朵，提醒她別做傻瓜，別為了對韋翰有好感，就寧可得罪一個比韋翰身價高上十倍的人。伊莉莎白沒有回答，只得走下舞池，她覺得自己受寵若驚，跟達西先生面對面跳舞，她看見周圍的人們也同樣露出了驚羨的目光。他們倆跳了一會兒，一句話也沒有交談。她還以為他們能堅持不說話到最後，決定不要打破這種沉默，後來突然異想天開，認為如果逼得她的舞伴不得不說幾句話，那就會更好地懲罰他，於是她就說了幾句關於舞蹈的話。他回答了她的話，接著又都不說話了。過了幾分鐘，她第二次對他說：

「現在輪到你說話啦，達西先生。我既然談了跳舞，你就得談談舞池的大小以及有多少對舞伴之類的問題。」

他微笑著告訴她說，她要他說什麼他就會說什麼。

「說得好，這種回答眼前也說得過去了。待一會兒我或許會談到私人開的舞會比公共舞會更有趣，不過，我們現在不能說話了。」

「那麼說，你跳起舞來照例總得要談上幾句嗎？」

「有時候是需要的。你知道，一個人總得要說些話吧。接連半個鐘頭待在一塊兒都不說話，那多彆扭啊。不過有些人就偏偏不喜歡說話，為這些人著想，就應該少說為佳。」

「在目前這樣的情況下，你是在照顧你自己的情緒呢，還是為了照顧我？」

「一舉兩得。」伊莉莎白油滑地回答道，「因為我老是感覺到我們倆的某些想法很相同。我們跟人家都不大合得來，又不愛說話，難得開口，除非想一鳴驚人，讓自己的話被人們當做格言來流傳。」

他說：「我覺得你的性格未必是這樣，我的性格是否近似你說的這樣，我也不敢說。難道你覺得對自己的看法是很恰當的？」

「我當然不能給自己下定論。」

達西沒有回答，於是他們倆又沉默了，直到跳第二曲舞時，他這才問她是不是常常和姊妹們上梅里屯去蹓躂。她回答說常常去。她說到這裡，實在忍不住地說下去：「你那天在那兒碰到我們的時候，我們正在結識一個新朋友呢。」

這句話立刻發生了效果，他的臉上出現了一種蔑視的表情，可是他一句話也沒有說。伊莉莎白說不下去了，不過她暗地裡責怪自己太軟弱。後來還是達西很勉強地、有點不自然地開口說：

「韋翰先生生來就是那麼討人喜歡，交起朋友來得心應手。至於他是不是能和朋友們長久地相處下去，那就難說了。」

伊莉莎白加重語氣回答道：「他太不幸了，失去了您的友誼，而且弄成這麼尷尬的局面，可能他一輩子都會感受痛苦。」

達西沒有回答，好像不想再談這個問題。就在這時，威廉・盧卡斯爵士走近他們身邊，打算穿過舞池到屋子的另一邊去，可是一看到達西先生，他就停了下來，很有禮貌地鞠躬，對他的舞姿和舞伴滿口稱讚。

「我真是太高興了，親愛的先生，世上很少有人跳舞跳得像你那麼好。毫無疑問你的舞技是一流的。讓我再嘮叨一句，你這位漂亮的舞伴也真配得上你，我真希望常常有這種眼福，特別是將來有一天某一樁好事如願的時候，親愛的伊莉莎白小姐。（他朝著她的姊姊和賓利意味深長地望了一眼）將會有多熱鬧的祝賀場面啊。我要求達西先生——可是我還是別打攪你吧，先生。你正在和這位小姐談得那麼投機，如果我耽擱了你，你是不會感激我的，這位小姐漂亮的眼睛也在責怪我呢。」

達西先生沒有聽到後面的話。可是威廉爵士提起他那位朋友，卻不免叫他一陣驚詫，於是，他很嚴肅地望著那正在跳舞的賓利和珍。他很快又平靜下來，掉轉頭來對他自己的舞伴說：

「威廉爵士把我們的話打斷了，我們剛才說到哪兒了？」

「剛才那樣根本就不能當做是談話。這屋子裡隨便哪兩個人都不比我們說話說得少的，因此威廉爵士打斷不了什麼話的。我們剛才談了幾個話題，總是談不投機，我也不知道要說什麼了。」

「談談書本如何？」他笑著說。

「書本！不太好吧？我相信我們讀過的書不會一樣，我們的體會也各有不同。」

「我想不到你會這麼說，如果真是那樣，也不見得就無從談起。我們也可以把不同的見解比較一下。」

「不——我無法在舞場裡談書本，我總是會想些別的事。」

「你說你心裡想的是眼前的場景，是嗎？」他帶著不解的眼光問。

「是的，一般是這樣。」她答道。其實伊莉莎白也不知自己在想什麼，她的思緒跑到老遠的地方去了，突然間，她冒出了這樣的話：「達西先生，我記得有一次聽見你說，你生來不能寬恕別人——你和別人一結下了怨，就再也消除不掉。我想，你結的時候總該很慎重的吧？」

「不錯。」他堅定地說。

「你從來不會受到偏見的蒙蔽嗎？」

「我想不會。」

「對於一個堅持己見的人說來，在下定一個主意的時候，開頭應該特別謹慎地考慮。」

「是否可以允許我請教你一聲，你問我這些話是什麼意思呢？」

她竭力裝出若無其事的神情說：「只不過為了要解釋解釋你的性格罷了，我想瞭解你的性格。」

「請問現在你瞭解得怎樣了？」

她搖搖頭。「我一點兒也弄不明白。我聽到人家對於你的看法極不一致，叫我不知道相信哪一種才好。」

他嚴肅地回答：「人家對於我的看法極不一致，我相信其中一定大有出入。班奈特小姐，我希望你不要急於給我的性格做出定論，我怕這樣做，這對於你我都沒有好處。」

「問題是我現在不瞭解你一下，以後就沒有機會了。」

他冷冷地回答：「我不會讓你掃興的。」她便沒有再說下去。他們倆人又跳了一次舞，就什麼也不說地分手了。兩個人都怏怏不樂，但情況略有不同。達西心裡對她頗有好感，因此一下子就原諒了她，把一肚子氣憤都轉到另一個人身上去了。

他們倆分手了一會兒，賓利小姐就走到伊莉莎白跟前來，用一種又輕蔑又客氣的神氣對她說：

「噢，伊莉莎白小姐，有人說你對喬治・韋翰很有好感！你姊與我剛還說到他呢，她問了我一大堆的話。我發覺那個年輕人跟你說了那麼多，可就偏偏忘了說他自己是老達西先生的帳房老韋翰的兒子。他說達西先生待他不好，那完全是一派胡言，讓我站在朋友的立場奉勸你，不要盲目相信他的話。達西先生一直待他很好，倒是喬治・韋翰用十分卑鄙的手段來對待達西先生。具體的情況我不瞭解，不過這件事我完全知道，一點兒也不應該怪達西先生。達西一聽見人家提到喬治・韋翰就難受。我哥哥這次宴請軍官們，也請了他，總算他自己知趣，先迴避了，我哥哥真高興。他跑到這個村裡來真是太沒道理了，我不懂他為什麼竟敢這麼做。伊莉莎白小姐，很抱歉，我揭穿了你心上人的過錯。事實上，你只要看看他那種出身，還能指望他做出什麼好事來呢？」

伊莉莎白生氣地說：「照你這麼說，他的過錯就是他的出身啦？我倒沒有聽到你說他別的不是，只聽到你指責他是達西先生的帳房的兒子，老實告訴你，這一點他早就親自對我說過了。」

「對不起，我是不該自找麻煩，不過我是出於一片好心。」賓利小姐冷笑著說，然後就走開了。

「真無禮！」伊莉莎白自言自語地說，「你可轉錯了念頭啦，你以為這樣卑鄙地攻擊人家一下，就能改變我對別人的看法？你這種攻擊，倒叫我看穿了、看透了你的卑鄙手段和達西先生的陰險。」她接著便去找她自己的姊姊，因為姊姊也向賓利問了這件事。只見珍一臉笑容，容光煥發，伊莉莎白一看就知道她那晚過得十分愜意，於是，這會兒她就把自己對於韋翰的想念、對於他仇人們的怨憤，以及其他種種感覺，都拋到了一邊，一心只希望珍能夠順利走上幸福坦途。

伊莉莎白也和姊姊同樣滿面笑容地說：「我想問問你，你聽到什麼有關韋翰先生的事？也許你玩得太開心，想不到第三個人身上去吧。如果真是這樣，我一定可以諒解你的。」

「沒有啊，」珍回答道，「我並沒有忘記他，可惜我沒有什麼滿意的消息跟你說。因為賓利先生對他也不是很瞭解，至於他在哪兒得罪了達西先生，賓利先生更是一無所知。不過他可以做保證，他自己的朋友品行良好、誠實正派，並且，他覺得達西先生過去對待韋翰先生已經好得過分了。遺憾的就是，從賓利和她妹妹的話來看，韋翰先生決不是一個正派的青年。我想他的確太莽撞，達西才看不起他。」

「難道賓利先生自己不認識韋翰先生嗎？」

「不認識，那天上午在梅里屯還是他們第一次見面。」

「那麼，他這番話是從達西先生那兒聽來的啦。我已經滿意了。那關於牧師的職位的問題，又是怎樣說的呢？」

「他只不過聽達西先生說起過幾次，具體情況他記不清了，可是他相信，那個職位雖然規定了是給韋翰先生的，可也不是沒有條件的。」

伊莉莎白激動地說：「賓利先生當然是個誠實君子嘍，但請你原諒，光憑幾句話並不能把我說服。賓利先生袒護他自己朋友的那些話，也許說得很有力，不過，既然他弄不清這件事的某些情節，而所知的一些情節又都是從他朋友達西先生那兒聽來的，那麼，我還是不會改變我原來對他們兩位先生的看法。」

伊莉莎白換了個話題，使她們倆都能談得更稱心。她們倆在這方面的意見是完全一致的。珍很高興地說起賓利先生對她的一往情深，她在賓利先生身上雖然不敢存有多大的奢望，但這還是令人欣慰、幸福；伊莉莎白於是盡量說了很多鼓勵的話來增加姊姊的信心。一會兒，賓利先生走到她們這裡來了，伊莉莎白便退到盧卡斯小姐身邊去。盧卡斯小姐問她跟剛才那位舞伴跳得是否愉快，伊莉莎白還沒有來得及回答，就見柯林斯先生走上前來，欣喜若狂地告訴她們說，他真幸運，得到了一個極其重要的發現。

他說：「這真是出乎我的意料，我竟然發現這些客人中有一位是我女恩主的至親。我湊巧聽到一位先生跟主人家的那位小姐提起他自己的表妹德・柏格小姐和他的姨媽凱瑟琳夫人。這些事真是太巧合了！誰想到我會在這次的舞會上碰到凱瑟琳・德・柏格夫人的外甥呢！謝天謝地，我這個發現還算及時，還來得及去問候他吧。我現在才知道有這門親戚，因此還有請求他原諒的餘地。」

「你打算去向達西先生做自我介紹嗎？」

「當然。我一定去求他原諒，請他不要怪我沒有早點問候他。我相信他是凱瑟琳夫人的外甥。我可以告訴他說，上星期我還見到凱瑟琳夫人，她身體著實很健康。」

伊莉莎白覺得他這麼做很不妥，她說，他如果不經過人家介紹就去招呼達西先生，達西先生一定會認為他過於唐突，而不會認為他是尊敬他姨媽。再說雙方根本不必打交道，即使要打交道，也應該由地位比較高的達西先生來找他比較合適。柯林斯先生聽她這麼說，並不理會，還顯出一副堅決的神氣，表示非照著自己的意思去做不可，等她說完了，他回答說：

「親愛的伊莉莎白小姐，你對於一切的問題都有了不起的見解，我非常敬佩，可是請你聽我說一句：俗人的禮節跟教士們的禮節是大不相同的。請聽我說，我認為就尊嚴而言，如果你能做得到謙恭得體的話，那一個教士的職位可以比得上國王。所以，這一次你應該同意我接受自己良心的支配，去做好我份內的事情。請原諒我沒有接受你的勸告，在任何其他的問題上，我一定把你的建議當做指南針，不過對於當前的這個問題，我覺得，我接受過教育，平日也習慣考慮問題，由我自己來決定這件事比由你這樣一位年輕小姐來決定要合適得多。」

他深深鞠了一躬，便離開了她去跟達西先生問候。於是，她迫不及待地想看達西先生如何對待他這種冒失行為，料想達西先生對於這種問候方式一定會大感驚訝。只見她這位表兄先恭恭敬敬地對達西鞠了一躬，然後才開口跟他說著什麼。伊莉莎白雖然一句也沒聽到他說些什麼，卻又好像聽到了他所有的話，因為從他那蠕動的嘴唇的動作看來，無非是道歉、亨斯福德、凱瑟琳・德・柏格夫人之類的話。她看到表兄如此丟臉，心中好不氣惱。達西先生帶著不解的目光斜睨著他，一言不發地聽他嘮叨完了，才帶著一副冷漠又客氣的神氣，應付他幾句。柯林斯先生卻並不因此而掃興，又信口開河地說了一大通。等他第二次開口嘮叨的時候，達西先生輕蔑的神氣更明顯了。他說完以後，達西先生象徵性地微微鞠躬就走開了。柯林斯先生這才回到伊莉莎白這邊來，跟伊莉莎白說：「告訴你，他那樣接待我，我很滿意。達西聽到我的問候，十分高興。他很客氣地回答了我的話，甚至恭維我說，他非常佩服凱瑟琳夫人的眼力，看準了人。這的確是個很有見識的想法。大體上說，我很喜歡他這個人。」

伊莉莎白覺得很無聊，對舞會也沒有什麼興趣了，於是，只好留意珍與賓利先生。她想著他們的美好前景，幾乎跟珍感受到了同樣的快樂。她想像著姊姊搬住到這幢房子裡，兩口子恩愛有加，幸福無比。

她覺得如果真有那麼一天，那麼，她甚至可以盡量對賓利的兩個姊妹產生好感。她認為她母親這會兒也是這樣想的，但她不能去接近她，否則又要聽她嘮叨個沒完。因此當大家坐下來吃飯的時候，她看到母親的座位跟自己隔得那麼近，她覺得很難受。只見母親老是跟那個人（盧卡斯夫人）在瞎說她希望珍馬上嫁給賓利先生之類的話，這叫伊莉莎白氣惱。她們卻對這件事越談越起勁，班奈特太太一個勁兒數說著這門姻緣有多少多少好處。說賓利先生那麼英俊、富有，住的地方離她們也很近；這些條件是令人滿意的。還有，賓利的兩個姊妹也非常喜歡珍，一定也像她一樣地希望能夠結成這樁姻緣，這一點也很令人快慰。再說，珍的婚事既然這麼稱心如意，那麼，幾個小女兒也就很可能碰上別的闊人。最後，那幾個沒有出嫁的女兒，關於她們的終身大事，從此也可以委託給珍，不必要她自己再為她們去操勞了。這很好，真是一件值得高興的事，只是班奈特太太生平就不習慣在家裡。她又預祝盧卡斯夫人也走好運，其實她心裡也是在趾高氣揚地諷刺她沒有這個福分。

伊莉莎白受不了，一心想要壓壓她母親的風頭，便勸她談起得意的事情來要小聲一點，因為在她們對面的達西先生肯定會聽到的。可是勸也無用，而且她還受到了母親的斥罵，她真是說不出的氣惱。

「我倒請問你，達西先生與我有什麼關係？我才不怕他呢！我沒有必要在他面前特別講究禮貌，他不愛聽的話我就不能說嗎？我們沒有給他這樣的特權。」

「看在老天的份兒上，媽媽，求求你小聲點兒。你得罪了達西先生有什麼好處？你這樣做，他的朋友賓利先生也會看不起你的。」

不過，任憑她怎麼說都無濟於事，她的母親偏偏要高談闊論。伊莉莎白又羞又惱，氣得臉都紅了。她禁不住不時望一眼達西先生，每望一次就越發證實了自己的疑慮，因為達西雖然並沒有老是瞧著她的母親，可是他一直目不轉睛地在望著伊莉莎白。他臉上先是顯出氣憤和厭惡的表情，然後慢慢地變得冷靜嚴肅。

班奈特太太終於說完了，盧卡斯夫人聽她談得那樣興高采烈，自己又沒個說話的份兒，早就直打哈欠了，現在，她總算可以來安心享受一點冷肉冷雞了。伊莉莎白也覺得鬆了口氣，可惜她的耳朵並沒有清淨多久，因為晚飯一吃完，就有人說要唱歌。伊莉莎白眼看著瑪麗經不起人家稍微慫恿一下就答應了人家的請求，覺得很難受。伊莉莎白一個勁兒地遞眼色，又再三地悄悄勸告瑪麗，竭力叫她不要這樣討好別人，但是，一切都無濟於事，瑪麗毫不理會她的用意。這種出風頭的機會瑪麗是不會放過的，於是她就開始唱起來了。伊莉莎白把眼睛盯在她身上，帶著焦慮的心情聽她唱了幾節，等到唱完了，她的焦慮一點也沒有減輕，因為瑪麗一聽到大家對她稱讚，還有人隱約表示要她再賞他們一次臉，於是，歇了半分鐘，她又唱起了另一支歌。瑪麗的歌唱才能是不適宜於這樣表演的，因為她天生嗓門小，態度又不自然。伊莉莎白真替她著急。她看了看珍，看看她的反應，只見珍正在安安靜靜地跟賓利先生聊天。她又看見賓利的兩位姊妹正在彼此擠眉弄眼，對達西打手勢，達西對此依然板著面孔。她最後對自己的父親看了一眼，向他求助，免得瑪麗通宵唱下去。父親領會了她的意思，他等瑪麗唱完了第二首歌，就大聲說：

「你該休息了，孩子。你使我們開心得夠久啦，留點機會給別的小姐們表演表演吧。」

瑪麗雖然裝作沒聽見，但是她心裡難過。伊莉莎白為她感到不好受，也為父親的這番話感到不好受，生怕自己一片苦心給理會錯了。好在這會兒大家又請其他人唱歌了。

只聽到柯林斯先生說：「假如我僥倖會唱歌，那我一定樂意給大家獻上一曲。我認為音樂是一種高尚的娛樂，和牧師的職業絲毫沒有衝突。不過，把太多的時間花在音樂上則是不值得稱道的，因為的確還有許多別的事情要做。一個教區的主管牧師有多少事要做啊，他得制定什一稅的條例，既要定得對自己有利，又要不侵犯地主的利益。他得自己寫佈道辭，這一來他的空餘時間就不多了。他還得利用這點時間來安排教區裡的事務，照管自己的住宅——住宅總是要盡量弄得舒服些的。還有一點我認為也很重要：他要善待每一個人，特別是那些給他恩惠的人，這是必須做的。再說，遇到施主家的親友，也要及時問候、表示尊敬，否則不成體統。」他說到這裡，向達西先生鞠了一躬，算是結束了他的話。他這一席話說得那麼響亮，半個屋子裡的人都聽得見。大家都呆了，然後又都笑起來了。可是沒有一個人像班奈特先生那樣聽得有趣，他的太太卻一本正經地誇獎柯林斯先生的話說得合情合理，還對盧卡斯夫人說他是個好青年。

伊莉莎白覺得自己的家裡人今晚太出醜了，而且可以說出醜出得真有勁，出得真成功。倒是珍與賓利兩個人很幸運，有些出醜的場面沒有看到，賓利先生即使看到了一些，也不會輕易感到難受。但賓利兩姊妹和達西先生抓住了這個機會來嘲笑她的家裡人，這已經是夠難堪的了，只不過達西先生無聲的蔑視和兩姊妹無禮的嘲笑，她不能斷定究竟哪一樣更讓人難堪。

晚會的後半段時間也沒有讓她感到快樂。柯林斯先生還是纏著她不放，和她打趣。雖然他無法請她再跟他跳一次舞，可是卻弄得她也不能跟別人跳。她讓他與別人跳舞，並且答應給他介紹一位小姐，但他不肯去。他告訴她說，講到跳舞，他完全沒什麼興趣，他的主要用意就是要好好照料她，讓她高興，因此他打定主意整個晚上都要待在她身邊。無論怎樣勸說都沒用。幸好她的朋友盧卡斯小姐常常來到他們身邊，好心好意地和柯林斯先生談談，她才算覺得心裡好受一些。

至少達西先生可以不再來惹伊莉莎白惱火了。他站在離她很近的地方，邊上也沒有人，卻一直沒有走過來跟她說話。她覺得也許是因為提起了韋翰先生的緣故，她因此不禁暗自得意。

這天晚上，朗博恩一家人是最後告辭的，而且班奈特太太還用了點小心思，藉口等候馬車，一直等到大家都離開了，她們一家人還可以待一刻鐘。她們在這一段時間裡看到主人家有些人巴望他們早些離開。赫斯特太太姊妹倆不怎麼說話，只是嚷著疲倦，顯然是下逐客令了。班奈特太太一開口想跟她們攀談，就碰了她們的釘子，弄得大家都沒意思。柯林斯先生儘管在長篇大論恭維主人們，說他們家的宴席多麼精美，他們對待客人多麼周到熱情，可是他的話也沒有能給大家增加一些興致。達西一句話也沒有說。班奈特也沉默地望著這熱鬧的場景。珍與賓利還在親密交談。伊莉莎白和其他幾個人都沒話可說。麗迪亞覺得困倦又無聊，哈欠連天，仿佛在向主人說「累死了」。

他們一家終於要走了，班奈特夫人很客氣又真誠地希望賓利一家能到他們家去做客，還特別對賓利先生說她一家人會很高興他在任何時候到朗博恩去吃飯。賓利先生也很高興，說他第二天就要去倫敦，等他從倫敦回來後，一定會前往的。

班奈特太太真是感到開心，在心裡盤算著要盡快準備好嫁妝、新馬車、結婚禮服，毫無疑問，只要三四個月的時間，她女兒珍就會搬進尼瑟菲德了。她同樣愉快地想到還有一個女兒將成為柯林斯的夫人。五個女兒中，她最不喜歡伊莉莎白，她要嫁的柯林斯有不錯的人品和財產，雖然比起賓利先生和他的莊園要遜色很多。

19

第二天，班奈特家發生了一件新的事情，柯林斯先生正式向伊莉莎白求婚了。下星期六他的假期就要結束了，於是，他決定抓緊時間，況且當時他覺得這是理直氣壯的事，便有條不紊地籌畫起來，凡是他認為必不可少的正常步驟，他都一一照辦了。吃過早飯，看到班奈特太太、伊莉莎白和一個小妹妹在一起，他便對女主人說：

「親愛的太太，我想請令嬡伊莉莎白賞臉，跟我做一次單獨的談話，你贊成嗎？」

「哦，好極了，當然可以。我相信麗琪也很樂意的，我相信她不會反對。——來，凱蒂，跟我到樓上去吧。」她把針線收拾了一下，便急衝衝地走出去，這時伊莉莎白叫起來了：

「別走開，媽媽！我求求你別走。柯林斯先生一定會原諒我。柯林斯先生對我說的話，你們也可以聽的！否則，我也要走了！」

「不，不，你別胡說，麗琪。我要你乖乖地在這裡與柯林斯先生談話。」只見伊莉莎白又惱又窘，好像真要逃走的樣子，於是班奈特太太又說道：「我非要你待在這兒不可。」

伊莉莎白不便違背母命。她考慮了一會兒，覺得能夠盡快悄悄地把事情解決也好，於是她就坐下來，時時刻刻當心著不讓啼笑皆非的事弄得她捧腹大笑。班奈特太太和凱蒂走開了，她們一走，柯林斯先生就說了起來：

「說真的，伊莉莎白小姐，我知道你害羞，但這對你沒有絲毫損害，而且更增加了你的可愛。要是你不這樣稍許推諉一下，我反而不會覺得你這麼可愛了。可是請你允許我告訴你一聲，我這次跟你求婚，是獲得你母親同意的。儘管你天性羞怯，假癡假呆，可是你看見了我對你的百般殷切與熱情，你一定會明白我說的話的用意。我從到府上的第二天起，就認定了你是我的終身伴侶。不過，關於這個問題，也許最好趁我現在還控制得住我自己的感情，先談談我要結婚的理由，更要談一談我來到哈福德郡擇偶的打算，因為我的確是有著那種打算的。」

看到柯林斯這麼一本正經的樣子，還說什麼控制不了自己的感情，伊莉莎白不禁覺得非常好笑。因此他雖然說話停了片刻，她可沒有來得及阻止他說下去：

「我之所以要結婚，有以下幾點理由：第一，我認為凡是像我這樣生活寬裕的牧師，理當給全教區樹立一個婚姻的好榜樣；其次，我深信婚姻會大大促進我的幸福；第三（這一點或許我應該早一點說），我很幸運，能夠碰上這樣高貴的一個女施主，她也曾勸告我結婚，贊成我結婚。她已經兩次跟我說起過（而且並不是我請教她的！），就在我離開亨斯福德的前一個星期六的晚上，我們正在玩牌，詹金森太太正在為德．柏格小姐安放一個腳凳，夫人對我說：『柯林斯先生，你必須結婚。你這樣的牧師，必須結婚。你去好好挑選吧，挑選一個好人家的女兒，為了我，也是為了你自己。你要找的女士，不求出身高貴，但要能幹、會算計，把每一筆小小的收入安排得恰到好處。這就是我的意見。趕快找個這樣的女人來吧，把她帶到亨斯福德來，我會好好照料她的。』好表妹，讓我說給你聽吧，我的女恩主對我體貼的照顧，也可以算是我的一個優越條件。她的為人我真是無法形容，你有一天會體會到的。我想，你這麼聰明活潑，她也會喜歡的，只是在身分高貴的人面前你要顯得穩重端莊些，她就會特別喜歡你。總的來說，我要結婚就是因為這些打算。現在，我還得說一說，我為什麼選中了朗博恩，而沒有選中我自己的村莊。雖然那兒的姑娘也很可愛，但我是這麼認為的：往後令尊過世（但願他長命百歲），他的財產繼承人是我，為了將你們的損失減到最低限度，我打算娶他的某個女兒做妻子，否則我也很難受。當然，正如我剛才說過的，這是很多年以後的事了。我的動機就是這樣的，好表妹，希望你不要看不起我。現在我的話已經說完，除非是再用最激動的語言向你傾訴我最熾烈的感情。說到嫁妝，我完全無所謂，我決不會在這方面向你父親提多少要求。我非常瞭解，他的能力也有限，你名下應得的財產，一共不過是一筆年息四厘的一千鎊存款，而且還得等你媽死後才屬於你。因此關於那個問題，現在我是不會說出來的，而且請你放心，我們結婚以後，我決不會發一句小氣話的牢騷。」

不能讓他再說下去了。

「你太心急了吧，先生。」伊莉莎白叫了起來，「你忘了我什麼也沒答應你呢。就讓我來回答你吧，別再浪費時間，謝謝你的誇獎。你的求婚使我感到榮幸，可惜我唯一能做得到的，就是拒絕。」

柯林斯先生鄭重其事地揮手回答道：「我能想得到，年輕的姑娘遇到人家第一次求婚，即使心裡願意答應，口頭上也總是拒絕，有時候甚至會拒絕兩三次。這樣看來，你剛才所說的話決不會讓我心灰意冷，我並不會放棄，希望不久後，我就能領你到神壇跟前去呢。」

伊莉莎白嚷道：「不瞞你說，先生，我已經說得夠明白的了，你還要存著希望，那就太奇怪了。老實跟你說，如果世上真有那麼膽大的年輕小姐，用自己的幸福開玩笑，讓人家提出第二次請求，那絕對不是我。我剛才的謝絕完全是嚴肅的。你不能讓我得到幸福，而且我相信我也絕對不會讓你得到幸福。哦，要是你的女恩主凱瑟琳夫人認識我的話，我相信她一定也會發現，無論從哪一方面來說，我都不配做你的太太。」

柯林斯先生嚴肅地說：「就算凱瑟琳夫人這樣想，我想她老人家也決不會不贊成這樁婚事。請你放心，我下次有幸見到她的時候，一定會對她說起你的賢慧、聰明以及其他種種可愛的優點。」

「說實話，柯林斯先生，任你怎麼誇獎我，都是徒勞。我的事我自己會有主張，你若相信我所說的話，就是賞我的臉了。我衷心祝你財運亨通，生活幸福。我剛才任你求婚，是為了免得你發生什麼意外。而你呢，既然你已經對我求婚，那麼，也不必對我家裡人感到有什麼不好意思了，將來你繼承朗博恩的財產，你就可以取之無愧了。這件事就這樣辦吧。」她一邊說，一邊站起身來要走出屋子；但柯林斯對她說了下面的話：

「要是下回我有幸再跟你提出這個問題，我希望你能夠給我一個滿意點兒的回答。你這次冷酷無情，我不放在心上。因為我知道，你們姑娘們對於男人第一次的求婚，總是這樣，也許你剛剛說的一番話，正是女人微妙性格的表現，這只會鼓勵我不放棄。」

伊莉莎白一聽此話，不免有些氣惱，便大聲叫道：「柯林斯先生，你真是讓我莫名其妙！我說得一清二楚了，要是你還覺得這是鼓勵你的話，那我可不知道該怎麼樣對待你，才能使你永遠死了這條心。」

「親愛的伊莉莎白，請允許我說句自不量力的話：我相信你拒絕我的求婚，不過是說說罷了。我之所以會這樣想，簡單說來，有這樣幾點理由：我覺得，我的求婚還不至於讓你接受不了，我有讓你不容忽視的家產，我的社會地位，我同德・柏格府的關係，與貴府的關係，都是我非常優越的條件。我得提醒你考慮一下：儘管你有許多吸引人的地方，但不幸你的財產太少，這就把你的可愛，把你的許多優點都抵消了，不會再有另外一個人向你求婚了。因此我就不得不認為，你這一次並不是真心真意拒絕我，優雅女性都習慣採取這種做法，欲擒故縱，想要博得我進一步的喜愛。」

「先生，我向你保證，我絕沒有冒充什麼優雅女性的做法，故意作弄一位儀表堂堂的紳士。但願你相信我說的是真話，我就很有面子了，承蒙厚愛，你向我求婚，我已經是感激不盡了，但要我接受你的求婚，是絕對不可能的。在感情上我接受不了。我已經說得夠明白了，請你別把我當做一個故意作弄你的什麼優雅女性，而要把我看做一個說真心話的人。」

柯林斯很狼狽，又不得不裝出滿臉殷勤的神氣討好地說：「你始終都那麼可愛！我相信只要令尊令堂答應了我，你就決不會拒絕。」

他再三要存心自欺欺人，伊莉莎白可懶得再去理他，立刻不聲不響地走開了。她打定了主意：倘若他一定要把她幾次三番的拒絕看做是有意討他的好、有意鼓勵他，那麼她就只得去求助於她父親，讓父親堅決地回絕他。柯林斯總不會再把她父親的拒絕，看做一個高貴女性的矯揉造作和賣弄風情了吧？

20

柯林斯先生獨自一個人默默地幻想著美滿的姻緣，可是並沒有想上多久，因為班奈特太太一直在走廊裡蹓躂，等著聽他們倆商談的好消息，現在看見伊莉莎白開了門，匆匆忙忙走上樓去，她就迫不及待地走進飯廳，熱烈地祝賀柯林斯先生，也祝賀她自己，說是他們今後大有親上加親的希望了。柯林斯先生同樣快樂地接受了她的祝賀，同時又客氣地祝賀了她一番，然後就一五一十地說了他和伊莉莎白的談話，說他對談話的結果很滿意，他的表妹雖然再三拒絕，可是那拒絕，只不過是她那羞怯淑靜和嬌柔細緻的天性的表現。

這一消息可把班奈特太太嚇了一跳。當然，要是她的女兒果真只是口頭上拒絕求婚，那她也會感到高興的：但她不敢這麼想，而且禁不住照直說了出來。

她說：「柯林斯先生，你放心，我會讓麗琪明曉事理的。我現在就要親自跟她談談。她是個任性的傻姑娘，不識好歹，可是我會讓她醒悟的。」

「對不起，太太，讓我說一句，」柯林斯先生叫道，「要是她果真又任性又傻，那我就覺得要考慮一下她是否能成為我理想的妻子了，因為像我這樣地位的人，結婚是為了要得到幸福。這麼說，如果她是真心拒絕我的求婚，那就不要勉強她好了，否則，她的這些壞脾氣，對於我獲得幸福決不會有多少幫助。」

班奈特太太吃驚地說：「先生，別誤會，我絕不是這個意思，麗琪不過在這類事情上有一點點任性，可是遇到別的事情，她的性子再好不過了。我馬上去找我丈夫，我們一會兒就會把她這件事談妥的，絕沒有問題。」

她不等他回答，一說完就急忙跑到丈夫的書房裡去，她嚷道：

「哦，親愛的，你得趕快出來一下。我們被搞得一團糟了，你得去勸一下麗琪答應跟柯林斯先生結婚，因為她堅決不要他。假如你不趕快去勸說一下，他就要改變主意，反過來不要麗琪了。」

班奈特先生平靜地從書本上抬起眼睛，安然自得、漠不關心地望著太太的臉。他聽她說話，泰然自若。

她說完以後，他才說：「抱歉，我沒有聽懂你究竟是什麼意思。」

「我說的是柯林斯先生和麗琪的事，麗琪不要柯林斯先生，柯林斯先生也開始說他不打算要麗琪了。」

「這種事叫我能怎麼辦？看來這是件沒有指望的事。」

「你去和麗琪談談，就跟她說，你非要嫁給柯林斯先生不可。」

「好吧，叫她下來吧，讓我來跟她說。」

班奈特太太拉了鈴，伊莉莎白小姐給叫到書房裡來了。

班奈特先生一見她來了，就對她說：「過來，孩子，我叫你來是談一件很重要的事。我聽說柯林斯先生向你求婚，真的嗎？」伊莉莎白說，真有這回事。「很好。你拒絕了，是嗎？」

「是的，爸爸。」

「很好，我們現在就來談談這個問題。你媽媽非要你答應不可，親愛的，是嗎？」

班奈特太太說：「是的，否則，我再也不想看到麗琪了。」

「擺在你面前的是個很不幸的難題，你得自己去抉擇，伊莉莎白。從今天起，你不是將與父親成為陌路人，就是要與母親成為陌路人。要是你不嫁給柯林斯先生，你媽媽就不想再見到你了；要是你嫁給他，我就再也不想看到你了。」

伊莉莎白聽到這段話是那樣的開頭和這樣的結論，不由得笑了起來。不過，這可讓班奈特太太惱火極了，她本以為丈夫一定會順著她的意思來處理這件事的，哪裡料到反而叫她失望至極。「你這話是什麼意思，親愛的？我們不是已經說好了，非叫她嫁給他不可嗎？」

「親愛的，」丈夫回答道，「我有兩個小小的要求。第一，依照我對目前情況的瞭解，請不要把你的意願強加給我；第二，請允許我自由運用我自己的書房，我只想在自己的書房裡能得到清閒自在。」

班奈特太太雖然在丈夫這兒碰了一鼻子灰，可是並不甘心。她一遍又一遍地想說服伊莉莎白，又是哄騙，又是威脅。她還想盡辦法拉著珍來幫忙，可是珍偏不願意多嘴，極其委婉地走開了。伊莉莎白也應對得很好，又是情意懇切，又是笑嘻嘻的，方式儘管變換來變換去，卻始終堅持自己的立場。

這當兒，柯林斯先生獨自把剛才的那一幕深思默想了一番。他一向自視甚高，因此弄不明白表妹拒絕他，究竟是為什麼。雖說他的自尊心有點受傷，可別的方面絲毫也沒有什麼損失。他對她的好感完全是想像出來的，他覺得她的母親一定會責罵她，因此也不覺得有什麼遺憾了，而她挨她母親的罵是她自己惹來的，因此也不必為她的遭遇過意不去。

正當這一家子鬧得不可開交的時候，夏綠蒂．盧卡斯上他們這兒來串門了。麗迪亞在大門口碰到她，立刻迎上前去跟她報告說：「你來了我真高興，這兒正鬧得有趣呢！你知道今天上午發生了什麼事？柯林斯先生向麗琪求婚，麗琪拒絕了他。」

夏綠蒂還沒來得及回答，凱蒂又走上前來了，把同樣的消息向她報導了一遍。她們走進客廳，只見班奈特太太正獨自待在那兒，看見她們馬上就和她們談這個問題，一再懇求盧卡斯小姐勸勸她的朋友麗琪不要再違背她的意願。「求求你了，盧卡斯小姐。」她又用哀求的聲調說，「誰也不支持我，大家都故意和我作對，一個個都對我那麼狠心，誰也不能體諒我衰弱的神經。」

夏綠蒂正要回答，珍和伊莉莎白正好走了進來，因此夏綠蒂就沒有開口了。

「嘿，她來啦。」班奈特太太接下去說，「看她一臉滿不在乎的神氣，一點也沒把我們放在心上，眼裡早沒了父母，只顧自己任性——麗琪小姐，讓我提醒你吧，如果你一碰到人家求婚，就這樣拒絕，那你一輩子也休想找到一個丈夫。等你父親去世後，看還有誰來養你。我是沒辦法養活你的，事先跟你聲明。從現在起，我跟你就一刀兩斷。你知道，剛剛在書房裡，我就跟你說過，我再也不想跟你說話了，我說得出就做得到。我不高興跟背叛我的女兒說話。老實說，我跟誰都不大愛說話。我神經上有病痛，沒有說話的興致。沒有人知道我有多痛苦！不過世上的事總是這樣，你嘴上不訴訴苦，就不會有人可憐你。」

女兒們都默默地聽著她訴苦。她們都明白，要是你跟她評評理，那就等於火上澆油。任她嘮嘮叨叨往下說，女兒們沒有一個來打斷她的話。最後，柯林斯先生進來了，臉上的神氣比平常更端莊嚴肅，她一見到他，就對女兒們這樣說：

「現在我要你們一個個都住嘴，我要與柯林斯先生說幾句話。」

伊莉莎白悄悄地走出去了，珍和凱蒂跟著也走了出去，只有麗迪亞沒有走，在等著聽他們談些什麼。夏綠蒂也沒有走，先是因為柯林斯先生彬彬有禮地問候她和她的家庭，所以不便立刻走，隨後又因為好奇心，就走到視窗，偷聽他們談話。屋裡，班奈特太太怨聲怨氣地說了一句：「哦，柯林斯先生。」

「親愛的太太，」柯林斯先生說，「這件事讓我們再也別提了吧。我決不會對令嬡的行為耿耿於懷。」他說到這裡，聲調中流露出極其鬱悶的意味，「我們大家都得接受命運的安排，像我這樣年少得志，小小年紀就得到了人家的器重，尤其應該如此，我相信我一切都聽天由命。就算我那可愛的表妹肯接受我的求婚，或許我也要懷疑，這是否能給我帶來幸福，因為我一向認為，幸福一旦曾遭拒絕，就不值得我們去重視。遇到這種場合，接受命運的安排是最好的了。親愛的太太，我要收回對令嬡的求婚，請原諒我的冒昧，別怪我沒要求你們出面代我調停一下。只不過我並不是受到您拒絕，而是受到令嬡的拒絕，這一點也許值得遺憾。可是人都難免有個出差錯的時候，我對於這件事始終會懷著一片誠心。我的目的就是要找一個可愛的伴侶，並且適當地考慮到您們的利益。假使我的態度方面有什麼地方不恭敬的話，我在此深表歉意。」

21

關於柯林斯先生求婚這件事，差不多就這樣結束了，現在伊莉莎白只感到一種難免的不愉快，有時候還要聽她母親的幾句埋怨。說到柯林斯先生本人，他並沒有什麼沮喪，也沒有表現出要迴避伊莉莎白的意思，只是賭氣一般不肯說話。他簡直不跟伊莉莎白說一句話，他原來的那一股熱情，到下午就都轉移到盧卡斯小姐身上去了。盧小姐滿有禮貌地跟他有說有笑，這讓大家都放心了不少，特別是她的朋友伊莉莎白。

第二天，班奈特太太還是那樣不高興，身體狀況也沒有恢復好。柯林斯先生也還是一副又氣憤又傲慢的樣子。伊莉莎白原以為他一生氣，就會早日離開朗博恩，奇怪的是這件事絲毫沒有影響他原來的計畫，他說他要到星期六才走，就真的決定要待到星期六。

吃過早飯，小姐們上梅里屯去打聽韋翰先生的消息，同時為了他沒有參加上次的舞會而去向他表示惋惜。他們恰巧在鎮上相遇了，於是他陪著小姐們上她們姨媽家裡去，他在那兒把他的歉意、他的煩心事，以及他對於每個人的評價，都暢談了一番。不過他卻在伊莉莎白面前主動說明，那次舞會是他自己不願意去參加的。

他說：「當舞會日期一天天迫近，我覺得，還是不要碰見達西先生為好。我覺得要好幾個鐘頭跟他待在同一間屋子裡、同一個舞會上，我真的會受不了，而且可能會鬧出些笑話來，弄得彼此都不愉快。」

伊莉莎白對他的這番胸襟頗為讚賞。當韋翰和另一位軍官跟她們一塊兒回朗博恩來的時候，一路上他特別照顧她，因此他們有充分的時間深入探討這個問題，而且還客客氣氣地彼此恭維了一番。他送她們回家可謂一舉兩得，一來可以讓她高興，二來可以利用這個大好機會，去結識她的父母。

她們剛回到家裡，班奈特小姐就接到一封從尼瑟菲德莊園寄來的信。信立刻被拆開了，裡面裝著一頁小巧、精緻、熨燙得很平滑的信箋，字跡娟秀流利，是出自一位小姐的手筆。伊莉莎白看到姊姊讀信時臉色都變了，又看到她全神貫注地在讀其中的某幾段，然後，珍又鎮靜了下來，把信放在一旁，像平常一樣高高興興地跟大家一起聊天。可是伊莉莎白仍然覺得這件事很蹊蹺，因此對韋翰也有點心不在焉了。韋翰和他的同伴一走，珍便對伊莉莎白使了個眼色，叫她上樓去。一到了她們自己的房裡，珍就拿出信來說：「這是卡洛琳·賓利寫來的，信上的話真讓我吃驚。她們一家人現在已經離開尼瑟菲德莊園上倫敦去了，而且再也不打算回來了。你看看信上怎麼寫的吧。」

她先把第一句讀出來，那句話是說，她們已經決定，立刻追隨她們的弟兄上倫敦去，而且要在當天趕到格羅維諾街吃飯，原來赫斯特先生就住在那條街上。接下去還這樣寫道：「親愛的朋友，哈福德郡除了你的友誼，我真是一無留戀，不過，我希望將來有一天，還是可以像過去那樣愉快地來往，並希望目前能鴻雁傳書，無話不談，以寄心意。後會有期。」伊莉莎白對這些浮華的話並不在意。雖說她們這一次突然的遷走讓伊莉莎白也感到驚奇和困惑，可是她並不覺得真有什麼可以惋惜的地方。她們離開了尼瑟菲德莊園，不能說賓利先生就再也不會住在那兒了。至於說到跟她們沒有了來往，她相信珍只要跟賓利先生時常見面，就算是中斷了跟那姊妹倆的聯繫也無所謂。

歇了片刻，伊莉莎白說道：「不幸得很，她們臨走以前，你沒有來得及去看望一下她們。可是，賓利小姐既然認為後會有期，難道我們就不能期望這一天早日到來嗎？等你嫁給賓利先生，你們之間的關係，不是比今天做朋友更令人滿意嗎？賓利先生不會被她們長久留在城裡的。」

「但卡洛琳肯定地說，今年冬天她們一家人誰也不會回到這兒來了。還是念給你聽吧：

『我哥哥昨天和我們告別的時候，還以為他這次去倫敦，只要三四天就能把事情辦完，可是我們覺得沒那麼容易。同時我們相信，查理斯一進了城，或許會改變初衷，因此我們決定隨後前去，免得他住在旅館裡冷冷清清的，同時也能會見我許多在倫敦過冬的朋友。親愛的朋友，如果你也能一起到城裡來該多好呀，結果令我失望了。我真摯地祝福你耶誕節期間幸福快樂。希望你有很多漂亮的男朋友，免得我們一走，你會感到難受。』」

「這明明是說，」珍補充道，「他今年冬天不會回來啦。」

「這不過說明賓利小姐不想讓她哥哥回來罷了。」

「你為什麼這樣想呢？我覺得那一定是賓利先生自己的意思，他自己可以做主。可是很多事情你還不知道呢。有一段話讓我很傷心，我一定要讀給你聽。我對你完全不必隱瞞。『達西先生急著要去看看他妹妹。說老實話，不僅是他，我們也同樣熱切地希望和她重逢。我以為喬治安娜・達西無論是容貌、舉止還是才藝，的確是沒有人能夠比得上的。路易莎和我都大膽地希望她以後能成為我們的嫂嫂，因此我們對她非常關切。以前我沒有向你表明這個心事，現在要離開了，我覺得有責任告訴你真心話，我相信你也會覺得這是合情合理的吧。我哥哥與達西小姐真是天生一對，他現在可以時常去看她，他們的關係會更加親密起來，雙方的家庭也都對這門婚事有同樣的盼望。我想，如果我說，查理斯最善於博得任何女人的歡心，這可不全是出於做姊妹的偏心。既然各方面都贊成這段姻緣，而且事情進展得很順利，那麼，最親愛的珍，我衷心希望著這件人人樂意的事能夠成為現實，你覺得我這麼說錯了嗎？』」

「現在你明白了嗎，親愛的麗琪？」珍讀完了以後說。「說得還不夠清楚嗎？這不是明明白白地表明卡洛琳小姐她們不希望、也不願意我做她們的嫂嫂嗎？不是說明了她們完全相信他的哥哥愛上的也是達西小姐？而且不也是說明了：假如她懷疑我對他產生了感情，她就要勸我（多虧她這番好心！）當心些嗎？這些話難道還能有別的意思嗎？」

「當然可以有別的意思。我的解釋就和你的解釋完全兩樣。你願意聽一下嗎？」

「當然願意。」

「這只消三言兩語就可以說明白。賓利小姐看出他哥哥愛上了你，可是她卻希望讓達西小姐做她的嫂嫂。她跟著他到城裡去，就為的是要把他留在那兒，而且竭力想要說服你，讓你以為賓利先生對你沒有好感。」

珍搖搖頭。

「珍，你應該相信我。凡是看見過你們倆在一起的人，都不會懷疑他對你一往情深。我相信賓利小姐也不是傻瓜，要是她看到達西先生對她的愛有這樣的一半，她恐怕早就要辦嫁妝了。可問題是這樣的：在她們家裡看來，我們還不夠有錢有勢，配不上他們。她之所以急於想把達西小姐配給她哥哥，是她還有一個打算，那就是說，親上加親以後，親上再加親就更容易了。這件事真虧她能想得出來，我敢說，要不是有個德・柏格小姐在中間礙事，這件事是會成功的。可是，最親愛的珍，你千萬不要因為賓利小姐告訴你說，她哥哥已經深深地愛上了達西小姐，你就以為賓利先生自從星期二和你分別以來，對你的傾心有所變化，也別以為她真的能讓她哥哥不愛你，而去愛上她那位女朋友達西小姐。」

「如果我們都認為賓利小姐是那樣一種人的話，」珍回答道，「那麼，你的這些想法就是很有道理的。可是，我知道你這種說法不太準確。因為，據我所知，卡洛琳不會故意欺騙別人，我對這件事只能存一個想法，那就是，一定是她哪兒弄錯了。」

「這話說得對。我的想法既然可能有失偏頗，你自己卻轉得出這樣的好念頭來，那就再好不過了，你就相信是她自己哪兒弄錯了吧。現在你算是對她已經仁至義盡了，用不著再煩惱了。」

「可是，親愛的妹妹，即使從最好的方面去想，我能嫁給他，而他的姊妹和朋友們都希望他跟別人結婚，那我還會幸福嗎？」

「那就得看你自己的主張如何。」伊莉莎白說，「如果你考慮成熟以後，認為得罪他的姊妹們而招致的痛苦，比起跟他結婚所得到的幸福還要大，那麼，我勸你還是拒絕他算了。」

「這種話你都說得出口？」珍微微一笑，「你要知道，即使她們的反對讓我萬分痛苦，我還是會毫不猶豫地嫁給他的。」

「我想也是這樣。既然如此，我們就不必再為這件事擔心了。」

「如果他今年冬天真的不回來，我就用不著胡思亂想了。六個月裡會發生多少事啊。」

所謂他不會回來這件事，伊莉莎白很不以為然。她覺得那不過是卡洛琳耍的花招罷了。她認為卡洛琳這種願望無論是露骨地說出來，還是委婉地說出來，對於一個完全有自主精神的青年來說，決不會發生什麼影響。

她把自己的這些看法說給她姊姊聽，果然一下子就有了很好的效果，她覺得非常高興。珍的脾氣，本來不會輕易意志消沉，但現在聽妹妹這麼一說，也便漸漸產生了希望，認為賓利先生一定會回到尼瑟菲德莊園來，儘管有時候她對此還是懷疑多於希望。

最後姊妹倆一致主張，這事暫時不告訴母親，只要告訴她一聲，賓利先生一家已經離開了此地，而不必向她說明他們離開的原因。可是，僅僅這個消息，班奈特太太就已經深受震動，甚至還哭了起來，她埋怨自己運氣太壞，她剛剛跟兩位貴婦人熟絡，她們就離開了。不過，傷心之餘，她就用賓利先生不久就會回來這個想法來安慰自己，而且賓利先生還會到朗博恩來吃飯。最後她心安理得地說，雖然只不過邀他來吃頓便飯，她一定要精心準備兩道大菜。

22

這一天班奈特全家都被盧卡斯家請去吃飯，盧卡斯小姐非常善解人意，一直陪著柯林斯先生談話。伊莉莎白利用了一個機會向她表示感謝。她說：「這樣可以讓他心裡好受些，謝謝你幫了我的大忙。」夏綠蒂說，能夠替朋友效勞，她非常樂意，雖然花了一點時間，卻得到了很大的快慰。這真是太好了。可是夏綠蒂的好意似乎有些過頭，出乎伊莉莎白的意料。原來夏綠蒂是有意要逗引柯林斯先生，免得他再去向伊莉莎白獻殷勤。她這個計畫在不知不覺中看來進行得十分順利，到晚上大家分手的時候，夏綠蒂甚至覺得，要不是柯林斯先生這麼快就離開哈福德郡，事情一定能有好的結果。但是她這樣的想法，未免對他那騷動不安、獨斷獨行的性格太不瞭解。且說第二天一大早，柯林斯就用了個很狡猾的辦法離開了朗博恩，趕到盧卡斯農莊來向她求愛。他唯恐被表妹們發現行蹤，他認為，假若讓她們看見他走開，那就必定會讓她們猜中他的打算，而他不等到事情有了九分成功的把握，是決不願意讓人家知道的。雖說他當場看到夏綠蒂對他頗有好感，因此覺得這事應當可以成功，可是從星期三在伊莉莎白那兒碰了釘子後，他便不敢太魯莽了。不過人家倒很巴結他，盧卡斯小姐從樓上視窗看見他向她家裡走來，便連忙到那條小道上去迎接他，又裝出偶然相逢的樣子。她萬萬想不到，柯林斯這一次竟然給她帶來了終身難忘的好事。

在短短的一段時間裡，一切很快就都談妥了，柯林斯先生也說了很多甜言蜜語，而且雙方都很滿意。

一走進屋子，他就誠懇地要求她早定佳期，使他成為世界上最幸福的人。雖說這種請求太過冒失，可是這位小姐也很珍視這來之不易的幸福。他天生一副呆相，求愛也總是不能打動女人的心，每次求愛都被女人弄得灰頭土臉。盧卡斯小姐之所以願意答應他，完全是因為他的財產，至於那筆財產她要等多久才能拿到手，她倒覺得無所謂。

他們倆立刻就去請求威廉爵士夫婦的允許，老夫婦連忙高高興興地一口應承。他們本來不能給女兒什麼嫁妝，按照柯林斯先生目前的境況，他真是一個再適合不過的女婿，何況他將來還有一筆大財產。盧卡斯夫人立刻對班奈特先生還能活多少年有了前所未有的興趣；威廉爵士一口斷定說，柯林斯先生一旦有了朗博恩的財產，那他夫婦倆甚至有希望去覲見國王了。總而言之，這件大事叫這一家人都快活透頂了。幾位小女兒都滿懷希望，因為這一來她們就可以早一兩年參加交際了，兄弟們再也不會為夏綠蒂可能當老處女而擔心了。只有夏綠蒂本人沒想到那麼多。她現在已經獲得了初步的成功，還有時間去仔細考慮一番。她對這門親事大致還是滿意的。柯林斯先生固然既不通情達理，又讓人厭煩，同他相處實在是件糟心的事，他對她的愛也一定是空中樓閣，不過她還是需要他做她的丈夫。雖然她對於婚姻和夫婦生活，都不太嚮往，但說到底她還是一向把結婚當做生活的目標，家境不太好而又受過一定教育的青年女子，總是把結婚當做體面的退路。儘管結婚並不一定會叫人幸福，但總算是給自己安排了一個最可靠的保險櫃，日後可以免於受凍受餓。夏綠蒂現在就獲得這樣一個保險櫃了。她今年二十七歲，人長得又不算漂亮，這個保險櫃當然會使她覺得十分幸運。

這事只有一樣令人不快的地方——那就是說，伊莉莎白・班奈特準會對這門親事感到驚奇，而她又是一向很看重與伊莉莎白的交情。伊莉莎白一定會大吃一驚，說不定還要責怪她。雖說她已經下定決心便不會動搖，然而好朋友的責備也一定會使她難受。於是她決定親自把這件事告訴她，所以一再叮囑柯林斯先生回到朗博恩吃飯的時候，不要在班奈特家裡任何人面前走露一點風聲。柯林斯先生當然答應保守秘密，但實際上秘密是很難保守的，因為他出去得太久了，一定會讓班奈特家的人覺得蹊蹺；因此他一回去，大家立刻向他問長問短，他好不容易才遮掩過去，加上他又特別想把自己情場得意的消息宣揚出去，因此他費了不少力氣才克制住了。

他第二天一大早就要啟程回去，來不及向大家辭行，所以當天晚上女士們去就寢的時候，大家便相互話別。班奈特太太極其誠懇、極有禮貌地說，以後他要是能再次光臨朗博恩，那真是太好了。

他回答道：「親愛的太太，承蒙厚愛，我榮幸地接受您的邀請，不勝感激，我也正希望能領受這份盛意。請放心，我一有空就來拜望你們。」

大家都吃了一驚，尤其是班奈特先生，根本不希望他馬上回來，連忙說：

「先生，你不怕凱瑟琳夫人有意見嗎？你對親戚疏遠些不要緊，卻不能冒風險得罪了你的女施主。」

柯林斯先生回答道：「親愛的先生，我非常感激你好心的提醒，請您放心，如此重大的事，不得到她老人家的同意，我決不會輕率行事的。」

「謹慎只會有益處。什麼事都不要緊，可千萬不能叫她老人家生氣。要是你想到我們這兒來玩，而她卻因此不太高興（我覺得這是非常可能的），那麼你最好安分一些，多待在家裡，我們倒是不會因此而責怪你的。」

「親愛的先生，請相信我，你的關心與盛情真是叫我感激不盡。你放心好了，我回去後會馬上寄一封謝函給您，感謝這一點，感謝你們對我的種種照顧。還有各位美麗可愛的表妹，包括伊莉莎白表妹在內，且請恕我冒昧，我現在要祝她們健康幸福。」

隨後大家都客氣一番後，辭別回房。大家都對柯林斯先生竟打算很快就回來感到吃驚。班奈特太太心想他可能是打算向她的哪一個小女兒求婚，也許能勸勸瑪麗去接受他。瑪麗比任何姊妹都看重柯林斯的能力，他堅定的意志也很叫她傾心。他雖然比不上瑪麗聰明，可是只要有一個像她這樣的人作為榜樣，鼓勵他出人頭地，那他一定會成為一個稱心如意的伴侶。只可惜才過一個晚上，這種美好的希望就完全破滅了。盧卡斯小姐剛一吃過早飯，就來訪問，私下把前一天的事告訴了伊莉莎白。

早在前一兩天，伊莉莎白就感覺到，柯林斯先生可能一廂情願地認為自己愛上了她這位朋友。可是，要說夏綠蒂會接受他，那未免太不可能，正如她自己不可能接受他一樣，因此她現在聽到這件事，不禁大為驚訝，竟忘記禮貌，大聲叫了起來：

「跟柯林斯先生訂婚！親愛的夏綠蒂，那怎麼行！」

盧卡斯小姐聽到這一聲直接的責備，鎮靜的臉色也不由得變得慌張了，好在她早就料到了，因此她立刻就恢復了平靜，從容不迫地回答說：

「你為什麼這樣驚奇，親愛的麗琪？柯林斯先生沒有得到你的歡心，難道他就不能得到別的女人的歡心嗎？」

這時候伊莉莎白也鎮定下來，竭力克制著自己的情緒，用相當肯定的語氣預祝他們倆將來幸福美滿。

夏綠蒂回答道：「我知道你的心思，你一定會感到無法理解，而且感到非常奇怪，因為在不久以前，柯林斯先生還在想跟你結婚。可是，只要你用心把這件事情細細地分析一下，你就會贊成我的做法。你知道我不是個喜歡浪漫的人，我絕不是那樣的人，我只需要一個舒舒服服的家。從柯林斯先生的性情、地位和家庭關係來考慮，我覺得跟他結了婚，我能夠獲得幸福，跟大多數人結婚時誇耀的那種幸福一樣的幸福。」

伊莉莎白心平氣和地回答：「當然。」她們倆挺彆扭地一起待了一會兒，就來到眾人中間。夏綠蒂沒有過多久就走了，伊莉莎白獨自把剛才聽到的那些話仔細想了一遍。這真是一門不合適的婚事，真的讓她很難受。柯林斯先生三天內兩次求婚，這本來就夠稀奇了，如今居然會有人答應他，這更是稀奇。她一向覺得，夏綠蒂關於婚姻問題方面的見解，跟她很相似，卻不曾想到一旦事到臨頭，她竟會完全不理會感情如何，而完全屈就一些世俗的利益。夏綠蒂做了柯林斯的妻子，這真是天下最滑稽的事！她不僅為這樣一個朋友的自取其辱、自甘沉淪而難受，而且她還十分痛心地斷定，她朋友抓鬮一般結下的這樁婚姻，決不會給她自己帶來多大的幸福。

23

伊莉莎白正跟母親和姊妹們坐在一起，回想剛才所聽夏綠蒂說的那件事，拿不定主意是否要把它告訴大家，就在這時候，威廉．盧卡斯爵士來了。他是受了女兒的拜託，前來班奈特家宣布她訂婚的消息。他一邊說，一邊又大大地恭維了太太小姐們一陣，說他感到萬分的榮幸，能與班奈特家結上親。班奈特家的人聽了，無不瞠目結舌，而且不相信這是真的。班奈特太太再也顧不得禮貌，竟一口斷定他弄錯了。麗迪亞一向又任性又撒野，不由得大聲叫起來：

「我的天！威廉爵士，你怎麼會說出這種話來？你不知道柯林斯先生要娶麗琪嗎？」

遇到這種情形，只有那些能夠逆來順受的朝廷大臣才不會生氣，好在威廉爵士頗有這種素養，竟沒有把它當一回事。雖然他要求她們相信他所說的，可是他卻表現出了極大的忍耐，客氣地聽著母女倆無理的指責。

伊莉莎白覺得自己有責任幫助他，於是挺身而出，證明他說的是實話，說是她也從夏綠蒂那裡得到了同樣的消息。為了盡力使母親和妹妹們不再大驚小怪，她便誠懇地恭喜威廉爵士。珍馬上也替她幫腔，又用種種話來恭維這門婚姻是何等幸福，說柯林斯先生品格多麼好，況且亨斯福德和倫敦相隔不遠，往返方便。

班奈特太太在威廉爵士面前，實在氣得不能說話了，他一走，她那一肚子火氣便馬上發洩出來。首先，她堅決不相信這件事；其次，她斷定柯林斯先生一定是被欺騙了；再次，她相信這一對夫婦將來決不會幸福；最後，這樁親事或許不會成功。除此之外，她還從整個事件上簡單地得出了兩個結論：一是，這場鬧劇是伊莉莎白一手操弄的；二是，她自己受盡了大家的欺負虐待。在那一整天裡，她所談的大都是這兩點。無論怎樣也不能安慰她，無論怎樣也不能化解她胸中的怨氣。直到晚上，她的怨憤依然沒有消散。她見到伊莉莎白就罵，一直罵了一個星期之久。她同威廉爵士或盧卡斯夫人說起話來，總是粗聲粗氣，一直到一個月之後才好轉。至於夏綠蒂，班奈特太太竟過了好幾個月才對她表示一點寬恕。

但是在這段時間內，班奈特先生反而心情大好，據他說，經過這次事件，他精神上舒暢到了極點。他說，他本以為盧卡斯小姐相當聰明，哪知道她簡直跟他太太一樣蠢，比起他的女兒來就更蠢了，他實在覺得高興！

珍也承認這門婚姻有些奇怪，可是她表面上並沒說什麼，而是誠懇地祝他們倆幸福。雖然伊莉莎白再三分析給她聽，她卻始終以為這門婚姻將來也許還很幸福。凱蒂和麗迪亞根本不羨慕盧卡斯小姐，因為柯林斯先生不過是個牧師，這件事根本影響不了她們，除非把這件事當做一件新聞，帶到梅里屯去給人們當茶餘飯後的談話資料。

再說到盧卡斯夫人，她既然也有一個女兒獲得了美滿的姻緣，心中自然很得意，因而也有資本去向班奈特太太反唇相譏一下。於是她比往常更加頻繁地拜訪朗博恩，表達自己如今多麼高興；不過班奈特太太不太理會她這一套，而且出言不遜，也足夠敗她的興了。

伊莉莎白和夏綠蒂之間從此竟有了隔膜，彼此不怎麼提到這樁事。伊莉莎白斷定她們倆再也不會像以前那樣親密無間了。她既然在夏綠蒂身上失望，便越發親切地關注到自己姊姊的終身大事了。她深信姊姊為人正直善良，優雅體貼，她這種看法決不會動搖。她對姊姊的幸福的關切一天比一天來得迫切，因為賓利先生已經離開一個星期了，卻沒有聽到一點他要從城裡回來的消息。

珍很早就寫了回信給卡洛琳，現在一直在盤算，看看還得過多少天才可以再接到她的信。柯林斯先生事先答應寫來的那封謝函卻早就在星期二收到了，信是寫給班奈特先生的，信上說了許多感恩萬謝的話，那種誇張的語氣，就好像在他們府上打擾了一年似的。他在這方面表示了歉意以後，便用了歡樂的言語，告訴他們說，他已經榮幸地獲得了他們的芳鄰盧卡斯小姐的歡心了。他接著又說，為了要看看他美麗的未婚妻，他打算趁早來看看他們，免得辜負他們善意的期望，希望能在兩週後的星期一重返朗博恩。他又說，他的恩人凱瑟琳夫人衷心地贊成這門婚事並希望他趕快結婚，越快越好，他相信他那位心上人夏綠蒂小姐也決不會反對早早選定佳期，使他成為天下最幸福的人。柯林斯先生的重返朗博恩，對班奈特太太來說並不是什麼叫人快意的事了，她反而跟她丈夫一樣滿腹牢騷。說也奇怪，柯林斯不去盧卡斯農莊，卻要到朗博恩來住，這真是不方便，真是麻煩。她這一陣子健康失調，因此非常討厭客人上門，何況柯林斯先生這樣三天求兩次婚的多情種子更是令人討厭的人。班奈特太太成天嘀咕著這些事，除非想到賓利先生一直不回來使她感到更加痛苦時，她才會安靜一會兒。

珍和伊莉莎白都為這個問題深感不安。時間一天天過去，聽不到一點賓利先生的消息，梅里屯紛紛傳言，說他今年冬天再也不會到尼瑟菲德莊園來了，班奈特太太聽了很生氣，總是加以駁斥，說那是誣衊。

不過，伊莉莎白也真的有些擔心了，她並不是怕賓利薄情，而是怕他的姊妹們真的留住了他。儘管她不願意這樣想，因為這種想法既有損珍的幸福，對珍的心上人也未免是一種侮辱，可是她還是禁不住要這樣想。他那兩位薄情寡義的姊妹，和那位足以影響他的朋友同心協力，再加上達西小姐的窈窕嫵媚，以及城市生活的聲色，縱使他果真對珍念念不忘，恐怕也不容易掙脫那個圈套。

至於珍，她在這種動盪不安的情況下，自然比伊莉莎白更加焦慮，可是她總不願意把自己的心事流露出來，所以她和伊莉莎白一直不提這件事。偏偏她母親不能體諒她的苦衷，過不了一個鐘頭就要提一次賓利，說是等待他回來實在等得心焦，甚至硬要珍承認：要是賓利果真不回來，那就是對她的薄情與虐待。幸而珍生性寬容大度，溫柔鎮定，好不容易才忍受了她這些殘忍的話語。

柯林斯先生倒是在兩個禮拜以後的星期一準時到達，可是朗博恩卻不像他初來時那樣熱烈地歡迎他了。他正沉浸在歡樂中，也用不著別人的歡迎。這真是主人家的好運氣，多虧他戀愛成功，這才使別人能夠清靜下來，不必再去跟他寒暄。他白天大部分時間都待在盧卡斯農莊，一直到盧卡斯家快要就寢的時候，他才回到朗博恩來，向大家略表歉意，請大家原諒他整天都沒回來。

班奈特太太這下真是可憐。只要一提到這門親事，她就不高興，不幸的是隨便她走到哪兒，她總會聽到人們談起這件事。她一看到盧卡斯小姐就非常不快，一想到將來有一天，盧卡斯小姐會接替她做這幢屋子裡的主婦，她就越發嫉妒和痛恨。每逢夏綠蒂來看她們，她總以為人家是來窺探情況，看看還要過多少時候就可以搬進這幢屋子來住。每逢夏綠蒂跟柯林斯先生低聲說話，她就覺得他們是在談論朗博恩的財產，是在謀畫一等班奈特先生去世，就要把她和她的幾個女兒趕走。她把這些傷心事都說給班奈特先生聽。

她說：「親愛的，夏綠蒂・盧卡斯遲早要做這屋子裡的主婦，我卻毫無辦法，眼睜睜看著她來接替我的位置，這真讓我受不了！」

「親愛的，別去想這些不痛快的事吧。難道不能往好裡想一下？說不定我比你的壽命還要長，你就這樣來安慰自己吧。」

可是這些話安慰不了班奈特太太，她非但沒有回答，反而又訴起苦來了。

「一想到所有的產業都要落到他們手裡，我就受不了。要不是限定繼承權的法律問題，我才不在乎呢。」

「你不在乎什麼？」

「什麼都不在乎。」

「上帝保佑，你頭腦還沒有糊塗到這種地步。」

「親愛的，凡是有關限定繼承權的事，我決不會感謝上帝的。隨便是誰，怎麼能昧著良心，不把財產留給自己的親生女兒們？我真弄不懂，而且一切都是為了柯林斯先生的緣故！為什麼偏偏是他享有這份遺產？」

「這個我留給你自己去想吧。」班奈特先生說。

24

接到了賓利小姐的來信，人們的疑慮消失了。信的第一句就說，他們決定要在倫敦度過冬天，結尾還說，哥哥在臨走以前沒有來得及向哈福德郡的各位朋友辭行，因此他深表歉意。

希望落空了，徹底落空了。珍直至把這封信讀完，也沒有找到一點兒安慰，有的只不過是寫信人那裝腔作勢的親切感。信中全是對達西小姐讚美的言辭，又一次把她的千嬌百媚具體地講了一番。卡洛琳洋洋得意地炫耀說，他們倆之間日益親熱，並且竟然大膽地斷言，她上一封信中提起過的願望極有可能快實現了。她還得意非凡地談到，她的哥哥如今就居住在達西先生的家裡，又興高采烈地寫著達西先生正在準備添置新傢具。珍馬上把這件事都一一對伊莉莎白講了，伊莉莎白聽到以後，氣得一句話都說不出來。她的確很傷心，第一是擔心自己的姊姊，第二是對那些人的怨恨。卡洛琳信裡說她哥哥喜歡達西小姐，伊莉莎白無論如何也不敢相信。她仍然像以前一樣，相信賓利先生真正喜歡的人是珍。伊莉莎白原本非常器重他，如今才瞭解他原來是一個這樣輕易相信而隨聲附和的人，所以被他那幫耍弄詭計的朋友們牽制了，任憑他們捉弄，拿自己一生的幸福當犧牲品，只要想到這些，她就更感到憤怒了，甚至或多或少地有點兒看不起他。假如犧牲的只是他個人的幸福，那愛怎麼弄就怎麼弄，但是這直接牽涉到她姊姊將來的幸福，對這一方面他應當明白。總而言之，這件事她當然反覆斟酌過，但是並沒有理出個頭緒來。她想不出什麼其他的辦法。究竟是賓利先生真的變心了呢，還是他那些朋友們逼得他無可奈何？

他發現了珍對他的一片真心呢，還是壓根兒就沒有感覺出？儘管對她來講，她有充分的理由先分辨出其中的是與非，然後才能斷定他究竟是好還是壞，但是對她的姊姊來說，不管怎樣也一樣難過痛苦。

過了一兩天，珍終於鼓起勇氣，把自己內心深處的事情告訴了伊莉莎白。且說那天她們的母親又抓住機會批評起賓利先生和他的家人來，嘮嘮叨叨地說了大半天，最後終於走了，只有她們姊妹倆，珍這才禁不住說道：

「哎，希望母親能盡量控制她自己吧！她應當知道這樣每時每刻提起他，叫我有多難過了。但是我並不怨恨任何人。這件事情不久就會過去的。他很快就會被我們忘記，我們會像以前一樣高興。」

伊莉莎白半信半疑又非常關心地注視著姊姊，一聲不吭。

「難道你不相信我說的話？」珍高聲喊道，臉上微微泛出一絲紅暈，「那你可真是沒有理由了。他會作為一位最親密最惹人愛的朋友留在我的記憶中，可是也不過這樣罷了。我既然沒有任何其他的奢望，也就沒有什麼擔心的了，對於他也沒有什麼好責怪的地方，謝天謝地！我還沒有那種煩惱。用不了多久，我就會慢慢讓自己好起來的。」

她接著就用更洪亮的聲音堅定地繼續說道：「這只是我喜歡胡思亂想的性格所犯下的過錯，除去我自己，幸好還並沒有傷害到其他的什麼人，這樣想來，我也就感覺欣慰多了。」

「親愛的珍！」伊莉莎白連忙喊起來：「你簡直太好了。你那麼善良、處處替他人著想，幾乎和天使一樣。我真不知道應該對你講些什麼好了。可我只感覺好像自己一直都小看你了，而你比我想像的要可愛得多、偉大得多。」

班奈特小姐急忙極力否認自己有什麼值得特別誇獎的地方，倒讚美起妹妹的好心腸來。

「不要那麼講，那就太不公平了，」伊莉莎白說道，「你始終是把世上的人想得每一個都那麼好那麼可愛，我如果說某個人一句不好聽的話，你心中就不好受。我要把你看作一個完美無缺的人，你卻不贊成我這樣說。你不必害怕我說得過分，會侵犯你的權利，不叫你把世界上的人都看作是可敬可愛的人。但是，我真正愛的人很少，我心裡的好人就更不多了。我覺得在這個世界上經歷的事情越多，就越對世事感到不滿。我越來越相信：人的本性全都是變幻莫測的，外表上的優點或者見解基本上靠不住。我近一段時間裡遇到的兩件事，其中一件我不想說出來，另外一件就是夏綠蒂的婚姻問題。真是不可思議，不管怎樣想都是不可思議的。」

「親愛的麗琪，千萬不要這樣瞎想。那樣會毀壞你的幸福的。你並沒有周全地想到，人的處境和脾氣是不一樣的。想一想柯林斯先生的地位和身分，再想一想夏綠蒂小心沉穩的性格吧。你必須記住：她家的孩子們多，而且她又是一個溫柔善良的姑娘。從財產一方面來說，這的確是一門最合適的婚姻。看在大家的份兒上，你就只當她對我們的那位表兄的確有幾分愛慕幾分青睞算了。」

「要是看在你的份兒上，我差不多可以隨便相信任何一件事，但是這對於許多人來說都沒有好處。我如今只感覺夏綠蒂並不真正理解愛情。假如叫我相信她的確愛柯林斯，那我就覺得她幾乎毫無見識。你是知道的，我的姊姊，柯林斯先生是一個自高自大、喜歡誇耀、斤斤計較的蠢笨的東西，這一方面我們的看法是一樣的，只有頭腦不健全的女人才肯嫁給他。但是這個女人居然是夏綠蒂．盧卡斯，請你用不著為她狡辯。你決不能為了一個人而失去原則，破格遷就，也別想盡一切辦法來說服我，或者是說服自己去相信，自私自利就是小心，不識危險就相當於幸福有了安全保證。」

「說到這倆人，我覺得你的話講得有點兒太過分了，」珍說道，「但願有朝一日看見他們兩人幸福生活的時候，你就會相信我說的話。這個話題就暫且談到這裡，還是說說另外一件事吧。你方才不是說有兩件事情嗎？我決不會誤會你，但是，親愛的麗琪，我懇求你切不可把過錯全部歸咎於那個人，也別說你瞧不起他，那會使我感到很悲痛。我們不應當這樣隨隨便便地就認為他在故意傷害我們，不應當希望一個生機勃勃的年輕人始終會小心周到。我們常常會因為我們自己的虛榮心而欺騙自己。女人們通常對愛情這個玩意兒抱著太不符合現實的希望。」

「因此那些男人就存心逗她們有那種希望。」

「假如這件事情真的是故意提前安排好了的，那當然是他們的錯；但是這個世界是不是真的像人們所想像的一樣，處處都是陰謀詭計，我可不知道。」

「我決不是說賓利先生這麼做是提前安排好了的，」伊莉莎白說道，「但是，就算並不是故意幹壞事，換句話說，沒有故意讓他人難過，可是結果卻是這樣，仍然有可能帶來不幸！只要對其他人的感情不當回事，馬馬虎虎，視而不見，並且做事猶猶豫豫，最後都會造成這種結果。」

「你把這件事也歸咎於這種原因嗎？」

「不錯——應該歸於最後一種原因。但是，如果讓我再繼續往下說，講一講我對於你所器重的那些人有什麼看法，我可能會使你不高興。最好還是趁著現在不要再讓我講下去了吧。」

「那麼說，你斷定是他的姊妹們控制了他？」

「是的，並且是和他那位朋友共同預謀的。」

「我不相信。她們為什麼要去控制他？她們應當盼望他幸福，假如他真的愛我，其他的女人將無從讓他幸福。」

「你的第一個觀點就不正確。她們除去希望他幸福以外，可能還有別的打算：她們可能盼望他更加有錢有勢；她們還盼望他和一位門第高貴、親友顯赫、富有錢財的小姐結婚。」

「毫無疑問，她們是盼望他選中達西小姐，」珍說，「但是，說到這一點，她們可能是出於一片好意，而並非像你所講的那樣另有打算。她們之所以更愛她一些，是因為她們認識得比我早得多。但是，無論她們自己的願望怎樣，總不至於控制她們兄弟的心願吧！除非有什麼看不順眼的地方，哪個當姊妹的會這樣冒昧？假如她們堅信他愛的是我，她們一定不會想方設法拆散我們倆；假如他確實愛我，她們就是想拆散都做不到了。假如你也覺得他對我確實有這份情意，那麼，她們的這種行為，簡直是太不合情理了，並且居心不良，我也就更傷心了。不要用這樣的推理來讓我更難過吧。我不想因為一時的錯誤而感到羞恥——如果感到羞恥也不是那麼嚴重，可是只要想起他或者他的那些姊妹們無情無義，我真的不知道要難過多少倍呢。就叫我往最好的那一面去想吧，這麼一來，或許就能想明白了。」

伊莉莎白不得不贊成她的這種心願，從那以後，她們兩人就再也沒有提到賓利先生的名字。

班奈特太太看到賓利先生一去不復返，仍然想不明白，依然在抱怨他。儘管伊莉莎白差不多每天都要對她清清楚楚地解釋一遍，但是一直沒有辦法讓她減少一點兒憂愁。當女兒的盡力安慰母親，盡可能地講一些甚至連她自己都不信的話，說賓利對珍的殷勤，只不過是一時高興而已，只要她不在他面前了，感情也就沒有了。班奈特太太儘管那時也覺得這個說法很有道理，可是每天照樣還得重述那個過去的故事。她最大的安慰是，賓利先生可能今年夏季還會再次來鄉下的。

班奈特先生對這件事情所持的態度則截然不同。「麗琪，」一天他對伊莉莎白說，「我發現你姊姊失戀了。我倒想恭喜她。一個姑娘除去結婚以外，總是愛經常嘗嘗失戀的滋味，這不但讓她有點兒東西去回味，而且還會使她和同伴們有所區別。那麼幾時才能輪到你的頭上來啊？我認為你是不願意長期落在珍的後邊的。如今你的機會終於到來啦，梅里屯的軍官到處都是，足以使這個村子裡每一位年輕姑娘不如意的。就讓韋翰當你的心上人吧，他是一個很幽默的年輕人，他會用很體面的辦法把你甩掉的。」

「多謝，爸爸。但是，一個比他稍遜一籌的男人就行了。我可不能指望能像珍一樣有那麼好的運氣。」

「那也不錯。」班奈特先生說道，「但是使人快慰的是，你有這樣一個仁慈的母親，無論交上什麼樣的運氣，她都會盡量為你往好的那方面想的。」

因為朗博恩府上近來出了一兩件不順心的事情，許多人都情緒低落，幸虧有一位韋翰先生能夠和他們互相來往，消除了這陣悶氣。她們也常常看到他，誇獎他，誇他坦白直率。伊莉莎白早就聽到的那一套話——什麼達西先生多麼對不起他，他為達西先生吃了那麼多的苦——大家也都公認了，並且公開加以議論。每個人只要一想起自己在不知道此事以前，就已經非常討厭達西先生，就都不禁感到暗自得意。

只有班奈特小姐不那樣看待這件事情，以為這件事裡也許會有些蹊蹺，哈福德郡的人們還沒有瞭解清楚。她性格溫柔、穩重又光明磊落，總是請求其他人考慮事情要留有餘地，認為這件事也許給弄錯了，可是人們卻都把達西先生看成了一個不折不扣的大壞蛋。

25

接連這幾天以來，柯林斯先生都在忙著談戀愛、籌畫幸福，這個星期終於過去了，轉眼之間星期六又來到了，他這才發覺離開可愛的夏綠蒂的時候到了。但是對他來說，既然已經做好了迎接新娘的準備，這離別的愁苦可能會減輕一點兒。他相信，下次再來哈福德郡的時候，就肯定能確定結婚的日期。他和朗博恩的親友分別的時候，依然像過去那樣嚴肅、那樣莊重，祝福表妹們健康幸福，又許諾給她們的父親再來一封感謝信。

就在接下來的那個星期一，班奈特太太高興地接待了弟弟和弟媳，他們像往常一樣，來朗博恩是準備一起過耶誕節的。加德納先生通情達理，頗有紳士氣派，不管在個性上還是所接受的教育上都高出他姊姊。如果尼瑟菲德那兩位太太小姐看到了，一定不會相信的：一個做生意謀生，見識只限於自己貨房堆疊的人，居然會那麼惹人喜歡，那麼有涵養。加德納太太比班奈特太太和菲力浦斯太太都要年輕好幾歲，是一個和藹可親、聰明伶俐，很文雅的女人，朗博恩的外甥女們都很喜歡她，特別是兩個大外甥女同她格外親切。她們經常一起進城在她那裡待上一段時間。

加德納太太來到以後的第一件事，就是分發禮物，講最時興的服裝樣式。在這件事情結束以後，她就坐在一邊，靜靜地傾聽班奈特太太說話。班奈特太太有很多抱怨要傾吐，又有很多苦頭要傾訴。自從前一年她弟弟夫婦二人離開以後，她在班奈特家裡受到其他人的欺負。原本兩個女兒很快就要結婚了，可到最後只不過是一場空。

「我不想責備珍，」她又繼續說，「因為珍假如能夠嫁給賓利先生，她早就嫁了。但是麗琪——哎，弟妹呀！如果不是她自己執拗，這時她早就成了柯林斯先生的妻子了。那位先生就在這所房屋裡向她求婚的，但是她卻把他拒絕了。最後卻讓盧卡斯夫人比我提前嫁出去一個女兒，朗博恩的財產和以前一樣依然要別人來繼承。說實在的，盧卡斯一家子的手段也太厲害了，弟妹。班奈特家的這筆財產才是他們的真正意圖。我原本並不想這樣編派他們，可是事實上確實是這樣的。我在家裡這段時間過得很不高興，又偏偏碰到這些只想著自己不考慮他人的鄰舍，把我的神經都給弄壞了，人也生了病。幸好你這個時候趕來了，給了我極大的安慰，我很願意聽你說的那些長袖子什麼的事情。」

加德納太太以前和珍以及伊莉莎白通信時，已經大體上瞭解了班奈特家裡最近發生的這些事兒，出於對外甥女們的關心，因此就和班奈特太太稍微談了幾句，就把這個話題引開了。

後來只有她和伊莉莎白兩人在一塊兒時，又提到了這件事情。「這對珍而言，倒的確是一門美滿幸福的婚姻，」她說道，「只可惜斷了線。但是，這樣的事情多的是！像你講的賓利先生這樣的小夥子，通常過不了幾個星期就會喜歡上一位美麗的姑娘，偶爾一分離，又輕而易舉地把她忘記了，這樣移情別戀的事兒多得很。」

「你這種安慰完全是出於一片好意，」伊莉莎白說，「可惜不能安慰我們。我們吃的苦頭可不是出於偶然。一個經濟獨立的年輕人，居然經受不起親朋好友的幾句勸說，就把一位幾天以前還愛得發狂的姑娘忘得乾乾淨淨了。這樣的事情倒是罕見的。」

「但是，所謂的『愛得發狂』這種說法不免太迂腐、太籠統，太不符合實際了，我幾乎抓不住任何確切的概念。這種說法經常不但用來形容男女只相處一個小時而產生的那種感情的程度，而且用來形容一種真正的、強烈的感情。請問，賓利先生的愛情之火到了哪種程度呢？」

「我從來都沒有看到過有人像他這樣地傾心專注。他看見別人就彷彿沒有看到一樣，把整個身心都投入在珍的身上了。他們每次見面，事情就越顯得明確、更惹人注意。他在自己所舉行的一次跳舞會上，就接連怠慢了兩三位年輕的小姐，就因為他沒有邀請她們跳舞。我自己也找他說過兩次話，他連理都不理我。難道這還算不上盡心盡意嗎？難道說寧可為了一個人而怠慢大家不恰恰是愛情的最可貴之處嗎？」

「哦，原來這樣！——他確實對她一往情深。不幸的珍！我真為她感到難受，按照她那種個性，是決不會輕易就忘記這件事情的。如果事情發生在你的身上倒還好一些，麗琪。你當然會一笑而過，馬上就能解脫出來。但是，你看能不能勸說她和我們一起回去稍住一段時間？改變一下生活環境，可能會好一些——而且，離開了家可能比什麼都有效。」

伊莉莎白很贊同這個提議，心中覺得姊姊肯定會欣然接受。

加德納太太繼續說：「我希望她別因為看到這位小夥子而不知道應該怎麼辦。雖然我們和賓利先生都居住在同一個城市裡，可是所居住的地區完全不一樣，彼此來往的人也截然不同，並且你知道得也很清楚，我們並不常常出門，因此，除非他來家時探望她，他們兩人見面的可能性是很小的。」

「那是絕對不可能的，因為他現在正被朋友們禁閉著，達西先生絕對不會容忍他去倫敦那種地方去探望珍的！親愛的舅媽，你怎麼會想到這上面去了呢？達西先生也許聽說過承恩寺街這個地方，但是，如果真的讓他去那兒走一趟，他會認為哪怕花費上一個月的工夫也洗不掉他身上沾來的污垢，這一點請您大可放心，他一定不會叫賓利先生單獨行動的。」

「那就更好了。希望他們兩人再也別見面了。但是，珍難道再也不會和他的妹妹通信了嗎？賓利小姐可能要來看她呢。」

「她會和那家斷絕來往的。」

伊莉莎白雖然嘴上說得那麼果斷，認為賓利先生一定是被他的親朋好友操縱了，讓他無法和珍見面，聽上去實在滑稽，但是她心中想來想去，總是稍微覺得事情或許並不是徹底沒有希望了。她甚至經常認為賓利先生或許對珍舊情復燃，他那些朋友們的影響可能敵不過珍的魅力所形成的天然影響。

班奈特小姐高興地接受了舅媽的友好邀請，這時，她並沒有把賓利一家人放在心上，只不過是盼望卡洛琳不要和他的哥哥同住一房，這麼一來她還可以偶爾和卡洛琳在一起玩，而不會遇到她哥哥。

加德納夫婦在朗博恩住了一個星期。這個星期裡，幾乎天天都去赴宴，他們有時和菲力浦斯一家，有時和盧卡斯一家，有時在軍官們那兒打發時間。班奈特太太對弟弟和弟媳熱情招待，以致沒叫他們夫婦二人吃過一頓便飯，家中有宴會的時期裡，總是邀請幾位軍官來陪伴，其中當然少不了韋翰先生。而每當這種場合，伊莉莎白也總是要熱烈地讚揚韋翰一番，加德納太太聽後感到很困惑，就仔仔細細觀察起他們兩人的舉動來。她發覺，他們兩個人並沒有一本正經地談戀愛，可是很明顯，彼此之間已經產生了好感。這讓她很是不安。她暗暗下定決心，離開哈福德郡以前，必須和伊莉莎白談個明白，告訴她不能太魯莽，這種愛慕之情是要慎重的。

在加德納太太跟前，韋翰倒有另外一套奉承的好辦法，這個辦法和他平常吸引其他人的做法截然不同。遠在十一、二年以前，加德納太太那時還沒有結婚，曾在韋翰所在的德比郡待過相當長的一段時間。因此他們有很多共同的朋友。儘管五年以前達西的父親逝世以來，韋翰不經常到那個地方去，可他依然能夠說出一些她老朋友的新消息，而這些比她自己打聽來的更新鮮。

加德納太太曾親眼看到過彭貝里，對已經去世的達西先生的美名也是十分熟悉。只是這件事，就有聊不完的話。加德納太太把自己記憶裡的彭貝里和韋翰詳細描述的相互比較，並經常對彭貝里已經去世的老主人的品德稱讚一番。談話的人和傾聽的人都樂在其中。加德納太太聽他說起如今這個達西先生對韋翰的態度以後，就極力回想那位先生小時候的脾氣怎樣，是不是和現在一樣。最後，她總算確信無疑地想起了，以前就聽別人說起過費茲威廉・達西先生是一個自高自大，脾氣很差的孩子。

26

加德納太太剛剛遇到有單獨和伊莉莎白交談的合適機會，就好意地對她進行了一番勸告。她誠懇地講出了自己心裡所想的以後，然後繼續說道：

「你是一位明白事理的好姑娘，麗琪，不會因為其他人勸你談戀愛要小心而你非要那麼去做。所以我也就開誠布公地對你說了吧。說真的，我奉勸你一定要當心。沒有家產作基礎的愛情簡直太魯莽了。千萬不要費盡心思使你自己，也千萬不要唆使他，陷進愛情的深淵。對他這樣的人，我倒沒有什麼意見。他是一位很幽默的年輕人，如果他真的獲得了他應該得到的那一份財產，我會認為你和他談戀愛是再好也沒有的了。但是事實並不是這樣的，你根本用不著再對他抱有什麼想法了。你很懂事，我們都希望你仔細想一想。我知道，你的父親信任你處事果斷、品行端正。你千萬別讓他大失所望喲！」

「親愛的舅媽，你簡直太鄭重其事了。」

「不錯，因此我希望你也能這樣鄭重其事。」

「噢，你用不著焦急。我會好好照顧自己的，也會提防韋翰先生的。如果我能避免得了的話，我絕對不會讓他愛上我的。」

「伊莉莎白，你這句話可就不能算鄭重其事了。」

「請原諒。嚴肅談論此事的話，目前我可沒有喜歡上韋翰先生，這是事實。可在我所碰到的人裡，他的確是最和藹可親的一個，任何人都不能和他相比，如果他確實愛上了我——我覺得他最好還是不要愛上我。我知道那樣做很魯莽。哎！達西先生簡直太討厭了！父親那麼器重我，我感到很榮幸，假如我讓他失望了，他內心會非常痛苦的。但是我的父親對韋翰也有成見。親愛的舅媽，總而言之，我絕對不想讓你們任何一個人為了我而感到不高興，但是，年輕人一旦愛上了某個人，就決不會因為眼下沒有錢財就肯罷手。假如我也愛上了別人，我又怎能保證我比別人更明智呢？我甚至都不知道拒絕到底是對還是錯？因此，我只能向你保證不魯莽做事就是了。我絕對不會一下子就認為自己就是他的心上人。我儘管和他來往，但是絕對沒有這種想法。總而言之，我會盡力而為的。」

「假如你不叫他來得那樣頻繁，也許會更好一些，至少你不應該建議你母親邀請他來。」

伊莉莎白羞答答地笑著說：「就像我那天的做法一樣，確實，我最好還是別那麼做。但是你也別以為他是一直來得那麼頻繁。這個星期確實是為了你才常常請他來的。我母親的主意你也知道，她總覺得自己的朋友必須要經常有人陪伴才行。但是請你相信我好了，我會盡量不去做我覺得不聰明的事情的；我但願這麼做你能高興。」

舅媽告訴她，那她就滿意了，伊莉莎白對舅媽善意的指點表示了一番謝意，她們就分手了——在這種問題上對其他人提出勸告而沒有受到埋怨，這可算是一個很好的例子。

加德納夫婦和珍剛剛離開這裡，柯林斯先生就回來了。但是，這一次他居住在盧卡斯家，因此並沒有給班奈特太太帶來很大的麻煩。他們結婚的日子越來越近了，事情既然都這樣了，班奈特太太也不得不死了那條心，只好承認這件事兒是不可避免的，甚至還再三用一種惡意的語調說：「希望他們會幸福美滿。」星期四就是他們結婚的大好日子，盧卡斯小姐星期三趕到府上來辭行。當她起身告辭的時候，一方面伊莉莎白為自己母親那不盡人意、支支吾吾的祝福感到不好意思，另外一個方面自己也動了真情，就不禁送她走出屋門。走下樓梯時，夏綠蒂說：

「我相信你肯定會經常給我寫信的，伊莉莎白。」

「這你就大可放心。」

「我還想請求你一件事情。你願意經常來探望我嗎？」

「我盼望我們能常常在哈福德郡相見。」

「我也許暫時離不開肯特郡，所以，還是答應我，來亨斯福德吧。」

伊莉莎白儘管預料到她去那裡是決不會有什麼快樂可言的，但又不好拒絕。

夏綠蒂繼續說：「我的父母三月裡要到我那裡去，我誠懇地請求你能一起來。不騙你，伊莉莎白，你會像他們一樣受到熱烈歡迎的。」

婚禮舉行完畢，新郎和新娘由教堂門口直接動身去了肯特郡，人們還是像以前一樣你一言我一語地講了許多話。伊莉莎白不久就接到了她朋友的信函，她們兩人之間依然像過去那樣極其頻繁地通信，但是，要像以前那樣無所不談、毫無顧忌，那是絕對辦不到的。伊莉莎白每當拿起筆寫回信的時候，都難免會感覺到以前那種親密無間的快慰已經消失了；雖然她也拿定主意，通信絕不能偷懶，但是，這並不是為了如今的友誼，而是為了以前的那份交情。她對於夏綠蒂剛開始的那幾封信都急切地期盼著，那只不過是出於一種好奇心，迫切地想知道夏綠蒂對自己的新家有什麼感受；她喜不喜歡凱瑟琳夫人，覺得自己幸福不幸福，但是看過她那幾封信之後，伊莉莎白就發覺夏綠蒂信裡寫的話，每次都和她自己所預想到的完全一樣。她的信裡充滿了快樂的情調，每講一件事的時候都要讚美一句，仿佛她的確有說不完的歡快。房屋、傢具、鄰居、道路，所有的一切都讓她滿意，凱瑟琳夫人言談舉止很友善和誠懇。她只不過故意把柯林斯先生所描述的亨斯福德和羅辛斯的面貌，稍微講得婉轉一些而已；伊莉莎白覺得，必須要等她親自到那裡造訪時，才能瞭解真實情況。

珍早已經給伊莉莎白寫來了一封短信，信裡說，她已經平安到達了倫敦，伊莉莎白盼望她再來信的時候能夠說說關於賓利他們家的事情。

第二封信叫她等得真是心急火燎，總算盼到了。信裡說，她已經進城六七天，既沒有看到卡洛琳，也沒有接到她的信。她不得不認為她上次在朗博恩給她朋友寫的那封信，一定是在半路上失落了。

她繼續寫著：「明天舅母要去那個街區，我想借這個機會去格羅夫納街登門造訪一下。」

珍拜訪過賓利小姐以後，又寫了一封信。她在信中說：

我認為卡洛琳情緒欠佳，但是她看到我的時候卻很興奮，而且一直怨我來到倫敦也不提前通知她。這樣看來，我果真猜對了，她真的沒有接到我那封信。當然我也提到了她們的兄弟。聽說他近況不錯，只不過是和達西先生來往過於親密，她們很少有機會和他見面。據說達西小姐要到這裡來用晚餐，希望能和她見上一面。我拜訪的時間很短，因為那時卡洛琳和赫斯特太太正好有事準備出門。可能她們不久就會到這裡來探望我的。

伊莉莎白讀著這封信，不禁搖了搖頭。她確信，除非有偶然的機會，賓利先生才會發現她的姊姊已經到了城裡。

四個星期又過去了，珍依然沒有看到賓利的影蹤。她極力安慰自己，她並沒有因此而感到難過，可是賓利小姐的冷漠無情，使她再也忍受不住了。她天天早晨都在家裡等著賓利小姐，天天夜晚都再編造一個理由欺騙自己，就這樣兩個星期又過去了，客人終於登門了。但是，她只坐了片刻工夫就告辭了，而且她的態度簡直和以前像兩個人一樣，珍認為再也不能騙自己了。她把這次的情況寫信告訴妹妹，從這封信裡就能看出她當時的心情：

我最親愛的麗琪妹妹：如今我不能不承認自己被賓利小姐所表示出來的那份假情假意蒙騙了，相信你肯定不會因為見解比我高明而看到我傷心，你就引以為高興吧。但是，親愛的妹妹，儘管這件事證實了你的觀點是正確的，可我依然覺得，從她以前的態度來看，我對她的信任和你的疑心一樣都是合乎情理的，你可不要認為我頑固不化。我真的弄不明白她當時為什麼要和我那麼要好，但是如果同樣的情況再次發生，我一定還會再次被欺騙的。卡洛琳直至前一天才來看我，在這以前她不曾給我寫過隻言片語。她儘管來看我了，可是一下子就能看出她並不非常願意。她只是表面上敷衍了幾句，說她沒有能早日來看我，表示很過意不去，甚至連一句願意再次見面的話都沒有說。她在各種方面都簡直判若兩人，她將要告辭的時候，我已經拿定主意不再同她繼續來往了。但是我又可憐她，雖然我禁不住責怪她。實際上她原本就不應該選我當她的朋友，但她卻那樣做了。我敢保證，我們之間的交情都是從她那一步一步發展起來的。我同情她，是因為她一定感覺自己做得不對，並且最主要的原因是為哥哥擔心。我不必再替自己多做解釋了。儘管我們知道這樣的擔心一點兒必要都沒有，但是，如果她真那麼擔憂，那就足以說明她為什麼要那樣對待我了。既然當哥哥的確值得妹妹去珍惜，不管她怎麼為他擔心都是符合情理、親切可愛的。只不過是我難免感覺奇怪，她到現在居然還那麼擔心，因為，她的哥哥如果真的愛我的話，早就來見我了。聽她的口氣，她哥哥一定知道我現在就在倫敦。但從她講話的神情來看，她也不敢肯定她的哥哥就確實傾心於達西小姐。這實在讓我想不通。如果不是害怕說話刻薄，我真的禁不住要說，這件事肯定是在弄虛作假。但是，我會極力打消一切使人悲痛的想法，只想能讓自己快樂的事，比方說你的親切和親愛的舅舅、舅媽永恆的慈愛。請趕緊回信吧。賓利小姐還提起她哥哥再也不回尼瑟菲德了，說他不想再租那所房屋了，但是從她說話的語氣上來看，也並不怎麼確定。我們最好還是別說這件事了。你從亨斯福德那些朋友那兒聽到了那麼多使人高興的事，這讓我很愉快。請你一定要和威廉爵士以及瑪麗亞一塊兒去看望一下他們。我相信在那裡你肯定會過得很快樂的。

你的珍

這封信使伊莉莎白感到有點兒難受；但是，只要想起珍往後決不會再受到他們的欺騙了，起碼不會再受到那個當妹妹的欺騙，就又高興起來。她現在對賓利先生的所有希望都已經完全消失了。她甚至根本不希望他舊情復燃。她越想就越看不起他，她反倒真的希望他早日和達西先生的妹妹完婚，這是用韋翰先生的話來說，達西的妹妹在今後的生活中是決不會叫他幸福的，他會懊悔當初不應該把原來的心上人甩掉，這一方面算是對他的懲罰，另外一方面或許有利於珍。

大概就在這個時候，加德納太太寫來一封信把上次伊莉莎白答應過怎樣對待韋翰的事情，又向伊莉莎白提醒了一下，讓她說一說近況怎樣，伊莉莎白回信上說的話，儘管自己並不滿意，但是舅媽聽了以後卻感到很開心。原來他對她原先的很明顯的好感已經消失了，他對她的熱情也已經不存在了——他愛上別人了。伊莉莎白很留心地看出了這一切，但是儘管她看出了這些，把這一方面也寫在了回信中，卻並沒有感到有什麼難過，她只是略微有所感觸。她想，如果她的財產不成問題的話，早已成為他唯一的意中人了——只要想到這裡，她的虛榮心也就因此得到了滿足。就說他如今所喜歡的那位年輕小姐吧，她的最大的魅力就是能叫他得到一萬英鎊的意外鉅款。但是伊莉莎白對自己這件事，卻不像上次對夏綠蒂的事那樣看得清楚，所以並沒有因為他自行其事而責備他。她反而以為這只是一件最平凡的事情。她可以想像到他放棄她心裡肯定進行過一次激烈的掙扎，最後覺得這對於彼此也許是一種既明智而又可行的辦法，她於是真心地祝願他幸福。

她把這些都對加德納太太說了。講述了這些事以後，她繼續這樣寫著：

親愛的舅媽，我如今深深地相信，我根本沒有陷入愛情的深淵。因為，如果我真的有了那種純真而崇高的感情，現在就算提起他的名字，我都會覺得厭惡的，並且真希望他倒楣透頂，但我不僅對他感情真摯，甚至對金小姐也沒有一點兒偏見。我根本沒有憎恨她的感覺，而且很願意把她看作是一位很善良的姑娘。由此可見我與他之間根本談不上什麼愛情了。我的留心防範也是很靈驗有效的。假如我發瘋地愛戀著他，如今在所有的朋友眼中肯定會變成一個有意思的話柄，所以我敢保證，對目前這種不被青睞我並不感到後悔。被人青睞有的時候是要付出很大代價的。對韋翰的見異思遷，凱蒂和麗迪亞比我要痛苦得多。她們年齡還太小，涉世不深，並且太幼稚，更別提懂得這麼一個有傷體面的信條了：英俊瀟灑的小夥子和相貌平凡的小夥子一樣，也必須有東西吃，有衣服穿。

27

朗博恩的這一家除去這些事情以外，也沒再發生什麼別的大事情，除了偶爾去梅里屯走走以外，也就沒有別的事情可以做了。有時雨水泥濘、有時寒風刺骨的正月和二月，不久就這樣過去了。三月份伊莉莎白就要到亨斯福德去了。剛開始她並不是真心想去，可是她立即想到夏綠蒂對於過去的計畫寄予了很大的希望，所以她就帶著比較願意和比較肯定的心緒來考慮這件事情了。離別日益促進了她想和夏綠蒂見面的心願，也消除了她對柯林斯先生的討厭，這個計畫也有很多新鮮之處，而且，家裡有了這樣一位母親和使人厭惡的幾位不大合得來的妹妹，難以讓人感到舒服，改變一下環境倒也不錯。況且借著這個機會也順便去看望一下珍，所以，伴隨著行期的臨近，她反倒擔憂有什麼事情推遲了。但是所有的事情都進展順利，最後都依照夏綠蒂原先的設想，她和威廉爵士以及他的第二個女兒一塊兒去做一次客。以後又對原先的計畫補充了一下，要在倫敦住一晚上，這樣一來可的確是一個十全十美的計畫了。

只有和父親道別讓她感到難受，父親一定會想念她的。其實，父親不想讓她去，既然事情都已決定了，不得不讓她常常來信，而且答應要給她寫回信。

和韋翰先生道別的時候，彼此都十分友好，甚至韋翰先生比她更加友好。雖然他目前在追求別人，可他並沒有因此就忘掉她，伊莉莎白是惹起他注目並且值得他去注意的第一個女人，是聆聽他訴苦並且憐憫他的第一個女人，是博得他愛戀的第一個女人。他向她告別，預祝她一切快樂，並告訴她凱瑟琳夫人是一個怎樣的人，他相信他們兩人對這位夫人的評價——甚至對每一個人的評價——始終都是完全吻合的。伊莉莎白從他講這些話的神態當中看出了幾分掛念和關懷，所以她感覺，她永遠都不可能忘記他，永遠都要和他至誠相待。她堅信，他們分別以後，他孤身一人也好，結婚也好，在她心裡永遠都是一個極其溫柔、惹人愛的男人。

第二天和她一起去的那兩個人可並不是那種使人心情舒暢的旅伴，所以並沒有使韋翰在她心底裡的印象有所改變。威廉·盧卡斯爵士同他的女兒，那個脾性很好腦子卻像父親一樣空洞的瑪麗亞，根本連一句值得一聽的話都說不出來。聽他們父女倆交談，就像聽馬車的轆轆聲一樣乏味。伊莉莎白原本喜歡聽荒誕之談，但是威廉爵士對她講的那些事已經太熟悉了，她真的早已聽煩了。他說來說去都是那些覲見國王和受封爵士頭銜之類的怪事，實在找不到什麼新鮮事。他的各種禮貌舉止，也像他的見識一樣都是老掉牙的一套。

這段旅途只有二十四英里地，他們一大早就動身了，中午時分就到了承恩寺街。馬車駛近加德納先生家門口時，珍早已站在客廳的視窗等待迎接他們了。當他們走進過道時，珍正在那裡等著接她們。伊莉莎白焦急地望著她的面孔，看到她依然那麼健康可愛、那麼美麗，心中感到很欣慰。樓梯上站著幾個小男孩和小女孩，他們急不可耐地想見見表姊，就都奔出了客廳，因為足足一年沒有相見了，他們又有點兒羞怯，跑到樓下去感到難為情。大夥兒都高高興興，親熱友愛。這天過得非常快樂，整個上午忙碌著上街買東西，晚上又到戲院裡去看戲。

伊莉莎白坐在舅媽身邊，她們兩人首先說起了姊姊的事情。她詳詳細細地問了很多情況，舅母回答她說，珍儘管總是竭力提起精神，可是仍然有時情緒低落，她聽了以後並不感到很驚訝，卻很難受。但是有充分的理由相信，這樣的狀態持續不了多久。加德納太太又和伊莉莎白說到賓利小姐造訪承恩寺街的整個過程，又把珍和她很多次的交談再三講給她聽，從這些話裡看得出珍確實準備不再同賓利小姐交往下去了。

然後加德納太太又說起韋翰移情別戀的事情，把她的外甥女兒笑話了一番，與此同時又讚美她的忍耐功夫。

她繼續說道：「但是，親愛的伊莉莎白，金小姐是一個怎樣的姑娘呢？我可不願意把我們的朋友看作一個唯利是圖的人啊。」

「請問一下，親愛的舅媽，就拿婚姻這個話題來說吧，唯利是圖和意圖正當到底有什麼區別？怎麼做才能算知禮，怎樣才算是貪婪？去年耶誕節你還怕我和他結婚，擔心的是做事不謹慎；但是現在呢，他去追求和一位只有一萬鎊財產的姑娘結婚，你就要說他唯利是圖啦。」

「假如你告訴我，金小姐是一個怎麼樣的姑娘，我就知道怎樣去想這個問題了。」

「我想她可能是一位好姑娘。我說不出她有什麼缺點。」

「可是韋翰原先根本就看不起她，但是怎麼她的祖父一去世，她就變成了這筆財產的主人，韋翰就愛上她了呢？」

「沒有的事，他為什麼要那樣做呢？假如說，他沒有和我談戀愛，就是因為我沒錢；那麼，他一向不關心的一位姑娘，一個同樣沒有財產的姑娘，他沒有任何理由要和她談戀愛。」

「不過，她家中剛剛發生了這件變故，他就立即向她大獻殷勤，這不免太不像話了吧？」

「一個處境困難的人，哪能像一般人一樣講究，去注意那些高雅的禮儀。只要她不反對，我們為什麼要反對呢？」

「她不反對，並不說明他做得就很有理。只不過是她自己有什麼缺陷，可能是見解方面有缺陷，或者是感情方面有缺陷。」

「噢，」伊莉莎白叫道，「你愛怎麼想就怎麼想吧，說他唯利是圖也好，說她傻也好。」

「不，麗琪，我可不是那麼想的。你應該知道，在德比郡生活了那麼久的一個青年，我不會忍心講他的壞話的。」

「哦，如果光這一點，我才看不起那些住在德比郡的青年人呢，他們居住在哈福德郡的那些知己朋友們，也好不了多少。我很討厭他們。謝天謝地！我明天就要到一個地方去，我將會在那裡見到一個一無可取的人，他不管在風度方面，還是在見解方面，都一無可取。說到頭來，只有那些傻瓜，才值得人們去認識他們一下。」

「當心些，麗琪，這些話不免講得太消沉了一點兒。」

他們看完了戲剛要分別時，伊莉莎白接到了一個出乎意料的好消息，舅舅舅媽準備夏季旅行，請她一起去。

「我們還沒有決定到底要到什麼地方去，」加德納太太說道，「但是，可能去湖區。」

這個計畫對伊莉莎白而言再滿意不過了，她毫不遲疑又非常感激地接受了他們的邀請。「我最最親愛的舅媽，」她興高采烈地喊起來，「我太高興了！我太幸福了！你給了我一個嶄新的生命和活力。我再也不失望和憂鬱了。比起大石和高山，人算不了什麼！哦！我們會度過多麼愉快的旅行時日啊！等我們返回時，肯定不會像普通遊人那樣，連一件事情都講不清楚。我們肯定能牢牢地記住我們去過哪裡，我們一定能牢記看到過的景物。湖泊、群山、河流決不會在我們的腦海裡亂七八糟地混作一談。而且，等我們嘗試著談某處風景的時候，我們也絕對不會因為拿不準它的確切位置而相互爭執不下。讓我們在敘述觀感的時候，千萬不要像普通遊客一樣講得索然無味，讓人聽得無法入耳。」

28

在第二天路上的所見所聞，都使得伊莉莎白感到新奇、有趣。她心曠神怡，因為發現姊姊的精神那樣好，再也不必為了她的健康而擔心，而且對北方旅行的嚮往還是一個永不枯涸的愉悅源泉。

在他們離開了大路，走上了亨斯福德的小徑以後，每個人的眼睛都在留意搜尋著那座牧師住宅，每到拐一個彎兒，都認為它會忽然顯現。他們沿著羅辛斯的圍欄向前走，伊莉莎白只要想到流傳過的這一家人的各種情形，就不由得笑了起來。

終於看到那座牧師住宅了。大路斜對面的花園、位於花園中央的房屋、綠色的圍柵和桂樹籬——每一樣東西都顯現出，他們已經抵達了目的地。柯林斯先生和夏綠蒂站在門前，人們頻頻微笑，相互點著頭，馬車在一扇小門前面停住了，從這兒順著一條很短的鵝卵石通道，就來到了宅邸的門口。一轉眼的工夫，大夥兒都下了車，賓主見面，無限歡愉。柯林斯太太笑容滿面地迎接了自己的朋友，伊莉莎白受到這麼熱情的歡迎，越發滿意這一次的拜訪了。她立刻發覺了她的表兄並沒有因結婚而轉變了做法，他仍然像以往那樣拘泥於禮貌，在門口就向她一家問好，問候了好一會兒，聽見她一一回答完以後，他才算滿意。於是他就不再耽誤他們，只是不由得讓他們瞧瞧門前是多麼乾淨整齊，接著把客人們請進了屋裡。大夥剛進了客廳，他又對他們發出了第二次的歡迎。極其禮貌地說，這一次承蒙各位光臨寒舍，真是不勝榮幸，接著不斷地把他太太端上來的點心敬送給客人。

伊莉莎白早就想到他肯定會洋洋得意，因此當他炫耀那房屋的造型優雅、式樣和各種陳設時，她禁不住想到他是特地說給她聽的，似乎是叫她明白，她當初沒答應他，是一個什麼樣的損失。雖然各種事物都十分整潔和愜意，她卻決不能表現出一點點悔恨的跡象來讓他得意，她甚至用詫異的眼神看著夏綠蒂，她弄不明白夏綠蒂同這麼一個人朝夕相伴，為什麼還能那麼快活。柯林斯先生在談天時會說一些十分不得當的話，使他自己的太太聽到以後也不免感到不妥，而且這些話又常常吐露出來，每當這個時候，伊莉莎白就會禁不住地向夏綠蒂望一眼。有幾次夏綠蒂被她看得有點兒臉紅，不過通常她非常機靈地假裝沒聽到。大家在屋子裡坐了好一會兒，觀看著家裡的每一件傢具，一直從餐具櫃欣賞到壁爐架，又說了說途中的所見所聞和倫敦的一切情形，然後柯林斯先生就邀他們去花園中散散步。花園很大，設計得也很好，一切都是由他一手經管的。他覺得管理花園是最高尚的興趣。夏綠蒂說，這種操作有利於健康，她很喜歡他這麼做；她講起這件事時，十分鎮定自若，真讓伊莉莎白欽佩。他帶著大夥兒走遍了花園裡的每一條曲折小路，看遍了每一個地方的景色。每看一個地方都要詳盡細緻地說上一會兒，不過他並不費心自我誇讚，就算欣賞的人附和上幾句，稱讚上兩句，他也並不插嘴。他逐一列出每一處有田園的數目，而且對最遠的樹叢中有多少棵樹他都能說得上來，可是，不管他自己花園中的景物也好，還是這整個鄉村或者全國的名勝古蹟也罷，全都不能和羅辛斯花園的景致相比。羅辛斯花園正對著他的住宅，一片綠樹圍繞其間，通過樹林的縫隙能看到裡邊，那是一座漂亮的近代建築，聳立在一片高地上。

柯林斯先生本來想帶著他們穿過他的花園到兩塊草坪去看一下，但是太太小姐們的鞋子都抵擋不住那殘餘的白霜，於是就都走回去了，只剩下威廉爵士陪伴著他。夏綠蒂就帶上自己的妹妹及朋友參觀宅邸，也許是由於她能拋開丈夫的幫助，有機會一個人露兩手，顯得異常興奮。房子很小，不過構造合理，也非常適用；一切都設計得很精巧，佈置得很協調，對於這些伊莉莎白都看成是夏綠蒂的功勞。只要柯林斯先生不露面，房間裡確實有一種溫馨的氣氛。伊莉莎白發現夏綠蒂那麼自得其樂，就不由得想她平時肯定是經常不把柯林斯先生掛在心上。伊莉莎白已經聽說了，凱瑟琳夫人還住在鄉間。吃飯時，又談到了這件事，柯林斯先生馬上插嘴，說：

「是的，伊莉莎白小姐。這個禮拜天，你將會在教堂榮幸地看到凱瑟琳•德•柏格夫人。不消說，你肯定會很喜歡她的。她溫和親切，一點兒不擺架子。我想，做完禮拜以後，你肯定會受到她的留意。我可以斷言，只要你待在這裡，只要她賞光請我們去吃飯，必定會一塊兒約你及我的妻妹一起去的。她待我親愛的夏綠蒂真是好極了。我們每個星期都會到羅辛斯吃兩頓飯，她老人家從來不讓我們走路回家，總是命人用她的馬車把我們送回來。我應當說，是吩咐用她其中的一輛馬車，因為她老人家有好幾輛車子呢！」

夏綠蒂繼續說：「凱瑟琳夫人真的是一位明智有理、可欽可佩的女人，並且是一位最會體諒人的鄰居。」

「說得太對了，親愛的。你真是說到我的心坎裡去了。像她這麼一位夫人，無論你怎樣欽敬都不算過分。」

晚上的時間大部分是在談哈福德郡的新聞中度過的，而且把信上以前寫過的事重新講述了一次。大家散了之後，伊莉莎白孤單地坐在房間裡，不禁靜靜地思忖夏綠蒂到底對目前的狀況滿意到何種程度，又是怎樣駕馭丈夫的，又是怎樣來容忍丈夫的，最後也只能相信，所有的一切都佈置得很巧妙。她不禁又想到這次拜訪將會怎樣度過，不過是一般的日常生活、柯林斯先生令人生厭的插嘴打岔，和羅辛斯那家高高興興的交際應酬等等。她那豐富的想像力當即就把這種問題解決了。

大概在第二天正午，伊莉莎白正在屋子裡想到外面去走走，忽然聽到樓下傳來了一片喧嘩聲，馬上這整個宅子裡的人好像都忙亂起來，一會兒工夫，只聽見有人匆匆忙忙地跑上樓來，一面跑一面大聲叫她。她開了門，在樓梯口遇到了瑪麗亞，只見她激動得喘不過氣來，高聲喊道：

「哦！親愛的伊莉莎白，請你趕快去餐廳，有了不起的情景哪！我先不告訴你那是怎麼回事。趕快，馬上到樓下來！」

伊莉莎白重覆問了好幾遍，卻詢問不出一個所以然來，對這件事瑪麗亞任何話都不想多說，於是她們兩個人就直接跑到那間面對著大路的餐廳，四面環視起來。原來是來了兩位女士，坐著一輛矮矮的四輪馬車，已經停在花園門口了。

伊莉莎白大聲嚷著：「就這點兒小事兒嗎？我還以為是豬玀闖入了花園呢，原來只不過是凱瑟琳夫人和她的女兒啊。」

「哎，」瑪麗亞驚訝地叫道，「你認錯人了！瞧，親愛的，那並非凱瑟琳夫人。那位夫人是詹金森太太，她是和她們在一起居住的；另外那位年輕的小姐是德・柏格小姐。請你看看她那副模樣兒，她實在是一個可憐的小人兒。誰會想到她竟然這麼纖細，這麼瘦小！」

「她怎麼這麼不懂禮數，風這麼大，卻讓夏綠蒂在門口陪著她。她為什麼不進來？」

「唔，夏綠蒂以前說過，她一直都這樣。德・柏格小姐要是能進來，那可是大為賞光了。」

「我喜歡她那種樣子，」伊莉莎白一面說，腦子裡一面產生了其他的各種念頭。「她看起來一副生病的模樣，脾氣又壞。她和他相配真是太好了！她當他的妻子非常合適。」

柯林斯先生和夏綠蒂兩人都站在門口和那太太小姐聊天。讓伊莉莎白感到最好笑的是，威廉爵士正畢恭畢敬地站在門前，注視著面前這位高貴的人，德・柏格小姐即使向他這裡看一眼，他也是趕緊點頭哈腰。

後來他們終歸是沒什麼可說的了，那兩位女士驅車走了，別人也都回到了屋子裡。柯林斯一看到兩位女士，馬上就恭賀她們交上了鴻運；夏綠蒂則把他的話告訴給她們聽，原來羅辛斯的主人請他們明天去用餐。

29

柯林斯先生因為受到了這次的邀請，頗為得意。他原本就一直想要在這些好奇的賓客們面前顯示顯示恩主家富麗堂皇的氣勢，讓他們看看老夫人對他的妻子和他自己是多麼禮貌周到，誰想這種機會居然來得這麼快。這足能說明凱瑟琳夫人禮賢下士、紆尊降貴的氣度，這讓他不知道應當怎樣敬仰才是。

「說真的，」柯林斯先生說，「夫人請我們星期天到羅辛斯去吃茶點而且玩一個晚上，我絲毫都沒覺得出乎意料。這卻是在我意料當中的，因為我知道她從來都待人熱情和善。可是誰想到她這一次會這樣情意隆重呢？誰能料到你們剛剛來到就會受到邀請呢？而且受到邀請的是所有的人！」

「對這樣的事我卻不感到稀罕，」威廉爵士回答說，「我知道大人物的為人處事就是這樣，像我這種身分的人，這並不算罕見。在宮廷裡，這種涵養高雅、禮貌好客的事情並不少見。」

這一整天，甚至第二天上午，大家談論的話題都是到羅辛斯去拜訪的事情。柯林斯先生提前認真地一一告訴賓客們去那裡將會看見些什麼東西，省得他們去了那裡看到那麼多豪華的房子，那眾多的僕人，那些美味佳餚，驚訝得不知所措。

當女士們正想分頭去裝扮的時候，柯林斯先生又對伊莉莎白說：

「千萬別為了衣服發愁，親愛的表妹。凱瑟琳夫人斷然不會要求我們的服飾穿得多漂亮，穿漂亮的衣服她自己和她的女兒才配得上。不必注重，只要選一件你上好的衣服就可以。凱瑟琳夫人決不會因為你的穿戴簡單就看不起你的。她喜歡人們安分守己，有高低貴賤之分。」

女士們整裝時，他又去各個人的房門口走了兩三次，催促著她們抓緊一點兒，因為凱瑟琳夫人最煩的就是客人遲到。瑪麗亞・盧卡斯被那位夫人這種可怕的為人處事的方式，嚇得慌亂不已，因為她素來不善於交際。她一想到要去羅辛斯拜訪，就心神不寧，和她父親當年進宮朝覲相差無幾。

這天天氣明朗，他們從花園中穿過，快樂地走了大約半英里的路。每一座花園都各有千秋，伊莉莎白一路觀賞，也感到心情愉悅。可是並不如柯林斯先生所料想的那樣，被眼前的這種景致陶醉得心醉神迷。雖然他一面數著房前一扇扇窗戶一面說，只說這上邊的玻璃，就曾經用掉了路易士・德・柏格爵士相當可觀的一筆錢，伊莉莎白聽後無動於衷。

他們從臺階上朝門廳走去時，瑪麗亞愈來愈覺得惶恐不安，就連威廉爵士都不能完全保持泰然自若。可是伊莉莎白卻沒感到害怕。不管是從哪一點，她都沒有聽說過凱瑟琳夫人有什麼偉大之處足能令她感到敬畏，假如只說財力，還不足以讓她看到以後就心驚肉跳。

進了門廳，柯林斯先生當即就欣喜若狂地向大家說出這座房子的豪華，接著，被僕人們帶領著走過前廳，來到凱瑟琳夫人母女和詹金森太太的房間。夫人非常親切地站了起來迎接他們。夏綠蒂在家裡的時候早就和她的丈夫商量好了，介紹賓主的事情由她來辦，所以這一套禮節方式十分得當，柯林斯先生覺得不能少的那些道歉或者感謝之詞，都隻字沒提。

威廉爵士儘管當年也曾進過王宮，可是看到周圍這樣富麗堂皇，也不由得嚇得只有深深施禮的勇氣了，悶聲不響地坐下了。再說他的女兒，幾乎嚇得喪魂失魄，只坐著椅子的一點兒邊，眼睛也不知道應當向哪裡看才好。伊莉莎白看到此情此景卻鎮定自若，她從從容容地仔細端詳著面前的三位女士。凱瑟琳夫人是一位身高體大的女人，五官清楚，可能年輕的時候很標緻。她的模樣，她待客的神氣，都不是多麼客氣，甚至讓客人不能忘卻自己低下的身分。她令人覺得畏懼的地方倒不是一聲不吭，而是不管她說些什麼，都是用一種自命不凡的口氣。這種盛氣凌人的氣度讓伊莉莎白不禁想起了韋翰先生。通過這一天的察言觀色，她認為凱瑟琳夫人和他所描述的一模一樣。

通過這番仔細地打量，伊莉莎白立刻看出，這位母親的相貌和神態都和達西先生有點兒相似。然後她把目光轉到了她女兒身上，可是看到她是這麼纖細瘦小，險些像瑪麗亞一樣尖叫起來。因為不管是外貌還是體形，母女倆沒有絲毫相像的地方。德．柏格小姐臉色慘白，一臉病態，五官儘管算不上醜陋，但是卻也不起眼。她不怎麼說話，偶爾和詹金森太太小聲嘀咕幾句。詹金森太太的長相毫無突出的地方，她只是聚精會神地聽著小姐講話，就像一個屏障一樣擋在那裡，使人不能看到小姐的相貌。

坐了幾分鐘以後，人們被請到一扇視窗觀賞外邊的景色。柯林斯先生陪伴著他們，逐一指點園裡的美麗景色。凱瑟琳夫人則和藹地對大夥兒說，一到夏季，這兒的景色比這還要美得多。

宴席確實頗為體面，眾多伺候的僕人和盛放酒菜的器具，也和柯林斯先生說過的完全一樣，並且就像他先前所料想的那樣，夫人和他相對而坐，看他那得意的模樣，彷彿世間沒有什麼事能比得上這件事了不起了。他又急切，又興致淋漓地嘖嘖稱讚。每道菜他都會先稱讚一番，然後由威廉爵士加以誇獎，原來威廉爵士現在已經完全鎮定了，能當他女婿的附和蟲了。看到這兒，伊莉莎白不禁擔心，凱瑟琳夫人怎麼能承受得住。可是凱瑟琳夫人對這種過分的誇讚好像很得意，總是露著慈祥的笑容，特別是端上一道客人們說從來沒見過的菜的時候，她就更是得意洋洋。賓主們之間卻沒什麼可說的，假如其他的人提起一個話題，伊莉莎白總要痛快地說上幾句，遺憾的是她坐的位置不對頭，一邊是夏綠蒂，她正在用心地聽著凱瑟琳夫人說話；另一邊是德・柏格小姐，整個吃飯時間沒和她說一句話。詹金森太太主要注意著德・柏格小姐，她看見小姐吃得東西極少，就又勸又哄地讓她嘗嘗這個嘗嘗那個，又怕她不受用。瑪麗亞本來就不願說話，男士們只是一邊吃一邊交口稱讚。

女士們回到客廳之後，沒有別的事兒做，只是聽凱瑟琳夫人說話。夫人喋喋不休地一直說到咖啡端上來這才住了嘴。不管說到哪一件事，她說明自己的觀點時總是那麼斬釘截鐵，表現出不准其他人反對的模樣。她毫不留情地，不厭其詳地詢問著夏綠蒂的家常，還就怎樣料理家務為她提了很多意見，她對夏綠蒂說即使像她這樣小的家庭，什麼事也得照料得井井有條，還告訴她怎樣照顧母牛和家禽。伊莉莎白發覺，這位貴夫人一旦有了指使別人的機會，她是決不會白白放過的。她就在和柯林斯太太說話的時候，間或地詢問了瑪麗亞和伊莉莎白一些各種各樣的問題，並且大多是問伊莉莎白的。她不太瞭解伊莉莎白和她們的關係，但是她告訴柯林斯太太說她是一位非常文靜、十分漂亮的姑娘。她幾次詢問起了伊莉莎白姊妹幾個；比她大還是小；是否有誰要出嫁了；她們長得漂亮不漂亮；都在什麼地方念書；她父親用的是哪種馬車；她母親還是姑娘的時候叫什麼。伊莉莎白認為這一切問題提得太冒失，不過仍然平心靜氣地逐一做了回答。於是凱瑟琳夫人繼續說：

「你父親的財產得讓柯林斯先生來繼承，我認為是這樣的。替你考慮——」她轉過身對著夏綠蒂，「我為這件事深為高興。否則，我實在看不出為什麼不把財產留給自己的女兒，反而給別人。路易士・德・柏格家族就認為不必這樣做。你會彈琴唱歌嗎，班奈特小姐？」

「會一點兒。」

「哦！那——幾時我們倒樂意聽聽你的表演。我們家裡的琴相當不錯，可能比——你什麼時候來彈彈試試吧。你的姊妹們都會彈琴唱歌嗎？」

「有一個會。」

「為什麼沒有全都學呢？你們每個人都應該學會的。韋伯家的小姐們就人人都會，她們的父親收入還不如你的父親呢。你們會畫畫嗎？」

「不，根本不會。」

「怎麼，全都不會嗎？」

「誰都不會。」

「那真是太奇怪了。可是，我想你們可能是沒有機會學吧。你母親確實應當每年春天帶著你們到城裡來尋求名師才行。」

「我母親倒是想，但我父親不喜歡倫敦。」

「你們的家庭女教師離開你們了嗎？」

「我們一直都沒請家庭女教師。」

「沒請家庭女教師！那哪行呢？家裡有五個姑娘，卻不請家庭女教師！我向來都沒聽說過有這等怪事兒。那你母親肯定像奴隸一樣拚命地教育你們了？」

伊莉莎白忍不住笑了起來，一邊對她說，根本不是那樣的。

「那，是誰指導你們的學習呢？是誰服侍你們呢？沒有家庭女教師，你們不就是沒有人照料了嗎？」

「和有的人家相比，我承認我們的確得到的照料很少。但是，假如真想學習，就肯定有路子。家裡經常勉勵我們努力讀書，必要的教師我們全都有，誰成心偷懶當然也可以。」

「那是無疑的，所以，家庭女教師的任務就是為了防止這樣的事。如果我認識你們的母親，我一定會竭力說服她請一名。我總以為沒有井然有序的教導，教育就會沒有任何結果，而按部就班的教導也就是家庭女教師才能做到。想想也真是奇怪，有那麼多女家庭教師全都是我推薦的。我一向喜歡讓一個年輕人謀一個好職位。詹金森太太的四位外甥女兒全是由我推薦的，為她們謀到了滿意的工作；幾天前，我又推薦了一位姑娘，她只是有人偶爾在我面前提起的，那家人非常喜歡她——柯林斯太太，我有沒有和你提起過，梅特卡夫夫人昨天特地來向我致謝的事兒？我覺得波普小姐確實是位不可多得的天才呢。她告訴我：『凱瑟琳夫人，你給了我一個寶貝。』——你的妹妹們是不是都已經進入社交界了，班奈特小姐？」

「是的，太太，全都進入社交界了。」

「全都進入社交界了！什麼，五個姊妹同時都出來交際？真怪！你只不過是老二！姊姊還沒有嫁人，別的妹妹就已經加入社交了！你的妹妹們年紀肯定不大吧？」

「是的，最小的才十六歲。可能她真的太小，不適於交際。但是，親愛的夫人，要是因為姊姊不能或者不想早嫁，當妹妹的就不允許參加社交和娛樂活動，這也真是太虧待她們了。最小的同最大的一樣都有享受青春的樂趣。不能因為這種原因，就得讓她們守在家裡！我認為那麼做就不會加深姊妹們的感情，也不會培養出美好的心境。」

「實在是想不到，」夫人說，「你年紀儘管這麼小，卻這麼有見解。請問你多大了？」

「我的三個妹妹都已經成人了，」伊莉莎白微笑著說，「夫人您總不至於再讓我道明歲數吧。」

凱瑟琳夫人沒能得到直截了當的回答，感到很驚訝；有膽量用這種語氣和這麼富有的夫人講話，伊莉莎白心裡思忖，她可能是破天荒的第一個吧。

「你一定不到二十歲，所以你也用不著瞞歲數了。」

「我超過了二十歲，但我沒到二十一。」

吃完了茶點以後，先生們都到這裡來了，就放好了牌桌。凱瑟琳夫人、威廉爵士，以及柯林斯夫婦，坐了下來玩四十張。德・柏格小姐非得要打卡西諾，所以兩位客人小姐就榮幸地幫著詹金森太太為她湊夠了人手。她們這一桌打得實在是索然無味，除去詹金森太太很為德・柏格小姐的身子擔憂，時而問問她是感到過冷還是過熱，時而又問問她燈光過亮還是過暗，然後就再也沒人說一點兒玩牌的題外話了。那一邊的桌上可就有聲有色得多了，凱瑟琳夫人幾乎不斷地在講話——要麼指明另外那三人牌打錯的地方，要麼說些自己有趣的事兒。柯林斯先生只管對夫人說的話隨聲應和，只要他贏了一局，總是向她道歉。威廉爵士默然不語，他只顧得把一件件有趣的事和一個個尊貴的名字塞進腦子裡。

當凱瑟琳夫人母女二人玩夠時，兩桌牌就散了，凱瑟琳夫人說要準備馬車送柯林斯全家回去，柯林斯太太很感激地接受了，於是馬上命人備車。大家接著就圈在火爐邊，聽著凱瑟琳夫人斷言明天是什麼天氣。一會兒工夫馬車就備好了，讓他們去上車，他們這時候總算停止了受指教。柯林斯先生千恩萬謝一番，威廉爵士則是頻頻鞠躬，大夥兒這才告別。馬車剛駛離門口，柯林斯先生就要求伊莉莎白說一說她對羅辛斯的感想，她看在夏綠蒂的面子上，就頗為勉強地敷衍了他幾句。她儘管勉為其難地講了一些稱讚的話，卻並沒能讓柯林斯先生感到滿意，他馬上就不甘示弱，親自出馬，把凱瑟琳夫人好好地又誇讚了一番。

30

威廉爵士儘管在亨斯福德只待了一個星期，可是這短暫一星期的拜訪已經足能讓他相信，女兒確實找到了一個安樂舒適的好歸宿，有這麼一個難得的好丈夫，而且還有這麼個不可多得的好鄰居。威廉爵士待在他家裡的時候，柯林斯先生總是每天上午和他共乘輕便雙輪馬車出去遊逛，欣賞田園風景。可是他剛走，家裡的日常生活就恢復原樣了。令伊莉莎白感到高興的是，威廉爵士走了以後，她們和表兄相處的時間並沒有由此而增多。因為，早飯和晚飯之間的那一段時間，他要麼在收拾花園，要麼就在書房裡讀書、寫字，透窗眺望。他那個書房面對著公路，後面的一間是女士們的起居室。伊莉莎白開始的時候很納悶，夏綠蒂為什麼不把餐廳同時當成起居室，那個房間比較大，而且向光性也較好。然而，她不久就發現，她的朋友之所以要這樣做自有她的道理：如果人們都坐在同樣舒服的房間裡，柯林斯先生待在自己房間裡的時間不用說就會非常少。她只能佩服夏綠蒂想得周全。

她們從會客室裡絲毫都看不見外邊大路上的情況，幸虧只要有馬車路過的時候柯林斯先生總是通知她們；尤其是德．柏格小姐的輕便小馬車，幾乎每天經過，而他總是適時地前來告訴她們，小姐也經常在牧師住處的門前停一會兒，和夏綠蒂閒聊幾分鐘，可是不管怎麼邀請，她卻從來都不肯下車進屋坐一坐。

柯林斯先生幾乎每天都要到羅辛斯去一次，他的妻子也隔幾天就會去一趟。伊莉莎白總認為他們還有什麼別的應該得到的俸祿必須要解決，要不是這種情況的話，她就無法理解為什麼要浪費那麼多的時間。偶爾夫人來他們的住宅拜訪，到了以後房間裡無論什麼事情都逃不過她的眼睛。她問起他們的日常生活，察看他們的工作，建議他們用別的方法幹這種事，要不就是專門找他們的錯，要麼說他們的傢具擺放得不對，要麼責備他們的僕人在偷奸耍滑，要是她同意在這兒吃一些東西，那好像只是為了要看看柯林斯太太是不是持家節儉，是不是濫吃濫用。

伊莉莎白很快就發現，這位貴婦人雖然沒有擔任郡裡的司法要職，可是實際上她卻是她這個教區裡比法官還要活躍的法官，很多雞毛蒜皮的事都要柯林斯先生向她彙報。假如哪個村民喜歡吵架，牢騷滿腹，或是貧困得無法生活，她都會親自到村子裡解決處理，平息怨恨，直到罵得居民們和睦相處，不再叫苦歎窮。

每個星期羅辛斯差不多都要請她們吃一兩頓飯，儘管沒有威廉爵士，而且只有一桌牌，不過，這種宴席每一次都和第一次一樣。他們確實沒有別的宴會，因為鄰近一般人家的那種生活，柯林斯還望塵莫及。不過伊莉莎白從來都沒有覺得可惜，因為總的來說，她在這裡生活得夠舒服了：經常和夏綠蒂有一些愉快的交談，加上這個季節天氣格外晴朗，可以不時地到外面去散散步。當有人來造訪凱瑟琳夫人的時候，她總是愛去花園一旁的那片小樹林裡解解悶，那兒有一條非常幽靜的林蔭小道，她覺得那裡只有她自己會欣賞，並且到了那兒，也令凱瑟琳夫人的好奇心化為烏有了。

她開始兩個星期的做客生活，就這樣平靜地溜走了。復活節很快就要到了，節前一個星期，羅辛斯府上要增加一個客人。在這麼小的範圍裡，很明顯這是一樁大事。伊莉莎白剛到那兒，便聽說達西先生在這幾個星期之內就要到這裡來了，雖然她覺得在她所認識的人當中，沒有一個比得上達西讓人生厭，可是他來了卻可以讓羅辛斯的宴會上增加一個較新鮮的人；另一點還可以從他對他表妹的言談舉止看出賓利小姐在他身上耍的花招要完全落空，那就更讓人開心了。當然，凱瑟琳夫人早已把他安排給他的表妹了，一說他也要參加，就欣喜若狂，對他大加稱讚，可是一聽到盧卡斯小姐和伊莉莎白已經和他認識了，又常常見面，就要惱怒了。

不久，柯林斯家人就聽說達西到了。那天牧師先生整個上午都在亨斯福德路旁的門房旁邊走來走去，急速跑進屋裡把這條重大的消息通知給園子的主人。第二天上午，他急忙來到羅辛斯拜會。他需要為了早一些獲得確切的消息。當馬車駛進了花園，他就深深地鞠了一躬。

拜謁凱瑟琳夫人的兩個外甥，因為達西先生還帶來了一位名叫費茲威廉的上校，是達西的舅舅（某某爵士）的小兒子。柯林斯先生回來的時候，把那兩個貴客也帶來了，人們吃驚萬分。夏綠蒂從她丈夫的房間裡看見他們三人一塊兒從大路那一頭走來，就急忙跑到另一間屋子，告訴小姐們，一會兒就會有貴客光臨，她繼續說：

「這次的貴客大駕光臨，我得謝謝你呀，伊莉莎白！否則，達西先生是不會忽然來拜訪我的。」

聽了這一席謙恭的話，伊莉莎白還沒顧得上辯解，門鈴就響了。片刻之後，三位先生已經走了進來，前面一位是費茲威廉上校。他三十歲左右，長相不能算俊美，可是不管氣度、舉止都算得上一位真正的紳士。達西先生看起來和當初在哈福德郡時毫無變化，用通常矜持的態度向柯林斯太太問好。他對伊莉莎白不管懷著什麼樣的感情，相見的時候神色卻極其鎮定。伊莉莎白只是給他行了一個屈膝禮，沒有說一句話。

費茲威廉上校終歸是個頗有涵養的人，一到就爽朗而自然地交談起來。他滔滔不絕，並且非常幽默。

但是他的那個表弟卻只是對柯林斯太太的住宅和花園略加賞析，然後就一個人坐著，再也不對任何人說一句話了。最後，他的禮貌不知出於什麼原因好像猛地被喚醒了，居然向伊莉莎白問起了全家人的身體狀況。她按照慣例搪塞了他幾句，稍停了片刻，她說道：

「我姊姊最近三個月一直住在城裡。你從來沒遇到過她嗎？」

事實上，她分明知道，他是決不會遇到珍的，她只是想打探一下，看看他知不知道賓利一家和珍之間的關係。達西先生回答說他從未有幸遇到過班奈特小姐，她感到，他說這句話的時候，神色有些慌張。這件事也就沒繼續談論下去，不久，兩位先生就起身走了。

31

牧師家裡的那些人都非常讚賞費茲威廉的風度，女士們都覺得他會給羅辛斯的宴會平增一些樂趣。不過，他們已經有很多天沒受到羅辛斯那邊的邀請了，因為主人家裡有客人，沒顧得上他們，一直到復活節那天，也就是這兩個貴客到了一星期以後，他們才榮幸得到邀請，那也只是離開教堂時，主人才當面邀請他們在下午去坐坐。上個星期可以說他們一次沒見到凱瑟琳母女二人。在這以前，費茲威廉去牧師家拜訪過很多次，可是達西先生卻沒有來過，他們只是在教堂裡才能見到他。

當然，他們都接受了邀請，準時到了凱瑟琳夫人的會客廳。夫人非常有禮貌地招待了他們，不過事情很顯然，他們並不像沒請到別的客人時那樣受歡迎，而且夫人的心思幾乎全都放在了兩個外甥的身上，只顧和他們交談，特別是和達西談的話比與房間裡任何人談得都要多。

費茲威廉上校看到他們似乎很開心：因為羅辛斯的日子的確是單調無聊，他希望有些調節劑，而且柯林斯夫人這個漂亮的朋友更是讓他愉快。他坐到了她的身邊，那麼有聲有色地談到肯特郡，談到哈福德郡，談到旅遊和家居，談到新書和音樂，直談得伊莉莎白感到在這個房間裡從來都沒有受到過這種招待。他們兩個人談得那麼情趣相投，以至於連凱瑟琳夫人和達西先生都注意起來了。達西的一對眼睛立刻好奇地來回在他們兩人身上打轉兒；過了一會兒，夫人也同樣感到好奇，而且表現得更加明顯，她斷然叫道：

「你們談什麼？你們在說些什麼？你和班奈特小姐在談論什麼事？告訴我聽一聽。」

「我們談音樂，姨媽。」費茲威廉無可奈何地回答說。

「談音樂！那就請你們大聲談吧。我最喜歡音樂。要是你們談音樂，就得算我一份兒。我覺得，像我這樣真正愛好音樂的人，就算整個英國也沒多少人，也沒多少人能和我的天賦相比。如果我學了音樂，肯定早已成大家了。如果安妮身體健康的話，也肯定成為名家了。我相信她演奏起來肯定會美好動聽的。喬治安娜眼下學得怎麼樣了，達西？」

達西先生非常真誠地讚揚了一番妹妹的才能。

「聽說她能彈得這麼棒，我真高興。」凱瑟琳夫人說，「回去以後請你一定代我告訴她，如果她不努力練習，就不要盼著才華出眾。」

「您大可放心，夫人。」達西回答說，「她無需這樣的奉勸。她一直都勤奮練習。」

「愈勤奮愈好。要多練習。下回給她寫信的時候，我還要囑咐囑咐她，不管怎樣都不准洩氣兒。我經常提醒年輕的小姐們，如果有心在音樂上出人頭地，只能不斷地練習。我告訴過班奈特小姐很多次了，除非她努力練習，要不然是不會真正出色地彈好琴的。柯林斯太太家裡儘管沒有琴，可是歡迎她每天都來羅辛斯，用詹金森太太屋子裡的那架大鋼琴彈一彈。你知道，她在那個房間裡彈琴，是不會礙誰的事兒的。」

達西先生為姨媽這一席沒有教養的話感到有點兒難堪，就沒理她。

喝完了咖啡，費茲威廉上校提醒伊莉莎白說，她說過要為他彈鋼琴聽的。於是她馬上坐在鋼琴前。費茲威廉拉了把椅子坐在她身邊。凱瑟琳夫人剛聽完半首曲子，就像以往一樣，和另一個外甥談了起來，一直到那個外甥終於躲開了她，邁著他平常那慢悠悠的步子走到了鋼琴邊，恰好能看到彈奏者漂亮的臉。伊莉莎白看到他站在跟前不走，明白了他的用意，彈奏完了一段，便轉過頭來對著他俏皮地一笑，說：

「你這種架勢過來聽我彈琴，不會是想要嚇我吧，達西先生？不過我才不害怕呢！雖然你妹妹的確彈得不錯。我這個人性格執拗，絕對不會讓什麼人把我嚇倒。你愈是想嚇倒我，我的膽子往往就愈大。」

「我不想說你說得不對，」達西回答說，「因為你不會當真認為我是來嚇你的。何況我有幸結識了你這麼長時間，早已知道了你是這種性格，總愛說些相反的話來尋開心。」

伊莉莎白聽見達西這麼說她，就不禁開懷大笑，對費茲威廉說：「你表兄居然當著你的面把我說成一個這麼壞的人，對於我講的話，讓你一句都別相信。我太不幸了，原本希望在這兒騙人，讓別人相信我起碼有些優點，不巧遇到了一個能看透我真正人品的人——說真的，達西先生，你把我在哈福德郡的許多情況全都說出來了，你太不給面子了——而且，請恕我直言，你這也太不聰明了——因為這樣一來，你會引起我的報復心的，我將會抖出那些事兒來，你的親戚會由此而震驚的。」

「我才不怕你呢。」達西微笑著說。

費茲威廉馬上叫道：「我非常想聽你說說，他犯了什麼錯。我特別想知道他和陌生人在一起時是什麼模樣。」

「你馬上就會聽到的，請你先別驚訝。要知道，我第一次在哈福德郡與他相識，是在一個舞會上。你知道他在這個舞會上做了些什麼嗎？他自始至終只跳了四支舞！我真不想讓你聽後難過，不過事情的真相就是這樣的。雖然男士不多，他卻只跳了四支舞，並且我知道得非常清楚，那時候舞場的女士裡，沒有舞伴而一個人坐在那兒的多著呢——達西先生，這件事你不能加以否認吧？」

「我深感遺憾，因為當時舞會上除去自己人之外，一個女士我都不認識。」

「是的，舞會上哪能請人家介紹女朋友呢？——好了，費茲威廉上校，我下面再彈什麼呢？我的手指頭在聽你的吩咐。」

達西說：「或許我當初應當請人介紹一下，但是我又不喜歡對陌生人介紹自己。」

「我們用不用問一下你的表兄，這究竟是什麼原因？」伊莉莎白仍然對著費茲威廉上校說，「我們用不用請教他，見多識廣而又頗有涵養的人，為什麼就不喜歡向陌生人介紹自己？」

費茲威廉說：「我可以回答你的問題，不必向他指教。這麼做的原因是他怕麻煩。」

達西說：「我真的不如有些人那麼有本事，和素不相識的人也能大談特談。也不能對別人說的話隨聲附和，假裝關心。」

伊莉莎白說：「我彈奏鋼琴，手指不像有些女士那樣嫻熟自如，也不像她們那樣有力度和速度，所以彈不出什麼韻味來。我總感到這些缺點，是我自己不願勤奮練習的原因。我決不相信我的手指不如那些比我彈奏得好的女人。」

達西笑著說：「你說的很對。你用的時間不算多，可是你的成績卻不錯。只要是有幸地聽到你彈奏的人，都認為你並沒有什麼欠缺之處。我們倆都不介意當著陌生人的面表現自己。」

說到這裡，凱瑟琳夫人把他們的談話打斷了，大聲喊著問他們在說什麼。伊莉莎白馬上再次彈奏起來。凱瑟琳夫人走到近前，聽了幾分鐘，接著就對達西說：

「班奈特小姐，如果她能勤練習而且有條件請一名倫敦名師指導的話，根本不會彈得跑調的。雖然她的情趣不能同安妮相比，不過她對指法掌握得相當不錯。安妮如果身體很好的話，肯定會成為一位極受歡迎的演奏家。」

伊莉莎白盯著達西，想看一下他聽完夫人對表妹的這番讚揚，是不是竭力贊成，但是不管當場還是事後她都看不出他對她有一點兒愛的表現。從他對德．柏格小姐的整個言談舉止上看，她不禁為賓利小姐感到高興，如果他們是親戚，達西或許一樣會娶她的。

凱瑟琳夫人繼續對伊莉莎白的演奏發表看法，還時不時地夾雜上一些有關彈奏效果和欣賞情趣的指導。伊莉莎白出於禮貌，不得不一一謙虛地領教了，並且在先生們的要求下，她一直坐在鋼琴邊彈奏到夫人命下人準備馬車，把大家送回去。

32

第二天早晨，柯林斯太太和瑪麗亞去村子裡處理事情了，伊莉莎白一個人坐在家裡給珍寫信，正寫著，忽然聽見門鈴響了，她吃了一驚。肯定是有客人拜訪，她想。既然沒聽見有馬車的動靜，可能來人也許就是凱瑟琳夫人，慌忙之中她快速收起寫了半截的信，省得她再提些冒謄的問題。正在這個時候，門開了，她極為驚訝，萬萬沒想到進入房間的居然是達西先生，並且是達西先生獨自一人。

達西看到只有她一個人在屋子裡，也感到非常吃驚，連忙為自己貿然闖進來表示歉意，他原想太太小姐們全都在家。

於是兩個人坐了下來，她向他問了幾句有關羅辛斯的狀況以後，雙方就好像沒什麼可說的了，大有陷入僵局的趨勢。因此，無論如何也要找點兒話題說說，她忽然想起，最後一次在哈福德郡和他相見的情形，頓時感到非常好奇，想聽一下他對那次匆匆離去到底有什麼話要說，於是她就問：

「去年十一月份你們離開尼瑟菲德是多麼匆忙啊，達西先生！賓利先生看見你們大家都一起跟著他走，一定會感到非常驚喜吧！我好像記得他比你們早一天離開。我認為，在你和他分手時，他同他的姊妹們身體一定都不錯吧？」

「好極了，多謝。」

她發現很難讓對方有什麼別的話再來回答她，隔了一會兒又繼續說：

「也許，賓利先生已不想重新回到尼瑟菲德來了吧？」

「他從來都沒這樣說過；也許，可能他沒打算在那裡長住。他有很多的朋友，交際應酬與日劇增，特別是像他這個年紀的人。」

「如果他不想在尼瑟菲德久住，那麼，為鄰居們著想，他最好乾脆退出那裡，我們就可能會有一個固定的鄰居。也許賓利先生租下那所房子，僅僅是為了自己的方便，而沒想到鄰居，我看他那所房子無論是保留著也好，退出也好，畢竟原則是不變的。」

達西先生說：「我料定他假如買下了稱心的房子，馬上就會退出那裡。」

伊莉莎白沒回答。她恐怕再說起他的那個朋友，既然沒有其他的什麼話可說，於是她就想讓他動動腦筋，另外想一個話題談論。

他明白了她的意思，一會兒就說：「柯林斯先生這座房子好像很愜意呢。我相信他剛到亨斯福德的時候，凱瑟琳夫人一定用了很大力氣整修了一番。」

「我也堅信她花了很大的心思，而且我想，她的心思還真是沒白花，天下還有哪個人能比他更知道感恩圖報呢？」

「柯林斯先生看上去還很幸運，娶了這麼一位好妻子。」

「確實很幸運。他的朋友們真應當為他開心，這樣一位賢慧的女人原本就不多見，何況她還情願嫁給他，而且嫁給他能使他幸福。我這個女朋友真是個極其聰明的人——雖然我一直覺得她嫁給柯林斯先生未必是上策。可是她看起來倒也像是非常幸福，認真看來，這對她而言也算是一樁很好的婚姻。」

「婆家住得距娘家及朋友們都這麼近，她肯定也心滿意足了。」

「這麼遠還能說近嗎？都快五十英里了。」

「只要路好走，五十英里又能算得上什麼？也就是半天多一點兒的路。當然，我認為非常近。」

「我可從來都沒覺得道路的遠近是這門婚姻的一個有利條件。」伊莉莎白高聲說，「我絕對不會說柯林斯太太住得距娘家很近。」

「這證明你太依戀哈福德郡。除非和朗博恩做鄰居，我認為再近你還是覺得遠。」

達西說這些話的時候面帶笑容，伊莉莎白領會了這笑的深意。他肯定認為她想起了珍和尼瑟菲德，於是她漲紅了臉回答說：

「一個女人就不准嫁得離娘家太近。遠和近是相對的，還得看由很多這樣或者那樣的情況來決定。只要家裡富有，拿得出錢，遠一些也沒關係。不過他們的情形卻並非這樣。柯林斯夫婦儘管說收益還好，但也經不起總是跑來跑去的啊——並且我深信，就算離娘家比現在再減一半的路，我的朋友也決不會認為自己離家近的。」

達西先生把椅子向她跟前移動了一些，說：「你千萬別這樣依戀鄉土。你總不會永遠待在朗博恩吧。」

伊莉莎白聽後有點兒驚訝。那位先生也感到有點兒尷尬，就把椅子向後挪了挪，從桌子上拿起了一張報紙，漫不經心地瞟了瞟，接著用較為平靜的口氣說：

「你喜歡肯特郡嗎？」

於是，他們兩個人就把這個村莊簡短地談論了幾句，雙方都很冷靜，言詞簡練。沒過多久，夏綠蒂同她的妹妹從外邊散步回來了，談論到此為止。看到二人正在傾心交談，姊妹二人都深感詫異。達西先生解釋他完全是誤闖進來打攪了班奈特小姐，然後，稍許坐了幾分鐘就走了，再也沒有和別人談點兒什麼。

達西先生剛剛離開，夏綠蒂便說：「他這是什麼意思？親愛的伊莉莎白，他肯定是愛上你了，要不然他是不會這麼輕易來看望我們的。」

伊莉莎白對她說了他初來時那種沉默的情況，夏綠蒂就感到自己的這一片好心，看來又不像是那麼回事。彼此猜來猜去，結果她們只得看成他這一次拜訪是無事可幹，所以才出來看看朋友。這種看法倒還能夠講得過去，因為到了這個季節，野外的一切活動都過時了，待在家中雖然能和凱瑟琳夫人談天、讀書，而且可以打一打檯球，可是先生們卻不能總是這樣不出房門，既然牧師住宅離得這麼近，到外面去散會兒步順路來這兒看看，同樣也讓人神清氣爽，再說那一家又是那麼可愛。所以兩個表兄弟在做客的這一段時間裡，忍不住幾乎每天都要到這裡來走一趟。他們總是上午來，可能晚一點兒，有時一個人去，有時結伴同去，有時姨媽也一塊兒結伴而來。女眷們都看得清清楚楚，費茲威廉來訪，是因為他喜歡和她們交往——這當然令她們更加愛慕他，伊莉莎白和他在一起感到很高興，他顯然也很喜歡伊莉莎白，這就不禁讓伊莉莎白回想起了她以前的心上人喬治．韋翰，雖然二人比較起來，她覺得費茲威廉不如韋翰有魅力，但她相信他見多識廣。

要說達西先生為什麼經常來牧師住宅，這還讓人猜不透。他不可能是來為了湊熱鬧，因為他常常一坐在那兒就是十幾分鐘沉默無言。就算說了，也是迫不得已，而並非情願——與其說是真心感到高興，不如說是為了禮貌做出犧牲委曲求全。他真正高興的時候並不多。柯林斯太太搞不明白他到底是怎麼回事。費茲威廉上校有的時候也會嘲弄他傻乎乎的，可見他往常並不是這樣的，柯林斯太太靠著自己對他的瞭解，當然不能領悟出這是怎麼回事。她希望這是因為愛情所致，而他的愛慕者又是她的朋友伊莉莎白，她就開始鄭重其事地留意起來，決定探個究竟——每一次無論是他們到羅辛斯去，還是達西到亨斯福德來，她總是對他尤其關注、留意，可是一無所獲。達西先生確實經常盯著她的朋友，但那目光中究竟包含著多少情意，還應該琢磨一番。儘管那是一種真摯且認真的目光，可是她也經常懷疑，這裡面未必包含著多少傾慕的因素，有時看起來只是漫不經心地看一眼罷了。

她曾經在伊莉莎白面前提起過一兩次，說達西先生也許對她有了傾慕之心，但伊莉莎白卻總是付之一笑。柯林斯太太感到這件事也不能追得過緊，以免燃起伊莉莎白的希望，到最後卻只落得個失望，因為照她的看法，有一點是確信無疑的：只要她的朋友確定自己已經把達西握在了手中，那麼，對他所有討厭的情緒都會煙消雲散的。

她出於好心地替伊莉莎白考慮，有時也想過把她嫁給費茲威廉上校。他是個非常幽默的人，當然也非常傾慕伊莉莎白，從身分上說也十分般配，但是有一個缺點卻把他的這一切優點抵消了；達西先生在教會中權勢極高，可是他的表兄則一點兒都沒有。

33

伊莉莎白在花園裡散步時，曾經幾次意想不到地碰到過達西先生。別人到不了的地方他偏偏會來，這也真是太不幸了，她感到好像是命運在故意和她作對。她第一次就對他說，她喜歡一個人到這裡散步，那時候的目的就是不希望以後再發生這種事情。如果真的發生了第二次，那真是見鬼了。可還是發生了第二次，並且還發生了第三次。這麼看來達西可能是故意和她過不去，否則就是有心要來道歉，因為後來有幾次他既不是和她敷衍幾句就沉默無語，也不是見面以後一會兒就走開，而是真掉過頭來同她一起散步。他說話從來都不多，她也懶得多講，懶得多聽；可是第三次相見，她沒料到他向她提了幾個莫名其妙、彼此沒有關聯的問題。他問她待在亨斯福德是不是高興，問她為什麼願意獨自散步，又問她說是不是覺得柯林斯夫婦很幸福。提到羅辛斯，她說她對於他家瞭解得太少，他倒好像希望她以後要是有時間再到肯特郡來的時候，也能在那裡住上一陣子，從他的談吐中能聽出他有這種目的。難道他是在替費茲威廉上校著想嗎？她心裡思忖著，如果他真的弦外有音，那他一定是暗示那個人有些傾心於她，這令她有些憂傷，發現已來到了牧師住宅對面的柵欄門前，所以她又覺得興奮起來。

有一天，伊莉莎白正在一邊散步，一邊再次看著珍上次寫來的一封信，把珍情緒不好的時候寫得那幾段認真地咀嚼著，沒想到又被人嚇了一跳，她抬起頭來一看，從正面走過來的並不是達西，而是費茲威廉上校。她趕忙收好那封信，勉強地微微一笑，說：

「沒料到你也到這兒來了。」

費茲威廉回答說：「我每年都會這樣，在走以前總要來花園裡到處轉一圈，然後我還得去牧師家拜望一下。你還想繼續往前走嗎？」

「不，我這就要回去了。」

她真轉過身來，兩個人一塊兒朝牧師家走去。

「你們星期六確實要離開肯特郡麼？」她問。

「是的，如果達西不再推遲的話。可是一切必須由他來做出選擇。他從來都是依照自己的興致來辦事的。」

「就算不能順著他的意願去做，起碼也要依照他自己的想法去選擇一下。我從來沒碰到過哪個人，像達西先生那樣喜歡自作主張，我行我素。」

「他的確喜歡自作主張，」費茲威廉上校回答說，「可是我們都是這樣的。唯一的不同是他比一般人有條件，能那樣做，只因為他富有，一般人貧窮。我講的都是心裡話。你知道，家裡的小兒子不得不克制自己，依靠別人。」

「在我看來，一位伯爵的小兒子，對於這兩方面幾乎就是一竅不通。此外，我要認真地給你提一個問題，你知道什麼叫克制自己和依靠別人呢？你是不是由於哪一次缺錢，打算到某個地方去卻去不了，喜歡某件東西卻不能買？」

「你說得很正確，也許我在這點上的確不知道節省。可是在更重大的事情上，我可能就會因為貧窮而受罪了。小兒子是不能隨便想和誰結婚就和誰結婚的。」

「除非是和有錢的女人結婚，我認為這個情況他們就經常會遇到。」

「我們花錢一向是奢侈無度，使我們不得不仰仗別人，像我這種身分的人，結婚不考慮錢，那可找不到幾個。」

「這番話都是對我說的嗎？」伊莉莎白這麼思忖著，臉不禁變得緋紅。然而她立即又恢復如初，用一種很活潑的聲音說：「那，請准許我提一個問題，一位伯爵的小兒子，通常的身價是多少錢？我想，除去哥哥身體狀況太壞，我想你開價也不會超過五萬英鎊吧。」

他也用同樣的口氣回答了她，這個話頭就此止住了。但是她害怕這樣沉默下去，會使他認為是方才的談話令她感到難過，因此等了片刻，她又繼續說：

「依我看，你表兄帶上你在他身旁，不過是為了能有一個人任他擺布。我不懂他怎麼還不結婚，結婚以後就能永遠有人聽他指使了，也許，如今他有一個妹妹就足矣了，她既然完全讓他一人照顧，那麼他就可以想怎樣對她就怎樣對她了。」

「不，」費茲威廉上校說，「這份好處他必須和我一同分享。我也是達西小姐的保護人。」

「你真的也是嗎？噢，你這個保護人做得怎麼樣？達西小姐不好伺候吧？像這個年齡的小姐，有時是不好對付的，假如她承襲了達西家族的性格，她一樣也會凡事都憑她個人興趣來做。」

伊莉莎白在說這些話的時候，發現費茲威廉上校在深情地盯著她。他立即就問她，她怎麼會覺得達西小姐或許為他們帶來很多的煩惱。看到他那問話的神情，伊莉莎白堅信，她自己的猜測幾乎已經接近事實了，於是趕緊回答：

「你用不著害怕，我從來都沒認為她有什麼不好，並且我還確信她是世上最溫順的姑娘。有兩位我熟悉的女士，赫斯特太太和賓利小姐，就非常喜歡她。我似乎聽你提起過，你也是認識她們的。」

「我同她們不太熟悉。她們的兄弟是一位很有紳士氣派的人——他是達西先生的好朋友。」

「哦，就是麼！」伊莉莎白冷冰冰地說。「達西先生對他好極了，對他的照顧可以說是細心周到。」

「照顧他！——是的，我真的相信，在他最需要照顧的時候，達西的確照顧他了。我們到這裡來的途中，達西好像對我提起過許多事情，從中足能看出賓利幸虧得到了他的幫助。但是我要請他原諒，因為我沒有權利猜測他指的那個人就是賓利，那純粹是胡亂猜想罷了。」

「你這話是什麼意思？」

「此事達西不願意讓人們知道，以免傳到那個小姐家，弄得大家都不痛快。」

「你大可放心，我決不會透露出去的。」

「請記住，我並沒有充分的理由猜想他所提到的那個人就是賓利。他只不過對我說，他近來幫著一個朋友擺脫了一樁荒唐的婚姻，避免了麻煩，他感到很幸運，可是他並沒有提名道姓和說出其中的細節。我只是懷疑到了賓利身上，第一是因為我覺得像他那種年輕人，很輕易就能招來這種麻煩；第二則因為我知道，他們兩個人整個夏天都待在一塊兒。」

「達西先生對你說過他為什麼要管人家的閒事兒嗎？」

「我聽說那個小姐有些條件不夠資格。」

「他用什麼辦法把他們兩個人拆開的？」

費茲威廉笑著說：「他並沒說他用的是什麼辦法，他只對我說了我方才對你說過的那番話。」

伊莉莎白沒回答，繼續往前走，心中怒火中燒。費茲威廉看了看她，問她為什麼要這麼緊皺著眉頭。

她說：「我在想你方才告訴我的這件事，我覺得你那個表兄的行為不好。為什麼要由他來做主？」

「你認為他的干預完全是多管閒事嗎？」

「我實在是弄不明白，達西先生有什麼權利決定他朋友所傾心的女子是否合適；就憑他一個人的觀點，他怎能自作主張地去指導他的朋友怎樣才能得到幸福。」她說到這兒，就靜了靜心，然後接著說，「不過，既然我們不明白其中的原委，所以，我們要指責他，或許不公平。也許那兩個人之間根本就沒有什麼愛情。」

「這種推論當然不是沒有道理。」費茲威廉說，「但我表兄原本就非常高興，被你這樣一說，不是讓他的功勳大打折扣了嗎？」

這原本是一句打趣的話，但伊莉莎白聽起來卻恰恰是達西先生的真實寫照，所以她不便於答話，趕緊轉換了話題，說了一些無關緊要的事，說著說著就已經走到了牧師住宅。客人剛辭別，她就回了自己的臥室，獨自認認真真地回想著方才聽到的一些話。費茲威廉談起的那對男女肯定與她有關係。達西先生能這麼容易操縱的人，世上哪兒能找到第二個！伊莉莎白從來都沒有懷疑過，他必定是參加了拆散賓利先生和珍的陰謀。然而她還一直把賓利小姐當成主要策畫者，統統都是她出的主意。假如達西自己沒被虛榮心沖昏頭腦，那麼事情就不會這樣。珍如今所受到的各種痛苦，還有今後將繼續承受下去的痛苦，一切都是他的錯，都是他的高傲和一意孤行所致。天下最善良最仁慈的一顆心對幸福所懷著的一切希望，都毀於他的手下。而且，沒有人敢確定，他造成的這等罪孽哪年哪月才能做個了斷。

「那位小姐有一部分條件不太夠格。」這出自費茲威廉上校口中的話。這一切夠不上格的條件，可能就是她有位姨父擔任鄉下的律師，還有位舅舅在倫敦做買賣吧。

「要說珍自己，」一想到這裡她不禁大聲喊道，「是決不會有哪一方面夠不上格的。她是多麼可愛、多麼善良！她天生聰慧，智力超人，風度迷人。我父親也無可指責，雖然他有點兒乖戾，可是他各方面的能力達西先生卻不能藐視，他那高尚的品格，達西恐怕一輩子都不能相比！」當她想起母親的時候，她的自信不禁有些動搖，不過她並不覺得這一切缺陷會對達西先生有什麼大不了的影響。她堅信，照達西先生的看法，最能使他的自尊心受到傷害的，是他的朋友和門戶卑微的人家聯姻，要說這一家人是否有見識他並不會斤斤計較。最後，伊莉莎白確信，達西這樣做有一點是被這種歪曲的自尊心所驅使，另一點是希望把賓利先生許配給他的妹妹。

這件事她越想越生氣，不禁嚎啕大哭起來，最後引發了頭痛，到晚上，痛得越來越厲害，還因為她不想看到達西先生，就決計不和她的表兄表嫂一同去羅辛斯吃茶點了。柯林斯太太看到她確實不舒服，也就不便強求她去，也盡力不叫丈夫強求她，可是柯林斯先生不禁有點兒害怕，擔心她待在家裡會使凱瑟琳夫人不高興。

34

等他們走了以後，伊莉莎白便拿出來到肯特郡以後珍給她寫來的信，一封封地仔細品味起來，好像是想竭力和達西冤家做到底一樣。信裡並沒有什麼露骨的抱怨的話，既沒有提起以前的舊事，也沒有傾訴眼前的煩惱。她文靜慈愛，為人寬厚，所以她寫信從來都沒有一點兒黯淡的色調，總是非常歡愉的心情躍然紙上，可是現在，認真讀遍了她全部的信，甚至都讀遍了她每封信的字裡行間，也找不出這種歡愉的筆調了。伊莉莎白覺得信上每一句話都流露著不安的情緒，因為她這一次是用心閱讀的，比上一次可要仔細得多。達西先生大言不慚地誇口說，讓人們受罪是他的特長，這讓她更加深刻地體會到姊姊的痛苦。能讓她得到一絲安慰的是，達西後天就會離開羅辛斯，這讓她心情覺得稍微舒暢了一點兒，更讓她欣慰的是，不到兩個星期，她就能和珍再次重逢了，並且盡量用一切感情的力量，來幫助她重新振作起來。

只要一想到達西很快就要離開肯特郡，就不免想起了他的表兄弟也將和他一塊兒走，可是費茲威廉已經表明他對她並沒有任何想法，因此，雖然他很可愛，她卻不願因為他而不高興。

剛想到這裡，她忽然聽見門鈴響了起來。她有點兒慌張，心想或許是費茲威廉上校來了，有一天他也是在這麼晚來看她的，這次可能是特意來探望她的。可是，這個念頭馬上就被證實是錯誤的。她想不到的是，走進屋裡的居然是達西先生。猛然間她的心裡湧起了一種說不出的感覺。達西急忙問起她的身體狀況，說他這一次來是想知道她的身體是不是好些了。她禮貌地應付了幾句。他靜靜地坐了幾分鐘，然後就站起身來，在房間裡踱來踱去。伊莉莎白感到莫名其妙，但是嘴裡什麼也沒說。達西沉默了幾分鐘以後，忽然帶著一種激動的神情走到她面前，說：

「我用了各種辦法來抑制自己，可是沒用，純粹是白費力氣。我的感情再也控制不住了，你必須讓我對你說：我是多麼傾慕你、愛你。」

伊莉莎白吃驚得無以言表。她目光呆滯，滿臉通紅，滿腹狐疑，默然不語。他看到這情形，就認為她是在鼓勵他繼續說，所以馬上把目前和往日對她的好感全都傾訴而出。他講得很感人，除去傾吐愛情以外，還把別的各種感想也一五一十地說了出來。他一方面滔滔不絕地表達了愛意，而另一方面卻又說了許多高傲無禮的話。他感到她身世卑微，感到自己是紆尊降貴相求，而且家庭方面的各種阻礙，往往使得他的想法和願望相互矛盾——他熱情地傾訴著，這雖然顯得他這一舉動不夠謹慎，可惜不一定因此對他的求婚有所幫助。

儘管她對他的厭惡是根深蒂固的，可是得到這樣一個男人的青睞，她卻不能無動於衷。雖然她的信念絲毫都沒有動搖，但是她開始也體會到他將會遭受的痛苦，因此還有點兒不安，然而他後面的那番話卻引起了她的強烈怨恨，接下來怨恨取代了憐惜。不過，她仍然盡力克制住自己，盡可能地讓他把話說完，然後耐心地回答他。最後，他告訴她，他對她的感情是那麼強烈，不管怎樣也克制不住，雖然他想控制住自己。他還對她表明了自己的希望，極其希望她肯接受他的求婚。她立即看出他說這番話時，很明顯滿心以為她肯定會給他一個滿意的答覆。他儘管嘴裡說著他自己又急切又擔心，面部卻流露著一種勝券在握的樣子，這只會使得她越發憤恨。所以，當他剛說完，她就紅著臉說：

「在這種情況下，通常是這種方式：別人對你坦白了情意，你就算不能給以同樣的回報，也要表達一下感謝之情。有謝意，這也是理所當然的，要是我真的感激，我現在就會向你表達謝意。遺憾的是我卻沒有這種感覺。我向來都不稀罕你的抬舉，何況你抬舉我也是十分牽強的。我素來不願意給什麼人帶來痛苦，就算是惹得人家痛苦，也是出於無意，而且我希望不久就會事過境遷。你告訴我說，以前你顧慮到各種方面，因此沒能向我坦白你對我的好感，然而，此刻通過我的這一番解釋以後，你一定會輕易地把這種好感控制住。」

達西先生斜倚在壁爐架上，目不轉睛地注視著她的臉，聽到她這番解釋好像又吃驚又氣憤。他氣憤得面色發青，從五官的任何一個部位都能夠看得出來他的心中正怒潮澎湃。他盡力裝作一副冷靜的模樣，緊閉著雙唇，一直等到他覺得的確是裝得挺像了才開口說話。這一時的沉默使伊莉莎白非常害怕。最後，他才勉強用一種若無其事的聲調說：

「我很慶幸，得到的居然是這樣一個回答！也許我可以請教請教你，為什麼我居然受到了這樣無禮的拒絕？但是，這並沒什麼大不了的。」

「也許我能問一下，」伊莉莎白回答說，「為什麼你分明是成心想觸犯我、羞辱我，嘴上卻偏偏要說你愛我，竟然這樣背叛了自己的意志、背叛了自己的理性，以至於背叛自己的性格？要是我真的無禮的話，難道這一切還不足以作為我無禮的原因嗎？另外，讓我氣憤的事情還不光這件。這你也是知道的。即使我從來都沒討厭過你，即使我毫無芥蒂，保守地說，即使我對你一直存有好感，你就會真的認為我會那麼糊塗，明明知道這個男人一手斷送了、甚至斷送了我最親愛的姊姊一生的幸福，竟然還能接受他的愛？」

達西先生聽完這一席話臉色大變，然而馬上冷靜下來。他不想去打岔，只是默默地聽著她繼續說下去：

「我有充分的理由認為你這個人心腸狠毒。你對那件事情完全無情無義，不管你到底出於什麼目的，都不能讓人寬恕。你活生生地把他們兩個拆開，使得他們一個因三心二意而被人責罵，另外一個則因愛情落空而遭人嘲笑，你讓他們兩個人遭到了沉重的打擊。這等冤孽就算不是你一個人引起的，起碼你也是主謀。對這一些我認為你不敢予以否認，也不能否認。」

她說到這兒停了停，一看到達西那種神情，絲毫沒有悔恨的意思，把她給氣得怒不可遏。他甚至還裝成一副懷疑的神色面帶笑容。

「你敢保證你沒有做過這些嗎？」她逼問道。

他故意裝出鎮靜的態度回答：「我不想否認。我的確想盡一切辦法，結束了你姊姊和我的朋友的一段姻緣，我也不否認，我為自己取得的成績頗為得意。我對他一直都比對我自己更好。」

伊莉莎白聽到他這一席自得的辭令，並不想表露出很在意的模樣。但是她明白這些話的含義，所以心裡的氣憤也就無法平息。

「不過，我還不止在這一件事上討厭你，」她繼續說，「在此以前我就討厭你，對你有成見。在幾個月之前我在韋翰先生那兒，就已經知道了你的為人。你在這件事上還能說些什麼呢？看你還怎樣來為你自己辯護，將這件事情也胡編亂造地說成是為了保護朋友？你又要怎樣來混淆是非，欺世盜名？」

達西先生聽到這番話，臉色頓時漲得更紅了，聲音已經不如方才平靜，他說：「你倒的確是十分關心那位先生的事情。」

「只要是知道他遭受不幸的人，有誰能不去關心他呢？」

「他遭受不幸！」達西蔑視地重複了一遍。「是的，他那慘痛的命運確實不幸。」

「而且一切都是由你一手造成的，」伊莉莎白大聲叫道，「你把他害到這樣貧窮的境地，當然是和以前相比。只要應當是他享有的權利，你分明知道，卻不願給他。他正值年輕力壯，應當獨享那些財產，你卻奪走了他的這種權利。這都是你做的好事，可是別人只要一說起他的不幸，你還會加以輕蔑和嘲笑。」

「你難道就是這樣看我的！」達西一邊大聲叫著，一邊大步向房間盡頭走去。「原來這就是你對我的看法！非常感謝你解說得這麼詳細。這麼說，我的確是罪孽深重！可能——」他停下腳步，回過頭來對她說：「只怪我老老實實地把我過去一拖再拖、遲疑不定的原因講了出來，所以使你的自尊心受到了傷害，要不然你也許不會斤斤計較我冒犯你的那些事情了。假如我使用一些手段，把我心裡的矛盾掩藏起來，一味恭維你，讓你相信我不管是理智、思想，還是其他各個方面，都對你懷著無條件的、純潔的愛，那麼一來，也許你就會控制住這番刻薄的責罵了。遺憾的是無論是哪種故作行為，我都痛恨。剛才我說的的確是心裡的顧忌，而且也並不感到羞恥。它們是非常正常的，也是十分正確的。難道你指望我會為你那些地位低賤的親戚而大感快慰嗎？難道你以為，我要是結上了這麼多地位遠遠不如我的親戚，倒會為了自己而慶幸嗎？」

伊莉莎白越聽越氣憤，然而她仍然盡量控制著自己，心平氣和地說：

「你想得不對，達西先生。如果你的態度有禮貌一點兒的話，可能我拒絕你會感到有點兒難過，另外，難道你覺得你表白的方式能在我身上起到一點兒別的影響嗎？」

他聽了這些話大吃一驚，但是沒吭聲，於是她又繼續說：

「任憑你用盡所有的手段向我求愛，也決不會感動我的心。」

達西顯得很驚訝，他帶著詫異和惱怒混雜的神情盯著她。她接著往下說：

「從我認識你的那天開始，幾乎可以說是從認識你的那一剎那開始，你的舉止行動就讓我感到，你為人傲慢、自私自利，小瞧其他的人。這一切都是我心存不滿的原因。接下來的一連串的事更是在這上面建起了根深蒂固的厭惡的圍牆。認識你還不到一個月的時間，我就感到，在天下的男人中我最不想同他結婚的就是你這樣的人。」

「你說得已經夠多了，小姐。我非常理解你的心情，現在我只為自己的顧慮而感到羞恥。很抱歉耽誤了你這麼長時間，還請准許我祝你終生健康幸福。」

說完，他急急忙忙地走出了屋子，等了一會兒，伊莉莎白聽到他打開了大門，走了。

她覺得心裡亂糟糟的，不知道怎樣來支撐自己，感到確實軟弱無力，就坐在那兒整整抽泣了半小時。她想到先前的那一幕，越想越覺得不可思議。達西先生居然會向她求婚，而且竟然已經愛上她幾個月了！而且還竟然那麼愛她，想和她結婚，無論她有多少缺點，而開始她自己的姊姊恰恰是出於這些缺點而遭到了他的阻撓，阻撓姊姊嫁給他的朋友，並且這些缺點對他起碼有著同樣的影響——這真是一件意想不到的事！一個人能在不知不覺中觸動了別人這樣強烈的愛戀，這真是大快人心。可是他的傲慢，他那可惡的傲慢，他居然大言不慚地承認他自己是怎樣斷送了珍的美好生活，他招認時雖然無法為自己辯白，可是使人不能原諒的是他那厚顏無恥的神氣，而且他說到韋翰先生時的那種無動於衷的神情，他並沒有不去承認對韋翰的冷酷——想到這些事，她曾一時體諒到他一番愛慕而觸動起來的同情心，早就被氣憤衝擊得無影無蹤了。

她這樣心潮起伏地左思右想，一直到聽見了凱瑟琳夫人的馬車聲。她才感到自己這樣不能見夏綠蒂，於是慌忙回她自己的房間裡去了。

35

第二天清晨，伊莉莎白睡醒以後就再一次陷入了前一天晚上讓她輾轉反側睡不著覺時的那些沉思默想之中。這件事太不可思議了，她到現在還沒有醒過神兒來，她完全無心考慮其他的事，更沒心思做事。於是早餐過後，她就決定去外面透透氣，於是直接走向她最喜歡的那條小路，走著走著，猛然想起達西先生偶爾也會到那裡去，就止住了腳步，她沒走進花園，卻從莊園門口拐上了一條小徑，小徑的一邊依然是莊園的柵欄。她依然順著柵欄往前走，距公路越來越遠，不久便經過了一道柵欄門，到了曠野上。

她沿著這一段小徑來回轉了兩三遍，早晨的景色是那樣吸引人，只要她走進一個莊園的門口，就禁不住停住腳步，往裡邊看一眼。她來肯特郡五個星期了，鄉村的變化相當大，初春的樹木日漸綠了起來。她正想不停地往下走，忽然瞟見莊園一邊的小樹林裡有個男人，正向她這裡走來。她怕那個人是達西先生，就回轉身子往回走。可是那個人已經來到了近前，能夠清清楚楚地看見她了。他大步往前走，同時還喊著她的名字。她原本已經掉轉身子走開了，聽見有人叫她，儘管一聽聲音就知道是達西先生，可是也不得不往回走到了莊園門口。此時達西剛好也來到了莊園門口。他取出一封信遞到她面前，伊莉莎白不由自主地收下了。他帶著傲慢而鎮靜的神情說：「我已經在樹林裡走了很長時間，希望能夠遇上你。請你看一下這封信，行嗎？」說完他稍微欠了欠身，轉身走進了茂密的樹林裡，一會兒就看不到了。

伊莉莎白並沒有指望能從信上得到快樂，只是在強烈的好奇心地驅使下，才打開了信。只見信皮裡塞著寫得密密麻麻的兩張信紙——信皮上的字也是寫得滿滿的——她的好奇心越發強烈了。她一邊順著小路摸索著往前走，一邊開始看信。信的右上角寫著，信是上午八點在羅辛斯寫的。內容是這樣的：

小姐：

收到這封信的時候，請不要慌張，既不必害怕我會重訴苦衷，也不必擔心我會重新向你求愛，既然我昨天晚上的舉動使你那樣討厭，我極其不願讓你陷入悲痛中，更不想低三下四、自討沒趣，因此我絕對不會舊事重提。並且為了雙方的幸福，那些意願應該忘得越早越好。我寫這封信的原因，而且要麻煩你讀一讀，無非是由於事情關係到我的聲望，被逼無奈罷了。要不然，不但不用我費筆傷神，又免去了你讀信的麻煩，彼此就不用都費力了。所以，務必請寬恕我冒昧勞你費神。我知道，你是決不想費神的，然而我仍然請你平心靜氣地讀一讀。

昨晚，你把兩條性質不同、輕重不同的罪名扣在我的頭上。你斥責我的第一個罪過，是說我根本不考慮賓利先生和你姊姊二人的愛情，活生生地毀了他們的幸福；另一個罪過是說，我輕視別人的權利，無視名譽和喪盡天良，毀掉了韋翰先生指日可待的富貴，毀掉了他的大好前途。我居然蠻橫無禮，無情無義地拋棄了自己兒時的朋友、父親生前的寵兒；一個沒有依託的年輕人，全靠我們照顧為他謀得了一個牧師的職位，並且從小就盼望能得到這個職位的年輕人，這真是我的一個遺憾！分開一對戀愛只有幾個星期的年輕男女，相比之下，又怎麼能夠同日而語！不過，就這兩件事，我昨天晚上遭到了不合情理的嚴厲斥責，下邊我將敘述我的行為和目的，希望你在瞭解了其中的緣由以後，能使我以後免受這種嚴厲斥責。在我自己不得不對這件事做出必要的解釋時，假如我不由自主地說出一些或許會得罪你的見解，我不得不先向你道歉——無可奈何的事情總得做——過多的道歉就屬荒唐無聊了。——我來哈福德郡後不久，同其他人一樣，也看出了賓利先生對你的姊姊的好感超出本地任何一個年輕的姑娘。——但是，一直到尼瑟菲德舉行舞會的那一夜，我才想到他的好感也許會進展成戀愛——這以前我也經常看到他陷入愛河。在那個舞會上，我榮幸在同你跳舞的時候，偶然間從威廉·盧卡斯爵士嘴裡得知，賓利對你姊姊的殷勤已經弄得人盡皆知，以至於人們都認為他們到了談婚論嫁的程度。威廉爵士說這是必然的事，就差沒有選定日子了。從那天開始，我開始密切觀察我朋友的行動，結果發現他對班奈特小姐確實情真意切，我過去從來都沒見到他這樣真誠地愛過。我也觀察過你姊姊——她的神態舉動依然是那麼活潑、快樂、惹人喜歡，卻一點兒都沒有垂青於誰的跡象。從那天晚上觀察的情形來看，我到現在依然相信，班奈特小姐雖然很願意接受傾慕於她的賓利獻上的殷勤，可是她自己並沒有回報以濃濃真情——在這件事上，如果你不曾誤解的話，那肯定是我搞錯了。你對自己的姊姊瞭解得更深，所以後者料想可能性更大——如果真是這樣，真是由於我犯了這種錯誤才讓你的姊姊遭受到痛苦，你的怨恨也就不無道理了。不過我冒昧提一句：你姊姊表情神態那麼平靜，就連目光最銳利的觀察者也會堅信：無論她多麼溫柔親切，她的心決不會輕易被打動的。我真的覺得她心不在焉，並且當然這也是我當初最希望的事情。但是我確信，我的洞察力和判斷力往往不會被自己主觀的意願和顧忌所驅使。我並不是因為主觀上盼著她心不在焉才覺得她心不在焉。我的想法出自大公無私的推斷，就像我的意願出自合乎情理的剖析。我之所以不同意這門婚事，並不只是因為我自己昨夜向你承認的那些讓人必須想的顧忌——因為地位低微這個對我的朋友而言並不像對我那樣有重大的干係——而是因為這樁姻緣還有別的令人厭惡的原因。這種種原因儘管依然存在，並且對兩門婚姻而言它的影響力差不多，可是對我而言卻已經不存在任何直接的關係，所以我總是想著盡量忘記它們。可是這種種原因務必要說明，即使簡單地說說也可以。你外婆家的門第，雖然不夠好，可是與你的母親、你的三個妹妹，有時候甚至包括你的父親，一向顯示出的完全不成體統的事情，的確是無足輕重——寬恕我——我確實無心得罪你。但是，在你為家人的不足而感到心痛，對我上面列出的這些缺點感到不悅的同時，或許考慮一下下述事實，你將會感到高興點兒：因為你和你姊姊的行為舉止優雅，所以不僅沒有受到諸如此類的種種責難，反倒是獲得了共同的讚揚，人們對於你們的見識和個性大加稱讚。我還是把方才的話題繼續說下去。那天夜裡出的事，更確定了我對這件事的看法，於是我想勸朋友的意願也越發強烈了，這令我不久便開始插手阻撓他結下這樁我覺得非常不幸的婚姻了。我想可能你沒忘，第二天，他就離開尼瑟菲德到倫敦去了，而且預定馬上就返回。

我下面就說一下我當初所扮演的角色。他的兩個姊妹像我一樣都為這件事焦躁不安，我發現雙方對這件事的觀點一樣，都認為應當借此機會馬上把她們的兄弟隔開，然後我們當即打算直接去倫敦找他。於是，我們便這麼做了——到了那裡，我當即執行自己的任務，向我的朋友說明了這樁婚姻的各種壞處。我言真意切，再三勸說。可是，雖然我良言相勸，他仍然遲疑不決，此時我立刻亮出了第二張王牌，開門見山地道明你姊姊的冷淡態度。賓利本來想的是你姊姊也完全傾心於他，那種程度即使不相等起碼也算真誠。但是，他這個人天性謙和，什麼事都願意相信我的觀點。所以，想勸說他是在欺騙自己是輕而易舉的。在他相信了這件事以後，不費吹灰之力就能說服他別再往哈福德郡去了。我並不覺得自己做得過分。在整件事上，有唯一的一點使我感到不安心，那就是我也用了點兒小人的手段，將你姊姊在倫敦的事情隱瞞了他。這件事我自己和賓利小姐全都知道，但他到現在依然一無所知。固然，讓他們相見可能也沒有什麼不好，但是我見他似乎還沒有徹底死心，見到她以後不能保證沒有危險。這種隱瞞行為可能使我的身分受損，但我終歸還是幹了，並且純粹出於一片好意。有關此事，我沒什麼可說的了，也不想再過多地道歉了。假如我一不留神傷害了你姊姊的感情，也不是故意做的。要說我做這件事的目的，你聽後難免會感到理由不足，可是我到現在也不覺得這有什麼不對的地方。

要說起另外一個更重的罪過：斷送了韋翰先生的前途。有關此事，我唯一的一個駁斥的辦法，就是把他和我家的關係向你和盤托出，請你說說事實的對與錯。我不知道他特別斥責我的是哪一條，可是我要在這兒講述的事實，能夠找到不止一位名望頗高的人站出來當見證人。韋翰先生的父親是一位值得尊敬的人。他許多年來一直管理著彭貝里的所有產業，盡職盡責，這令先父由衷地喜歡幫助他，因此先父收養他當養子，對他大加寵愛。先父供他讀書，一直到最後他進了劍橋大學——這是一項極為重要的幫助，由於他父親被他母親的浪費導致貧窮，沒有錢讓他接受高等教育。先父不但因為這個青年人頗有氣質而願意和他來往，並且非常器重他，打算在教會中給他找一份職業，並且全心全意地要為他做這件事。要說起我自己對他的印象變壞的原因，那已是許多年以前的事情了。他行為不檢，惡習重重，他雖然十分謹慎地把這種種惡習遮掩起來，而希望躲過他好朋友的眼睛，可是到底躲不過一個同他年紀相仿的年輕人的眼睛，他並沒有想到已經被我發現了破綻，機會有的是——當然老達西先生卻決不會有這種機會的。在這件事上看來未免又會使你感到痛苦了，要說痛苦到什麼地步，也只有你一人知道。不管韋翰先生引起了你什麼樣的感情，我卻不相信這種感情的本質，所以我必須向你指明他真正的為人。這裡面甚至難免別有用心。我敬愛的父親大概在五年前逝世，他看重韋翰先生至死不渝，甚至遺囑上還特意叮囑我，讓我注重他的事業狀況，竭力幫助他，假如他接受了聖職，只要俸祿優厚的職位空缺，希望他馬上替補上去。此外還為他遺留下了一千鎊的財產。老韋翰先生沒多久也就逝世了，發生這兩件事後還沒有半年的時間，韋翰先生便寫信告訴我，說他已經做出最後的決定，不想接受聖職，所以他不會得到那個職位的俸祿，就希望我能給他一些資金，而且別認為他這個要求沒有理由。他又說，他有些意願學法律，他說我應當明白，憑著他一千鎊的利息去攻讀法律，當然差得多。我與其說相信他的真誠，不如說希望他是真誠的。可是，無論如何我仍然接受了他的提議：我知道韋翰先生並不適合做牧師。因此這件事馬上就圓滿解決，條件是，我給了他三千鎊，他不再請求我們幫助他得到聖職，也就相當於主動棄權，就算以後他有了受任聖職的資格，也不會再請求受任。從此以後我們之間好像再也毫無聯繫。我很輕視他，也不再邀請他來彭貝里做客，而且不想在城裡同他來往。在我看來他大部分時間待在城裡，可是他所說的學習法律，也只不過是一個藉口而已，如今他已擺脫了所有的障礙，所以一天天地過著無所事事的日子。差不多有三年的時間他一直杳無音信，可是沒多久有一位牧師去世了，這個職位本來他是可以受任的，所以他再次給我寫信，叫我推薦他。而且還說他的境狀很困窘，這是在我預料之中的。他還說學習法律沒什麼用，如今已經橫下心來做牧師，只要我肯推薦他去接任這個位置就可以了。他本來是想我一定會舉薦他，那是他摸準了我沒有其他能夠舉薦的人，何況我又不能忘掉先父臨終前對他的一片好心。我拒絕了他的請求，他再三懇求，我依舊不答應，我認為你肯定不會責怪我吧。他的處境越艱難，怨恨就越深。無疑，他無論背地裡罵我，還是當面咒罵我，全都是一樣惡毒。從此之後，就連僅存的面子上的關係都結束了。我不知道他是怎樣生活的，可是說起來很難受，去年夏天他又使我留意上了他。我不得不在這兒說一件我本人並不想回顧的往事。此事我本來是不願意讓別人知道的，可是這次卻非說不可。寫到這裡，我深信你會保守秘密的。我妹妹比我小十幾歲，由我母親的外甥費茲威廉上校和我當她的保護人。大約在一年前，我們把她由學校裡接了回來，在倫敦給她安排了住處，去年夏天，她和管家楊吉太太到拉姆斯蓋特去了。韋翰先生緊跟著也去了那兒，明顯是別有用意的，原來他同楊吉太太早就認識，我們非常不幸，隨隨便便地就相信了她，把她錯當成了好人。靠著楊吉太太的慫恿和幫忙，他向喬治安娜討好。喬治安娜心地善良，仍然記著兒時他對她的溫和，因此居然被他感動了，自以為愛上了他，同意和他私奔。她那時候正處在十五歲年幼無知的年齡，這當然情有可原。她儘管糊塗膽大，可是終於她親自把這件事告訴了我。當時是在他們私奔以前，我出其不意地去了他們那兒，喬治安娜幾乎把我這個當哥哥的視為父親，她對我將傷心受氣感到於心不忍，於是把此事一五一十地告訴了我。你可能想像得出來，我那時候的感觸怎樣，又採取了怎樣的行動。出於保全妹妹的名聲和心情，我沒把這件事揭露出來，可是我寫給了韋翰先生一封信，叫他立刻離開那裡，楊吉太太當然也被打發了。毫無疑問，韋翰先生的目標是看準了我妹妹的那價值三萬鎊的財產，可是我又想到了，他是想借機會致命地給我一個打擊。他的目的險些得逞。小姐，我在這兒已經把我們之間的恩恩怨怨，都老老實實地講過了；假如你覺得我講的都是實話。那麼，我希望從今以後，你別再責備我對韋翰先生的冷酷殘忍。我不知道他是用什麼樣的謊話、什麼樣的手段，欺騙了你，只是，你以前對我們二者的事情一概不知，所以，他騙得了你的信任，也就沒什麼奇怪的了。你既無從觀察，又不喜歡猜疑。你也許會奇怪為什麼我昨天晚上不把這些事當著你的面說出來，可是那時候我掌握不好自己，不知道什麼話該說，或什麼話不該說。這封信裡寫的所有的事，是真是假，你可以問問費茲威廉上校，他既是我們的近親和至交，還是先父的一個遺囑執行人，當然對其底細都清清楚楚，他完全可以作證。假如說，你因為討厭我，居然把我的辯白看得毫無價值，你可以把你的意見告訴我的表弟，我之所以要費盡心機地把這封信大清早就交到你手上，就是為了能讓你去和他交談一下。在最後請接受我的祝福，願上帝保佑你。

費茲威廉·達西

達西先生在把那封信交給她的時候，並沒有奢望信中會再次提起求婚的事情，可是她也完全猜不出裡面會寫些什麼事情。只要一得知是這兩件事，你完全能夠想像得到，她當時是以怎樣迫切的心情看完這封信的，並且這些內容在感情上又引起了多麼大的波動。她看信時的那種心情，真是無以言表。起初，看到達西先生居然還自認為能夠解釋一番，她感到很驚訝，接著她確信，達西是很難對此自圓其說的，如果他還有丁點兒的羞慚公正之心，也不會對此加以掩飾。抱著一種任憑你說什麼我絕對不相信的極大偏見，她現在讀到了他所寫的有關那天發生在尼瑟菲德的那段事情的描寫，她急不可耐地看下去，幾乎沒有時間去仔細咀嚼信的內容，因為看著這一句就迫切地想看到下一句，所以往往把前一句話的意思也給忽視了。當她看到達西覺得她姊姊對賓利的情意一無所動，她立刻否定說那是假話，他對這門婚事的的確確有著某種不好的缺陷所做的陳述，這氣得她真是不願意再接著往下看了。他對自己所做的一切沒有表示丁點兒悔恨之意，這當然令她非常不滿。他的口氣不僅沒有絲毫的悔改之意，反而傲氣十足，真是太無禮太放肆了！

達西先生接著說起了韋翰先生的事情，伊莉莎白讀的時候頭腦也比剛才清醒了一些，她這才看清楚了事情的真相。其中很多事情和韋翰親自所述的身世基本相符，如果這些都是真的，肯定會徹底推翻她對韋翰先生所產生的一切好感，她也因此更加難過，更加煩亂。她感到非常驚訝、憂慮，甚至還有一點兒害怕。她真希望這一切都是達西編造的謊言，於是一次次對自己喊道：「這肯定是他在撒謊！這是絕對不可能的！真是太可笑了！」——她把信看完以後，甚至連對最後一兩篇講的是什麼都記不清了，急忙把信收好，而且還信誓旦旦地說，決不再去想這封信，也決不會再去讀它。

她就這樣心煩意亂地朝前走，真是思緒紛紜，無法集中精力。但是過了不到半分鐘的時間，她按捺不住又展開那封信，聚精會神地強忍著看著有關韋翰的那幾段，逼著自己去思考每一句話的含義。裡面提到韋翰和彭貝里的關係的那一部分，簡直跟韋翰親口所講的如出一轍，已過世的達西先生活著的時候對他的慈愛，信上寫的也和韋翰親口敘述的完全一致，儘管她並不太瞭解老達西先生到底對他有多好。到現在為止，雙方所講述的情況都可以相互印證，但是在她看到關於遺囑問題的時候，兩人的話就有了很大的差異。韋翰提起牧師職位的那番話，她還記憶猶新，她回憶起他說的那番話，就難免覺得，他們兩個人當中總有一個人在撒謊，所以想到這些，不禁又得意起來，認為自己這一想法應該是不會有錯的。然後她又認真地看著信，不過在看到韋翰示意放棄接替牧師職務而得到了三千鎊鉅款等具體情節的時候，她又開始躊躇起來了。她把信收好，把每一個情節毫無偏見地推敲了一遍，把信裡每一句話都認認真真地琢磨了一下，看看是不是確有其事，但是這麼做也毫無所獲。兩者都各執一辭。她不得不接著讀下去。但是越往下越糊塗：她本以為在這件事情上不管達西先生怎樣巧舌善辯，顛倒是非，也無法改變他自己醜惡行為的性質，誰料卻節外生枝，這件事如果有所轉變，達西先生就可以把責任推得乾乾淨淨。

達西居然毫不遲疑地把放蕩墮落的罪責加於韋翰先生身上，這讓她極為驚訝——何況她也拿不出反對的證據，所以越發驚詫。在韋翰先生去參加某某郡的民團以前，伊莉莎白從來沒有聽說過他這個人。至於他之所以去參加民團，也是因為意外地在鎮上和一個稍有交情的朋友偶然相逢，讓他加入的。而他過去的品質怎麼樣，除去他親口講到的以外，別的她就一無所知了。說起他真正的品質，她就算能打聽到，也並沒有想去刨根問底。他的面容舉止，叫人一見就覺得他身上具備了所有的美德。她極力地回想著能夠表明他品質優良的事情，回憶起他一些做人誠實仁愛的特性，起碼能使達西先生對他的誹謗自行暴露，起碼也可以讓他品德的優點遮蓋住他偶然的失誤。她所說的他偶然的失誤，指的是達西先生責怪的近年來韋翰的遊手好閒和道德敗壞來說的，但是她記不起他有什麼優點來。她轉瞬間就可以看見他站在她跟前，風度翩翩，溫文爾雅，但是，除去鄰里的褒獎以外，除去他用交際手腕替他在朋友之間博得的敬仰以外，她卻想不出他有哪些更具體的優點。她反反覆覆地思考著，又繼續看信。天哪！最後看到他對達西小姐心懷不軌，這只需想一想前一天上午她和費茲威廉上校的聊天時，就已經得到了證實。最後，信上提到她可以針對每個具體情節去問問費茲威廉上校本人，核實一下是不是屬實。在這以前她就聽費茲威廉上校提到過，他對他表兄達西的每一件事情都知道的非常清楚，而且她也毫無理由去懷疑費茲威廉的品德。她有一段時間幾乎已經下定決心去問他，又問起這件事難免會有些尷尬，所以，她就把這個念頭又擱下了。因為她認為，要是達西先生無法確定他表弟說的會和他自己說的完全一樣，那他怎麼敢貿然提出這種意見，因此她就乾脆徹底打消了這個主意。

她還清清楚楚地記得當天晚上她與韋翰在菲力浦斯先生家初次相見的時候，所談過的每一句話和所經歷的每一件事情。他講過的很多話，到現在還活靈活現地浮現在她的腦海裡。她突然想到，韋翰和一個陌生人說這話有多麼唐突和冒昧！於是她覺得很奇怪，自己過去怎麼沒有這種感覺。她越發覺得，他那麼自我吹捧的確是有失體統，而且他又是言行自相矛盾。她還想起了，他曾經誇口說自己一點兒也不怕和達西先生見面——說什麼達西先生可能要走就走，而他韋翰卻是絕對不會退卻的，但是就在第二個星期，他卻拒絕了尼瑟菲德舞會。她還記得，一直到尼瑟菲德全家搬走了以前，他只跟她一個人談起過自己的「悲慘遭遇」。但是他們離開以後，到處都在紛紛議論這件事情。當時，他費盡心機、無所顧忌地詆毀達西先生的人格，雖然他以前對她嚴肅認真地反覆強調過，由於對那位父親的敬重和尊崇，他一輩子也不會揭示他兒子的過錯。

凡是關於韋翰的種種事情如今看來和先前是多麼的懸殊啊！他極力討好金小姐，原來一切都是為了貪圖富貴，這實在是太可惡了。金小姐財產不豐，不過這並不表示他追求欲低，卻恰好表明他見錢眼開，只要是錢就抓著不放。韋翰對她自己的舉止行為，到底是出於什麼目的，如今看起來，不是錯當成她很富有，就是打算通過贏得她的歡心使自己的虛榮心得到滿足。伊莉莎白斷定，韋翰勢必是看出了她對他產生了好感，直埋怨自己那時候太不小心。她也希望把他往好的方面想，但是愈想愈覺得他一無可取之處，於是她感覺達西先生更有道理了，這讓她不禁記起了賓利先生以前在珍詢問他的時候，就肯定地說達西在此事上毫無過錯。達西先生雖然為人傲慢自負、讓人厭惡，不過自從他們認識以來——特別是近些日子他們兩個還經常在一起，她對他的行為作風因此有了更深的瞭解——她從來沒有發現過他有什麼品行不正、傷風敗俗的地方，也從來沒有聽說過他有什麼違反教義或惡劣的習氣。他的親朋好友們都十分尊重他、器重他，甚至連韋翰自己也承認他不愧為他的一位兄長，她總是聽到達西滿懷深情地談論自己的妹妹，這足以表明他還是具有一些親切情感的。假使他所做的一切真的像韋翰所說的那樣，那麼胡作非為的做法自難掩盡世人的耳目。這樣為非作歹的一個人，竟然能跟賓利先生這樣善良誠懇的紳士成為朋友，真是難以想像！

她愈想愈羞愧得無地自容。不管是想起達西也好，還是想起韋翰也罷，她都覺得自己從前未免太偏心、太盲目了，真是心存偏見，不近人情。

「我做得多麼可恥啊！」她不由自主地高聲喊道，「我還一向覺得自己能分辨是非，覺得自己很了不起呢！還總是輕視姊姊的寬宏大量，為了使自己的虛榮心得到滿足，卻毫無理由地猜疑，這事抖出來真是太丟臉了！但是，這恥辱也是自找的！就算真的喜歡上了人家，我也不應當盲目到這種可恥的地步呀！但是我的愚昧並不在於墮入情網，而是虛榮心在作祟。開始剛認識他們兩個的時候，一個愛慕我，我就得意洋洋；另一個冷落我，我就生氣。自從我們認識以來，我就抱著偏見和無知，完全喪失了理智，不管是對哪一方都沒有理智。至今為止我才算是有了一些自知之明。」

她從自己身上聯想到珍的事情上，又從珍的身上聯想到賓利身上，她的思想連成了一條直線，不久她就覺得達西先生對這事說得還不夠清楚，所以她又把他的信看了一遍。再看的時候效果就截然不同了。她既然在一件事情上不得不信任他，在另外一件事情上又怎能不信任他呢？他說他真的沒有想到她姊姊對賓利先生有意思，所以她不禁回想起以前夏綠蒂通常的想法，她也不能否認他把珍描述得很恰當。她認為珍雖然感情熾熱，但是卻很少表露出來，她平日那種安然自得的表情，確實叫人很難看出她的豐富感情。

在她讀到他提起她家人的那一部分時，措辭當然讓人傷感，然而那各種指責卻是合情合理的，所以她更加感到無地自容。他的責難一針見血，她不能否認；他尤其提到，尼瑟菲德花園那場舞會上的各種情節，是首先促使他反對這門婚姻的原因——坦白地說，舞會的情形不但在他心裡留下了深刻的印象，自己也同樣無法忘記。信裡對姊姊和她自己的恭維，她看了並不是沒有感覺，她聽了很高興。但是她並沒有因此而感到滿足，因為她家人的行為舉止，招來了他的議論，所以並不能從讚揚中得到補償。她認為珍的失望全都是自己的家人造成的，她由此聯想到，親人們的行為失檢給她們兩個的名聲帶來了很大的影響，思忖至此，她感到從來沒有過的懊惱。

她沿著小徑步行了兩個鐘頭，腦子裡不停地思索著，又把許多事情再次想了一遍，辨別著事情的正確與否。這一次意料不到的變化，確實事關重大，她不得不正視現實。她覺得很疲憊，又記起自己已外出許久，應該回家了。她希望返回屋子那會兒表情顯得能跟往常一樣愉快，又決計把那些心思克制一下，免得和其他人聊起天來態度顯得不自然。

回到家裡以後，那家人立即對她說，當她外出時，羅辛斯的兩位先生陸續前來找過她。達西先生是來告別的，只待了一會兒就離開了。費茲威廉上校卻同她們一起整整待了一個鐘頭，希望能等著她回來，差點兒沒跑出去找她。伊莉莎白得知人家空等了很長時間，臉上顯出一副不無遺憾的模樣，內心中卻因為沒有看到這位拜客而感到萬分欣喜。費茲威廉上校在她心裡再也不占重要的位置了，她心裡只惦記著那封信。

37

第二天早晨，那兩位先生就離開了羅辛斯。柯林斯先生很早就到門房附近來了，等著向他們送行告別，告別以後就把一個讓人興奮的好消息帶回來了，說是兩位先生儘管不久前才在羅辛斯經歷了一番離別愁恨，不過看起來身子卻很強健，精神也很好。他然後又急急忙忙返回羅辛斯，去寬慰凱瑟琳夫人母女二人，回到家裡的時候又欣喜異常地帶回了夫人閣下的話兒，說她自己感到心情鬱悶，很希望請大家前去和她一起吃頓飯。

看到凱瑟琳夫人，伊莉莎白就情不自禁地想起，起初她如果同意，現在說不定就當了夫人沒有過門的外甥媳了。接著又想到倘若事情真是那樣的話，夫人那時將會被氣成什麼樣兒呢，她又不禁感到好笑。「如果真是那樣她會怎麼說呢？她會怎麼做呢？」她不斷地暗暗想著，感覺非常好玩。

他們第一個話題就談起了羅辛斯少了兩位貴客。凱瑟琳夫人說：「老實說，我是十分傷心。我覺得，無論是誰都不會像我這樣，看著朋友離開會感到這麼難過。這兩個年輕人很討人喜歡，我知道他們也非常眷戀我。他們臨走的時候真是不捨得離開，他們一向都是這樣。那位可敬的上校直到最後的時候才強打起了精神，而達西好像特別傷心，他看起來比去年更難過，他對羅辛斯的感情真是一年深過一年。」

剛說到這裡，柯林斯先生急忙插進了一句奉承話，又趁機暗示了一下原因，母女兩個聽了，都粲然一笑。

午飯過後，凱瑟琳夫人看到班奈特小姐好像不太開心的模樣。她想，她一定是不想立即就回家去，於是又說道：

「你要是不想回家的話，應當寫封信告訴你母親，請求她讓你在這裡多住些日子。我敢肯定柯林斯太太一定非常願意同你在一塊兒。」

「謝謝夫人的盛情挽留，」伊莉莎白回答說，「但是我難以接受您的好意，下個禮拜六我必須到城裡去。」

「怎麼，照你這麼說，你在這裡只能住六個星期啦，我原本想讓你待上兩個月的。在你來以前，我就這樣告訴過柯林斯太太，用不著這麼急著走。班奈特太太一定會讓你再待兩個星期的。」

「可是我父親不會同意的。他上週就寫信來讓我回家。」

「唔，如果你母親同意，父親自然就不會反對了。當父親的肯定不會像母親那樣，把女兒當成寶貝看待。我六月初打算去倫敦待一個星期，要是你住一個月再走，我就可以從你們兩個中順路捎走一個，道森要是同意駕四輪馬車，那當然會很寬敞地捎上你們一個；倘若天氣涼快，那我不妨把你們兩個一起都帶走，好在你們個子都很小。」

「你的心真是太好啦，夫人，我覺得我們還是按照原先定好的計畫辦。」

凱瑟琳夫人不好再說什麼了。

「柯林斯太太，你起碼要派個僕人把她們送回去吧。你知道，我這個人說話從來都是直截了當，讓兩位年輕姑娘孤零零地坐驛車趕那麼遠的路，這太不合適了，我最無法忍受的就是這種事情，你必須得找個什麼人送送她們。對年輕的姑娘們，我們總得根據她們的身分地位予以相應的保護和照料的。我的外甥女喬治安娜前一年夏季到拉姆斯蓋特去的時候，我就執意讓她帶上兩個男僕一起去。作為彭貝里達西先生和安妮夫人家的千金小姐，要是不那麼做好像就有失體統，我是很注重這種事情的。你必須得派約翰去送兩位小姐，柯林斯太太。多虧我發覺了告訴你這件事兒，否則的話，讓她們孤零零地回去，那可真有損你的體面。」

「我舅舅會派人來接我們的。」

「哦，你舅舅！他真有男僕人，對嗎？我聽了很滿足，多虧還是有人為你想到了這件事兒。你們準備在什麼地方換馬呢？哦，當然是在布隆利了。在貝爾旅店你只消說出我的姓名，便會有人來招呼你們的。」

說起她們的行程，凱瑟琳夫人好像還有很多話想說，並且她也並不完全是自問自答，所以還必須得注意聆聽才行。伊莉莎白卻認為這是她的運氣，否則，像她這樣一直在想心事，說不定連自己待在哪裡都不知道了。心事嘛，應當等到只有一個人的時候再想。每逢沒有其他人在的時候，她就會逕自思考自己的心事，把它當成最大的樂趣。她每天都獨自一人外出散步，並且常常是一面走著一面回憶著以前令人不快的事情。

達西先生寫的那封信，幾乎都快背下來了。她把每一句話都再三思考過，對於這個寫信人的態度，時好時壞。想到他那封信裡的語氣，她到現在依舊憤怒不已，但是只要一想起過去怎樣冤枉了他，不公平地罵了他，她的滿腔怒火就轉到自己頭上來了。他的灰心失望引起了她的憐憫之心，他對她的眷戀之情引起了她的感激，他的品格引起了她的敬重，可是難以對他產生興趣。她拒絕他以後，從來沒有過絲毫的後悔之意，她根本就不願意再看到他。她總是為自己以往的舉止而感到苦惱和懊悔，家人的這些倒帽的缺陷更令她苦惱不堪。這些缺陷是難以補救的，她父親只是把這些缺陷當成笑料而已，無心去約束她那幾個小女兒的狂妄輕率的作風；至於她的母親，她自己就有失體統，對這種利害關係更是全然不知。伊莉莎白總是同珍齊心協力，企圖規勸阻止她們的輕佻行為，可是，母親既然那麼放縱她們，她們怎麼還會有發展的機會？凱瑟琳天生性情薄弱，脾氣暴躁，她完全聽從麗迪亞的吩咐，一聽到珍和伊莉莎白規勸就會生氣；麗迪亞卻非常任性，不拘小節，她更不肯聽她們的勸導。這兩個妹妹又愚笨，又懶惰，並且虛榮心極強，如果某位軍官到梅里屯來了，她們就要去賣弄風情。梅里屯與朗博恩相隔本來就很近，她們兩個就一天到晚往那裡跑。

伊莉莎白還有另一件心事，那就是為珍擔心。達西先生信中的一些解釋，固然讓她徹底恢復了對賓利先生以前的感情，並且也越發讓她體會到珍的損失之大。事實表明，賓利對她是真心真意的，他的行為不應該受到責怪，頂多也只能責備他不應當太過分相信自己的朋友。這對珍而言原本是那麼理想的一樁婚事，各方面都那麼稱心如意，既有許多的優越條件，又大有獲得一生幸福的希望，卻因為自己家人的愚笨無知、缺乏教養，而把這個大好機會斷送了！這讓人想起來怎能不傷心！

每當回憶起這種種往事本來已經讓人痛心，更何況想起慢慢看清了韋翰的真正品質，於是她這個很難有沮喪時候的、向來性情開朗的樂天派，現在連強顏歡笑也幾乎無法辦到了。可想而知，她遭受了多麼大的打擊。

她臨走前的最後一個星期中，羅辛斯的宴會依然像她們剛到的時候那麼頻繁。最後一個夜晚也同樣在那裡度過的，那位夫人再次嘮嘮叨叨問起她們行程的細節，告訴她們怎樣收拾行李，然後又再三叮囑禮服應該怎樣安放。瑪麗亞聽完這番教導以後，一回屋就把早上收拾好的箱子倒過來，重新整理了一遍。

兩人道別的時候，凱瑟琳夫人紆尊降貴地祝她們一路順風，又邀請她們明年再來亨斯福德玩。德・柏格小姐竟然還向她們行了個屈膝禮，並伸出手來同她們兩個逐一握手道別。

38

在星期六用早餐時，伊莉莎白同柯林斯先生在餐廳中偶然相遇。原來他們比其他人早來了一會兒，柯林斯先生急忙利用這個機會跟她鄭重告別，他覺得這是不可或缺的禮貌。

「伊莉莎白小姐，」他說，「此次承蒙駕臨敝舍，我不知道內人有沒有對你表示過感謝。但是，我很有把握，她在你臨走前會向你表示謝意的。說實話，你這次能賞光來做客我們都非常領情。我們知道，敝舍寒傖簡陋，無人願意駕臨。我們生活清貧，屋舍擁擠，侍從寥無數人，另外我們淺薄無識，所以像你這種年輕小姐，肯定感到亨斯福德非常枯燥乏味。但是請你相信，對你的紆尊駕臨，我們深表感激，並且為使你在這裡盡量不感覺生活得無聊乏味，我們也已經竭盡了綿薄之力。」

伊莉莎白急忙道謝不迭，連連表示這次做客她感到非常快活。六個星期以來，她生活得很高興。她和夏綠蒂共同度過了這麼多快樂的時光，又受到了這麼殷勤盛情的招待，應當表示感謝的是她。柯林斯先生聽到這些話極其高興，於是滿面春風而又一絲不苟地說道：

「聽說你生活得很好，我真是深感欣慰。我們確實盡了最大的努力，並且最為走運的是，可以介紹你和上流社會的人士相識。倚仗我們同羅辛斯的友情，才讓你能夠經常離開敝舍去那裡跟他們交流，換個環境。所以我認為你此次到亨斯福德來做客，也許還不至於生活得太單調煩悶吧！我們同凱瑟琳夫人府上的關係確實是個得天獨厚極為有利的條件，這種良機，是沒有幾個人可以自詡的。你也能夠看出了，我們的關係是多麼密切；你也可以看出來，我們幾乎時時刻刻都在他們那裡做客。老實說，這個寒傖的牧師住宅雖然不太方便，但是無論誰過來做客，都能與我們一起享受羅辛斯的深厚情誼，那也就不能說沒有福分了吧！」

他的那種激動心情實在難以用言語來表達，恰好就在此時伊莉莎白盡可能既體面又實在地簡單恭維了他幾句，柯林斯先生聽了更加喜不自禁了，簡直快樂得在房間裡轉起圈來。

「親愛的伊莉莎白，你的確應當去哈福德郡為我們傳播好消息。我覺得你一定能完成這件事情。凱瑟琳夫人對內人的照顧確實細緻入微，這你是親眼目睹的。總而言之，我堅信你這位朋友並沒有做出失體面的事——但是這一點最好還是緘口不言。希望你能相信我，親愛的表妹，我衷心地希望你將來的婚姻也能夠同樣幸福快樂。我親愛的夏綠蒂和我真是心心相印，無論在哪件事情上我們都意氣相投，志同道合。我們兩個就彷彿是天造地設的一對。」

伊莉莎白原本可以毫無顧忌地說，夫妻兩個相處這樣融洽，的確是人生的一大幸福，而且她還可以用這樣真誠的語氣繼續說下去，她完全相信在他們家中生活得很快樂，她為此而感到十分滿意。但是話剛說到一半，正被提到的那位女主人走進屋來，打斷了她的話，不過伊莉莎白並不因此而感到惋惜。真令人喪氣！她居然和這種男人生活在一塊兒，確實是一種痛苦。但是這終歸是她自己挑選的。夏綠蒂眼見客人們即將要走，顯然有些依依不捨，但是她好像並不想讓其他人安慰。操持家務，餵養牲畜家禽，教區內的各種各樣、大大小小附帶的事情，對她來說依然沒有失去吸引力。

馬車總算來了，箱子固定到了車頂上，包裹放到車廂裡，一切都準備就緒了，只等著啟程。兩位朋友依依不捨地道別以後，便由柯林斯先生送伊莉莎白上車。從花園內朝外面走的時候，他一路上囑咐她回去替他向她一家人問好，而且還沒有忘記對他前一年冬天在朗博恩受到的款待表示感謝，還請她代他向加德納夫婦問好，雖然他和他們素昧平生。然後他攙著她上車，隨後瑪麗亞也坐到了車上，正想關車門的時候，他突然慌慌張張地告訴她們說，她們還沒有給羅辛斯的夫人和小姐留言道別呢。

「恕我冒昧，」他又說，「你們當然想要給她們捎話問好了，並且還要對她們這些天以來對你們的熱情招待表示感謝。」

伊莉莎白也沒有表示不同意，這樣車門才關好，馬車便駛走了。

沉默了一會兒以後，瑪麗亞高聲喊道：「天哪！我們好像到這裡來才不過一兩天，可是卻發生了那麼多的事情！」

「確實很多。」她的同伴歎息了一聲說道。

「我們一共去羅辛斯吃過九次飯，此外還去吃過兩次茶點！我回家後有多少事情需要說啊！」

伊莉莎白暗暗思忖著：「但是我要隱瞞多少事情啊！」

她們沿途中幾乎沒怎麼說話，也沒有遭到什麼意外的事。走出亨斯福德沒過四個鐘頭，她們就來到了加德納先生家。她們還得在那裡耽擱一些時日。

伊莉莎白看到珍臉色很紅潤，只可惜沒有機會好好觀察一下她的心情，因為多蒙舅母一片好意，早已替她們安排好了各式各樣的集體活動。幸虧珍將要同她一塊兒回去，回到朗博恩後，有的是空閒，到那時候再好好觀察她的情緒也不晚。

不過，在回到朗博恩以前，她費了好大的勁兒才忍住，沒有把達西先生向她求婚的事透露給姊姊。她知道，只要她一講出這件事情，肯定會讓珍大吃一驚，並且還能大大滿足一下她那種無法從理性上加以控制的虛榮心。這是多麼大的引誘啊，她真想把這件事情公諸於眾，只是還沒有下定決心，究竟該把它說到什麼程度。再者說她也害怕，如果提起這個話題，多多少少免不了會涉及到賓利，那樣也只會徒增姊姊的悲傷。

39

現在已是五月份的第二週了，三位小姐一同從承恩寺街啟程，到哈福德郡的某鎮去了，班奈特先生在她們走以前就替她們預定好了一家旅店，打發馬車去那裡接她們，剛到那兒不久，她們就看到凱蒂和麗迪亞從樓上的餐廳裡向外觀望，由此可見車伕已經按時到了。兩位姑娘早已經到了一個多鐘頭，興味十足地光顧過街對面的一家帽子店，看了一會兒站崗的哨兵，還調配了一些黃瓜沙拉。

熱烈迎接了兩位姊姊以後，她們就興致勃勃地端上來幾樣小旅店常備的冷食，然後叫道，「覺得怎麼樣？讓人想不到吧？」

麗迪亞又說：「我們兩個有心想招待你們一下，只是你們必須借給我們錢，我們的錢剛剛在那個店裡花完了。」說著，她就把買來的那些東西拿出來讓她們看。「瞧，我買了這個帽子。我並不覺得好看，但是我覺得，買一頂也好。等回去以後我就把它拆掉重新改製，你們覺得我能不能把它弄得更漂亮一點兒？」

姊姊們都說她買的帽子很難看，她卻毫不在意地說：「嘿，那家店內還剩下兩三頂，還沒有我這一頂好看呢，待會兒我去買一些顏色鮮亮點兒的緞子來，把它再重新弄一下，那就會好看多了。再說，郡民團在兩個星期以後就要拔營離開了，等他們一走，夏季無論你怎麼穿衣打扮都無關緊要了。」

「他們確實要開走了嗎，真的嗎？」伊莉莎白極為激動地喊道。

「他們即將要到布里奇頓防守，我多希望父親能領著我們大家去那裡消暑！真是個好主意，可能還不用破費。母親肯定也非去不可！試想一下，否則我們這整個夏季將會多苦悶呀！」

「說的沒錯，」伊莉莎白暗自思忖，「這可的確是個好主意，很快會把我們大家全都毀掉的。天哪！布里奇頓，只是那整個軍營的士兵，我們又怎麼能承受得住呢。在梅里屯，不過就只有一個小小的民團，每個月才只有幾次舞會，就已經把我們弄得神魂顛倒啦！」

「此時我有一些消息要向大家宣布。」待大家都坐好以後，麗迪亞說，「你們猜想一下是什麼消息？這是個特別好的消息，非常重大的消息，是有關我們每個人都很喜歡的某個人的。」

珍和伊莉莎白相互看了看，就打發那個侍者走了。於是麗迪亞放聲大笑起來，說道：「看看你們那副正經八百，謹小慎微的樣子。你們覺得不能讓侍者聽見，彷彿他成心想聽一樣！他往常聽見的話，說不定比我在這裡所說的還要不堪入耳呢！但他是一個長得很難看的傢伙！他走開我反而覺得很好。我平生還沒有遇到過像他那樣長的下巴。好啦，這會兒就講講我的新聞吧。這是和可愛的韋翰有關的。侍者沒資格聽，對不對？韋翰完全消除了娶瑪麗・金為妻的危險。你們說這是多麼令人驚喜的事情啊！瑪麗・金去了利物浦她叔叔那裡，永遠不再回來了。韋翰脫險了。」

「正確的說法是瑪麗・金脫險了。」伊莉莎白插嘴說，「她終於逃脫了一段只為金錢的魯莽的婚姻。」

「她如果愛他，又這樣離開，那才是個不折不扣的大笨蛋呢。」

「我希望他們兩個墜入情網都還不太深。」珍說。

「我敢保證韋翰的感情絕對不會深。事實上他並沒有把她當回事兒，誰會愛上這樣一個雀斑爬滿臉的醜陋傢伙呢？」

伊莉莎白很驚愕，心裡想：雖然自己決不會這樣談吐粗魯，可是她的內心不是始終也保持著這樣粗俗的想法嗎？並且那時候還覺得自己胸襟寬廣呢！

大家吃過飯後，姊姊們結了賬，就吩咐立刻著手準備馬車；經過了一番巧妙的安排，幾位小姐才上車坐好，她們的箱子、針線袋、包裹、還有凱蒂和麗迪亞新買的那部分不受歡迎的物品，總算都裝進了車裡。

「這麼緊湊在一塊兒多好玩啊！」麗迪亞叫著，「我買了這個帽子，真是高興極了，縱使只添置了一個帽盒，也很有趣呀！行了，就讓我們這樣緊緊靠在一起享受，有說有笑地回家去吧。首先要說的，就是你們走了之後發生了什麼事情？有沒有遇到喜歡的男人？有沒有和人家賣弄風情？我真希望你們當中的有一位領個丈夫回來呢！真是的，珍都快成為一個老處女了。她馬上就要二十三歲啦！天呀！我要是無法在二十三歲以前嫁掉的話，那簡直太丟臉了！菲力浦斯姨媽急切地盼望著你們趕緊找個丈夫，這讓你們感到很意外吧！她說，麗琪如果是跟了柯林斯先生就好了，不過，我並不覺得那會有多少樂趣。噢！我真恨不得比你們誰都早結婚！我就可以領著你們去參加各種各樣的舞會。我的天啊！前幾天在福斯特上校家裡，我們玩得真是太痛快啦！凱蒂和我那天都準備在他家裡玩一整天，福斯特太太答應晚上舉辦一個小型舞會（附帶說明一下，福斯特太太和我是十分親密的朋友）；於是她邀請兩位哈林頓小姐一同來參加。不巧哈麗特生病了，因而佩恩只能一個人前來參加，在這時，你們想想我們做什麼了？我們給張伯倫穿上女人的服裝，把他打扮成一個女人。你們試想一下，這會多有趣啊！除了上校、福斯特太太、凱蒂和我、以及姨媽等人以外，其他人誰也不知道，說到姨媽，那是因為必須得向她借件長禮服，她是這樣才知道的。你們難以想像他裝得有多麼像！丹尼、韋翰、普拉特和其他幾個人走到屋裡來的時候，他們根本沒有看出他來。天哪！我簡直笑得快要喘不過氣來了，福斯特太太也笑得很厲害，我真是快要笑死了，這才讓那些男士們產生了懷疑，才被他們識破了。」

麗迪亞就這樣講述著舞會上的趣事，說著笑話，還有那兩位妹妹在旁邊添枝加葉，竭力使大家高興。伊莉莎白盡可能不去聽它，可是卻總免不了聽見一次次地說到韋翰這個名字。

家人非常親切地歡迎了她們。班奈特太太看到珍容顏未退，非常快活。吃飯時，班奈特先生禁不住一次又一次地對伊莉莎白說：

「你回家了，我太高興了，麗琪。」

餐廳裡聚集著很多人，盧卡斯府上的人基本上全都來接瑪麗亞，順便再打聽一些消息，還提了許多問題。盧卡斯夫人隔著桌子問瑪麗亞，大女兒生活得好不好，家禽餵得多不多。班奈特太太非常忙，她不住地向坐在她下首不遠處的珍詢問一些眼下最流行的服裝樣式，又不住地把這些告訴盧卡斯府上的幾位年輕小姐。麗迪亞的聲音最大，她正在把早晨遇到的一件件趣聞講給喜歡聽的人聽。

「噢！瑪麗，」她說，「你要是和我們一同去了該多好，可好玩兒啦！去的時候，我和凱蒂把所有的簾子都放下來，看起來好像車裡是空的。如果不是凱蒂有些暈車，我真希望就這樣一直達到目的地。來到喬治旅店，我覺得我們做得實在夠得體了，我們預訂了世上最美的冷盤招待她們三位。你要是也去了，我們同樣也會招待你的。後來在我們臨走的時候，又是那麼有意思！我原來認為車子無論如何也容不下呢！我簡直快笑得喘不過氣來了。返回的途中依然那麼高興！我們一路上說說笑笑，那聲音都能傳到十英里以外了！」

瑪麗聽完這些話鄭重其事地說道：「親愛的妹妹，我並不是成心想掃你的興。這種趣事無疑能夠迎合一般姑娘的喜好，但是對於我卻沒有絲毫的誘惑力。我反而認為讀書更有趣。」

但是，瑪麗說的這些話，麗迪亞一句也沒有聽進去。不管是誰講話，她很少能聽上半分鐘，至於瑪麗的話就從來沒有好好聽過。

到了下午，麗迪亞非叫姊姊們跟她一塊兒到梅里屯去，探望一下那裡的朋友近況怎麼樣。伊莉莎白堅持不同意，原因是不叫別人有這種閒言碎語，說什麼班奈特家的幾位小姐剛回來還沒有半天，就又跑去追軍官們了？她之所以不同意，實際上還有另一個理由，她恐怕再看到韋翰，所以決定盡量避開他。民團不久便會調離了，對她來講，確實是一種無法形容的寬慰。在兩週之內，他們就要拔營了，他們一走，她希望心裡能夠平靜下來，從此不再因為韋翰的事情而煩惱。

她回來才剛幾個小時，就發覺父母親經常在談論麗迪亞在旅店的時候稍微透露過的到布里奇頓去玩的事情，伊莉莎白馬上發覺父親絲毫沒有同意的想法，但是他又說得含糊不清、滿不在乎，這讓母親雖然常常灰心失望，這一次卻並沒有死心，一心希望最後能夠如她所願。

40

伊莉莎白必須要把那件事告訴珍了，她再也憋不住了，於是她決意把牽涉到珍的事情，一概放下不說。第二天上午她就把達西先生向她求婚的那一情景，挑選著主要部分說了出來。她認為珍聽說以後，一定會萬分詫異的。

班奈特小姐和伊莉莎白手足情深，使她覺得她妹妹被別人愛上了是理所當然的事情，因此起初大為吃驚，但是她所有的驚訝很快就消失在別的感情裡了。她替達西先生感到惋惜，覺得他不應該採用那種很不適宜表達感情的方式來表露自己的心聲，可是更讓她難過是，妹妹的拒絕肯定讓他非常難堪。

她說：「他那種胸有成竹的態度簡直要不得，至少他應當竭力不對你隱瞞這種態度，但是，你倒想想看，這樣一來他會感到多麼失望啊！」

伊莉莎白回答說：「這一點確實也令我非常難過，可是，他既然那麼顧慮重重，那他對我的思念極有可能很快就會被驅散。你總不會在指責我拒絕了他吧？」

「指責你！哦，不會的。」

「但是我那麼拚命地幫韋翰說話，你會責怪我嗎？」

「不怪你，我並不認為你那麼說有什麼錯。」

「等我將下一天的事情對你說了以後，你就會知道是怎麼回事了。」

於是伊莉莎白就提到了那封信，把關於喬治・韋翰的部分完完全全地說了出來。對於可憐的珍，這是多麼出乎意料的事啊！她就算走遍全世界也難以相信，世界上居然有這麼多罪惡，而如今這些罪惡居然全都集中在這麼一個人身上！雖然說達西的一番表白，讓她感到很滿意，但是既然知道了當中有這樣一個秘密，就難以使她感到欣慰了。她非常誠懇地想辯明，這或許和實情有差別，她極力想洗刷一個人的冤屈，而又不希望讓另外一個人受委屈。

「這是不可能的。」伊莉莎白說，「你絕對沒有兩全其美的辦法，假如是這個好，那肯定另一個就不好，兩個裡面你只能挑一個。他們兩個人一共才有那麼點兒優點，湊合著能稱得上一個好人。該選擇誰，近來這些優點一直在來回晃盪。依我看呀，我比較偏向於達西先生，認為這些優點應當歸結到他身上，你覺得呢，隨你自己的意思。」

過了好長時間，珍的臉上才勉強露出了一些笑意。

「我從小到大還從來沒有這樣吃驚過，」她說，「韋翰原來這麼不可救藥！真是令人難以置信。還有那不幸的達西先生！我親愛的麗琪，你倒想想，他會感到多麼難過啊！會多麼失望啊！並且又得知原來你是那麼輕視他！還不得不把妹妹這種私事都說出來！這簡直讓他太難過了。你肯定也會有這種感受吧。」

「噢，沒有的事！看到你對他這麼憐惜和憐憫，我自己的這種感情也就完全消失了。我就知道你會極力為他說好話的，因此我自己反而越來越淡然，越來越不在乎它了。你的寬宏大量讓我的感情變得吝嗇了，如果你再為他感慨下去，我的心就會輕鬆愉快得要飛出去了。」

「可憐的韋翰！他看起來是那麼和善，那麼風度翩翩。」

「毋庸置疑，那兩個年輕人在教養方面一定都有很大的缺陷。一個人的好處是深藏不露，另一個則到處顯耀。」

「我可不是這樣想的，我從來不覺得達西先生在外表上有什麼不好。」

「但是到目前為止我依舊覺得，起初那樣沒緣由地厭惡他，卻是極為明智的。這種憎惡，足以激勵人的才能，啟發人的智慧。一個人也許能夠不停地罵人，卻沒有一句是好話；假如是常常取笑一個人，倒是很有可能在不經意間想出幾句妙言絕句來。」

「麗琪，你第一次看那封信時，只怕沒有此時這樣心平氣和吧。」

「當然不一樣。那時候我非常難過，特別的難過，不如說很不高興。心裡有很多感觸卻無處傾訴，誰也不來安慰我，對我說我並不是我自己想像的那麼懦弱、虛榮，那麼荒誕！噢，我那時候多麼希望你在我身邊呀！」

「真不幸，你在達西先生面前談起韋翰的時候，口氣那麼堅決蠻橫。如今看來，那番話簡直顯得太過分了。」

「你說得沒錯兒。但是既然我一向都存有偏見，說話尖酸刻薄也就在所難免了。可是有件事情我想請教你一下，你說我是不是該把韋翰的人品宣揚出去，讓我們所有的朋友都知道。」

班奈特小姐沉默了片刻才回答道：「當然用不著叫他太難堪。你覺得呢？」

「我也覺得這大可不必。達西先生並沒有同意我將他所講的話公開向外界宣揚，正好與此相反，所有關於他妹妹的事情，都盡量不要外洩；還有有關韋翰別的方面的品德，我就算想告訴人家實情，可又有誰會信呢？人們對達西先生都心存那麼大的成見，假如要使別人對他有好感，梅里屯有一部分人寧可去死都不願意。我可沒有這種本事。但是韋翰不久就要離開了，所以他究竟是一個什麼樣的人，對這裡的任何人來說都無關緊要。總有一天會大白於天下的，到時候我們就可以譏笑人們怎麼那樣愚昧，沒有早點兒知道。現在我暫時閉口不談。」

「你說得沒錯。要揭開他的錯誤，說不定就會把他的一生給毀了。也許他此時已經知錯，下定決心痛改前非，重新做人了。我們千萬不要逼得他無路可走。」

經過了這次談話後，伊莉莎白煩亂的心境平靜了一些。兩週以來，這兩樁事情始終困擾著她，如今終於如釋重擔了，她肯定今後不論什麼時候再談起這兩樁事情來，無論是哪一件，珍肯定都願意聽。但是這當中還有一些蹊蹺，為了謹慎起見，她不敢說出來。她不能說出達西先生那封信的另外一半，也不能向姊姊說明：達西的朋友看來那麼看重姊姊。此事盡量別讓人知道，她覺得只有把關於這方面的事情全都搞清楚了，這最後的一點秘密才能揭露。她心裡思忖著：「這麼看來，只有那件沒多大指望的事情一旦成為了事實，我才可以將這個秘密公諸於眾，但是到那時候，賓利先生自己或許會講述得更加動聽。要說出這些隱情，不過得等到事後，才能輪到我！」

現在既然回家了，她正好利用空閒的時間來看一看姊姊真正的心情。珍並不高興，對賓利先生依然念念不忘。在這之前她從來沒有想到過自己會墜入情網，所以她的鍾情如今居然像初戀那樣熱烈，而且由於她的年齡和品性的關係，她比初戀的人們還要忠貞不渝。她癡情地期盼他會想念她，在她眼裡他是天下最優秀的男人。幸好她很識時務，處處替自己的親朋好友考慮，所以才沒有沉溺於惋惜悲傷之中，否則肯定會損害她的健康，擾亂了她那平靜的心境。

一天班奈特太太說：「嘿，麗琪，如今你對珍這件不幸的事兒有什麼看法呢？依我看，最好是別對任何人談起這件事。我前一天就是這樣囑咐菲力浦斯妹妹的。但是我也不是不知道，珍在倫敦連賓利的影子也沒有看到過。行啦，他是一個不值得你鍾情的青年，我看珍這一生都別嫁給他了。也沒有聽人談起他今年夏季還會到尼瑟菲德來，所有可能知道點兒消息的人，我都逐個打聽過了。」

「依我看他無論如何也不會再到尼瑟菲德來了。」

「哼！他愛怎麼著就怎麼著吧，誰也沒有叫他來。但是有句話我不知道該不該說，他太讓我女兒受委屈了，假如我是珍才受不了這口惡氣呢，行了，我也總算有了個慰藉。他那樣無情，珍一定會難過得把命也送掉，到那時，他就會悔不當初了！」

伊莉莎白這種想入非非的辦法從這種指望中獲得了慰藉，也就沒有理她。

「唉，麗琪，」她母親又接著說道，「照這麼說，柯林斯夫妻兩個生活得很舒適，對吧？哼，祝他們白頭偕老！他們每天的飯菜怎麼樣？夏綠蒂肯定是個治家能手吧。她只要繼承了她母親的一半聰明，就夠節儉了，讓她們兩個治家，一定不會有任何鋪張浪費的。」

「當然，絲毫也不浪費。」

「肯定是精打細算，分斤掰兩。是的，是的，她們一定會處處小心，才不會入不敷出呢，她們無論什麼時候都不會為錢發愁。行啦，希望這可以讓他們受益多多！另外呢，他們肯定經常說到你父親去世以後就來接管朗博恩吧？要是那一天到了，我看他們肯定會立即將它當成自己的財產呢！」

「這件事，在我面前他們當然不方便說了。」

「那是當然，如果在你面前說了，那才稱奇呢！但是，我敢肯定，他們兩個一定常常議論這件事情。嗯，如果他們拿了這份非法的財產不覺得可恥的話，那簡直是太好了。如果讓我繼承這份法庭強加給他的產業，我才會害臊呢。」

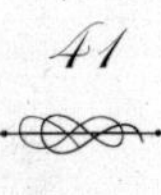

她們到家以後，轉眼一週過去了，現在已經是第二個星期了。過了這個星期以後，駐防在梅里屯的那個民團馬上就拔營了，在這一帶居住的年輕小姐們一個個都沒精打采的。整個地區幾乎到處都是心灰意冷的景象。只有班奈特家的兩位大小姐生活起居依然如故，各做各的事。但是凱蒂和麗迪亞卻傷心得要死，便不由得總是責怪兩個姊姊冷漠無情。她們真不明白，家裡怎麼居然會有這種沒心沒肺的人！

她們常常無限悲憤地喊道：「天哪！我們接下來還會變成什麼樣子啊？我們該怎麼辦呢？你居然還好意思笑出來，麗琪？」

她們那位慈祥的母親也和她們一起難過起來，她回憶起二十五年以前，自己就是因為差不多同樣的事情，經受了那麼多的痛苦。

她說：「我記得清清楚楚，當時米勒上校那一團人離開的時候，我整整痛哭了兩天。我的心簡直都快哭碎了。」

「我覺得我的心也快要碎了！」麗迪亞說道。

「要是我們能夠去一趟布里奇頓，那該有多好啊！」班奈特太太說。

「是啊——如果能夠到布里奇頓去一趟該有多好呀！但是爸爸說什麼也不讓去。」

「洗一個海水浴可以讓我健康一生。」

「以前菲力浦斯姨媽也說過，海水浴對我的健康一定大有益處。」凱蒂接著說。

朗博恩家裡的兩位小姐，常常這樣無休無止地長吁短歎。伊莉莎白打算捉弄她們一下，但是她所有的情趣都被羞愧感給破滅了。她又想到達西先生確實沒有錯怪她們，她們的那種種缺點的確是事實，她深有體會，難怪他不同意他的朋友和珍的婚事。

但是麗迪亞心裡的憂愁不一會兒就消失殆盡了，因為她受到民團上校福斯特妻子的邀請，和她一起到布里奇頓去。這位尊貴的朋友是位很年輕的女人，剛結婚不久。她的性情和麗迪亞非常相近，都是好精神、好興致，所以兩個人趣味相投，雖然認識還不到三個月，卻已經有了兩個月的深交。

麗迪亞這時候欣喜若狂，她對福斯特太太推崇備至，班奈特太太的高興，凱蒂的痛苦，這所有的一切當然都用不著說了。麗迪亞欣喜萬分，根本沒有注意到姊姊的情緒，興奮得在房間裡蹦來蹦去，一面喊著讓大家向她祝賀，一面又歡呼雀躍，比以往鬧得更肆無忌憚。就在這時，不幸的凱蒂卻只好繼續在客廳內怨天尤人，她言語惡毒、情緒激憤。

「我真不明白，福斯特太太怎麼不讓我和麗迪亞一塊兒去。」她抱怨道，「即便我不是她最最要好的朋友，邀請我一塊兒去，又有何妨呢？何況我更有資格，按說我年長兩歲，面子也還大些呢。」

伊莉莎白想把道理給她講清楚，珍也安慰她用不著惱怒，可她都不理睬。再者說伊莉莎白，她根本就沒有母親和麗迪亞那麼興致昂揚，不過她認為這個邀請幾乎會宣告麗迪亞連一點兒基本的常識都不懂，於是她也顧不上事後會招來什麼樣的抱怨，禁不住暗地裡讓父親去阻止麗迪亞。她把麗迪亞平常舉止不得體的地方逐一告訴了父親，說妹妹和福斯特太太這種女人混在一起不會有什麼好處，去了布里奇頓和這樣的人在一塊兒說不定會做出更加有失檢點的事來，因為那裡的誘惑力肯定遠遠大於家裡。父親專心致志地聽完以後，說道：

「麗迪亞不在公眾場合或是其他的什麼地方出一次醜是不會善罷甘休的。如今這正好是一個出醜的機會，既用不著家裡破費，也不會為家裡帶來什麼麻煩，此次機會難得呀。」

「要是你知道，」伊莉莎白說道，「麗迪亞行為不檢，處事輕浮，一定會引起別人注意，勢必會在人們心裡給我們大家造成不好的影響，實際上已經造成極壞的影響了。你要是想到了這些，我認為你對這件事情的看法就會完全不一樣了。」

「已經影響到你們了！」班奈特先生又說了一次，「怎麼，她嚇跑了你的心上人？不幸的麗琪！不用害怕。這種經受不起一點兒小風波的挑三揀四的年輕人，連個放肆些的親戚都不能容忍，你根本用不著去憐惜他們。好啦，我倒想問一下你，被麗迪亞的放蕩行為嚇跑的全是些怎樣的可憐蟲呀。」

「你全都搞錯了。我根本不是因為吃了虧才來抱怨的，我也說不清楚我到底是在抱怨哪一種具體的傷害，只覺得害處很多。麗迪亞的性情放蕩不羈、肆無忌憚，確實有損我們的體面，肯定會損害到我們在社會上的地位和體面，我說話口無遮攔，請一定見諒。親愛的好父親，你必須得想法子管管她那種野蠻的性情，讓她知道，絕對不可以一生都這麼四處追逐，否則的話，她很快就會變得無藥可救了。只要她的性情一定下來，就不容易改掉了。她才十六歲，就變成了一個最固執的放蕩女子，弄得家庭和她本人都惹人嘲笑，而且她還輕浮浪蕩到極為卑劣下賤的程度。她不但年輕，而且還略有幾分姿色，別的則沒有任何可取的。她幼稚無知，頭腦糊塗，一心只想博得其他人的喜愛，到最後卻遭到他人的嘲笑！凱蒂也往這一方面發展。麗迪亞叫她幹什麼她就幹什麼。同樣的愚昧無知、愛慕虛榮，性情懶惰，毫無教養！噢，我親愛的父親呀，無論她們去什麼地方，只要人們知道她們的事情，她們就會遭到他人的斥責，遭人鄙視，還常常連累她們的幾位姊姊跟著一同遭人恥笑，難道你不這麼認為嗎？」

班奈特先生眼見女兒對這些那麼在乎，就和藹地拉著她的手說：

「親愛的，不用擔心。你和珍兩個人，無論走到哪裡，只要別人認識你們都會尊重你們，器重你們，你們幾個愚蠢妹妹的舉止不會損害到你們的顏面。這次要是不叫麗迪亞到布里奇頓去的話，我們在朗博恩就別想過安寧的日子，還是由她去吧。福斯特上校是個明白事理的人，不會讓她肆意妄為的，幸虧她沒有那麼多錢，沒有人會追求她。布里奇頓和這裡的情況不同，她就算想去做一個平平常常的輕佻女子，也沒有那個資格。軍官們會找著更值得追求的人。因此，我希望她去了那裡以後，可以得到一點兒教訓，叫她正視自己的無足輕重。無論怎麼說，她還沒有壞到無可救藥的地步，我們總不能把她一輩子困在家裡。」

伊莉莎白聽完父親的話，儘管自己的想法並沒有因此而發生變化，可是也只能表示滿意，而心事重重地走出了房間。因為她那種脾氣的人，也不會總惦記著這種事情而自尋煩惱，她覺得自己已經盡其所能，而讓她為這種難以改變的事實去悲傷，或者是萬分焦慮，那可不是她的性格所能做到的。

要是麗迪亞和她的母親聽說了伊莉莎白對父親說的這些話的內容，勢必會怒氣衝天，就算兩張能說會道的利嘴一起進攻，也難以消除她們的心頭之恨。在麗迪亞的腦海裡，這次去布里奇頓就意味著將嘗受到世界上所有可能得到的幸福。她想像著在那個熱鬧非凡的海濱聖地，在街頭巷尾到處擠滿了軍官；想像著十幾個或者幾十個素不相識的軍官競相對她表示愛慕；想像著營地是那麼的富麗堂皇，一行的營帳齊齊整整地聳立在那裡，煞是好看；營帳當中擠滿了血氣方剛的軍人，身穿光彩耀眼的紅色制服。最美好的景象還在後面呢，她想像著自己就坐在一個帳篷裡面，並同時跟至少六名軍官在一起柔情密意地眉目傳情。

如果她聽說了她姊姊居然費盡心思，竭力想打破這樣美好的嚮往和夢想，那讓她怎麼能承受得住呢？只有母親才能體會得到她的心境，並且母親的心裡可能也身有同感；她敢肯定丈夫絕對不會到布里奇頓去，她一直快快不快，唯一能讓她稍有安慰的，就是麗迪亞能有機會去一次。

但是她們母女兩個對此事卻一無所知，所以直到麗迪亞離家動身的那一天為止，她還一直都是那麼高高興興的，沒有受到一點兒磨難。

伊莉莎白這次準備去和韋翰見最後一次面，從亨斯福德返回以後，他們兩個常常見面，所以那種焦躁不安的情緒早已不見了蹤影。她曾因從前喜歡過他而有過的不安情緒更是早已煙消雲散了。她甚至還越來越覺得，開始時他以文雅的風度而獲取過她的歡心，居然隱伏著一些故意做作和某種老生常談的東西，所以難免有些厭惡因而覺得厭煩。再說，韋翰現在對待她的態度，又成為了她憂傷的一個新的來源，因為他沒過多久就流露出了想跟她重修舊情的意思，既然經過了那一番風波以後，這只會令她更加氣惱。當她發覺他對自己的一切愛慕原來竟是那麼隨便、輕浮，因此難免會對他失去信心。雖然她始終忍著沒有表露出來，卻不禁暗暗罵個不住，罵他竟然還那樣自以為是，認為不管他已有多長時間沒有討過她的歡心，也無論是由於什麼緣故，只消他說想重修舊好，終究可以滿足她的虛榮，並且肯定可以贏得她的歡心。

民團撤出梅里屯的前一天，他和另外幾名軍官一塊兒到朗博恩來進餐，他問起伊莉莎白在亨斯福德那一陣子是怎樣生活的，伊莉莎白誠心不願意與他好聲好氣的分手，就趁機說費茲威廉上校和達西先生兩人都在羅辛斯遊玩了三個星期，並問他是不是想結識方才說到的第一位先生。

他立即臉色大變，怒不可遏，但是稍許定了定神以後，他就笑盈盈地回答，以前常常碰到他的。他說費茲威廉是一位氣度非凡的紳士，還問她是否喜歡他。伊莉莎白非常快活地說，他很惹人愛。他臉上立刻顯出一副滿不在乎的樣子說：「你方才說他在羅辛斯待了多長時間？」

「將近三個星期。」

「你總是和他相見嗎？」

「沒錯，可以說每天都見。」

「他的舉止行為和他表兄真有天壤之別。」

「的確不相同，可是我認為，達西先生和別人混熟了也就好了。」

只看到韋翰頓時顯出一副驚訝的樣子，高聲喊道：「簡直太奇怪了，噢，我能不能問一下——」他沉默了，又鎮靜了一下，把說話的語氣變得快樂點兒，然後又繼續說道：「他和人們講話的時候，聲調是不是溫柔了點兒？他對待其他人有沒有比以前變得禮貌點兒？因為我確實不敢指望著他——」他放低了聲音，用更加嚴厲的聲音說，「指望著他從根本上改變過來。」

「噢，那是沒有的事！」伊莉莎白說，「我相信他的本質和以前沒有什麼區別。」

韋翰聽完她這些話，不知道應該為之高興呢，還是應該持以懷疑的態度？但是，韋翰發現她講話的時候面部顯出無法形容的神情，心裡免不了有點兒擔心和迷惑。此時她接著說：

「我所謂達西和別人混熟也就好了，並非說他的本質和作風會有所好轉，而是說，你和他接觸的時候越長，就越能瞭解他的脾性。」

韋翰聽到這番話，立刻面容失色，表情也變得十分緊張。他靜默了好長時間，才慢慢收起了那副窘相，再次又轉過頭來，用極其溫柔的聲音說：

「你應該很瞭解我內心對達西先生的感覺怎樣，因此你也不難明白：當我聽說達西先生言談舉止變得禮貌些了，這叫我有多麼的快樂。這種進步就算對他自己沒有什麼好處，說不定對別人會大有益處，要是他沒有這種自以為是，就會克制那些卑劣的行為，那我就不會吃那麼多苦了。不過我覺得他儘管收斂了不少（你可能就是想說他多少收斂了一些吧），而事實上僅僅是在他姨媽跟前裝裝樣子罷了，希望他姨媽改變對他的看法，幫他美言幾句。我很瞭解他，每當他和他姨媽在一塊兒時，就顯得畏畏縮縮，其目的只是為了想娶德・柏格小姐為妻，我覺得，他對此一直是朝思暮想的。」

伊莉莎白聽完這番話，不由得嫣然一笑，她只是輕輕地點了一下頭，並不曾開口。她知道他又打算在她面前舊事重提來發洩一番，可是她沒有興趣去鼓動他。晚上剩下的時光就這樣不知不覺地溜走了，他外表上看起來依然是那麼快樂，可是沒有再打算討好伊莉莎白，到後來他們兩個客客氣氣地分手了，可能他們心裡都想著永遠不再相見了。

聚會結束以後，麗迪亞就跟著福斯特太太返回了梅里屯，她們計畫明天一大早從那兒動身。麗迪亞和家人告別時的情景，與其說是令人傷感，還不如說是熱鬧了一場。只有凱蒂痛哭了一場，不過她是因為煩悶和嫉妒才流淚的，而不是因為離別。班奈特太太一口一個祝女兒幸福，又對女兒反覆叮嚀囑咐，讓她千萬不要錯過及時行樂的時機，必須得快樂時且快樂。這種囑咐，不消說女兒肯定會遵命照辦的。麗迪亞異常興奮，高聲喊著：「再見，再見。」這時候姊姊們柔聲細氣地和她告別，祝她一路順風，她一句也沒有聽到。

42

要是讓伊莉莎白按照自己家庭的真實情況，來說一說什麼是婚姻幸福，講述一下家庭和平共處的圖景，那她肯定講不出什麼好話來。那年父親就因為貪圖年輕俊美，並為青春美色的外表所富於的情趣而癡迷，所以娶了這樣一個頭腦遲鈍而又小心眼兒的女人，以至於婚後不久，就熄滅了對他夫人的滿腔熱情。夫妻二人的深摯情愛和推心置腹，就都消失得沒了蹤影，他對於家庭幸福的理想也全都化為烏有了。倘若換了其他人，凡是因為自己的草率而招至了痛苦，總是會變得放蕩不羈或者用非正當的逸樂來放鬆自己，但是班奈特先生卻並非這種人。他懷念鄉村景色，總是在書裡自尋快樂，這就是他最大的愛好。提起他的太太，除去她的愚笨和膚淺可以讓他尋開心以外，再也沒有別的情誼可言了。一個普通的男人照理並不希望在妻子身上得到這樣的快樂，可是大智大慧的人既然無法去尋找別的興趣，那也只好就地取材而自得其樂了。

但是，伊莉莎白並不是不知道父親這方面的過分做法。她一時見到這種情景，就覺得異常難過。但是她尊敬他的才華，又感激他對自己寵愛有加，所以就盡可能忘記那些事情，並且，至於父親不應該叫孩子們輕視媽媽，以至於他們夫婦兩個一天比一天不能相互敬重相互和睦地生活，她也極力不去想它。但是，提到有關不美滿的婚姻給兒女們造成的不幸，她也從來沒有像此時這樣強烈地感受到；此外，父親的才能沒有發揮在適當的地方而招致的種種害處，這也是她從來沒有像此時這樣清楚地意識到的。要是父親的才能運用得當的話，就算無法擴展母親的見聞，起碼也可以保住女兒們的顏面。

韋翰的離開自然會使伊莉莎白覺得高興，但是，這個民團的調離，她沒有看到還有什麼讓人高興的地方。外邊的聚會沒有從前那樣多那樣好玩了，在家裡又是天天只聽見母親和妹妹喋喋不休地抱怨，生活空洞，以至於給家裡的生活罩上了一層愁雲；凱蒂儘管因為前一段時間的事情弄得六神無主，不過用不了多長時間就會恢復原樣。但是還有另外一位妹妹，秉性原本就很輕浮，再加上現在又置身於那兵營和浴場的雙重險境當中，自然會更加放肆浪蕩，說不定會幹出什麼丟人的事情來。所以總起來說，她感覺到（事實上在這以前她早已察覺到了）她心裡迫切期盼著來到的事情，如果真的發生了，卻不像她所希望的那樣心滿意足。因此她不得不把真正幸福的開始放到明天，並且把自己的願望和期待另外寄託在其他的東西上，在等待的心情中自我撫慰一番，暫時放鬆一下，為迎接新的挑戰而作準備。她現在最快樂的一件事情就是很快可以去湖區旅行，因為母親和凱蒂心裡不高興，弄得家裡雞犬不寧，當然一想起外出就讓她得到最大的安慰；如果珍也能來加入這回旅行，那就更完美無缺了。

她心裡思忖道：「好運終於來了，我還有些可期盼的事情。如果哪裡都佈置得很全面，那反倒會讓我覺得大失所望。姊姊儘管不去，那我當然無時無刻不感到遺憾，可是我也就有愉快和心願，我嚮往的愉快是可以實現的。太完美的計畫往往是難以成功的，也許有一點兒欠缺，才可以大致上避免失望的產生。」

麗迪亞在離開以前，答應會經常寫信給母親與凱蒂的，具體地告訴她們自己沿途中的情形。可是她的信卻往往是讓人盼望很久才到，並且每次寫信總是只有簡短的幾行。寄給母親的信無非也就只有下面這些內容：他們剛剛由圖書館回來，有很多軍官和她們一塊兒去的，她在那裡見到了很多精緻的裝飾物，看得她欣喜若狂；她新近剛買了一件長禮服和一把太陽傘，原本打算具體地描寫一下，但是福斯特太太在那裡招呼她，只好就此結束了；她們即將要去軍營等等。至於她寫給姊姊的信中，能夠知道的事情就更少的可憐了，因為雖然她寫給凱蒂的信每一封都冗長無邊，但是內容隱藏著許多的隱私，都是不便外洩的。

麗迪亞離開兩三個星期以後，朗博恩一家人又重新出現了康健、快樂和融洽的氣氛，到處都充滿了歡樂。到城裡過冬的人家陸陸續續地都遷回來了，人們又再次換上夏季的新衣，到處都是夏天的應酬約會。班奈特太太又像平時那樣動不動就脾氣大發。等到六月中旬，凱蒂也徹底恢復了正常，去梅里屯的時候再也不是滿面淚水了。這可是個不錯的兆頭，伊莉莎白看到後，欣喜地暗暗思忖，等到過這個耶誕節的時候，凱蒂或許就會有足夠的理性，起碼不會天天都要反反覆覆地談到軍官，除非陸軍部不在乎別人的生死，有意搞惡作劇，再重新調一個民團到梅里屯來駐防。

原先計畫去北方旅行的日子已經越來越近了，只有最後的兩個星期了。沒想到這時候忽然收到加德納太太寄來的一封信，信上講旅行期暫時擱後，旅行範圍也要有所縮小。信上提到加德納先生目前事務繁忙，必須推後兩個星期，在七月裡才能動身，並且一個月以後又必須趕往倫敦。既然日期這樣短暫，也就沒有時間如她們原來計畫的那樣，做長途旅行，參觀那麼多山川景色了，起碼不能像她們開始時所期待的那樣悠閒安逸地去遊覽，所以就必須放棄了湖區之旅，取而代之的是一次路程較近的旅遊，只能北上至德比郡為止。事實上德比郡也有很多供遊覽的優美景區，已經足以讓他們觀賞三個星期了。而且那裡是加德納太太盼望已久的地方。德比郡，她從前曾經在那個地方居住了好多年，現在想再去逗留幾天，它說不定也會像馬特洛克、恰茲沃斯、多夫多谷拉或是皮克山區這一切風景特區那樣令她心馳神往。

這封信使伊莉莎白失望極了。她本來一心想去遊覽湖區風光，到現在依然覺得有充裕的時間。可是，她既然沒有反對的餘地，再加上生性開朗灑脫，所以不一會兒，就又恢復了原樣。

說到德比郡，就難免會勾起她的聯篇遐想。她看到它的名字，就禁不住回憶起彭貝里和它的主人。她思忖著：「我肯定能夠泰然自若地走到他的家鄉，在他不知不覺的時候，偷走幾塊透明寶石。」

行期再次推遲。舅父母還得再等到四個星期以後才能過來。但是四個星期終於過去了，加德納夫婦總算領著他們的四個孩子到朗博恩來了。這四個孩子，其中兩個是女孩，一個六歲，一個八歲，剩下的兩個男孩子年齡還小，是她們的弟弟。孩子們都將留在這裡，交給他們的表姊珍照顧，他們無論是誰都很喜歡珍，因為珍舉止穩重，性情溫柔，無論是指導孩子們讀書，或者陪他們玩遊戲，或者照看他們，都非常適宜。

加德納夫婦只在朗博恩居住了一晚，第二天清晨就帶上伊莉莎白去探新求異，遊逸玩樂去了。這幾個旅伴在一起實在很合適，所說的合適，指的是大家身體強壯，性格隨和，途中碰到不方便或者不順當的地方能夠承受得住，這確實令人欣慰。他們個個都活力十足，相處的自然很快樂，而且他們感情豐富，天資聰穎，萬一在外面碰到了什麼難以解決的事，彼此之間依然可以過得非常愉快。

在此不準備具體描述德比郡的優美風景，而他們沿途中走過的名勝地區，包括：牛津、布萊尼姆、瓦立克、凱尼沃思、伯明罕等等，大家已經瞭解得不少了，也不想寫。此時來描述一下德比郡的一小部分。且說有一個小鎮，被稱為蘭頓，加德納夫人那時候曾經在那裡居住，她不久前聽說還有幾個熟識的人依舊生活在那裡，於是觀賞完了鄉間所有著名的風景區以後，就繞行到那裡去轉了轉。伊莉莎白聽到舅媽說，彭貝里距蘭頓不到五英里路，儘管並不是必經之處，也只不過多繞行了一兩英里地的彎兒。前一天夜裡談論旅程路線的時候，加德納太太說還希望到那裡去走走。加德納先生也說願意一同去看看，於是舅媽就來詢問伊莉莎白的意見。

「親愛的，你莫非不願意去瞧瞧那個你久聞大名的地方？」舅媽問道，「而且，你的很多朋友都和那裡有關。韋翰的整個少年時代就是在那個地方度過的，這點你也是知道的。」

伊莉莎白感到左右為難，她認為自己沒有必要到彭貝里去，只好表示不願意去。她只說高樓大廈，因為已經看得厭煩了，對錦氈繡帖也確實提不起多大興趣。

加德納太太責怪她無知。「如果只有一座豪華漂亮的房屋，」她說，「再好看我也是不會把它放在心上的，但是那裡的庭園景色的確太美了，那裡的樹林是整個英格蘭最最美麗的樹林。」

伊莉莎白沉默不語了——但是她心裡依然不敢順從。她立刻想起，要是到那裡去遊覽，就很有可能會碰到達西先生，那可就太倒楣了！思忖至此，她的臉上不禁湧起了一片紅暈，自以為還不如趁此時就坦誠地向舅媽講清楚，以免要擔這麼大的風險。不過她感覺這樣做也有點兒不合適，經過反覆思考最後決定：不如先去偷偷地打聽一下達西先生家裡的人有沒有出門，如果全在家，再使出這最後一招也為時不晚。

所以，晚上臨睡前，她就問侍女，彭貝里那個地方怎麼樣，主人是誰，又提心吊膽地詢問起那家人是不是要從京城回來度假了。她最後問的這個問題，居然得到了讓人稱心如意的否定回答——她的不安立刻消失的無影無蹤了，深深地吸了一口氣，但是在她強烈好奇心的驅使下，很想親眼去參觀參觀那所房子。翌日清晨，當舅媽舊話重提，又來詢問她的意見時，她便毫不遲疑地帶著一副滿不在乎的神氣說道，她關於這一提議沒有什麼異議。

於是，他們就決定到彭貝里去了。

43

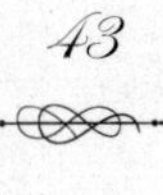

當他們一行三人乘車快要抵達那裡的時候，首先是彭貝里的林木映入他們的眼簾，此時，伊莉莎白的心情不免有些忐忑起來。等到走進了莊園，她的精神便更有些不定了。

莊園很大，其地勢高低錯落有致。他們從一個最低的地方走了進去，在一片頗為遼闊美麗的樹林裡坐車行進了一陣子。

伊莉莎白滿腹的心事，很少說話，可是在看到這每一處、每一地的美景時她還是不住地打心眼裡讚歎。他們沿著上坡路慢慢走了半哩路的光景，隨後來到了一片高地上，林子在這裡戛然而止，他們看到彭貝里的巨宅就座落在對面的山坡上，有一條相當陡峭的路彎彎曲曲地通到那裡。這是一幢很大很漂亮的石頭建築，聳立在高壟上，房子後面襯著一片連綿起伏、樹木繁茂的小山岡；房前一條頗具天然情趣的小溪正在湧動著匯入河流，毫無人工斧鑿的痕跡。河堰上的點綴既不呆板，也不造作。伊莉莎白高興起來，她從來沒有看到過一個比這裡更富於自然情趣的地方，也沒有見過哪一處的自然之美能夠像這兒一樣沒有受到人為趣味的損害。大家都是熱烈地讚不絕口，伊莉莎白突然覺得，能做彭貝里家的主婦也滿不賴呢！

他們下了山坡，過了一座橋，到了房子的門口。在欣賞著屋前景色的同時，伊莉莎白怕遇見房主人的擔心又回來了。她怕旅館裡的那個侍女的消息不準確。他們請求進去看看，家僕們立刻把他們引進了客廳。在他們等女管家到來的時候，伊莉莎白一邊私下裡不禁感到詫異，她怎麼竟然會來到達西先生的家裡。

女管家來了，她是一位端莊富態的老婦人，不像伊莉莎白想像的那麼風采光耀，可卻比她想像中的更加周到禮貌。他們隨她一起進了餐廳。這是一間寬敞舒適的屋子，佈置得也很精美，在大致觀看了一下這間屋子以後，伊莉莎白便走到一個窗戶旁邊去欣賞這兒的外景。他們剛才路過的那座佈著林木的山岡，從遠處望去顯得更加陡峭，構成一個美麗的景觀。處處都收拾配置得很得當。她眺目遠望著這整個兒的景致，只見一彎河道，兩岸上青樹蔥蘢，山谷蜿蜒曲折一直伸向遠外，真看得她心曠神怡。當他們再走到別的房間的時候，憑窗眺望，景致總會有所不同。不過從每一個窗戶望出去都有秀色可飽眼福。這些房間都高大美觀，傢具陳設與主人的身價相等，很是上乘，不過，它們卻既不俗麗又不過分奢華，比起羅辛斯的陳設來具有真正的風雅，伊莉莎白看了不免佩服主人的情趣。

「就是這個地方，」她心裡想，「我差點兒做了它的主婦！要不是這樣，對這些屋子我現在早已是很熟悉的了！我就不是作為一個陌生人來參觀景致，而是作為主人來享用這一切，把舅舅、舅母當做貴賓來歡迎款待。但是不行，」她突然想了起來，「這是永遠不可能的：我舅舅、舅母到那時候就見不著我了，他絕不會允許我邀他們到這兒來的。」

虧得她突然想到了這一點——免去了她為拒絕這門親事而可能會有的遺憾之情。

她真想問一問這位女管家，她的主人是不是真的不在家，可是她鼓不起這個勇氣。最後，是她舅舅問了一句，只聽見雷諾茲太太回答說他不在家，「可是他明天就會回來了，而且要有許多的朋友來。」伊莉莎白聽到這一陣心跳，趕緊轉過了身去。

同時她又感到慶幸，虧得他們沒有再晚一天到這兒來！

伊莉莎白的舅媽叫她去看一幅畫像。她走上前去，看見那是韋翰的肖像，和另外的幾張小型的畫像一起掛在壁爐架的上方。舅媽笑著問她喜歡不喜歡這幅畫像。女管家走上前來，告訴她們說畫像上的這位年輕人是老主人的帳房先生的兒子，是由老主人一手把他撫養大的。「他現在到了部隊裡，」她接著說，「不過我覺得他已經變得很放蕩了。」

加德納太太微笑著看了她的外甥女兒一眼，可是伊莉莎白卻實在是笑不出來。

「這一幅，」雷諾茲太太指著畫像說，「是我小主人的畫像。跟那一張差不多是同一時期畫的，大約有八年了。」

「對你主人的堂堂儀表我早有所聞，」加德納太太看著畫像說，「這是一張很英俊的臉。不過，伊莉莎白，你能告訴我這畫像像不像他？」

雷諾茲太太聽到伊莉莎白跟她主人認識，便好像顯得對她越發尊重了。

「這位小姐原來認識達西先生？」

伊莉莎白不覺紅了臉，說：「只認識一點兒。」

「你覺得他長得漂亮嗎？小姐？」

「是的，很漂亮。」

「我敢說，我沒有見過比他更好看的年輕人啦。在樓上的陳列室裡還有一張比這個更大更精緻的畫像。這間屋子是老主人生前喜歡待的一個地方，這些畫像還是那個時候留下來的。他喜歡這些小幅畫像。」

從這話裡，伊莉莎白聽出了韋翰先生的畫像也會一起掛在這兒的原因。

雷諾茲太太接著請他們看一幅達西小姐的畫像，這是她在八歲時叫人畫的。

「達西小姐也像她哥哥那樣長得漂亮嗎？」加德納先生問。

「噢！是的——是我所見過的最漂亮、最有才情的姑娘！她整天彈琴唱歌。在隔壁的房間裡有一架剛剛為她買回來的鋼琴——我主人給她的禮物。她明天跟著她哥哥一起回來。」

加德納先生的舉止隨和宜人，雷諾茲太太很願意回答他的問話。再則她本人抑或是出於自豪或是出於深厚的感情，也非常樂意談到他們兄妹兩人。

「你的主人一年多半是待在彭貝里吧？」

「沒有我所希望的那麼長，先生。不過我敢說，他每年都有一半的時間待在這裡。達西小姐總是在這兒過夏天的。」

伊莉莎白想：「除了她到拉姆斯蓋特去消夏的時間。」

「如果你的主人結了婚，你就能更多地看到他啦。」

「是的，先生。可是我不知道這一天什麼時候才會到來。我不知道有哪一位姑娘好得能夠足以配得上他。」

加德納太太聽了笑了，伊莉莎白忍不住說：「你能這樣想，足見你對他是很讚揚了。」

「我說得只是實情而已，每一個瞭解他的人都會這樣講得，」女管家回答說。伊莉莎白覺得這話講得未免有些過分，在女管家說到「我一輩子沒聽他說過一句重話，從他四歲時起，我就跟他在一起了」的話兒時，伊莉莎白聽得更是驚奇起來。

這番誇獎，比起其他的那些褒揚之詞來，更是和她的看法完全的背道而馳。他脾氣不好，這是她一貫的認為。現在她強烈的好奇心被勾了起來，她很想再多聽到一些，所以當她舅舅說了下面這番話時，她心裡很是感激。

「能夠當得起這樣誇讚的人，實在是太少了。你真是好運氣，有這樣的一位主人。」

「是的，先生，我也深知這一點。就是我走遍天下，也不會碰上一個更好的主人啦。我常說，那些在孩子時候就是心地善良的人，長大了也一定是善心腸的。達西先生從小就是那種脾氣最好、氣度最大的孩子。」

伊莉莎白幾乎是瞪大了眼睛望著她。「這可能是達西先生嗎？」她私下想。

「他的父親是一個德高望重的人。」加德納太太說。

「是的，夫人，他的確是個大好人。他的兒子也正像他那樣——對窮人體恤關照。」

伊莉莎白傾聽著，詫異著，進而又疑慮著，渴望再多聽到一些。

雷諾茲太太說的其他東西都引不起她的任何興趣。她談到畫像、房間的規格，傢具的價錢，伊莉莎白都聽不進去。加德納先生對女管家這樣盛讚她的自家主人的偏愛，感到很有趣，不久便又談到了這一題目上。她一面起勁地談著他的許多優點，一面領著他們走上一節大樓梯。

「他是一位最好的莊主，也是一位最好的主人，」她說，「完全不像現在那些放蕩的年輕人們，除了自己誰也不顧。沒有一個佃戶或傭人，不對他稱讚的。有些人說他驕傲，可是我敢說我從來沒見過他身上有這種東西。照我看，這只是因為他不像別的青年人那樣愛夸夸其談罷了。」

「這樣一說，這倒成為他的另一個優點了！」伊莉莎白心裡想。

「這番對他的誇讚，」她舅母一邊走，一邊輕輕地說，「可與他對我們那位可憐朋友的行為有所不符。」

「也許是我們受了蒙蔽。」

「這是不可能的，我們的朋友不像是那種人。」

他們走到樓上那個寬敞的過堂後，便被帶進了一間非常漂亮的起居室，它比樓下的房間還要精美和宜人，據說那是剛剛收拾好要給達西小姐用的，去年她在彭貝里的時候看中了這間屋子。

「他真是個好兄長。」伊莉莎白說著，一邊向屋裡的一個窗戶跟前走去。

雷諾茲太太說等達西小姐進到這間屋子時一定會感到驚喜的。「他一向都是這樣，」她補充說，「只要是能叫他妹妹高興的事，總是馬上去辦。世界上沒有什麼事情他不願意為她做的。」

再剩下要看的便只有畫室和兩三間主要的臥室了。畫室裡陳列著許多優美的油畫，可是伊莉莎白一點兒也不懂藝術，只覺得這些畫和樓下的也沒有什麼兩樣，於是她寧願掉過頭去看達西小姐用粉筆畫的幾張畫，因為這些畫的題材倒更容易懂，也更叫她覺得有趣。

畫室裡也有許多他們家族成員的畫像，可是這對一個陌生人來說實在不可能產生什麼興趣。伊莉莎白在這其中尋找著她唯一熟悉的那張面孔，最後她終於看到了有張畫像非常酷似達西先生本人，只見他臉上的笑容，正像是他看起她來時所流露出的那種笑容。她佇立在這張畫像前仔細端詳了好幾分鐘，在他們臨離開畫室前她又踅了回來看了一眼。雷諾茲太太告訴他們說，少爺的這張像還是他父親在世時畫的。

一剎那間，在伊莉莎白的心裡不禁產生了一種對畫上的這個人兒的親切之感，這種感情是在他們以前的相識中從來沒有過的。雷諾茲太太對他的誇讚不可小視，什麼樣的稱頌會比一個明理達情的下人的稱頌更加可貴呢？作為一個兄長，一個莊園主，一個主人，伊莉莎白想有多少人的幸福握在他的手中！他手中的權力能使多少人快樂，又能使多少人痛苦！他可以行多少的善，也可以做多少的惡呢！女管家提到的件件事情，都足以說明他品格的優良。她站在這個人兒的畫像前，望著他那雙盯視著她的眼睛，從心底裡對他的鍾情於她，不由地滋生了一種從未有過的感激之情。她回味著他那熾烈的感情，便寬宥了他在表達情意時的無禮。

當所有能看的房子都參觀完了以後，他們又走下樓來，告別了女管家，由候在大廳門口的園丁帶他們出去。

他們穿過草地走向河邊，伊莉莎白這時又掉過頭來眺望，她舅舅、舅媽也停了下來，哪知道就在她舅舅正推測著這房子的建築年代時，忽然房主人從一條通向馬廄的路走過來。

他們之間相隔不過二十碼，他的出現又這麼突然，不可能有躲避的時間。他們兩個的目光立刻相遇了，兩人的臉頰頓時都漲得通紅。達西先生吃驚不小，有片刻工夫似乎竟愣在了那兒一動也不動。不過他很快定下心來，朝他們走了過去，和伊莉莎白搭了話，語氣之間即便不能說是十分鎮定，至少表現得非常有禮。

伊莉莎白一看見他便不由自主往回走，只是見人家走了過來才停住了腳步，無比尷尬地接受了他的問候。至於舅舅和舅媽兩人，如果說與達西先生的初次見面，或是他與他們剛剛看過的畫像上的相似，還不足以叫他們敢肯定面前的這一位就是達西先生的話，他們從園丁見到主人時的驚訝表情上也可立刻斷定了。在他和他們的外甥女說話的時候，舅舅、舅媽稍微站開了一點兒。伊莉莎白驚慌得連眼睛也不敢抬起來看他，對人家客客氣氣地問候她家人的話，她也不知道自己回答了些什麼。為上一次他們分手以後他在態度上的變化感到吃驚，他所說的每一句話都叫她更加侷促不安。她滿腦子想著的都是她自己闖到這兒來被人家看到的這種不體面，他們倆在一起的這幾分鐘竟成了她生平最難熬的時間。達西先生的情況也好不了多少，在他說話的時候，他的語調裡也少了他平日有的那種鎮定。他把她是多會兒離開朗博恩的和她在德比郡已待了多長時間了的話題，來來回回地問了又問，而且問得那麼急促，這都顯然說明他是怎樣的心慌意亂了。

最後，他好像已經無話可說，在一聲不吭地站了一會兒後，他定了定神突然離去了。

舅舅、舅母這才走上前來，誇讚達西先生真是儀表堂堂。可是伊莉莎白什麼也沒有聽見，完全沉浸在她自己的心事裡，跟在他們後面默默地走著。她現在感到的除了羞恥便是懊惱。她這次上這兒來，真是她最不幸最失策的事情了！這會叫他覺得有多麼奇怪啊！以他這樣一個驕傲的人，他會如何地瞧不起她的這一行為呢！這似乎是她有意要把自己送到人家門上來的！啊！為什麼她要來！或者說，他為什麼竟要早一天回來呢？如果他們再早走上十分鐘，達西先生就不會看見他們了，他顯然是剛剛回來，剛剛跳下了馬背或是剛剛下了馬車。想到這次倒楣的會見，她的臉真是紅了一次又一次。他的舉止轉變得如此明顯，這能意味著什麼呢？他竟然還會跟她說話，這有多麼奇怪！而且是這樣彬彬有禮地詢問她家人的情況！這次碰巧相遇，她怎麼也不會料到他的態度會這麼誠懇，談吐這麼溫和，與那次在羅辛斯莊園當他將信遞到她手中時的態度相比，真是有天壤之別！對此她不知該如何作想，也不知該如何解釋。

他們現在走到了一條挨著河邊的風光秀麗的小徑上，這兒的地面逐漸地低了下去，再前面便是一片青蔥的樹林了，有好一陣子伊莉莎白對這裡的景色竟毫無知覺。儘管她也隨口答應著她舅舅和舅母的一再招呼，也似乎把眼睛轉向了他們指給她看的那些景物，可是她卻好像什麼也沒有看到。她的思想全部集中了彭貝里住宅中達西先生現在正待著的那個地方。她渴望知道此時此刻他在想著什麼，他如何看她，在發生了這麼多事情之後，他是否仍然愛著她。或許他能禮貌待她，只是因為他心裡已經完全平靜了，可是在他的聲音裡卻有一種不像是平靜的東西。她不知道，他見了她是感到痛苦還是感到高興，不過可以肯定的是，他見到她時並不那麼鎮定。

直到後來舅舅、舅媽提到她為何心不在焉時，這才驚醒了她，她覺得她有必要保持她的常態，以免引起懷疑。

他們走進了林子，暫時離開了河道，踏上了較高的地勢。從樹林的空隙間望出去，可以看到山谷中各處的迷人景色，對面的山坡上長滿整片整片的樹林和時而映入眼簾的河流。加德納先生說他希望能把整個園子走個遍，可又擔心走不過來。園丁帶著得意的笑容告訴他們說，這方圓有十多哩呢，所以也只得作罷了。他們沿著經常走的路徑轉悠了一會兒後，便又回到一片靠近河流的低地上，這是河道最窄的一處。他們從一座簡陋的小橋上過了河，只見這小橋和周圍的景色很是和諧。這一處的景觀是最少經過整飭的，山谷到了這兒也變成了一條小夾道，只能容納下這條溪流和一條灌木夾道的崎嶇小徑。伊莉莎白很想循著這條小路去探幽獵勝，可是一過了橋，眼見得離住宅越來越遠，不長於行遠路的加德納太太就走不動了，只想著趕快能回到他們的車子那兒。她的外甥女也只好依從她，於是他們便在河對岸抄著最近的一條路朝房子走去。不過，他們的行進還是很慢，因為加德納先生平時很難有空來過過他釣魚的癮，可是仍然對釣魚十分的喜愛，現在看見水面有鱒魚遊動便動了興致，和園丁起勁地談論起魚兒來，這步子怎麼也邁不出了。正在他們這樣慢悠悠地蹓躂著的當兒，不料又讓他們吃了一驚，尤其是伊莉莎白，她驚訝的程度幾乎和剛才的那一回沒有兩樣，原來他們又看到了達西先生走過來，已經離這兒不遠了。這一邊的小路不像對岸那樣被森林掩翳得嚴實，所以在較遠地地方便看見了他。伊莉莎白不管覺得怎樣驚訝，畢竟比剛才那一次的不期而遇有了一些準備，決心要平靜地面對他並與他搭話，如果他真是想要來見他們的話。有一會兒工夫，她真的以為他可能要拐到另一條路上去了，因為在道上的轉彎處，他的身影從他們的視線中消失了一會兒，等彎道一過，他便馬上出現在他們面前。伊莉莎白一眼便看出，他還是像剛才那麼客氣有禮，於是她也表現出一副禮貌的神情，開始讚揚起這地方的美麗景致。可是在她剛說出景色「宜人」、「迷人」這樣的一些普通的字眼時，心裡便湧出些倒楣的想法，她思忖著她對彭貝里的讚揚會不會被人家曲解了，以為她是另有所圖呢？她的臉刷地變紅，不再言語了。

加德納太太就站在稍後面一點兒，在伊莉莎白默不作聲的時候，他請求她是否可以賞光把他介紹給她的朋友們。他的這一禮貌之舉是她所沒有料及的。想到他居然要求跟在他向她求愛時，他曾傲慢地反對過的那些人們相識，她忍不住一笑。「他會感到如何的吃驚呢？」她想，「待他知道了他們是誰時！他眼下還以為他們是上等人吧。」

不過她還是立刻替他介紹了。在她說出他們和她的關係的當兒，她偷偷地瞥了他一眼，看他如何的反應，她覺得他也許會馬上逃之夭夭，躲開這些不體面的朋友們。他聽了他們之間的這種親戚關係後顯然很意外；不過他還算是挺過了這一關，沒有被嚇跑，反而陪他們一起走回去，並且與加德納先生攀談起來。伊莉莎白不禁感到又是高興又是得意，叫他知道她竟然也有一些可以值得驕傲的親戚，很是令人快慰。她專心地傾聽著他們之間的談話，舅舅談到的每一點都表示了他的頗有見地，他的高雅情趣和風範，讓伊莉莎白真為他覺得榮耀。

談話很快就轉到了釣魚上面，她聽到達西先生非常客氣地對舅舅說，只要他還住在這鄰近的地方，他隨時都可以來釣魚，同時又答應借漁具給他，並且指給他看這條河裡通常魚兒最多的地方。加德納太太正跟伊莉莎白手挽手走著，她向伊莉莎白使了一個眼色，表示出她不勝的驚奇。伊莉莎白雖然沒有說什麼，可心裡卻感到了一種極大的滿足。不過與此同時，她的驚訝也是無法形容的，她心裡默默地反覆問著自己：「他為什麼有了這麼大的變化？這是由於什麼樣的原因呢？這不可能是因為我，不可能是因為我的緣故，他的態度變得如此的溫和。我在亨斯福德對他的苛責不可能帶來他這麼大的改變。他是不可能仍然愛著我的。」

他們就這樣兩個女人在前，兩個男人在後地走了一陣子，後來他們步下河邊來觀看一些珍奇的水生植物，到這時他們前後次序就有了些改變。原來加德納太太被這一上午的跋涉已經累得體力不支，覺得伊莉莎白的膀臂已經支撐不住她了，還是寧願挽著丈夫的手臂走。於是達西先生代替了她，挽住了她外甥女的胳膊，他們兩人走到了一起。在稍稍的沉默之後，還是小姐先開了尊口。她希望他知曉，她是確實以為他不在莊園裡才來到這兒的，接著便很自然地說到他的到來真是非常出乎她的預料——「因為你的管家，」她補充說，「告訴我們，你明天才回來的。在我們離開巴克威爾時，我們就打聽到你不會一下子回到鄉下來。」達西先生承認這一切都是事實，又說他因為找帳房有事，便比那些同來的人早到了幾個小時。「他們明天一早便能抵達這兒，」他繼續道，「在這些人中間有幾個是你認識的——賓利先生和他的姊妹們。」

伊莉莎白只是微微地點了點頭表示回答。她的思緒立刻回到了他們倆上一次最後提到賓利的時候。這時如果她要是抬眼看看他的表情的話，她便能得出判斷說，他現在想著的也是那件事。

「在這些人裡面還有一個人，」他停了一下後接著說，「她特別地希望能認識你——你願意讓我在你於蘭頓逗留期間介紹我妹妹與你認識嗎？我的這一要求不算太過分吧？」

這一請求所帶來的驚奇的確不小，這使得她都不知道該怎樣答應才好了。她當時馬上想到的是，達西小姐之所以希望和她認識，一定是她哥哥做的鼓動，僅想到這一點，也夠叫她滿意的了。知道他並沒有為此就對她抱有惡感，心裡覺得很是寬慰。

他們倆默默地走著，各人想著各人的心事。要說伊莉莎白現在的心情很舒坦，那是不可能的，可是她卻感到了一些得意和快活。他希望把他的妹妹介紹給她，這便是對她最高的讚賞了。他們兩人很快就超過了其他人，當他們到達車子那兒時，加德納夫婦還在半里地之外哩。

達西先生這時請她到屋裡坐坐——可是她說她不累，於是他們便一塊兒站在草坪上等著。在這種時候，雙方本來都可以有許多要說的話，沉默是最難堪的。她想要找話說，可是似乎覺得每一個話題都難以啟齒。最後她想到了她正在旅遊，於是他們便大談起了馬特洛克和多夫多拉。然而時間和她舅媽的挪動似乎都慢得要死——還沒待這一瞎聊收場，她的耐心和心智都幾乎快要用盡了。等到加德納夫婦趕上來的時候，達西先生再三請大家進屋休息一下，可都被謝絕了，末了大家極有禮貌地相互告別。達西先生把女士們扶進了車子，在馬車走動了以後，伊莉莎白看到他才緩緩地向屋裡走去。

她的舅舅和舅媽這時打開了他們的話匣子。他們每一個人都宣稱，達西先生的人品不知要比他們所想像的好上多少倍。「他的舉止得體，待人有禮而沒有做作。」她的舅舅說。

「在他身上的確有點兒類似於高貴威嚴的東西，」他的舅媽說，「不過那僅僅是在他的風度上，而且也不能說是不得體。我現在贊同女管家的看法了，雖然有些人說他驕傲，可我卻一點兒也看不到它的影子。」

「他竟會那樣地對待我們，真是萬萬也想不到。這不僅是禮貌了，簡直可以說是對我們的關照。其實他給我們這樣的關照並沒有必要，他和伊莉莎白只是泛泛的認識而已。」

「說實話，麗琪，」她的舅媽說，「他不如韋翰長得漂亮，或者毋寧說他沒有韋翰的那種親切的表情，因為他的五官也是長得無可挑剔的。可是你怎會告訴我們說，他是那麼的討人厭呢？」

伊莉莎白盡力地為自己開脫，說她在肯特郡碰到他時就比從前對他有了些好感，又說她覺得他今天上午表現得還真討人喜歡呢。

「不過，他的那些殷勤客氣也許有點兒靠不住吧，」她的舅舅回答說，「這些貴人們常常是如此。所以我也並不打算把他請我釣魚的話當真，因為他很可能再一天就改變了主意，不許我走進他的莊園了。」

伊莉莎白覺得他們完全誤解了他的性格，不過卻沒有去解釋。

「從我們剛才對他的印象來看，」加德納太太繼續說，「我真的不敢相信他會那麼殘酷地對待一個人，就像他對可憐的韋翰所做的那樣。他這人看長相心地不壞，而且在他說話的時候，他嘴角的表情很討人喜歡。從他的神情上透出一種尊嚴，叫人不會對他產生不好的看法。不過，那個好心領著我們參觀了房子的女管家，對他的人格無疑是吹捧得有些太過了！有的時候，我幾乎都憋不住要笑出來了。我想，他一定是一個慷慨施捨的主人，在傭人們的眼裡，這裡面便包含了一切的德性。」

伊莉莎白覺得，她自己這時應該站出來，就達西先生對韋翰的行為說幾句公道話了。於是她便小心翼翼地將在肯特郡時達西先生對他的講述說給他們聽，向他們說明達西先生在這件事情上的行為完全可能會有另一種不同的解釋。他的人格絕沒有哈福德郡的人們所說得那麼虛偽，韋翰也絕沒有人們所認為的那麼善良。為了證實這一點，她把他們兩人在這樁有關錢財交易上的原委細節，一一道了出來，雖然並沒有說出她消息的來源，可是卻也聲明她的話是靠得住的。

加德納太太感到驚奇了，同時也對伊莉莎白此時的感情關切起來。只是他們現在已經走到了從前曾給予她愉悅快樂的場所，使得她沉浸在美妙的回憶中，其他的一切都顧不上想了，她把這周圍一切有趣的地方指給她的丈夫看，再無暇顧及別的事情。雖然一上午的步行已使她感到疲憊，可是一吃過飯，她又動身去訪問故友，整個傍晚她都是在重敘舊情的滿足中度過的。

這一天裡所發生的事情，對伊莉莎白來說，簡直是太重要了，使她無心再去交結任何新的朋友。她只是一味地在想，充滿好奇地在想，達西先生這般彬彬有禮到底原因何在，尤其是他為什麼希望她能認識他的妹妹呢。

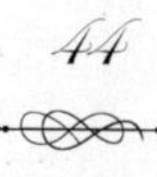

伊莉莎白斷定，達西先生會在他妹妹到達彭貝里的當天就帶她來訪問自己的，所以決定那一天的整個上午都守在旅店裡。可她還是沒有猜對，因為在他們來到蘭頓的當天早晨，這兄妹兩人便來訪了。伊莉莎白的舅父母剛剛與他們的一些新朋友們轉悠了這個地方，正回到旅店準備換了衣服，跟這些朋友們一起吃飯的時候，忽然聽到一陣馬車聲，他們走到視窗去瞧，只見一男一女乘著一輛雙輪馬車，沿著街道駛來。伊莉莎白立刻就認出了那個馬車伕的制服，猜到是怎麼回事了，並把這一有貴客來臨的消息告訴了舅母。他們聽了都非常驚訝。伊莉莎白說話時的吞吞吐吐，再加之眼前發生的這件事本身，以及前一天的種種情景，讓她的舅父母們驀然想到了這其中的奧秘所在。以前他們可從來沒有想到這一層上去，可是現在他們覺得，達西先生可能是愛上他們的外甥女了；否則的話，他許多的關照和殷勤就無法得到解釋。在他們的腦子裡轉著這些新念頭的時候，伊莉莎白的情緒也變得越來越緊張，她對自己會有這樣的不安感到很吃驚。她擔心達西先生因為愛她，已在他妹妹面前把她捧到了天上，這也是使她坐立不安的原因之一；她現在越是特別的想要來討他妹妹喜歡，便越是懷疑自己沒有討人喜歡的本領了。

擔心怕人家瞧見了，伊莉莎白離開了窗戶那裡。她在屋子裡來回地踱著步，極力想使自己鎮靜一下，可是看到舅舅、舅媽臉上流露出探詢似的詫異神情，只能叫她變得更加不安起來。

達西小姐和她的哥哥走了進來，這場尷尬的介紹也就開始了。伊莉莎白驚奇地發現，她的這位新相識也像她自己一樣的侷促不安。她到了蘭頓後便聽人說過，達西小姐非常的驕傲，可是幾分鐘的觀察告訴她，達西小姐只是過分地羞怯而已。達西小姐除了簡單地回答一兩個字外，很難從她那裡掏出一句話來。

達西小姐個子很高，比伊莉莎白高出了很多，儘管她才只有十六歲，可是已經發育成熟，外表體態儼然像個大人，很是優雅。她長得不如她哥哥漂亮，可是臉蛋兒上卻很富有表情，舉止也謙和溫雅。伊莉莎白原以為達西小姐也會像她哥哥那樣，看起人來銳利而不留情面，現在看到情形並不是這樣，便大大地鬆了一口氣。

他們坐了不久，達西先生就告訴她說，賓利也要來拜訪她。還沒等伊莉莎白對此說上幾句感謝的話，賓利急促上樓梯的腳步聲已經傳來，一剎那的工夫他已走進屋裡。伊莉莎白對賓利的所有怨憤早就已經消失，即便還有，看到他這次來訪情意誠懇毫無做作，也會使她的氣消失得無影無蹤了。他親切地（雖然是泛泛地）詢問她家人的情況，表情談吐依然像從前一樣瀟脫自如。

和伊莉莎白一樣，加德納夫婦也覺得賓利是個很有趣的人。他們早就想著能見到其人。在他們面前的這些年輕人的確引起了他們探詢的興趣。對達西先生和他們外甥女之間關係的懷疑，使他們開始偷偷地仔細觀察雙方的情形，不久他們便從這觀察探究的結果中得出結論：這兩個之中至少有一個已經嘗到了戀愛的滋味。對女方的感情他們一時還不敢斷定，可是男方這一面滿懷著愛慕之情，卻是顯而易見的。

而伊莉莎白自己也有許多事要做。她想弄清這幾位客人各是懷著怎樣的感情，另外還想把自己的情緒鎮定下來，友好熱情地接待每一個人，這最後一件事是她最擔心自己會做不好的。結果卻唯有它最為成功，因為她努力想討好的這些人對她都早有偏愛；賓利樂意，喬治安娜是急切，達西先生是決心已定，要讓他們自己顯得高興和滿意。

看到賓利，伊莉莎白的思緒便自然地轉到了她姊姊身上。噢！她現在多麼急切地想知道，賓利是不是也和她一樣地惦記著她的姊姊呢。有時候她能察覺出，他的話不像從前多了，有一兩次她甚至高興地發現，在他注視著她的當兒，他似乎極力想找到一些與姊姊相似的地方。這些也許僅僅是她的想像而已，不過有一點她卻看得很清楚：他對所謂的珍情場上的對手達西小姐並無戀情。在他們兩人之間的關係上，一點兒也看不出有賓利小姐所希望的能結為姻緣的那種東西。在他們告辭之前又發生了兩三件小事，根據愛姊姊心切的伊莉莎白解釋，這些小事表現出賓利對珍仍有一種不無溫情的思念，和想要更多地談到與她有關的事兒上去的願望，如若他要是敢說話。他趁著別人一起談話的時候，用一種十分遺憾的語調跟她說：「我已經有好長時間沒見到珍啦。」還沒待她回答，他又說，「有八個月之久了。自從去年的十一月二十六日我們在尼瑟菲德一起跳了舞以後，我們就再也沒有見過面。」

伊莉莎白看到他把日子記得這麼確切，心裡很是高興。在她沒有招呼別人的當兒，他又抓住機會問她，她的姊妹們現在是不是都在朗博恩。他的這一問和他前面提到的，都不是什麼重要的話，可是他的表情神態卻賦予了它們一種意味。

伊莉莎白的目光不能經常地掃到達西先生本人身上去，不過無論她什麼時候瞥上一眼，她看到他臉上都是一付親切誠懇的表情，而且從他所說的話裡，她聽出的不再是那種高傲或是對別人看不起的語調，這一切都叫她覺得昨天從他身上發現出的作風上的進步，不管其存在會是多麼的短暫，至少已經保持到了今天。她看到他對幾個月前他要與之交談都會覺得丟臉的人們，現在卻這樣地樂於交結而且想博得他們的好感了；她看到他不僅是對她自己禮貌周全，而且對他曾經在亨斯福德牧師家中公開蔑視過的她的親戚也是如此，這種前後判若兩人的巨大變化強烈地打動了她的心靈，使她禁不住把心裡的驚奇流露到了面上。她還從來沒有見過他這樣地願意討好別人，甚至是在尼瑟菲德和他的朋友們在一起的時候，或是在羅辛斯跟他的那些高貴親戚在一起的時候，他也沒有像現在這樣完全丟開了自我的尊嚴，丟開了一貫擺出的那付架子，更何況他的這一殷勤即便是獻得成功，也不會給他帶來什麼重要利益，即便他和這些人攀上了交情，也只會落得讓尼瑟菲德和羅辛斯的小姐們嘲笑和訕議。

這些客人們大約跟他們坐了半個鐘頭，在站起來告辭的時候，達西先生喚他的妹妹一起和他表達了他們的願望：請加德納夫婦和班奈特小姐在他們離開這兒前，務必到彭貝里去吃頓便飯。達西小姐雖然顯得靦腆一點兒，也不習慣做出邀請，卻還是立即照哥哥的吩咐做了。加德納太太此刻瞧著她的外甥女兒，想知道她的意向如何，因為這一邀請主要是衝著她發出的，可是伊莉莎白卻在這之前已把頭扭了過去。加德納太太猜想伊莉莎白的有意迴避，可能是出於一時的羞怯，而不是不願去赴約，又看到她那一向喜好社交的丈夫那麼樂意地想要接受，所以她便大膽替他們答應下來，日期定在了後天。

賓利因為還有好多話要跟伊莉莎白說，對哈福德郡的所有朋友們的情況有好多話要問，所以為能將再見到她表示了他極大的喜悅。伊莉莎白以為他這都是為了希望能聽到她再談到她的姊姊，心裡也十分高興。如此種種，使得她在客人們走了以後能較為滿意地考慮這半個鐘頭的光景了，儘管在當時她卻沒甚感到欣悅。此刻的她很想獨自待上一會兒，另外又擔心她舅舅舅媽會詰問她些什麼，所以在聽完他們對賓利的一番讚揚之後，便匆匆地離開去更衣了。

其實，她大可不必害怕加德納夫婦在她的事情上所抱有的好奇心，因為他們並不想硬從她那兒掏出什麼話來。很顯然她和達西先生會這麼慣熟，是他們所沒有料到的，達西先生顯然是愛上她了。他們懷著極大的樂趣看著這一事態的發展，可同時又覺得他們沒有要去過問的理由。

關於達西先生，他們現在一心只想到他的好處。從這一天多來的相識中，看不出人家有任何的錯處。他那樣友好禮貌地待人，使他們不能不受感動，要是他們憑著自己的印象和他的僕人們對他的稱道來評價他的為人，而不去參考其他方面的意見，那麼哈福德郡的人一定會從他們講的話裡認不出這就是達西先生。現在，他們倒願意相信那位女管家的話了，因為他們很快意識到了，一個從他四歲上便來到他家，而且本人的行為舉止也值得尊敬的女管家的話，是不應該馬上被摒棄掉的。況且從他們蘭頓朋友所講的情況裡，也並沒有什麼與這位女管家的話相背離的地方。人們能指責他的，只有他的傲慢。說到傲慢，他也許真有一些，就是即便沒有，這個小鎮上的居民們見他全家終年足跡不至，也自然會給他添加上去的。不過人們都承認，他是個大方慷慨的人，常常救貧濟窮。

至於韋翰，他們很快便發現，他在這兒的名聲並不見得有多好，因為儘管人們不太明瞭他與他恩人的兒子之間的主要糾葛是什麼，可有一件事實卻是人盡皆知的：在他離開德比郡時，他曾欠下了一屁股的債，這些債都是達西先生後來替他還上的。

說到伊莉莎白，她今天晚上的心思則是比昨日晚上更多地放在了彭貝里上。這一晚雖然似乎顯得很漫長，可還是不夠她用來理清她對莊園裡的那個人兒的感情。她醒著躺了兩個鐘頭，極力想弄明白她的這些感情；毫無疑問她不再恨他了，這恨在老早以前就已經消失了，她也早就為那種所謂的對他厭惡的情緒而感到羞愧了。由於認為人家有許多好的品性而對他產生的尊敬，雖然在一開始時她不願意承認，可不再引起她的反感也有些時候了。這種尊敬，經過了這麼多有利於他的證據，已經昇華得更具有一種親切的性質，而且正如昨天所證明了的那樣，也使他的性格變得可親可愛了。然而，在尊敬和欽佩之外，於她的心底還有一種情愫也不容忽視。那就是感激之情──不僅僅是因為曾經愛過她而對他感激，也是因為他能原諒她在拒絕他時所表現出的偏頗和尖刻態度，原諒她對他的一切不公正的譴責，而且至今仍然能夠愛著她。她本以為見了她會像仇敵一樣唯恐避之而不及的達西先生，結果在這次邂逅相遇時卻似乎還是那麼願意與她交談，在他們兩人的那件事情上，他雖然舊情難忘，但卻沒有任何不妥和過分的表現，反而是努力去博得她的朋友們的好感，而且執意要她和他的妹妹認識。在這麼一個驕傲的人身上發生這樣大的變化，不僅僅是叫她驚奇，而且引起了她的感激──這變化一定是由於愛情，熾烈的愛情使然，她饒有興致地回味著這一切在她腦子裡激起的波瀾，心裡很是快樂，儘管她還不能確定她懷有的到底是一種什麼樣的感情。她尊敬他、敬佩他、感激他，她對他的幸福前途也產生了一種真正的興趣。她現在只是想要知道，她希望在多大的程度上來左右他的幸福，想要知道為了他們兩人的幸福，她應該在多大的程度上來使用她認為她仍然具有的那種力量，以便重新點燃他求愛的欲念。

在這天晚上，舅媽和外甥女之間商量了一下，覺得人家達西小姐在抵達彭貝里時已經快要過了吃早飯的時間，可還在當天來看望了她們，這殷勤的禮節他們也應該加以效仿，儘管在程度上不能和人家相比。於是她們認為最好是在第二天早晨便到彭貝里回訪，他們就這樣定下了──伊莉莎白心裡很是高興，雖然要問為什麼這麼高興，她自己也回答不出。

加德納先生第二天吃了早飯就先走了。原來昨天又重新提起了釣魚的事，約定好了今天中午在彭貝里與幾位先生碰頭。

45

既然伊莉莎白現在認為賓利小姐不喜歡她是出於嫉妒，她便不禁想到，賓利小姐事實上會多麼不歡迎她在彭貝里出現，不過她倒很想看看再度相遇後，這位小姐能拿出多少的禮貌待她。

到了彭貝里住宅後，伊莉莎白和舅媽便從穿堂那裡被帶進了客廳，面朝北開的窗戶使客廳在現在的夏日裡顯得很宜人。窗子外邊是一片空地，屋後樹林茂盛，重巒疊嶂，草地上有美麗的橡樹和西班牙栗樹點綴其間。

在客廳裡，達西小姐接待了她們，和達西小姐在一起的還有赫斯特夫人、賓利小姐以及陪達西小姐在倫敦住著的那位太太。喬治安娜對待她倆非常客氣，只是因為害羞和生怕有所失禮，態度顯得有些拘謹，這要是讓那些自認為身分比她低的人看了，便很容易以為她是高傲和矜持了。加德納太太和她的外甥女兒倒是能慧眼識人，覺得達西小姐值得同情。

赫斯特夫人和賓利小姐只對她們行了屈膝禮。她們坐下以後，有好幾分鐘大家都沒有話說，很是尷尬。首先打破這沉默的是安妮斯利太太，她是一個文靜和藹的女人，你只要瞧她竭力想要找上個話題來談的樣子，便可知道她比另外的那兩位要有教養得多。全靠她同加德納太太之間的攀談，再加上伊莉莎白不時地插話，大家才算沒有冷場。達西小姐好像也希望她能鼓起足夠的勇氣參加進來，並且有的時候也的確說出了一兩句簡短的話，在她覺得不會有人聽到的當兒。

伊莉莎白不久便發現，賓利小姐的眼睛在緊緊地盯著她，她只要一張口，尤其是只要跟達西小姐一說話，都每每要引起她的注意。這一發現本來並不能阻止她與達西小姐的談話，只是因為她們倆之間距離得較遠，她才沒有多去攀談；不過，她對自己沒有多說卻並不感到遺憾，因為她有許多自己的心事要想。她急切地盼望著會有幾位男人走進來，在這中間，她希望有達西先生，可又害怕有達西先生，究竟是期盼得心切還是害怕得厲害，連她自己也搞不清楚。伊莉莎白就這樣坐了一刻鐘的時間，沒有聽到賓利小姐那方面的一句話，後來忽然之間賓利小姐冷冰冰地問起了她的家人，她也同樣冷淡地回答了一下，隨即便又沉默了。

改變了這種情勢的是幾位傭人的到來，她們端來了冷肉、點心，以及各種色鮮味美的應時水果，就是這一招也是經安妮斯利太太多次使眼色給達西小姐，才叫她想起了她應盡的主人之責。這一下大家都有事可做了，雖然她們談話不投機，可大家都會吃。一堆堆的葡萄、油桃和桃子，使大家很快聚攏到了桌子旁邊來。

在這樣嚼著的當兒，伊莉莎白有空閒來決定一下她到底是害怕還是希望達西先生的出現，最後覺得她還是希望他來到這兒。可是達西先生不一會兒果然走了進來時，她卻又認為他還是不來的好，儘管在一分鐘前她相信她還是期盼見到他的。

且說達西和兩三位先生離開家裡來到河邊，陪著加德納先生在河邊釣魚，後來聽說加德納太太和她外甥女兒要在今天早晨來回訪喬治安娜，便趕了回來。在他一走進來時，伊莉莎白便頗為明智地下定決心，要表現得非常鎮靜和輕鬆。為了掩人耳目，她下這決心當然很是必要，只可惜做起來卻不如想像得那麼容易，因為她到這時才發現在場的人都對他們倆起了疑心，達西一進來，幾乎沒有一雙眼睛不在注視著他的一舉一動。不過，誰臉上的好奇和專注神情都沒有像賓利小姐的那麼明顯，儘管她跟他們兩個中的隨便哪一個談起話來時，還能帶出滿臉的笑容。她還能笑得出來，是因為她的嫉妒還沒有使她失望，她對達西先生還遠遠沒有死心。達西小姐見到她的哥哥來了，便盡可能地多說點話兒。伊莉莎白看出，達西先生很想叫他的妹妹與她處熟，他盡可能地創造機會，能讓她們兩人之間多談一談。這些情形賓利小姐當然也看在了眼裡，一氣之下也就顧不得禮貌，很快便找了一個機會冷嘲熱諷起來：

「請問，伊莉莎白小姐，某郡的民團是不是已經離開梅里屯了呢？他們的離開是你家的一個重大損失吧。」

在達西的面前，賓利小姐沒有敢提起韋翰的名字，可是伊莉莎白馬上意識到了她主要指的就是這位先生。一剎那間有關他的各種回憶湧上心尖，叫她感到了片刻的不自在。不過她還是極力鎮靜自己，來對付這一不懷好意的攻擊，隨即用一種不太在乎的口氣回答了這一問話。在她開口作答的時候，伊莉莎白不自覺掃了達西一眼，只見達西的臉紅了，正急切地注視著她，而他的妹妹更是顯得倉皇無措，連眼睛也不敢抬起了。如果賓利小姐事先知道她現在會給她愛著的這個人帶來多大的痛苦，毫無疑問也就不會給出這個暗示了。她只是一心想著要把伊莉莎白搞得狼狽，通過提到她以為伊莉莎白所鍾情的那個人兒，來讓她暴露出她的感情，以使達西先生看不起她，或者甚至還可以讓達西想起她的幾個妹妹曾經為了那個民團鬧出的荒唐笑話。賓利小姐哪裡知道達西小姐受騙私奔的事，除了伊莉莎白，達西先生一向盡量保守秘密，沒有告訴過任何一個人。尤其是對於賓利的親友們，她的哥哥更是小心地加以隱瞞，因為他想叫妹妹將來和他們家攀親，這也是伊莉莎白早已猜到的。他的確早就有這樣的一個打算，可這並不是他千方百計拆散賓利和班奈特小姐之間的戀情的緣由，或許他只是因為有這個意思，便對他朋友的幸福更加關心罷了。

伊莉莎白鎮定自若的神情不久便使達西的心情也平靜下來。由於賓利小姐覺得失望和沮喪，沒有再去提韋翰，喬治安娜也漸漸地恢復了常態，儘管她再也沒能鼓起談話的勇氣。她的哥哥倒沒有想到她也牽涉在這件事裡面，雖然她這時很怕碰到哥哥的目光。這一本來是想要離間達西和伊莉莎白之間關係的一幕，結果似乎倒是叫他對她想得更多，想得更動情了。

在上面提到的這一問一答以後不久，伊莉莎白和舅母便起身告辭。在達西先生陪著她們走到車子那兒的時候，賓利小姐對伊莉莎白的相貌、舉止和衣飾不斷地品頭論足，來發洩她的私憤。可是喬治安娜並沒有幫著她說話，她哥哥的推薦已足能使她對伊莉莎白產生好感了：他的判斷是不會錯了，他說了伊莉莎白那麼多好話，喬治安娜除了覺得她既親切又可愛，就再也感覺不到別的什麼了。達西先生回到客廳後，賓利小姐憋不住又把跟他妹妹說過的話重複了一遍。

「今天早晨伊莉莎白・班奈特有多麼難看啊，達西先生，」她大聲地說，「我還沒有見過有誰像她那樣，在一個冬天就有了這麼大的變化，她的膚色變得又黑又粗糙！路易莎和我都覺得，我們這一次本不該再跟她認識的。」

儘管達西先生對這番話是多麼的不喜歡，他還是極為平靜冷淡地回答她說，除了曬得黑了一點兒外，他看不出她有什麼別的變化——這也不足為奇，是夏天旅行的自然結果。

「在我看來，」她回答說，「我根本看不出她有任何美的地方。她的臉太削瘦，皮膚沒有光澤，她的五官一點兒也不漂亮，她的鼻子長得缺少特徵，線條很模糊。她的牙齒還算過得去，可也只是一般而已。至於她的眼睛，有時候人們把它說得那麼美，我可從來沒看出它們有任何特別的動人之處。那雙眼睛裡透著一種尖刻、狡黠的神情，我一點兒也不喜歡。至於她的風度，完全是一種自命不凡，毫無風雅可言，簡直叫人不能忍受。」

雖然賓利小姐也明白，達西先生愛慕伊莉莎白，她這樣做並不能博得他多少的好感，可是人在氣頭上時，往往就不是那麼精明了。看到達西終於露出了些許的煩惱，她便以為她大功告成了。不過，達西還是極力保持了沉默，為了非叫他開口不可，她繼續說道：

「我記得，當我們初次在哈福德郡認識她時，我們大家都感到納悶她怎麼會是一個人人稱道的美人兒，我特別記得，有一天晚上當她們在尼瑟菲德吃過晚飯以後，你曾說『如果她是個美人兒，那麼我就該稱她媽媽是個小天才啦。』不過從那以後，你對她的看法似乎改變了，我覺得你有一個時期都以為她長得十分漂亮了。」

「是的，」達西回答。他再也抑制不住自己，「我那樣說只是在我第一次認識她的時候，在這以後的許多個月裡，我早就認為她是我所認識的女子當中最漂亮的一個了。」

說完他便走開了，留下賓利小姐獨自一人，品味著她硬逼著人家說出的，只是給她自己帶來痛苦的話。

加德納太太和伊莉莎白回來後，談論起她們這次做客中所發生的一切，除了那件叫她們兩個都特別感興趣的事情。她們在那裡所見到的每一個人的舉止神情，也都議論到了，除了她們最最關心的那一個人。她們談到他的妹妹、他的朋友、他的房屋、他的水果，一切的一切，只是沒有談到本人。然而伊莉莎白卻渴望知道舅母的看法，而加德納太太也將會得到極大的滿足，如果她的外甥女先扯到這個題目上來。

46

伊莉莎白剛剛到達蘭頓時沒有發現有珍的來信，便覺得很沮喪，這一沮喪的心情一直持續了好幾天。到第三天早晨時，她不再發牢騷也不再生姊姊的氣了，她一下子收到姊姊的兩封信，一封信上還標有曾誤投到其他地方的字樣。伊莉莎白看到姊姊把地址寫得那麼潦草，所以投錯也不足為怪了。

信送來時，他們正準備出去散步。於是她的舅舅、舅母便留下她一個人安安靜靜地看信，他們自個兒出去了。那封誤投的信自然應該先讀，它是五天前寫的。信的開始是一些小型的晚會和約會之類的事，還有一些鄉下的小道新聞，信的後半部分是隔了一天寫的，能看出寫信人當時的心情很亂，給出的消息也很重要，主要的內容如下：

最最親愛的麗琪，自從寫了上面的內容後，發生了一件最為出乎人預料的嚴重事情。可是我又怕嚇壞了你——放心吧，家裡的人都很好。我這裡要說的是可憐的麗迪亞。昨天晚上十二點鐘正在我們要去睡覺的時候，從福斯特上校那裡寄來一件特快專遞，上面說麗迪亞和他部下的一個軍官一起跑到蘇格蘭去了，老實說吧，就是跟韋翰——你可以想到我們當時的驚訝。對凱蒂來說，這事似乎並不是完全出乎意料。我真是難過極了，這兩個男女就這樣魯莽地到了一塊兒！可我還是願意往最好的地方想，希望他的人品並不像人們所想得那麼壞。我當然認為他是輕率和冒失的，不過但願這一步（讓我們這樣希望吧）

不是他心有所謀而搞出來的。他選擇了她至少不是為了有利可圖，因為他當然知道我們的父親沒有任何的東西給她。可憐的母親傷心得要命，父親總算還挺得住。我真慶幸，我們沒有告訴父母達西先生說韋翰的那些話，我們自己也必須忘掉它。據人們猜測，他們倆是在星期六晚上十二點左右動身的，可是直到昨天早晨八點才發現了這兩個人的失蹤。特快專遞隨即便寄來了。親愛的麗琪，他們經過的地方一定離我們不到十里。福斯特上校說韋翰很快便會來到這裡。麗迪亞給福斯特太太留了幾行字，說明了他們的意圖。我必須打住了，我不忍心丟下可憐的母親這時候一個人待著。我擔心你看了我的信也並不明白是怎麼回事，我自己也不知道我寫了些什麼。

伊莉莎白在讀完了這封信後，容不得自己去考慮，也沒去體會她現在的感情，便急忙抓起了另一封信，迫不及待地打開讀了起來，這封信比上一封的日期晚了一天。

最親愛的妹妹，到這個時候，你一定收到那封匆匆忙忙寫成的信了吧？我希望這一封能把事情說得較為清楚一些，不過，雖然時間充裕了，可是我的腦子裡仍然很亂，恐怕很難寫得有條理。最最親愛的麗琪，我簡直不知道該給你寫些什麼，除了把倒楣的消息傳達給你，並且還得事不宜遲。儘管韋翰和我們可憐的麗迪亞之間的婚姻是太莽撞了一點兒，可我們現在還是急切地希望這門婚事已經成了，因為有許多的理由讓我們擔心，他們倆並沒有去蘇格蘭。福斯特上校在寄出那封快件後沒有幾個小時就離開了布里奇頓，於昨天到達了這裡。雖然麗迪亞給福斯特太太的短箋上說，他們準備去格雷特納格林，可是丹尼來透露說他相信韋翰絕沒有去那兒的意思，也沒有跟麗迪亞結婚的念頭，我們把這一情況即刻告訴了福斯特上校，他感到很吃驚，馬上便從布里奇頓那裡出發去追蹤他們了。他的確很容易地便找到了他們兩個去到克拉法姆的蹤跡，可是線索到此也就斷了，因為在抵達那兒以後，他們把從埃普索姆雇來的車子打發走了，換乘了一輛出租馬車。在這以後再知道的一切就是，有人看見他們繼續朝倫敦的方向去了。我自己一籌莫展，不知該如何做想。福斯特上校在倫敦竭力仔細地打聽了一番以後，便來到哈福德郡，在沿途的關卡、巴爾內和哈特菲德所有的旅館裡找尋了一遍，也沒有結果，誰也沒有看到有這樣的一雙男女打這裡走過。出於深切的關心，他來到朗博恩，把他的擔心誠心誠意地告訴了我們。我真心為他和他的太太難過，可誰又能責怪他們夫婦倆呢。我親愛的麗琪，我們真是痛苦極了。父親和母親都覺得糟透了，不過我還不認為他會那麼壞。也許出於種種原因，他們覺得在城裡私下結了婚比執行他們的第一個方案較為可行。即便他對麗迪亞不存好心，欺侮她沒有顯貴親戚（這是不大可能的），我也不相信她會全然不顧及一切的，這是不可能的。可是我卻遺憾地發現，福斯特上校並不相信他們會結婚。當我說出我的這一希望時，他搖了搖頭說，韋翰並不是那種可信賴的男人。可憐的母親真的給氣病了，整天待在屋子裡。如果她稍稍出去活動活動會好一點兒的，可是誰也勸不動她。至於父親，我一生中還從來沒有見到他這樣難受過。可憐的凱蒂也很氣自己沒有能把他們兩個的關係告訴家人，可是既然這是妹妹們之間的心腹話兒，家人也不能怪凱蒂。親愛的麗琪，我真高興你沒有見到這些痛苦的場景，不過，現在既然最初的風波已經過去，我能坦率地告訴你我很想叫你回來。如果你不方便，我也沒有那麼自私非催你回來不可。再見吧！請恕我又提起筆來做我剛剛告訴你我不願做的事了，可情勢是這麼嚴重，我禁不住要懇切地請求你盡可能快地回到家中來。我對舅舅和舅媽太瞭解了，我知道他們不會怪我叫你回來的，另外我還有別的事情請舅舅幫忙呢。父親計畫和福斯特上校馬上要到倫敦去找尋麗迪亞了。他到底想做什麼，我也不太清楚，不過他那痛苦萬分的樣子一定不能使他最明智最穩妥地處理這件事情，而且福斯特上校必須在明天晚上就趕回到布里奇頓。在這樣緊急的情況下，我們睿智的舅舅的建議和幫助便是最為重要的了。他一定馬上就能懂得我現在的心情，我真誠地信賴他的品格。

「哦，舅舅，我的舅舅現在在哪兒呢？」伊莉莎白在讀完了信後一邊喊著，一邊從椅子上跳起來向外面跑去，她渴望找到舅舅，不耽誤這一分一秒的寶貴時間。可是就在她到了門口的當兒，門由一個侍者打開了，達西先生出現在門口。她蒼白的臉色和焦躁的舉止叫達西吃了一驚，還沒待他反應過來該如何應答，滿腦子裡裝著都是麗迪亞糟糕處境的伊莉莎白急急地大聲說：「請原諒，我現在必須離開一下。我得馬上找到加德納先生，有一件緊急的事情要辦，我一刻也不能耽擱。」

「天哪！發生什麼事了？」他喊著，擔心之極便忘記了禮貌，隨後他又鎮靜下來說，「我一分鐘也不願耽擱你，只是讓我，或是讓那位侍者去找加德納夫婦吧。你身體不適——不要自己去。」

伊莉莎白遲疑了一下，這時間她的雙膝已經在顫慄，她覺得她想去找回舅父母來是力不從心了。於是，她叫回了傭人，讓他趕快把他的主人和主婦帶回來。她說話時上氣不接下氣，幾乎叫人家聽不清楚。

僕人走了以後，她坐了下來，見她這樣體力不支，臉色這麼難看，達西不放心離開她，他用一種溫和體貼的聲調說：「讓我去把你的女傭喚來吧。你能不能喝點兒什麼，讓自己恢復一下？一杯酒——我去給你倒一杯吧——你好像病得很厲害。」

「不用，謝謝你，」她回答說，極力想使自己平靜下來，「我沒有病，我身體很好。只是從朗博恩剛剛捎來一個可怕的消息，叫我一下子心情煩亂。」

她說到這兒，禁不住哭了，有好幾分鐘再也說不出一個字來。達西心裡焦急可又弄不清是怎麼回事，只能說些泛泛的安慰話兒，默默地望著她很是同情。末了，伊莉莎白又說話了：「我剛收到珍的一封信，告訴了我一件非常不幸的消息，這消息是不可能瞞過任何人的。我最小的妹妹麗迪亞丟棄了她的所有朋友——已經私奔了——她將自己拋進了韋翰的懷抱。他們倆從布里奇頓一塊兒逃了。你對他那麼瞭解，當然很清楚這後果會是什麼了。她沒有錢財，沒有顯貴親戚，沒有任何能吸引住他的東西——麗迪亞完了。」

達西聽了驚訝得目瞪口呆。「我事後想，」她用一種更為憂煩的口吻說，「我本來能夠防止這件事的發生的！因為我知道他的底細，只要我把我所知道的一部分告訴了我的家人！如若他的為人叫人們知道了，這件事就不會發生了。但是現在這一切的一切都已經太晚了。」

「我聽了真的很痛心，」達西激動地說，「痛心——震驚。可是這消息絕對的可靠吧？」

「是的！他倆在星期日的晚上離開布里奇頓，有人追蹤他們的線索到倫敦，可是無法追下去，他倆一定沒有去蘇格蘭。」

「那麼，有沒有想辦法去找她呢？」

「我父親已經去倫敦了，珍來信敦請我舅舅立刻回去尋找，我希望我們再有半個小時便能動身回去。但是，這於事又有何補呢？我知道得很清楚，做什麼也沒有用。對這樣的一個人，能叫他悔過自新嗎？又怎麼能找得到他們呢？我一點兒也不抱希望。從哪一方面想都太可怕了。」

達西搖搖頭，表示默認。

「我當初已經看清了他的本性。噢！如果那時我要知道該怎麼做並大膽去做就好了！可是我不知道——我害怕做得太過。結果犯了這無可挽回的錯誤！」

達西沒有吭聲。他似乎就沒有聽到她的話，在屋子裡來回地踱著步，深深地思索著，他的眉頭緊鎖著，他的神情顯得很沉鬱。伊莉莎白很快發覺了他的這種神情，立即明白他有了心事。她的力量在她身上退去，生長在這樣一個脆弱家庭的屋簷下面，面對著這羞愧難當的恥辱，一切的力量都會消逝的。她既不感到詫異也不願去責備，即使她相信他願意委曲求全，也不能給她帶來絲毫的安慰，也不能絲毫地減輕她的痛苦。恰恰相反，這倒是使她確切地懂得了她自己的心願。在現在千恩萬愛必會落空的時候，她卻真摯地感到了她對他的一種從未有過的愛意。

不過，對自己的考慮並不能佔據了她的身心。麗迪亞——以及她給全家人帶來的恥辱和痛苦，不久便吞噬了她個人的顧慮。她用一條手絹捂住了臉，便什麼也不理不問了。過了好一會兒，她聽到了她同伴的聲音，方才清醒過來。只聽得達西用一種同情而又拘謹的聲調說：「我覺得，你恐怕早就想讓我離開這兒了，我也沒有任何的理由待在這兒，只是對你真摯然而又是無補於事的關心叫我不忍離去。天哪！我要是能說點兒什麼或做點兒什麼，能使你減輕一點兒痛苦就好了。我不再用這些徒勞的願望來折磨你了，這樣好像顯得我是有意要討你的感激似的。我擔心，這一不幸的事件將使得我妹妹今天不能有幸在彭貝里見到你了。」

「哦，是的。務必請你代我們跟達西小姐道個歉。就說有件緊急的事要我們立即回去。最好不要把這件不愉快的事告訴她，不過我也知道它不會瞞得太久。」

他即刻答應替她保守秘密——又一次為她的痛苦表示了難過，衷心希望這件事能有一個較為圓滿的結局，不至於像現在所想像得這麼糟糕，末了請她代問她家裡的人好，最後又鄭重地望了她一眼離去了。

在他走了以後，伊莉莎白思忖道，他們倆竟然會在德比郡有好幾次機會來坦誠相見，這簡直是出人意料。當她回想起他們倆這曲折多舛的相識經過時，她禁不住歎息了一聲：沒料到從前那麼巴望中斷他們這種關係的那些個感情，現在反倒想要加深他們之間的相識了。

如果說感激和尊敬是情感的基礎的話，那麼伊莉莎白感情的變化就既不是不可能也不是可指責的了。總而言之，世上有所謂一見鍾情，甚至三言兩語還沒說完就傾心相許的愛情，如果與此相比，由感激和尊敬產生的愛情顯得不近人情或是不自然的話，我們也無法為伊莉莎白辯解，除了說她也曾嘗試過一點兒這一見傾心的方法，在對韋翰的情意上，只是效果不好，她才無奈而求其次，用了這另一種較為乏味的戀愛方式。儘管如此，看見他走了她還是不勝遺憾。麗迪亞的放蕩行為在一開始就產生了這樣的後果，使她想起這件糟糕的事情時又增加了她的痛苦。自從讀了珍的第二封信以後，她就再也沒有了韋翰會娶麗迪亞的想法。除了珍，沒有人再會用這樣的期盼來安慰自己。對這件事的發展，她不再感到驚奇了。當她的腦子裡轉著第一封信的內容的時候，她驚訝之至——驚訝韋翰竟會娶一個沒有錢的姑娘，而且對麗迪亞怎麼會愛上他，也覺得不可理解。可是現在這一切都是再自然不過的了。像這一類的苟合，有麗迪亞的風流嫵媚可能也就足夠了。儘管伊莉莎白也不相信，麗迪亞會不存結婚的念頭就心甘情願地跟他私奔，可她也不難相信，麗迪亞的品行和見解都使她很容易落入人家的圈套。

她從來也沒有察覺，麗迪亞在民團駐紮哈福德郡期間對韋翰有所傾心，不過她倒是確信，只要有人勾引，麗迪亞就會上鉤。有的時候是這個軍官，有的時候是那個軍官成了她的意中人，只要你向她獻殷勤，她就看得上你。她的感情總是在變化中，可是從來都沒有缺少了談情說愛的對象。對這樣的一個女孩，父母不施家教一味嬌慣，結果落得了現在的下場。啊！對這悲劇，她現在體會得太深刻了。

她渴望馬上回到家去——去親身耳聞目睹，在這樣一個亂糟糟的家裡，她要回去為珍分擔現在壓在她身上的那副重擔。父親去倫敦了，母親毫無應對的辦法，還得需要別人的照顧。雖然她認為麗迪亞的事幾乎已經沒有辦法可想，可是舅舅的參與似乎顯得至關重要，她現在等舅舅真是等得心急如焚。加德納夫婦慌慌張張地趕了回來，聽僕人的講述，以為外甥女兒突然得了急病，看到不是那麼回事才頓時放了心。伊莉莎白把叫回他們的原因急促地說了一遍，大聲地讀完了這兩封信，又將後面補寫的那一部分用力給予了強調。雖然加德納夫婦從來也沒有喜歡過麗迪亞，可他們卻不能不感到深切的憂慮。豈止是麗迪亞，家人親戚都與此事相關。加德納先生在開始時也大為驚駭，連聲感歎，隨後便一口答應盡他的一切力量給予幫助。雖然這是預料之中的事，伊莉莎白仍然感激涕零地表示了感謝。三人一齊動手，上路的一切準備工作很快便做好了。他們要盡可能快地趕回去。「可是彭貝里那邊怎麼辦呢？」加德納太太問，「約翰告訴我們說，當你打發他來找我們時，達西先生在這兒來著，真是這樣嗎？」

「是的，我已經告訴他我們不能去赴約了。一切都已經決定了。」

「一切都已經決定了。」加德納太太念叨著跑進她的房間去準備了，「難道他們兩人之間已經好到這樣的程度，能讓她把這件事的真相都透露給他了嗎？噢，但願我知道真相就好了！」

但是願望總歸是願望，或者說最多也不過是在後來一個小時的忙亂中，使她有一個聊以自娛的念頭而已。如果是在閒暇的時候，伊莉莎白一定相信，像她現在這個樣子便不可能做得了這麼多的事情。可是像舅媽一樣，她也有她的一份事要做，這其中也包括給他們在蘭頓的所有朋友寫信，為他們的突然離去編造出種種的理由。只用了一個小時，就一切準備就緒了。加德納先生這時也和旅店結清了賬目，剩下要做的就是動身了。在經受了一上午的痛苦之後，伊莉莎白沒有料到，在這麼短的時間內，她就坐上了馬車，向朗博恩進發了。

47

「我又一直在想這件事，伊莉莎白，」從倫敦出來的路上，她的舅舅說，「真的，經過認真的考慮，我倒比剛才覺得你姊姊的判斷是有道理的了。叫我看，任何一個年輕人都不敢對一個有親朋好友保護，尤其是就留住在他的上校家裡的姑娘存壞心眼。因此我願意從最好的方面去想，難道他不怕她的朋友們前來救助？難道在這樣地冒犯了他的上司福斯特上校以後，他還可能再回到部隊上去嗎？麗迪亞對他的誘惑不值得他冒這樣的險。」

「你真是這樣想嗎？」伊莉莎白激動地說，臉上有了片刻的喜色。

「說實話，」加德納太太說，「我也開始像你舅舅這樣認為了。如此地不顧廉恥，丟掉一切名譽和利益，他會這樣做嗎？我不認為韋翰有這麼壞。麗琪，難道你自己對他已經完全絕望，相信他會做這種事嗎？」

「為了顧全他個人的利益，他也許不會。除此之外，我相信他全不會在乎的。如果真像你們說的這樣就好了！我不敢存這個奢望。如果真是這樣的話，他們為什麼沒有去蘇格蘭呢？」

「首先，」加德納先生回答道，「這裡並沒有確鑿的證據，說明他們沒有往蘇格蘭去。」

「噢！可是他們把原來的馬車打發掉，換上了出租馬車，顯然是用心良苦！何況，到巴爾內去的路上也找不到他們的任何蹤跡。」

「呃，那麼——就假定他們是去了倫敦。他們到那兒也許只是為了躲藏一時，而不是有什麼別的圖謀。他們兩人身上都不可能有許多的錢，也許他們會覺得，在倫敦結婚比去到蘇格蘭更節省一些，雖然不如那兒方便。」

「可是，為什麼要這樣神神秘秘的呢？為什麼要怕人家發現呢？他們結婚幹嗎要偷偷摸摸的呢？啊！不，不，這根本不可能。珍在信上說，連他的最要好的朋友都不相信他會娶麗迪亞的。韋翰絕對不會跟一個沒有錢的女人結婚，他做不到。麗迪亞有什麼本錢，有什麼誘惑力（除了她的年輕、健康和活潑的性情），能夠使得他為其而丟掉他自己結婚致富的一切機會呢？至於他會不會怕這次不名譽的私奔使他自己在部隊裡丟臉，便把他的行為變得收斂一點兒，那我就無法判斷了，因為我不知道他這一步到底能產生多大的影響。至於你的其他理由，我擔心都很難站得住腳。麗迪亞沒有兄弟出來撐腰，而且從我父親平日的行為裡，從他對家中所發生的一切事情上所採取的那種又似縱容又似不予過問的態度中，韋翰也許認為父親在這件事情上，像有些做父親的那樣，也會不肯去多管、不肯去多想的。」

「可是，你認為麗迪亞會只顧了愛他，便同意不結婚而跟他住在一起嗎？」

「這似乎是，而且的確是叫人震驚的，」伊莉莎白眼睛裡溢著淚水回答說，「一個人竟會在這樣一點上懷疑自己妹妹的道德感和貞操。可是，我的確不知道怎樣說才好了。或許我對她的看法有片面性。可是她太年輕了，又從來沒有人去告訴過她如何去想這些重大的問題。最近半年來，不，最近的一年來，她一味地沉溺於追求快樂和虛榮。家裡縱容她過那種最為無聊浮淺的生活，隨意聽從別人的教唆。自從民團駐紮到梅里屯以來，她腦子裡整天想著的就是和軍官們調情說愛。她總是想著和談論與軍官們調情的事，使她的感情——我怎麼說呢——越發地容易受到誘惑了。本來她天生就足夠多情的了。而且我們都知道，韋翰有能迷住一個女人的堂堂儀表和優美談吐，他的魅力是很難抵擋的。」

「可是你也看得出，」她的舅母說，「珍並不認為韋翰有那麼壞，會幹出這等事來。」

「珍認為過哪一個人不好呢？在一件事沒有得到證明之前，不管這個人以前的行為如何，珍何曾相信過人家會幹出壞事來呢？可是，珍像我一樣的清楚韋翰的真實面目。我倆都知道他行為上的放蕩。他既不誠實又無節操，他虛偽做作，又善於奉迎。」

「這些情形你真的都瞭解嗎？」加德納太太大聲問，顯然地對她如何得到的這些消息感到好奇了。

「我的確瞭解，」伊莉莎白回答道，隨之臉也紅了，「那一天我已經將他如何不名譽地對待達西先生的行為告訴了你。而且，你自己上次在朗博恩的時候，也親耳聽到了他是怎麼談到對他既寬宏大量又慷慨解囊的達西先生的。還有些事情我現在不能公開——也不值得提起。不過，他給彭貝里一家所造的謠言真是多得不勝枚舉。以他對達西小姐的描述，我看到的該是一個驕傲、矜持、惹人討厭的女孩子。然而，他自己也知道事實恰恰相反。他當然清楚，她和藹可親，毫無做作，就如我們所看到的那樣。」

「難道麗迪亞不知道這些嗎？你和珍這麼瞭解的事，難道她能一點兒也不曉得嗎？」

「噢，真是這樣！事情糟就糟在這兒。我自己也是到了肯特郡以後，由於常常跟達西先生和他的表弟費茲威廉上校見面，才知道了真相的。在我從肯特郡回到家裡的時候，梅里屯的民團已經準備在一兩個星期內開拔了。既是如此，珍（我已都告訴了她）和我都覺得再沒有必要把他的事情向外聲張，因為何必無端去觸犯鄰居們對他的好感呢？甚至就是在麗迪亞已經定下來要跟福斯特一塊兒走的時候，我也從沒想到過有必要叫麗迪亞認清韋翰的本性。我一點兒也不曾想到，她竟會有上當受騙的這種可能。你可以相信，我萬萬沒有料到會造成了這樣的後果。」

「這樣說來，在他們一塊兒去到布里奇頓的時候，我想你根本不認為他們兩人已經相好了。」

「一點兒也沒有察覺出。我回憶不起雙方之間有過傾慕的任何症狀。只要有這樣的事情，你也知道在像我們這樣的家庭裡是不可能被輕易放過去的。當韋翰剛來到部隊上的時候，麗迪亞倒很是對他傾慕，可是當時有哪一個姑娘不是這樣呢。梅里屯以及梅里屯附近地區的女孩子們在開始的兩個月裡都迷戀上了他，不過他對麗迪亞可不曾給予過特別的青睞。跟著，在一段不算長的神魂顛倒的愛慕過後，她對他的喜歡便漸漸地淡下去，那些向她獻殷勤的其他軍官們又成了她的意中人。」

我們不難想像，在這幾天的旅程中，儘管他們三人對這件事翻來覆去的討論，不能給他們現在的擔心、希望和揣測再添進去什麼新奇了，可是無論扯到什麼別的話題，他們不久便又會談到這件事情上來。它總是縈繞在伊莉莎白的腦子裡，使她深深地感到痛苦，感到自責，叫她一路上沒有過一刻輕鬆舒坦的時候。

他們急匆匆地趕路，日夜兼程，終於在第二天的中午時分到達了朗博恩。想到珍不必再為整天的期待他們感到焦心了，伊莉莎白覺得一陣快慰。

當他們的車子進到圍場的時候，加德納舅舅的孩子們看見了，便站到了房門前的臺階上來。當車子在門前停下的時候，他們的臉上露出了驚喜，高興得又是蹦又是跳，這便是他們一行三人剛剛回來時受到的熱忱愉快的歡迎了。

伊莉莎白跳下馬車，急急地吻過了每個小表弟表妹們，便匆匆走進了門廊，剛巧珍正從她母親的房間那裡奔下樓來，在這兒相遇了。

伊莉莎白緊緊地擁抱著姊姊，兩人的眼睛裡都浸滿了淚水，與此同時，伊莉莎白一刻也沒有耽擱地便問起這兩個失蹤了的人的消息。

「還沒有聽到什麼消息，」珍回答，「不過，親愛的舅舅現在回來了，我想一切都會好起來啦。」

「父親還在城裡嗎？」

「是的，我信中告訴過你他星期二就走了。」

「父親那兒常有信來嗎？」

「我們只收到過一封。他在星期三那天給我寫回來短短的幾句話，說是他已平安到達，告訴了我他的地址，這是我在他臨走前特意請求他做的。另外他只說，等到有重要線索的時候再來信。」

「母親呢——她好嗎？家裡人都好嗎？」

「母親的情況還算不錯。我想，儘管她在精神上受到了不小的刺激。她正在樓上，看到你們她會高興的。她還待在她的化妝室裡。瑪麗和凱蒂嘛，謝謝上帝，她們都很好。」

「但是你——你怎麼樣呢？」伊莉莎白著急地問，「你臉色很蒼白，你經受了多少的痛苦啊！」

不過，她的姊姊卻告訴她，她的精神和身體都很好。趁著加德納夫婦和他們的孩子們親熱的時候，姊妹倆說了這麼幾句話，待大家都進來時，珍便走到舅舅和舅母面前去，一會兒是眼淚，一會兒是笑容地向他們兩個表示歡迎和感謝。

在大家都來到了客廳以後，伊莉莎白問過的話兒自然又被舅父舅母重新提了起來，他們很快便發現珍並沒有什麼消息可以告訴他們。珍那寬厚的心地裡存著的「但願有個美好結局」的願望，還沒有離開她。她仍然希冀著會有個圓滿的結果，她覺得每個早晨都可能會收到麗迪亞或是父親的來信，信上會把事情進展情況解釋一番，或許還會有結婚的喜訊傳來。

在這樣說過了幾分鐘的話兒後，他們便都來到班奈特夫人的房間，班奈特夫人對他們的接待正像所能預料到的那樣。她又是眼淚又是懊悔地感歎，她氣著罵韋翰的卑劣行為，也為自己所受的苦和委屈叫冤。她把每一個人都數落到了，除了縱容女兒鑄成這個大錯的自己。

「如果我要是能夠，」她說，「照我的想法辦。全家人一塊兒去布里奇頓，就不會有這樣的事情發生啦。結果弄得是可憐的麗迪亞沒人照顧，為什麼福斯特夫婦要讓她一個人瞎跑呢？我敢說他們兩個一定是沒有盡到他們的責任，因為只要好好管著一點兒，麗迪亞可不是能做出這種事的孩子。我早就認為他照管不了她，可是我的話總是說了也沒有人聽，我的可憐的孩子。班奈特先生也走了，我知道他只要見著韋翰一定會打起來的，他一定會被打死的，那可叫我們這一家老小怎麼辦呢？他屍骨未寒，柯林斯夫婦就會找上門來趕我們出去了。弟弟，如果你不幫忙，我可真不知道我們這一家子會怎麼樣了。」

大家對她這些可怕的想法都極力反對，加德納先生告訴她說，無論是對她本人還是她的家人，他都會盡心照顧，然後又說他明天就動身去倫敦，竭盡全力幫助班奈特先生找到麗迪亞。

「你不必過分驚慌，」他接著說，「儘管應該是要想到最壞的方面，可沒有理由就把它當成是肯定的結局。他們兩個離開布里奇頓還不足一個星期，再過幾天，我們便可能會得到他們的一些消息了，只有當我們得知他們並沒有結婚，也沒有任何結婚的打算時，那才算是失望。我一進城就會到姊夫那兒去，請他到承恩寺街我們家裡去住，然後我們便著手商量該怎麼辦。」

「噢！我的好兄弟，」班奈特夫人回答說，「你說的正合我的心意。你到了城裡後，不管他們可能會在哪裡，一定要把他們找到。如果他們倆還沒有結婚，就給他們倆結了婚。不要讓他們等結婚的禮服，你告訴麗迪亞待他們結了婚以後，她想買多少錢的禮服都可以。最要緊的是，不要叫班奈特先生動手。

告訴他我現在的情形糟透了——我已經被驚嚇得魂不附體啦，我渾身常常發抖，腰背抽搐，頭痛心跳，白天夜裡都不能休息。再告訴麗迪亞，在沒有見到我以前，不要購置禮服，因為她不知道哪一家的衣料最好。噢，弟弟，你真好！我知道你會把這一切都辦好的。」

加德納先生雖然又一次地告訴她說他在這件事情上一定會認真盡力的，可也忍不住勸誡她，要她的希望像她的擔心一樣還是適中一些為好。大家跟她一直談到吃飯的時分才離開，在這以後她又繼續向她的管家女人發洩情緒，女兒們不在時，這位管家婦便跟著她在屋裡。

儘管她的弟弟和弟妹並不以為非要把她隔離起來不可，可他們卻也沒有表示反對，因為他們知道，如果讓她和大家一起吃飯，在傭人們上菜的時候她也管不住自己的嘴，出言不慎會惹下人笑話的，這樣一想，覺得還是讓這位他們最信任的女管家陪著她好，讓她把她的所有擔心和焦慮只叫這一個人知道好了。

瑪麗和凱蒂不久也來到了餐廳裡，在這之前她們兩個都各自在自己的房間裡忙著，還沒顧得上露面。一個是剛從書堆裡鑽出來，另一個是剛剛化完妝。這兩人的臉上都很平靜，兩個人都沒有什麼明顯的變化，只是凱蒂講話的聲調比平常顯得焦躁些。這或者是因為她為失去一個心愛的妹妹而傷心，或是為了這件事感到氣惱。至於瑪麗，可儼然還是她平時的那副樣子，剛剛在桌前坐定以後她便若有所思、一本正經地跟伊莉莎白小聲說：

「這真是一件最不幸的事了，很可能會遭到眾人議論的。我們必須頂住這股人心叵測的潮頭，把姊妹間的體恤之情傾注到我們彼此受到創傷的心靈中去。」

她看到伊莉莎白不願答話，便接著說：「這件事情對麗迪亞來說固然不幸，可是我們卻能從這中間獲得有用的教訓：一個女子的貞操一旦失去便無法挽回——一步邁錯便有無盡的毀滅接踵而來——她的聲譽既可美好又可毀於一旦——對異性的輕薄負義，她如何防範也不會過分。」

伊莉莎白禁不住詫異地抬起了眼睛，只是覺得心頭壓抑才沒有說出話來。可是瑪麗卻繼續用這類從書本中讀來的道德訓條寬慰自己。

到下午的時候，班奈特家的這兩位大小姐才好不容易有了半個鐘頭的時間來談談心。伊莉莎白立刻抓住這個機會問了珍許多問題，珍也同樣急切地一一做了回答。姊妹兩人先就這件事的可怕後果共同歎息了一番，伊莉莎白認為可怕的結局已經在所難免，珍也認為這不是完全沒有可能。接著伊莉莎白說道：

「告訴我有關的一切細節，只要是我還沒聽到過的。福斯特上校是怎麼說的？在他們私奔之前，他就一點兒也沒有察覺嗎？他一定常常看見他們在一起來著。」

「福斯特上校的確承認，他曾懷疑過他們之間有些特別，尤其是麗迪亞這一方，可是卻沒有發現出任何值得他警惕的地方。我也為他很難過。他對這件事非常關心，也很樂意幫忙。在他還沒有想到他們不會到蘇格蘭去的時候，他就打算來我們這兒說明情況的。等到想到這一層的時候，他便立即趕來了。」

「丹尼認為韋翰不會跟她結婚，是嗎？他事先知道他們有私奔的打算嗎？福斯特上校自己見到過丹尼了嗎？」

「見過了，不過當他問到他的時候，丹尼矢口否認他知道他們的計畫，也不願說出他對這件事的真實想法。他沒有再提起他認為他們不會結婚的話——我由此希望，以前他的意思也許是被人誤解。」

「我想，在福斯特上校到來之前，家裡的人都沒懷疑到他們不會結婚？」

「這樣的一個想法怎麼可能在我們的頭腦中產生呢！我曾感到有點兒不安——擔心小妹跟他結婚不

會幸福。因為我早就知道他品行不太端正。父親和母親全然沒有想到，他們只是覺得這樁婚姻草率了一點兒。凱蒂承認，在麗迪亞給她的最後一封信中，曾談到她要準備走這一步，自然因為知道得比我們多，凱蒂當時還很得意。她好像在幾個星期前就知道他們在相愛了。」

「然而，總不會是在他們到布里奇頓之前吧？」

「不，我想不會。」

「福斯特上校是不是顯出了看不起韋翰的樣子？他瞭解他的真實面目嗎？」

「我不得不承認，福斯特上校不像從前那樣說韋翰的好了。他覺得他行事魯莽，生活放蕩。自從這件不幸的事兒發生以後，人們都說起他在離開梅里屯時欠了許多的債，不過我希望這些都是謠傳。」

「噢，珍，如果我們倆不是這麼保密，如果我們倆說出他的事來，就不會有這樣的事情發生啦！」

「或許，我們那樣做了會好一些，」她的姊姊回答，「可是在不瞭解一個人現在品行的情況下，便去揭露人家以前所犯的錯誤，總似乎顯得不太好。我們的行為是出於最好的動機。」

「福斯特上校把麗迪亞給他妻子的留言告訴你們了嗎？」

「他帶來了這封短箋給我們看了。」

珍說著從她的夾子裡取出了那封信，將它交給了伊莉莎白。信是這樣寫的：

親愛的哈麗特：

當你知道我去了哪兒的時候，你一定會大笑起來的，想到明天早晨你會為我的離開感到如何的驚訝，我自己也忍不住笑出了聲。我打算到格雷特納格林去，如果你猜不出我是和誰一起去，那你簡直就太傻了，因為在這個世界上我只愛一個男人，他是我的天使，沒有他我永遠不會幸福，所以不要為我的離去大驚小怪。如果你不願意的話，你就不必寫信把我走的事告訴我朗博恩的家人，因為當我給他們寫信，下面署上麗迪亞．韋翰的名兒時，那麼我家人的驚奇會來得更大。這個玩笑開得多麼有趣！我笑得幾乎寫不下去了。請替我向普拉特道歉，說我今天晚上不能赴約同他跳舞了。告訴他我希望他知道了這一切的情形後能夠原諒我，告訴他在我們相遇的下一次舞會上，我會盡興地和他跳的。在我到了朗博恩後，我便派人來取我的衣服。我希望你能告訴夏麗一聲，我那件細洋紗的長裙上撕了一道長口子，在打包以前讓她幫著縫一下。再見。代我問候福斯特上校，願你為我們的一路順風乾杯。

你的好朋友麗迪亞．班奈特

「啊！好個沒腦子的麗迪亞！」在讀完信的時候，伊莉莎白喊道，「在這樣的時候還能寫出這種信來。不過，這封信至少說明，她對這一趟旅行的宗旨看得是很嚴肅的。不管韋翰在以後會引誘她做出什麼樣丟臉的事來，在她這方面都不是有意的。我們可憐的父親！看到這信時他一定氣壞了吧。」

「我從來沒見過有誰驚駭成那個樣子。他當時一句話也說不出。母親馬上就病倒了，全家是一團糟！」

「噢，珍，」伊莉莎白激動地大聲說，「是不是家裡所有的傭人都在當天就知道了這件事情？」

「我不太清楚——但願不是這樣——不過，在現在的情形下要保密也不太容易。母親那歇斯底里的毛病又犯了，儘管我全力地勸慰她，恐怕還是做得不盡如人意。對將來可能會發生的事情的恐怖，幾乎已經叫我不知所措了。」

「你對母親的照顧，真是太難為你啦。你的臉色並不好。噢！要是我也在家就好了！樣樣事情都得你一個人操勞，太辛苦你啦。」

「瑪麗和凱蒂都非常的好，我想她們本來是會幫我分擔這辛勞的，只是我覺得不該讓她們受累。凱蒂身體纖弱，瑪麗學習那麼用功，不應該再打擾了她們休息的時間。好在星期二父親一走，菲力浦斯姨媽就來到朗博恩，跟我在這兒一起待到星期四。她的到來對我們全家是個極大的安慰，同時也幫了我們不少的忙，盧卡斯夫人待我們也很好，她星期三早晨來安慰我們，並且說只要用得著她們，她和她的女兒們都願意效勞。」

「她還是待在她家裡的好，」伊莉莎白大聲說，「也許她是出於好意，可是發生了這樣不幸的事情，鄰居們還是越少見越好。幫忙，不可能；勸慰，叫人受不了。還是讓他們站得較遠一點兒去幸災樂禍吧。」

伊莉莎白接著問起了父親到城裡後打算採取的步驟。

「我想，」珍回答說，「他計畫是先去埃普索姆，因為他們倆是在那兒換的馬車，他想找找那些馬車夫，看看能不能從他們的嘴裡探聽出一點兒消息。他的主要目的一定是想查出他們在克拉法姆所搭乘的那輛出租馬車的號碼。因為他認為一男一女從一輛馬車換上另一輛馬車，也許會引起人們的注意，所以他想在克拉法姆做點兒調查。他只要查出那個馬車夫在哪家門口讓他的客人下了車，便決定去到那兒打探一下，也許能夠查問出那輛馬車的號碼和停車的地點。我不知道他還有沒有別的打算，他走的時候那麼匆忙，他的心情又那麼的不好，我能問出這麼多來已經是不容易了。」

48

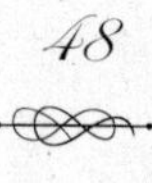

全家人都盼望著在第二天早晨能收到班奈特先生的一封信，可是等到郵差到了卻沒有帶來他的任何音信。他的家人都曉得，他一向是疏於動筆懶得寫信，不過在這樣的一個非常時期，他們本希望他能勤勉一些的。家人只得認為，他現在還沒有好消息要傳回來，可是就是這一點他們也希望能得到證實。加德納先生也想在動身之前多看到幾封來信。

在加德納先生也趕往倫敦後，大家放心了一點兒，至少他們可以經常地聽到事情進展的情況了。他臨走的時候還答應，將勸說班奈特先生，要他盡可能早地回到朗博恩，這給他的姊姊是一個極大的安慰，因為班奈特太太認為只有這樣才能避免她的丈夫死於決鬥。

加德納太太和孩子們將繼續留在哈福德郡待上幾天，因為她覺得，她在這裡對外甥女兒們是一個幫手。她和她們一起照料班奈特夫人，待她們閒暇下來時，又能給她們安慰。她們的姨媽也常常來看她們。她說她來是想讓她們高興振作一點兒，可是由於她每次都帶來了韋翰奢華放蕩的新事實，她每回走了以後，反而使她們變得更加沮喪。

梅里屯這兒的人們似乎都在使勁地說他的壞話了，可是僅僅在三個月以前，這個人幾乎還是一個光明的天使呢。人們傳說他欠著當地每一個商人的債，又說他誘騙婦女，把他的魔爪伸進了每一個商人的家庭。每個人都說他是天下最壞的青年了，每個人都開始覺得他們對他外表上的美好從來都抱著不信任的態度。雖然伊莉莎白對上述的傳聞並不全信，不過卻也足以使她更加相信，她妹妹會毀在這個人的手裡是無疑的了。甚至對這些傳聞更少相信的珍，現在也幾乎變得絕望了，因為時間已過了這麼久，如果他們兩人真去了蘇格蘭（對這一點她從來也沒有完全放棄過希望），現在也應該聽到他們的一些消息了。

加德納先生是星期天離開的朗博恩。星期二的時候，他的夫人收到了他的一封來信，信上說他一到了倫敦便找到了班奈特先生，勸他住到了承恩寺街這裡。班奈特先生曾到過埃普索姆和克拉法姆，可惜沒有打聽到任何有用的消息。他現在打算找遍城裡所有的主要旅店，因為他考慮在他們倆剛剛到達倫敦沒有找到住房之前，可能住過某一間旅店。加德納先生本人不相信這個辦法會奏效，可是因為他的姊夫一味堅持，他也計畫幫著他進行。加德納先生最後說，班奈特先生目前似乎一點兒也沒有想離開倫敦的意思，他還答應不久就再寫一封信來，信的後面還有這樣一段附言：

我已經給福斯特上校寫信，希望他盡可能找一些韋翰在部隊裡的好朋友，向他們打聽一下韋翰是否在城裡有親戚和朋友，這些人也許知道他藏在城裡哪一塊地方。要是我們有這樣的人可以請教，從中可能得到一些線索，那事情就好著手得多了。目前我們還無從下手。我敢說，福斯特上校會極盡可能為我們辦這件事的。但是，我又想了一下，也許麗琪比別的人更瞭解，韋翰現在還有什麼親戚。

伊莉莎白當然清楚她為什麼會受到這樣的推舉。可是無奈她卻給不出配得上這一恭維的有用資訊。她從來沒有聽說過他有什麼親戚，除了他在多年前已逝世的父母親。不過他部隊上的朋友卻可能提供出一些資訊。她雖說對此並不存奢望，可是去試一試倒也是應該的。

現在朗博恩家的每一天都是在焦慮中度過的。而一天中最焦急的時刻則是在郵差快要到來的時候。信件的到來是他們每天早晨急切盼望的第一件大事。不管是好消息還是壞消息，總得通過信件才能傳遞過來，他們總在期待著下一天能帶來一些重要的資訊。

在加德納先生的第二封信到來之前，他們從另一個不同的地方，從柯林斯先生那裡收到了給父親的一封信。因為珍曾受父親的委託，於他不在時代拆一切信件，她便對它讀了起來，知道他的信總是寫得怪里怪氣的伊莉莎白，也挨在姊姊身旁去看。信是這樣寫的：

親愛的先生：

由於我們之間的親戚關係和我的職業關係，我覺得對你現在正受到的巨大哀痛——這是我昨天從哈福德郡的一封來信中得知的——表示慰問，是我所義不容辭的。你可以相信，親愛的先生，柯林斯夫人和我對你及你尊敬的家人目前所受到的痛苦，是深表同情的，這種痛苦一定是刻骨銘心的，因為它源於一種時間不能洗滌掉的原因。我真心希望能說點兒什麼，以減輕這一不幸的後果，或者能使你得到安慰，我知道在這類情形下最受打擊的莫過於父母的精神了。早知如此，你女兒若能死去也是比較幸運的。更為可悲歎的是，這裡有理由認為（正像我的親愛的夏綠蒂所告訴我的），你女兒的淫逸放縱行為是因為家裡大人的錯誤縱容，儘管為了安慰你和班奈特夫人，我願意認為麗迪亞的性情生來就是邪惡的，否則她便不可能在這麼小小的年紀就犯下這麼嚴重的錯誤。縱使如此，你的悲哀我也是同情的，而且不僅是柯林斯夫人，還有凱瑟琳夫人和她的女兒（我將此事告訴了她們）也跟我有同感。我們一致認為，一個女兒的失足會損害到其他所有女兒的命運，因為正如凱瑟琳夫人自己不吝賜教的那樣，有誰還會願意和這樣的一家人攀親呢。這一考慮叫我頗為得意地想起去年十一月我向令嫒求婚的那件事，幸虧沒有成功，否則的話我現在也必定捲入到你們的傷痛和恥辱之中去了。願先生能盡可能地擅自寬慰，摒棄掉對這一冤孽女兒的一切愛心，讓她去自食她的惡果。祝好，下略。

加德納先生直到接得福斯特上校的回信後，才寫來了他的第二封信。信上並沒有報來什麼可喜的消息。誰也不知道韋翰有什麼親戚還與他保持著任何的聯繫，而且他確實是沒有一個至親在世了。他從前的朋友的確很多，可是自從他進入部隊以後，他和他們之間好像便不再有任何較為親密的關係了。所以很難找出一個人來能告知有關他的任何消息。除了擔心會被麗迪亞的家人發現，韋翰糟糕的經濟狀況也非得叫他隱匿得秘密一點兒不可，因為剛剛有消息透露出來說，他臨走時欠下了一大筆的賭債。福斯特上校估計，他在布里奇頓的債務需要有一千多英鎊才能還清。在倫敦他也欠了不少的錢，而且他在那兒的負債名聲叫人聽了更是可怕。加德納先生並不企圖把這些細節向朗博恩家隱瞞。珍讀了心驚肉跳，「好一個賭徒！」她喊著，「太出乎人的意料了，我一點兒也沒有想到會是這樣。」

加德納先生在信中接著寫道，她們可以在第二天，即星期六便能看到她們的父親了。由於他們所有的努力都毫無結果，她們的父親也搞得心灰意冷，終於同意了他內弟的請求，返回家去，留下他一個人見機行事。當班奈特夫人被告知了這些情況後，她並沒有像女兒們所預料的那樣，表示出滿意的神精，雖然她幾天前對丈夫的生命安全是那麼的著急。

「沒有可憐的麗迪亞，他一個人回家來做什麼！」她憤憤地嚷道，「在找到他們倆之前，他怎麼能離開倫敦？如果他走了，誰去跟韋翰較量，逼他娶了女兒呢？」

加德納太太也開始想回家去了，於是決定在班奈特先生離開那兒的時候，她和孩子們便趕回倫敦。所以派車子把他們母子們送到第一站時，便順便帶回朗博恩的主人來。

加德納太太走了，把她從德比郡那兒起就一直攪擾著她，關於伊莉莎白和她那位德比郡朋友的謎也帶走了。她的外甥女兒從來沒有主動地在他們面前提過他的名字，加德納太太原以為他們回來後隨即會收到達西先生的一封來信，結果這一希望也落空了。伊莉莎白沒有收到從彭貝里寄來的任何隻言片語。

家裡現在這一攤子倒楣的事兒，已經夠叫她喪氣的了，再無需找其他的理由來解釋她精神上的沮喪。所以從這兒也無從看出伊莉莎白的一點兒底細來。儘管她到現在已經理清了她自己的情緒：如果她要是根本不認識達西先生，她倒比較地能忍受麗迪亞這件丟臉面的事情了。那樣的話，她想她的不眠之夜至少也可以減少一半了。

班奈特先生回到家來的時候，面上仍然保持著他那慣有的哲人式的鎮靜。還像從前那樣很少說話，隻字不提他這次外出的事兒，女兒們也是過了好一會後才敢在他面前說起了這件事。

那是到了下午，他跟女兒們一塊兒喝茶時，伊莉莎白才大著膽子談到了這件事。她剛剛說到她為他這次吃了不少的苦很是難過時，她的父親便接過了話茬，「甭說這樣的話了，這份罪就應該是我受的。這是我自己造成的後果，我應該去承受。」

「你千萬不要過於自責才是。」伊莉莎白回答說。

「你給過我勸告，我本來可以避免掉這場不幸。可是人的本性多麼容易落入到舊習中去呢！不要勸我，麗琪，讓我這一生也嘗上一次這樣的滋味吧。我並不擔心會積鬱成疾。這痛苦很快就會過去的。」

「你認為他們會在倫敦嗎？」

「是的，還有什麼別的地方能叫他們藏得這麼隱密呢？」

「麗迪亞以前老是想著要到倫敦去。」凱蒂加上了一句。

「那麼，這正合她的心意，」她們的父親懶懶地說，「她在那兒也許會住上一陣子的。」

在沉默了片刻以後，他接著又說：「麗琪，你在五月間勸我的那些話都勸得對，我一點兒也不怪你，從現在發生的事來看，說明你是有見解的。」

他們的談話被班奈特小姐進來給母親端茶中斷了一下。

「你母親的這種做法，也可謂是一種擺架子啦，」班奈特先生大聲說，「這倒也不無好處，為家門的不幸增添了一種別樣的風雅！哪一天我也要這麼做，我將身穿罩衣、頭帶睡帽地坐在我的書房裡，叫你們一個個的伺候我——哦，也許我會等到凱蒂也私奔以後才這麼做。」

「我才不離家出走呢，爸爸，」凱蒂氣惱地說，「我要是去了布里奇頓，一定會比麗迪亞規矩得多了。」

「你到布里奇頓去！你就是去到伊斯特布恩這麼近的地方，我也不敢叫你去了！不行，凱蒂，至少我已經學得謹慎一些了，你會感覺到它的後果的。我的家裡再也不許有軍官們來，甚至到我們的村子裡也不行。跳舞以後也絕對地禁止，除非是你們姊妹們之間跳。也不許你走出家門去，除非是你已經能夠做到每天在家裡不搗亂待上十分鐘。」

凱蒂將這些嚇唬的話兒信以為真，不禁哭了起來。

「哦，好了。」她的父親說，「不要叫自己不高興啦。如果你在以後的十年裡做了好姑娘，到十年頭上的時候，我一定帶你去看閱兵式。」

49

班奈特先生回來的兩天以後，珍和伊莉莎白正在屋後的矮樹林裡散步，突然看到女管家朝她們這邊走來，以為她來是喊她們回母親那兒去的，兩人便向她走了過去。到了管家跟前，才發覺事出意外，原來她並不是叫她們回去的。她對珍說：「小姐，請原諒我打斷了你們的談話，只是我真心想知道你們從城裡那方面得到的好消息，於是大膽地來問一下。」

「你怎麼啦，希爾？我並沒有聽到城裡來的任何消息呀。」

「唷，親愛的小姐，」希爾太太吃驚地問，「難道你們還不知道加德納先生差人給主人送來一封快信嗎？這人來了已有半個多鐘頭了，信在主人手裡。」

這姊妹兩個拔腿就跑，那麼急著趕回家去，連話也顧不上說了。她們從穿堂那兒跑進起居室，從那裡又到了書房——可是都不見她們父親的影子。她們正要上樓去看看是不是在母親的房間裡，恰好碰上了廚子告訴她們說：

「你們是找主人吧，小姐，他正往小樹林那兒散步去了。」

聽到這話，她們又從大廳跑了出來，穿過一片草地去追趕父親，只見父親正若有所思地向圍場旁邊的林子裡走去。

珍沒有伊莉莎白那麼輕巧，也不像妹妹能跑得動，很快地落在了後面，只見妹妹喘著氣追上了父親，著急地喊著：

「噢，爸爸，來了什麼樣的消息，是不是從舅舅那兒來的？」

「是的，我收到了從他那兒來的一封快件。」

「哦，信上說些什麼？是好消息還是壞消息？」

「從哪兒來好消息呢？」他說著從衣袋裡掏出一封信，「或許你想看一看吧。」

伊莉莎白性急地從父親手裡拿過了信。珍這時也趕上來了。

「大聲地讀一讀，」她們的父親說，「我自己幾乎還沒弄清楚它的意思呢。」

親愛的姊夫：

我現在終於能告訴你一些關於麗迪亞的消息了，希望這個消息大體上能叫你滿意。星期六你走後不久，我就很幸運地發現了他們在倫敦的住址。具體的細節等我們見了面再告訴你。現在知道他們已經被找到就夠了，我見到了他們兩個——

「那麼，正像我所希望的，」珍激動地說，「他們倆已經結婚了。」伊莉莎白接著讀下去：

我見到了他們兩個。他們並沒有結婚，我也看不出他們有結婚的打算。但是，如果你願意履行我大膽為你講妥的條件的話，我想他們不久便可以結婚了。要求做到的只有一點，那就是擔保你的小女兒在你和我姊姊死後能得到五千英鎊遺產中的她的那一份。而且訂一個契約，答應在你生前每年給她一百英鎊。這些條件我以為我可以代你做主，便毫不遲疑地應承下來。我之所以寄快件，就是為能盡快得到你的回答。你瞭解了這些詳情以後就會明白，韋翰的處境並不像人們認為的那麼糟糕。一般人在這點上是被蒙蔽了。我可以高興地說甚至在還清他的所有債務以後，在我外甥女的名下還能剩下一些錢（不包括她自己的財產）。如果你願意根據我說的情況，委託我以你的名譽全權處理這件事情，我將馬上吩咐哈格斯頓去辦理適當的手續。你沒有必要再跑到城裡，安心地待在朗博恩，相信我的勤勉和慎重，盡快地傳回你的意見，注意寫得清楚一些。我們覺得外甥女兒還是從我們這裡嫁出去的好，當然這也要徵得你的同意。麗迪亞今天來看我們。若再有什麼事情，我會盡快給你寫信的。再見。

愛德華．加德納

八月二日於承恩寺街

「這可能嗎！」伊莉莎白喊，「他有可能會娶她嗎？」

「韋翰看來並不像我們所想像得那麼壞，」珍說，「我向你祝賀，親愛的父親。」

「你回信了嗎？」伊莉莎白問。

「沒有，不過，得馬上寫。」

於是她極其懇切地請求他馬上回去寫，不要耽擱。

「噢！親愛的父親，」她大聲央求說，「快去動手寫吧。要知道，這種事情是一分一秒也不能拖延的。」

「不然讓我代你寫吧，」珍說，「如果你嫌麻煩的話。」

「我很不願意寫這種信，」他回答說，「可是我又必須得做。」

這樣說著，他和她們一塊兒踅了回來，朝屋子裡走去。

「我可以問一下嗎？」伊莉莎白說，「我想，父親一定會同意這些條件的吧。」

「當然同意！他要求得這麼少，讓我都覺得不好意思哪。」

「他們必須得結婚！然而他卻是那樣的一個人！」

「是的，他們必須結婚！再也沒有別的選擇。只是有兩件事情我非常想弄清楚：第一件是你舅舅到底墊付進去了多少錢，才辦成了這件事；第二件是我如何才能還上他的這筆錢。」

「墊錢！我舅舅！」珍喊，「父親，你這是什麼意思？」

「我想說，一個頭腦正常的男人，絕不會為了我生前每年給她的一百英鎊，死後給她的一千英鎊，而娶她的。」

「父親講得很有道理，」伊莉莎白說，「雖然在這之前我沒能想到這一點。他的債務還清以後錢還能有剩餘！噢，這一定是舅舅為他做的！他有多麼善良，多麼大方，我只是擔心這會苦了他自己。一筆小數目是根本下不來的。」

「是的，」她們的父親說，「韋翰不是個傻瓜，他要是拿不到一萬英鎊娶她才怪呢。在我們剛剛要結為親戚的時候，我就把他看得這麼壞，這叫我也很難過。」

「一萬英鎊！上帝！就是這一半的數目也還不上。」

班奈特先生沒有吭聲，三個人就這樣心事重重，默不作聲地走了回來。父親隨後到書房寫信去了，女兒們走進了起居室。

「他們真的要結婚了！」待只剩下她們兩個人的時候，伊莉莎白大聲地說，「這是多麼不可思議！而且為此我們還得打心眼裡感激。儘管他們的婚姻很少會有幸福可言，儘管他的人品那麼的卑劣，可是我們還得為此而感到高興！啊，麗迪亞！」

「我這樣想時就感到安慰了，」珍說，「我想，他如果不愛麗迪亞，就肯定不會娶她了。雖然我們好心的舅舅為韋翰還債一定做了不少的事兒，可是我卻不相信會有一萬英鎊的數目已經被墊付了。舅舅自己有好幾個孩子，也許還會生出幾個來。就是要他的五千英鎊，他如何能拿得出來？」

「如果我們知道韋翰到底欠下了多少債，」伊莉莎白說，「以及他向我們的小妹要了多少錢，我們就能確切地算出，舅舅為他們兩個墊進去多少錢了，因為韋翰自己連分文也沒有。舅舅和舅媽的恩情我們這一輩子也報答不了。他們把麗迪亞接到了自己家裡，給了她保護和體面，為了她的利益做出了這麼大的犧牲，這樣的情意我們幾時才能報答完。到現在，麗迪亞已經和舅父母們在一起了！如果這樣地待她，也不能使她覺得內疚和感動的話，她就永遠都不配得到幸福！在她第一眼看到舅媽的時候，她會做如何的感想呢？」

「我們應該盡力去忘掉他們兩人以前的過失，」珍說，「我希望而且相信他們是會幸福的。我願意相信，他既然同意娶她了，就證明他已經在開始改過。他們相互的感情會使他們變得成熟起來。我想他們將會安安生生、規規矩矩地過日子啦，不久，他們以前的放蕩行為也會被人忘掉啦。」

伊莉莎白說：「他們的行為是這樣地令人髮指，無論是你我，還是其他人都永遠不會忘記的，我們不必再說了。」

姊妹兩人這時驀然想到，她們的母親很可能完全不知道這回事呢。於是她們來到書房，向父親請示這件事是不是可以告訴母親。他正在寫信，連頭也沒往上抬，只冷冷地說了句：

「隨你們的便好了。」

「我們可以拿走舅舅的信讀給母親聽嗎？」

「儘管拿走你們想要的東西，只是趕快離開這兒。」

伊莉莎白從書桌上拿起信，隨即姊妹倆一塊兒到了樓上。瑪麗和凱蒂正與班奈特夫人在一起，因此一次傳達便全家知曉了。在先稍稍將好的消息透露了一些後，珍讀起了信。班奈特夫人聽得喜不自禁。在珍念到麗迪亞不久就可能結婚的話兒時，她就喜上眉梢，以後的每句話更是叫她喜出望外。由於欣喜，她的情緒變得激動起來，正如她前些時候由於驚嚇和苦惱而變得急躁不安一樣。知道她的女兒就要成親，這在她來說已經心滿意足了。至於女兒是否能夠幸福，她並不去多想，女兒行為的失檢和丟人，她也很快忘在了腦後。

「我的心愛的麗迪亞！」班奈特夫人喊，「太叫人高興啦！她就要結婚啦！我又要見到她啦！她十六歲就能結婚！我那善良好心腸的弟弟！我早就知道事情會是這樣的——我知道我那兄弟會把一切都辦妥當的。我多麼希望馬上就見到麗迪亞！也見到韋翰！可是衣服呢，結婚的衣服呢？我要立刻寫信跟弟妹談這件事。麗琪，我的女兒，快下樓找你父親，問他將給她多少陪嫁。哦，不用啦，不用啦，還是我自己去得好。凱蒂，按下門鈴，叫希爾來。我這就穿衣服。我的寶貝女兒麗迪亞！我們見面後，該會有多麼高興啊！」

她的大女兒見她高興成這個樣子，便想著把話引到應如何感激加德納先生為她全家人所做的事情上去，好叫她能冷靜一點兒。

「我們必須把這圓滿的結局，」珍說，「在很大的程度上，都歸功於舅舅的竭誠幫助。我們都認為是他答應拿出錢來替韋翰還債的。」

「哦，這就對啦，」她的母親大聲說，「除了她自己的舅舅誰還會這樣做呢？如果他沒有自己的家庭的話，他掙的錢本就是給我和我的女兒們花的嗎？這還是我們第一次從他那兒得到好處呢，除了他以前送的幾件衣物之外。啊！我真是太高興啦！很快我就有一個出了嫁的女兒啦。韋翰夫人！這聽起來有多帥。她六月裡剛滿了十六歲。珍呀，媽媽太激動了，一定寫不出信來，所以我口述，你幫媽媽寫吧。關於錢的事，以後再跟父親商量。可是所需的嫁妝應該馬上就訂置了。」

她接著便數落出了一大堆的名目，什麼細洋紗啦，印花布啦，本來還會說出一大套的訂單來的，要不是珍好不容易地勸住了她，要她等到父親有空的時候商量了再說。珍勸她說遲上一兩天也不會有什麼影響的，好在母親由於高興，也不像平時那麼執拗了。隨即其他的念頭又湧進她的腦子裡。

「我一穿好衣服，就到梅里屯去一趟，」她說，「把這好消息告訴我的妹妹菲力浦斯太太。待我從那兒回來後，我將去拜訪盧卡斯夫人和朗格太太。凱蒂，快下樓去吩咐他們給我套好馬車。我敢說，戶外的空氣一定對我大大地有益。姑娘們，你們在梅里屯有需要買的東西嗎？噢！希爾來了。親愛的希爾，你聽說這好消息了嗎？麗迪亞小姐就要結婚了。她結婚的那天，你們大家都可以喝到一碗混合調製的甜飲料，歡樂一番。」

希爾太太即刻表達了她的喜悅之情。伊莉莎白也像別人一樣接受了希爾太太對她家人的一一道賀，後來，她實在看不下去了，便躲回到她自己的房裡，自個兒想去了。

可憐的麗迪亞即便落得個最好的結果，也實在夠糟糕的了，不過因為還不是太糟，伊莉莎白還得感謝上蒼。她也確實感到了些許的慶幸，儘管想到今後的情形，她覺得妹妹既不會得到生活的幸福，也不可能享受到富貴榮華，她又回想起僅僅兩小時前她們那所有的擔心來，便不由得覺得能有這樣的結局也實在是不幸中的萬幸了。

50

班奈特先生以前常常希望，每年都能夠存上一筆錢，好叫他的女兒們和他的妻子（如果她能活得比他長的話）將來也能生活得充裕，而不要年年都吃盡花光。現在，他的這一願望更為迫切了。倘若他從前在這方面做得好一些，麗迪亞就不必為了買回名譽或是面子，而讓她的舅舅給予資助了。也不必讓舅舅費心地去說服一個全英國最差勁的青年做她的丈夫。

他心裡非常的不安：為辦成這件誰幾乎都沒有什麼好處的事情，竟然讓人家內弟獨自破費，做出了那麼大的犧牲，他決定要盡可能地打聽出人家到底給墊支了多少錢，以便盡快還上這筆人情債。

在班奈特先生剛剛結婚的時候，節儉被認為是完全沒有必要的，因為他們夫婦自然會生出一個兒子的。兒子一旦到了成年，外人繼承產權的事便可以取消，寡婦子孺也就可以不愁吃穿了。五個女兒接連來到這個世界，可是兒子還有待出世。在麗迪亞出生以後的許多年裡，班奈特夫人一直認定就會有個兒子出生的。最後，這兒子夢終於成為了泡影，可是攢錢已為時太晚。班奈特夫人不會節省，好在她的丈夫喜愛節儉，才算沒有入不敷出。

當年他們的結婚條約上規定了班奈特太太和她的孩子們一共享有五千英鎊的遺產。至於這份遺產將怎樣地分給孩子們，再由父母在遺書上規定。但是現在，至少是關於麗迪亞的那一部分必須馬上給予解決了，班奈特先生毫不猶豫地同意了加德納先生提出的建議。在信中他對內弟的幫助表示了真誠的感謝，儘管措詞相當的簡潔，他對一切既成的事實都十二分地贊同，對要讓他做的事情，他都非常樂意去完成。他無論如何也不曾想到，說服韋翰娶他的女兒，照現在的安排，幾乎沒有給他自己這方面造成什麼的不便。雖說他每年要給他們一百英鎊，可是他每年實際損失的還不到十鎊，因為就是以前麗迪亞待在家裡時，吃用開銷再加上她母親常常塞給她的零用錢。算起來也快是那個數目了。

這樁事情竟會無需他這方面出什麼力氣，也是讓他感到又驚又喜。因為他現在最大的心願就是在這件事上越能落得個清靜越好。在那激起他去尋找女兒的一陣憤怒和衝動過後，他現在又回到了他從前那種懶散狀態。他寫的信很快寄出去了。他雖然做事前喜歡一拖再拖，可是一旦做起事來倒也很快。他在信上請內弟把一切代勞之處詳細地告訴給他，可是對麗迪亞還是氣憤不過，沒有寫任何的話兒給她。

好消息立刻在全家傳開了，而且也很快傳到了左鄰右舍。鄰居們對這件事抱著一種體面的哲人態度。當然如果麗迪亞・班奈特小姐做了妓女，那他們在街頭巷尾的閒聊內容會豐富得多。或者她遠離塵世，住到了離家很遠的一個地方，那聊起來也會饒有興味。然而，即使是她現在要結婚了，還是有許多的話題可談。那些心懷惡意的梅里屯的婆娘們，在這以前是假惺惺地祝願她不遭厄運，現在這一情勢的改變也並沒有能減低了她們的興致，因為找到了這樣一個丈夫，她將來的受罪是肯定無疑的了。

班奈特夫人沒有下樓吃飯已經有兩個星期了，可是在今天這樣的高興日子，她又坐到了飯桌的首席上，顯得神采飛揚。在她那洋洋得意的神情裡沒有半點兒感到羞愧的影子。自從珍長到十六歲以後，她最大的心願就是嫁女兒了。現在這一願望眼看著就要實現了，她想的說的全是婚娶的漂亮排場，什麼上好的細洋紗啦，嶄新的車子啦，以及眾多的男僕女傭啦等。她在附近一帶到處奔走要為女兒找一所住宅，也不管和不考慮他們有多少的收入，不是看到這所房子規格小啦，就是那所房子不夠氣派啦。

「要是古爾丁一家能搬走，」班奈特夫人說，「哈耶花園倒還不錯。或者若是客廳再大一點兒話，位於斯托克的那幢大宅院也可以。可是阿希沃思就有點遠了！她就是離我十哩遠，我也不願意。至於說到珀維斯住宅，它的頂樓實在是太糟糕了。」

僕人在的時候，班奈特先生沒有打斷妻子的談話。可等到僕人走後，他便對她說：「班奈特太太，在你給你的女兒和女婿找好房子之前，讓我們先把一點談談清楚。他們絕對不可以住到鄰近地區的任何一所房子裡。他們也休想指望我會在朗博恩招待他們。」

這一觀點一亮明，馬上就引起一陣爭執，可是班奈特先生卻寸步不讓，於是很快又導致了另一場爭執，班奈特夫人發現她的丈夫不願意拿出一分錢來給女兒添置衣服，不禁大為驚駭。班奈特先生聲明說在這件事上，麗迪亞甭想得到他一絲一毫的父愛。班奈特夫人對此簡直無法理解。他對女兒的憤怒和怨恨竟會到了這樣一種不通情理的地步，連女兒出嫁也不肯管了，而沒有這一禮儀，女兒的婚禮成何體統，這確實太出乎她的預料了。女兒結婚沒有新衣服的羞辱，使她比對女兒兩個星期前與韋翰私奔和同居的恥辱感，更叫她覺得不可忍受。

伊莉莎白在這個時候才感到了真正的懊惱：她當時實在不該因為一時的痛苦，便將對她妹妹的擔心告訴了達西先生。因為既然她的婚禮馬上就要舉行，她私奔的那一幕就要結束了，他們自然希望那一段不光彩的歷史盡量地少被局外人知曉。

她不必擔心這件事會通過達西先生傳布出去，說到保守秘密，達西先生是那種最可信賴的人。可與此同時，在這個世界上，誰知道了她妹妹的這件醜事，也不像讓達西知道了那樣更傷她的心。這倒不是因為害怕對她本人有任何的不利，因為反正她和達西之間似乎有一條不可逾越的鴻溝。即使麗迪亞的婚姻能夠體體面面地進行，達西先生也不可能跟這樣一個人家攀親，這家人本來已經缺陷夠多了，現在添上了一個一向為他所不齒的人做他的至親。那他當然更不會願意了。

她並不會怪他在這門親事上望而卻步。在德比郡時他想要博得她的好感，這她自然是知道的，可是經過這樣一個打擊，他還可能不改初衷嗎？她變得有些自卑了；她悲傷，她悔恨，儘管她自己也幾乎不知道她在悔恨些什麼。她開始嫉妒他的顯要身分，當她再不能希望從中得到裨益的時候。她想聽到有關他的消息，當一切這樣的機會似乎都在失去的時候。她確信她和他在一起是能夠幸福的，在他們相遇的可能已經不復存在的時候。

她常常想，如若他要是知道了對於四個月前她那麼高傲地拒絕了他的求婚，她現在是會多麼高興、多麼感激地接受下來，他一定會得意的。她並不懷疑，他是那種最大度最豁達的男人，可是只要他尚有人的感情，他當然免不了要得意的。

她開始認識到，他無論是在性情還是才能方面，都是最適合於她的那種男人。他的理解力和性格，儘管和她自己的不同，可是卻能叫她感到百分之百的稱心如意。這樣的一樁婚姻肯定是會使雙方都受益匪淺。她平易活潑，可以把他的心境陶冶得柔和，舉止變得溫雅；他的真知灼見、閱歷頗深，也一定會使她得到莫大的裨益。

但是，這樣一樁能告訴眾多情侶什麼才是婚姻幸福的美事，現在已經不可能實現。一樁不同性質的婚姻很快就會在他們家舉行，將另一樁可能的姻緣沖跑了。

她簡直不能想像，韋翰和麗迪亞會在生活上做到自立。也不能夠想像這一對僅僅憑著感情而不是貞操湊到一起的男女，會得到什麼長久的幸福。

加德納先生很快給姊夫寫來了回信，在信中他先對班奈特先生那些感激的話回答了幾句，並說促成他們家裡任何一個成員的幸福是他的一貫心願，末了還懇請班奈特先生再也不要提起這件事了。他這封信的主要目的是要告訴他們，韋翰先生已經決定離開民團了。

我非常希望，在他的婚事一定下來後就這麼辦。我認為無論是為他自己還是為外甥女著想，離開民團都是非常明智的。我想你一定會同意我的看法。韋翰先生想參加正規軍，在他以前的朋友中間有人能夠而且願意為他幫忙。駐紮在北方某將軍麾下的一個團，已經答應讓他當旗手。離開這個地方遠一點對誰都有好處。他的前途還有指望，我希望他們到了人地生疏的地方以後能夠爭點氣，做事慎重起來。我已經給福斯特上校寫了信，告訴了他們目前的安排，請求他在布里奇頓和布里奇頓附近地區通知一下韋翰的所有債主，就說我一定信守諾言，會盡快地還清所有的債務。請你也代勞一下，將同樣的允諾通知給他在梅里屯的債主，我信後附著一份他講出的債主名單，他將他全部欠的債都說出來了，但願他至少沒有欺騙我們。哈格斯頓已經接受了我們的指示，所有手續在一個星期內就可以辦好，到那時他們倆便可以直接到他的部隊上去。如果朗博恩那兒不願意叫他們去的話，我從我太太那裡得知，在臨離開南方前，麗迪亞非常想見見家裡所有的人。她很好，還請我代她向你和她的母親問安。

忠實於你的愛・加德納

班奈特先生和他的女兒像加德納先生一樣清楚，韋翰離開民團是最最的上策。可班奈特夫人心裡卻有老大的不高興。正當她興沖沖地在哈福德郡為他們物色房子，期望有女兒女婿陪著能風光炫耀一番的時候，麗迪亞卻要住到北部去了，這如何能叫她不感到莫大的失望。再且，麗迪亞已經和民團裡的人混得那麼慣熟，又有那麼多人喜歡她，她這一走豈不是太可惜了嗎？

「麗迪亞和福斯特太太要好，」她說，「讓她離開這兒會叫她很痛心的！民團裡好幾個年輕軍官也叫她非常的歡喜。某某將軍的那個團的軍官未必能這樣順她心意。」

對麗迪亞在動身到北部之前希望能回家來看看的請求，在開始時她的父親是堅決反對的。可是珍和伊莉莎白由於考慮到妹妹的情緒和她的臉面，一致希望她的婚姻能得到父母的親自關照，所以都非常懇切，然而又是婉轉入理地敦請父親在他們一舉行了婚禮以後，邀他們回朗博恩一趟，父親終於被說動了，同意照她們的想法和意願去辦。她們的母親得知在女兒被逐到北部之前，仍然能有機會領著出嫁了的女兒在街坊四鄰中誇耀誇耀時，氣也就消了好多。末了當班奈特先生又給他的內弟寫信的時候，便提起讓他們倆回來的事。講定婚禮的儀式一完，他們就回到朗博恩來。不過，韋翰竟然有臉同意了這一安排，還是叫伊莉莎白感到了吃驚，如果不考慮其他只問她的本心，與他見面那是她最不情願做的事了。

51

麗迪亞的婚期到了。珍和伊莉莎白或許比麗迪亞自己還要緊張得多。家裡派了一部馬車去某地迎接新婚夫婦，到吃午飯時分，他們便能乘馬車趕回來。兩位姊姊都為他們即將到來感到不安，尤其是珍設身處地為妹妹想，如果是她做了這樣不光彩的事情，她得忍受多少的羞辱，一想到這，她就為妹妹覺得難過。

他們來了，家裡人都聚集到起居室裡迎接他們。當馬車來到門口的時候，班奈特夫人的臉上綻開了笑容，她丈夫的表情卻是異常的嚴肅，她的女兒們則是心裡忐忑而不知所措。

麗迪亞的聲音從門廊那邊傳了進來，接著房門被撞開了，麗迪亞衝了進來。她的母親走上前去，狂喜地擁抱著她，臨了把手笑眯眯地伸給了後面走進來的韋翰，祝願他們夫婦新婚快樂，鏗鏘響亮的話音表明了她毫不懷疑他們會幸福的。

當他們倆轉身來到班奈特先生這兒的時候，他可沒有那麼熱烈地歡迎他們。他的面上似乎顯得嚴峻了，幾乎連口也沒有張一下。這對年輕夫婦滿不在乎的神情很是刺惱了他。伊莉莎白感到厭惡，甚至連珍也感到吃驚。麗迪亞還是從前的那個麗迪亞：桀驁不馴，不知羞恥，撒嬌野蠻，無所顧忌。她走過每一個姊姊的跟前，要她們向她道賀，在大家都坐定以後，她的眼光又急切地掃過這屋子，數說著這兒的一些小小的變化，臨了大笑著說，她離開家真是有一段時間了。

韋翰也像麗迪亞一樣，沒有一點兒的不自在。他的舉止一向討人喜歡，如若他的婚娶和他的人品都來得堂堂正正的話，他現在跟他們認親戚時臉上掛著的笑容和輕快的談吐，本會叫全家人歡喜。伊莉莎白在這以前還不相信他竟會有這樣的厚顏無恥。她坐下來心裡下著決心，以後對這樣一個不要臉的人再也不能存任何的幻想。她不禁臉紅了，珍也臉紅了，可是叫她們倆臉紅的那小倆口卻毫無羞愧之色。

即使是在這樣的一種情形下，也有話可談。新娘子和她的母親都搶著要說出各自滿肚子的話。韋翰正巧坐在伊莉莎白旁邊，便向她問起他這一帶的熟人的情況，其神態之安詳平易叫伊莉莎白覺得她無論如何也難以企及。留在這一男一女腦子裡的似乎都是世界上最美好的回憶。提起過去的任何事情都不會使他們難為情。麗迪亞主動地談到了許多事情，這些話兒她的姊姊們是怎麼也說不出口的。

「且想想看，」她嚷著說，「我離家已經有三個月啦！在我看好像才只有兩個星期。然而在這段日子裡發生了多少的事情啊！天啊，我走的時候，可沒料到我會結了婚再回來的！雖然我也想到了真是結了婚回來那一定挺有趣的。」

她的父親抬起了眼睛。珍感到了不安，伊莉莎白瞪了一眼。不過一向我行我素的麗迪亞卻毫不在意地繼續說道：「噢！媽媽，這兒的人們知道我今天結婚嗎？我剛才還擔心他們不知道呢。我們在路上追上了威廉．古爾丁的馬車，我為了讓他知道這個消息，便把我車子的上扇玻璃放了下來，脫下了手套，把手放在窗框上，好讓他看見我的結婚戒指，還向他點頭笑個不停。」

伊莉莎白再也忍不住了。她站了起來。跑出了房間，一直等到他們穿過大廳走向餐廳的時候，她才回來。這時她正巧看到麗迪亞跨步到了母親的右邊，一面對姊姊說：「嗨，珍，我現在要代替你的位置了，你必須靠後，因為我已是出了嫁的姑娘啦。」

時間和她這幾個月的經歷，並沒有使麗迪亞絲毫兒改變了她那任性不羈的性情，從而變得有些知趣起來。她那興沖沖的勁兒反而變得更足了。她渴望見到菲力浦斯太太、盧卡斯一家人和所有的鄰居們，聽到他們稱呼她「韋翰夫人」。剛吃過飯，她便將她的戒指叫希爾太太和兩個女傭人看，向大家誇示她已經結了婚了。

「喂，媽媽，」在他們又都回到起居室以後，她說道，「你看我的丈夫怎麼樣呢？他不是挺可愛嗎？我敢說我的姊姊們一定都很嫉妒我。但願她們有我一半的運氣就好啦。她們都應該到布里奇頓去。那兒是個找丈夫的好地方。媽媽，我們全家沒能都去可真是太遺憾啦。」

「唉，可不是。如果依我，我們早就去了。不過，麗迪亞，我的寶貝女兒，媽可不想讓你走上那麼大老遠的。難道非這樣不可嗎？」

「噢，天啊！當然是這樣啦——這並不算什麼，我自己非常願意去。你和父親，還有我的姊姊們一定要來看我們。我們整個冬天都將待在紐卡斯爾，那兒一定會有很多的舞會，我將盡心為每一個姊姊找到合適的舞伴。」

「那太好啦！」她的母親說。

「等你們住夠要回去時，你可以把一兩個姊姊留在我這兒，我敢說沒過完冬天，我就能為她們找到丈夫。」

「我這裡謝謝你了，」伊莉莎白說，「不過我可不喜歡你那種找丈夫的方式。」

這對新婚夫婦在家裡只能待上十天。韋翰在離開倫敦時便受到了委任，必須在兩個星期內到團部報到。

只有班奈特夫人為他們停留的短暫感到遺憾。她充分利用這段時間，帶著她的小女兒走訪親友，也在家裡常常宴請。這種宴會倒是人人歡迎：沒有心思的固然願意也來湊熱鬧，有心思的人更願意也來解解悶。

韋翰對麗迪亞的感情，正如伊莉莎白事先所料到的那樣，比不上麗迪亞對韋翰的熱愛，這一點對伊莉莎白說來是顯而易見的。如果他不是已經肯定的逃走是為債務所逼，她倒真是弄不懂，對麗迪亞沒有什麼愛意的他為什麼願意與她一塊兒私奔了。如果是出於情勢所逼，他當然不會反對在逃跑中有個伴兒相隨了。

麗迪亞對他是百般的喜愛。他無論做什麼也是她親愛的韋翰，誰也不能和他相媲美。他於每一件事情都做得最好，她相信到了九月一日那天，他射到的鳥一定超過全英國的任何人。

在他們剛回來不久的一個早晨，她與兩個姊姊坐著時，她跟伊莉莎白說：

「麗琪，我想我從來還沒和你提到過我婚禮時的情形。因為在我告訴媽媽和其他人的時候，你當時不在場。你想不想聽聽這喜事是怎麼辦的呢？」

「我不願意聽，」伊莉莎白說，「我以為這件事是越少提越好。」

「啊！你這個人太奇怪了！不過我還是得告訴你這婚禮是如何舉行的。你知道，我們是在聖克利門教堂辦的典禮，因為韋翰的住所屬於那一教區。安排我們所有的人在十一點以前到達那裡。我們舅舅媽和我一塊兒去，其他人將在教堂那兒等候。哦，到了星期一早晨，我突然變慌亂起來！我那麼害怕會發生什麼意外的事情，把婚期推後，那時我該會有多麼沮喪啊！在我梳妝穿戴的時候，舅母不住地嘮叨著，好像她是在佈道似的。可是，我幾乎一句也沒聽進去她說的話，你可以想見，因為我心裡正想著我的心上人韋翰。我渴望知道他是不是穿他那件漂亮的藍色外衣去教堂。」

「唔，那一天我們照常是在十點鐘吃早飯。我當時覺得這頓早飯怕是永遠也吃不完了，因為你們順便應該知道，舅父母們在我和他們待著的這些天裡，對我看管得很嚴。雖然我在那兒住了兩個星期，我沒走出過家門一步。沒有參加過一個晚會，沒有過一點兒消遣。老實說，倫敦雖然並不太熱鬧，可是那個雷特劇院還是有演出的。哦，話說回來，當接我們去教堂的車子到了門口的時候，舅舅被喚去和那個叫做斯登先生的討厭傢伙去談事情了。你知道，只要兩個人湊在一塊兒，總是有沒完沒了的話兒。唉，我當時真是嚇得六神無主，因為我覺得舅舅就要棄我不顧了，如果我們耽誤了時間，那一天就不可能結婚了。萬幸的是，舅舅在十分鐘以後回來啦，於是我們馬上出發了。不過，我後來記起，就是舅舅去不了，婚禮也不必延期，因為達西先生照樣可以主持。」

「達西先生！」伊莉莎白非常驚訝的重複道。

「噢！是的——他將和韋翰一塊兒去到教堂。可是，天呀！我竟然忘記了！這話我是一點也不應該透露出去的。我曾那麼誠懇地向他們保證過！韋翰會怎麼說我呢？這本是一個應該嚴格保守的秘密！」

「既然是秘密，」珍說，「就甭再提一個字啦。你可以相信我決不會再追問的。」

「哦，這是當然的啦！」伊莉莎白儘管非常想問下去，嘴上也只能這麼說，「我們不會再向你問任何問題了。」

「那真得謝謝你們，」麗迪亞說，「因為如果你們要問，我一定會把一切都告訴你們的，到那時，韋翰可就會生氣了。」

伊莉莎白經不住這慫恿她問下去的誘惑，便跑開了好讓自己無從問起。

然而在這樣一件事情上叫自己悶在鼓裡，簡直是不可能的，或者說，至少不去試著探聽清楚是不可能的。達西先生竟然參加了她妹妹的婚禮。他竟然去到了他顯然是最不願意接近、對他最少吸引力的人們中間，這可真是一件奇怪的事情。與此相關的種種猜測急速紛亂地湧入她的腦海裡，可是卻沒有哪一種猜測能使她滿意。那些把達西先生往好處想，往崇高想，也最能合她心意的想法，都覺得不太可能。她受不住這無端揣測的煎熬，匆匆地拿過一張紙來，給舅媽寫了一封短箋，請求她將麗迪亞說漏了嘴的事情解釋一下，如果這並不有悖於保守這個秘密的行為的話。

「你很容易理解我現在的心情，」她接著寫道，「一個與我們家的任何人都不相關，一個（比較而言）我們家的陌路人，竟然在這樣的一種時刻參加進了你們的中間，這怎麼能叫我不感到好奇呢。請即刻回信，告訴我真相——倘若此事並不像麗迪亞所認為的那樣非要保守秘密的話，如果非要保密不可，那我也只好甘心於悶在鼓裡了。」

「當然我是不會罷手的，」她把信寫完了的時候自言自語地說，「我親愛的舅媽，如果你不光明正大地告訴我，我不得已肯定會不擇手段地去打探清楚的。」

珍的自尊和信義感，使她不可能在私下裡跟伊莉莎白再談起麗迪亞露出的口風，伊莉莎白倒也高興這樣——在她的詢問沒有能得到滿意的答覆之前，她寧願一個人等待而不找知己傾吐。

52

伊莉莎白很快便收到了舅母的回信。她一拿到信就急匆匆地去到小樹林裡，坐在一張長凳上，她安安靜靜地讀個痛快，因為這封長信叫她相信，回答不會是否定的。

親愛的外甥女兒：

剛剛收到你的來信，我將用這整個上午的時間給你回信，因為我感到一封短簡容納不下我要告訴你的話。我不得不承認，你向我問起這件事叫我感到很吃驚，我沒有想到這一問會是來自你這方面。不過，你不要以為我生氣了，我之所以這樣說是想讓你知道，我實在想像不到你居然還要來問我。如果你不願意聽我說這話，那就原諒我的冒昧好了。你舅舅也跟我一樣地詫異——我們都認為，只是因為你也是事中人，達西先生才會這麼做的。可是如果你當真與這件事沒有一點兒牽連而且一點兒也不曉得，那就容我細細道來吧。就在我剛剛從朗博恩回來的那一天，你舅舅接待了一位意想不到的客人，達西先生來訪了，並與他密談了幾個小時。在我回來時，這事已經發生過了，所以我當時的好奇心並不像你現在的這麼強烈。他來是告訴加德納先生，他已經發現出你妹妹和韋翰先生在什麼地方，他已經跟他們倆見面談過話了。與麗迪亞談了一次，與韋翰談了多次。據我看，他在我們走後的第二天便離開了德比郡來到倫敦，決心尋找他們兩個。他說他這樣做的動機，是因為他認為這件事之所以發生是由於他自己的緣故，是他沒能及時將韋翰的不端品行揭露出來，以使正派的姑娘再不可能會把他當做知己愛上他。他全然把這責任都歸咎於他自己不該有的驕傲上。

他承認他以前不齒於做這種將韋翰的私生活公布於眾的事，認為他的惡行自會大白於天下的。因此他說，站出來極力對這一由他的疏忽所造成的罪過給予補救，實是他義不容辭的責任。如果他還有另一個動機的話，我想那也一點兒不減少他的光彩。他在城裡待了好幾天才找到了他們。不過他並不像我們那麼茫茫然，他有線索可尋，他的這一意識是他決心緊跟我們其後來到倫敦的又一原因。好像是有一位叫做楊吉太太的女人住在城裡，她以前曾當達西小姐的家庭教師，由於犯了某種過失被解雇，什麼過失他並沒有說。這位楊吉太太和韋翰混得很熟，因此他一到城裡後就去她那裡打聽韋翰的消息。他費了兩三天的工夫才從她嘴裡得到他想知道的東西。我想，她是不願意在沒有得到什麼賄賂和好處之前就輕易地背叛她的朋友，因為她是明確知道她朋友的住處的。韋翰他們剛到倫敦時就找過楊吉太太，要是她能夠留他們住，他們早就住在她那兒了。我們這位好心的朋友最後總算打聽清楚了他們的方位，他們住在某街。他先是見到了韋翰，然後堅持要見麗迪亞。他承認說，他最初的打算是想說服她擺脫她現在這種不體面的處境，在說通她的親友們後盡快地讓她回到他們中間去，為此他答應極盡一切所能給予她幫助。可是他發現麗迪亞堅決要留在她現在待著的地方。她並不在乎她的朋友們，也不想得到他的幫助，更不要離開韋翰。她相信他們終歸是會結婚的。至於什麼時候結婚那並不太重要。她的感情既然是如此固執，他想剩下的辦法就只有讓他們能盡快地結婚。從他跟韋翰的初次談話中，他很容易地聽出，韋翰可從來不曾有過這種念頭。韋翰承認，由於債務所逼，他不得不離開民團，並且毫不躊躇地將麗迪亞這次私奔造成的不良後果完全歸咎於她自己的愚蠢。他想馬上辭掉民團的職務，對於他的將來，他幾乎毫無打算。

他必須到個什麼地方去，但是要去到哪裡他也不得而知，他知道他就要無法維持他的生計了。達西先生問他為什麼不馬上和你的妹妹結婚，儘管班奈特先生不是那麼太富有，可他總能為他做點什麼，而且結婚會使他擺脫目前的窘境。可是他發現韋翰在回答他的話時，還是希望著能到另外一個地方去攀門富親得筆財產。不過，他目前的情況既是如此，他對眼下有急救的辦法，就不可能不有所動心。他們碰了好幾次面，商討了許多事情。韋翰當然想要討個高價，不過最後總算減少到了一個較為合理的數目。在一切都談妥了以後，達西先生隨後的一步便是將這一切情況通知你的舅舅，他第一次來承恩寺街是在我回來的前一天晚上，不過他沒能見著加德納先生，經過進一步的探問，他得知了你父親還住在這兒，明天早晨就要動身回去。達西先生覺得找你父親商量這件事不如找你舅舅，他走時沒留下姓名，家裡人只知道有位先生有事來過，直到星期六他又造訪以後才知道是他，那時你父親已經走了，你舅舅正巧在家，於是他們便進行了一次長談。星期日他們又會晤了一次，這次我也見到了他。事情直到星期一才算完全談妥，一經談定，就即刻派了專人送信到朗博恩。

不過，我們的這位客人可真有點太固執了。我想，麗琪，這執拗才是他性格上的真正缺點吧。人們不時地指責過他的許多缺陷，但是唯有這一點才是他真正的缺陷。一切事情都要由他自己親自來辦不可。儘管我相信（我這樣說並不是為了受到感謝，所以也無需跟別人提起）你舅舅會很樂意地全都承攬下來的。他們為此相互爭執了好長時間，其實這一對男女也許就不配受到他們這樣的對待。最後是你舅舅不得不讓了步，使他非但不能替外甥女兒出點力，相反要無功而受美名了，這並不合他的心願。我真的相信你今天早晨的這封信讓他非常的高興，因為我應你之求做的這一番解釋就會剝去他身上借來的美麗羽毛，使其物歸原主了。不過，麗琪，這件事只能是你自已知道，或者最多告訴珍。我想你也很清楚，為那一對男女需要盡多大的力。我相信，達西先生為他還上了數目高達一千多英鎊的債務，而且除了她自己名下的錢以外，另外又給了她一千鎊，還給他買了個官職。達西先生之所以要獨自包攬這一切的原因，我在上面已經提到過了；這都是由於他，由於他的考慮不周和沒有及時地揭露，好多人才沒有能看出韋翰的真實品性，結果錯把他當做了好人。也許在他的這話裡有幾分真實，雖然我懷疑他的這種保留態度，或任何一個人的保留態度，應該對這件事負責。儘管達西先生說了這些好聽的理由，我親愛的麗琪，你也可以完全相信，你舅舅是絕對不會依從他的，如果不是考慮到他在這件事情上也許另有一番用意的話。在這一切都談妥之後，他便回到彭貝里他的朋友們那裡去了。大家同時說定，等到婚禮舉行那天，他還要來倫敦，辦理有關金錢方面的最後手續。

現在我把所有的事都講給你聽了。你說我的敘述將會叫你感到莫大的驚奇；我希望我的這番話至少不會給你帶來任何的不悅。麗迪亞住到了我們這兒，韋翰也經常地來，他還是他從前的那副樣子，一點兒也沒有變。麗迪亞在這兒的行為叫人也一點兒不能滿意，如果不是從珍上星期三的來信中得知她在家的表現也是如此，因而我現在告訴你也不會給你帶來新的苦惱的話，我就不會對你說了。我非常嚴肅地跟她談了好多次話，反覆對她說明她的這些所做所為的危害性，以及她給全家人帶來的不幸。如若她要是聽進去了我的話，那就是萬幸了，可是我敢肯定她根本就沒有在聽。有幾次我真的生氣了，可是一想起我的伊莉莎白和珍，就是為了她們將來的名譽，我也得耐住性子。達西先生準時回到了倫敦，並且正如麗迪亞告訴你的，參加了他們的結婚典禮。第二天他跟我們一塊兒吃了飯，計畫在星期三、四離開城裡。我親愛的麗琪，如果我在這裡說（以前我從來不曾敢提起過）我是多麼喜歡他，你會生我的氣嗎？他對待我們還像是在德比郡那樣處處討人喜愛。他的見解和聰穎也讓我感到很愜意，他唯一美中不足的地方，是性情稍欠活潑，如果他伴侶選得合適，這一點他的妻子便可以帶給他的。我想他非常的害羞——他幾乎沒有提到過你的名字。不過害羞似乎已成為現在的時尚。如果我說得太冒昧了一點兒還請你原諒，或者，至少不要用將來不讓去彭貝里的辦法來懲罰我。在沒有遊遍那整個莊園之前，我是不會覺得盡興的，一輛輕便的雙輪小馬車，駕上兩匹漂亮的小馬，便足矣。現在我必須擱筆了。孩子們已經嚷著要我有半個鐘頭了。

你的舅母M·加德納

九月六日於承恩寺街

這一封信使伊莉莎白陷入到一種百感交集的境地中，她理不清楚是喜悅還是痛苦在她感情中佔據著上風。對達西先生在促成妹妹的這樁婚事中所起的作用，她曾產生過種種模糊不定的猜想，她既不敢慫恿這些猜測，擔心他不可能好到那樣的程度，同時又害怕這都是真的，她會報答不了人家的恩情，如今這些懷疑卻證明是千真萬確的事實啦！他曾有意地追隨舅父母們來到城裡，把在尋覓這對男女中所遇到的麻煩和羞辱都一股腦地承擔下來。他不得不向一個他一貫討厭和鄙視的女人去求情，他必須一而再、再而三地與他最不願意見面的人（連他的名字也恥於聽到）會晤，據理說服他，甚至到後來賄賂他。他做這一切只是為了一個對他既無好感又不敬重的姑娘。她的心裡的確在輕輕地說，他做這一切都是為了她自己。可是這一想法很快就被其他的考慮打消了，她不久便覺得她把自己也未免估計得太高了，她豈能指望他對她（一個曾經拒絕過他的女人）的感情，能夠戰勝了他的那憎厭與韋翰連襟的本能情緒。做韋翰的姊夫！他的全部自尊都一定會反對這種關係的。他無疑是出了許多的力。她都羞於去想他究竟出了多大的力。不過他為自己干預這件事已經給出了一個理由，這個理由是合情合理的。他怪他當初做事欠妥當，這當然講得通，他慷慨地拿出了不少的錢，他有條件這樣做。儘管她不再願意認為她自己是他之所以要這樣做的主要動力了，她卻或許能夠相信，他對她還有的情意，會促使他在這樣一件影響到她心境平和的事情上，去盡他的努力的。一想到全家人對一個永遠不可能被給予回報的人欠下了這麼重的人情，伊莉莎白就感到異常的痛苦。他們全家得把麗迪亞能夠回來，她的人格以及全家名譽的保全都歸功於他。啊！可她曾經對他是那樣的厭惡，對他說話是那般的出言不遜，這叫她真的追悔莫及。她替自己感到羞愧，可是她卻為他感到驕傲。他能夠本著同情之心和崇高之義，犧牲掉了自我。她一遍又一遍地讀著她舅母讚揚他的話，雖然覺得還不夠勁兒，可足以叫她高興的了。她發現舅父母兩人都堅持認為在她自己和達西先生之間有著情意和隱密，這也叫她感到了一些得意，儘管這得意中夾雜著懊惱。

聽到有人走近的聲音，她從長凳上站起來，打斷了自己的沉思。她還沒來得及走到另一條小徑上去，就被韋翰追上來。

「我是不是打攪了你這自個兒散步的清靜，我親愛的姊姊？」在他來到她身邊時他說。

「的確是這樣，」她笑著回答說，「不過打擾了未必就一定不受歡迎。」

「要是這樣，我真感到抱歉了。我們從前一直是好朋友，現在我們更是親上加親了。」

「是的。別人也出來了嗎？」

「我不知道。班奈特夫人和麗迪亞乘著馬車去梅里屯了。喂，我親愛的姊姊，我從我們的舅父母那兒聽說你們當真遊過彭貝里了。」

她回答表示肯定。

「我為此都幾乎要嫉妒你了，可我覺得我怕享不了這份福，否則的話，我去紐卡斯爾的時候就要順路去看看了。我想你見到那位老管家奶奶了吧？可憐的雷諾茲太太，她一直都是那麼喜歡我的。當然她不會向你提到我了。」

「不，她提到了。」

「她怎麼說我呢？」

「她說你離開家以後就進了部隊，她擔心你在部隊上的情況並不好。不過，這你也知道，路途隔得遠了，事情難免會有所走樣。」

「說的是。」他咬著嘴唇回答。伊莉莎白想這下該會叫他住口了吧，可是不多一會兒他又說話了：「上個月我在城裡意外地碰到了達西，我們彼此之間照了幾次面。我不知道他在那裡會有什麼事。」

「或許是在準備他與德．柏格小姐的婚事吧，」伊莉莎白說，「他一年中的這個季節在那兒，一定是有什麼特別的事情要辦。」

「說得一點兒也不錯。你在蘭頓的時候見到達西先生了嗎？我從加德納夫婦的話中聽出，你似乎見過他了。」

「是的。他還把我們介紹給了他的妹妹。」

「你喜歡她嗎？」

「非常喜歡。」

「我聽說，她在這一年兩年裡長進出落得多了。我上次見到她的時候，她還不怎麼樣呢。我很高興你喜歡她。我希望她將來能有出息。」

「我敢說她會的。她已經度過了困惑她的那個年齡。」

「你們路過吉姆頓村了嗎？」

「我不記得啦。」

「我之所以提它，因為當初應該得到那份牧師職位就在那兒。一個非常宜人的地方——那麼棒的牧師住宅！對我真是再合適不過了。」

「你竟然會喜歡佈道嗎？」

「非常喜歡。我會把它作為我的職責的一部分，即使開始時費點勁，不久也就習以為常了。一個人不應該發牢騷——不過，這對我來說的確是件美差事！那種恬靜幽雅的生活，完全合乎於我對幸福的憧憬！但是這一切都成了泡影。你在肯特郡時，達西跟你提起過這件事嗎？」

「聽到過的，而且很具權威性。那個位置留給你是有條件的，而且可以由現在的庇護人自由處置。」

「你都聽說了。是的，這話說的有些根據。你還記得吧，我一開始就是這樣告訴你的嘛。」

「我也的的確確聽說，曾有一度時期，佈道這份職業並不像現在這樣合你的口味，聽說你曾宣布你決心永遠不再要當牧師，於是這件事就折衷解決了。」

「這你也聽說了！這話並非是完全沒有根據。你或許記得，我們倆第一次談到這件事的時候，我也提到過的。」

他們現在已快要走到家門口了，因為想擺脫他，她走得很快。為了她妹妹的緣故，伊莉莎白不願意得罪他，於是她只是笑了笑回答說：

「韋翰，我們現在已是兄弟姊妹了，讓我們不要再為過去的事爭吵了。我希望在以後的日子裡，我們能想到一塊兒去。」

53

韋翰對這次談話已經領教夠了，這使得他永遠也不願意再提這個話題，來使自己尷尬或是使他親愛的姊姊伊莉莎白生氣，伊莉莎白同時也高興地發現，她方才說的話也足以叫他保持沉默了。

他和麗迪亞動身的那一天就快到了，班奈特夫人不得不忍受這種分別的痛苦，這一別至少要長達一年之久，因為她的丈夫堅決不同意她要讓全家去紐卡斯爾一住的計畫。

「噢！我親愛的麗迪亞，」她喊道，「我們什麼時候才能再見面呢？」

「天哪！我哪兒知道？也許得兩三年以後吧。」

「要經常給媽媽寫信，我的親愛的。」

「我盡力而為吧。你也知道，結了婚的女子就騰不出許多的時間來寫信了。我的姊姊們可以給我寫嘛，她們反正也沒有別的事情要做。」

韋翰的道別要比他妻子的顯得親熱的多。他笑容滿面，風流倜儻，說了許多動聽的話兒。

「他是我平生見過最為機巧圓滑的年輕人了，」在他們剛走後，班奈特先生說，「他會假笑，會癡笑，會奉迎我們所有的人，我為他感到莫大的驕傲。我找到了一個更為寶貝的女婿，甚至勝過威廉・盧卡斯爵士的那一位。」

女兒的離去使得班奈特夫人幾日悶悶不樂。「我常常想，」她說，「世上再沒有和親友離別更叫人感傷的事了，沒有了親友，一個人顯得多麼冷清。」

「你看到了嗎，媽媽，這就是嫁出女兒的後果，」伊莉莎白說，「你另外的四個姑娘好在還沒有主兒，一定讓你能好過一些。」

「我不是為這難受，麗迪亞離開我不是因為她已經出嫁，只是因為她丈夫的部隊碰巧遠在他鄉，如果離得近一點兒，她就不會這麼快離開了。」

不過，班奈特夫人由於這件事引起的苦惱很快便消除了，因為外界正傳布著一件新聞，使她的心裡又燃起了希望。尼瑟菲德的女管家接到指令，說是她的主人在一兩天內便要回來，在這兒打幾個星期的獵，讓她收拾準備。班奈特夫人聽了這消息簡直變得坐臥不安，她打量著珍，一會兒在笑，一會兒又在搖頭。

「呃，這麼說，賓利先生就要來了，妹妹，」班奈特夫人跟她的妹妹菲力浦斯太太說，「哦，這自然是好極了。不過，我對此也不太在乎了。你知道，他和我們家已經斷了往來，我敢說我再也不想見到他了。可是，話說回來，如果他願意到尼瑟菲德來，他仍然是非常受歡迎的。誰知道以後的事情又會怎麼發展呢？不過這和我們家已經沒關係了。你知道，妹妹，我們老早以前就商定再也不提起這件事了。他一定會來嗎？」

「這一點你可以相信，」對方說，「因為昨天晚上尼科爾斯太太來到了梅里屯，我看到她從街上走過，便特意跑出去向她打聽，她告訴我說這的確是真的。賓利先生最晚到星期四來，很可能是在星期三。她正打算到肉店去訂購點肉星期三用，她已經買好了六隻鴨子，準備宰了吃。」

班奈特小姐一聽說賓利先生要來，不禁紅了臉。她已經有幾個月沒有再和伊莉莎白提到過他的名字，可是這一次，一剩下她們姊妹兩人的時候，她就說道：

「麗琪，在今天姨媽告訴我們這一消息的時候，我看見你在注視我，我知道我顯得侷促不安了。不過不要以為我還有任何愚蠢的想法，我只是一時之間有些心慌，因為感覺到大家都在盯著我。我向你保證，這個消息既不會叫我痛苦又不會叫我欣喜。我只為一件事感到高興，那就是他這次是一個人來，我們不必與他多見面了；並不是我自己害怕和他見面，而是擔心別人的閒言碎語。」

伊莉莎白對這件事不知怎麼想才好。要是她在德比郡沒有見過賓利，她也許會認為他這次來沒有什麼別的意圖而只是為了打獵，但是她依然認為他對珍懷著情意，她現在不能斷定的只是，他這次來是得到了他的朋友的許可，還是他大膽做主自己要來的。

她有時候不由得這麼想：「這可憐的人兒來到自己租賃的住宅，還要引起人們紛紛的議論，也真夠難為他的了！我還是不去管他吧。」

儘管她的姊姊對賓利的到來是這樣地宣稱和這樣的認為她自己的感情，伊莉莎白還是不難看出，姊姊的情緒還是為此受到了很大的影響。她比平時更加心魂不定，更加忐忑不安了。

這個一年以前曾在班奈特夫婦之間談到的話題，現在又重新提起了。

「只要賓利先生一到，親愛的，」班奈特夫人說，「你當然會去拜訪他嘍。」

他的妻子向他說明，在賓利重返尼瑟菲德的時候，作為他的鄰居們，這樣的拜訪是絕對必要的。

「這種獻殷勤正是我所厭惡的，」班奈特先生說，「如果他想和我們結交，那他來就是了。他知道我們住的地方。鄰居走的時候去送行，鄰居回來的時候又去歡迎，我可不願意把我的時間都花在這個上面。」

「唔，我可不管你那一套，我只曉得如果你不去拜訪他，那真是太失禮了。不過，這並不妨礙我邀他來家裡吃飯，我的主意是已經定了。我們必須早些請到朗格太太和古爾丁一家，加上我們家的人，是十三個人，正好留給他一個位置。」

決心下定後她覺得寬慰了，因此對她丈夫的無禮也不那麼計較。儘管當她想到由於丈夫的失禮，鄰居們都要在他們的前面見到賓利先生時，她還是有點兒不太甘心。

在賓利先生的來期逼近的時候，珍對伊莉莎白說：「他的來臨開始叫我心裡覺得難過起來。這與我本不相干，見了他我也能夠毫不在乎的，只是我忍受不了人們沒完沒了的蜚短流長。母親是好意，可是她哪兒知道，她說的那些話叫我得蒙受多大的痛苦。當他不再住在尼瑟菲德時，我便會快活啦！」

「我很想能說些什麼安慰你，」伊莉莎白說，「可是我又完全無能為力。你一定也感覺到了這一點。我平時勸說一個遇到難處的人要耐心一點的那些話兒，這時候就不起作用了，因為你總是很能忍耐的。」

賓利先生終於來了。班奈特夫人讓僕人們幫忙，最早設法得到這一消息，可是這樣一來，她焦心地等待的時間似乎拉得更長。她計算著在她的請柬送出去之前還得耽擱的那些天數，為不能在這之前見到他而感到失望。然而在他來到哈福德郡的第三天早晨，她從梳妝室的窗臺上便看見了他騎著馬走進圍場，向她家走過來。

她很快便喚過了她的女兒們，讓她們分享這一喜悅。珍坐在桌子那兒沒有動，伊莉莎白為了叫母親歡喜，走到窗前張望，可當她看到有達西先生陪著他的時候，便又坐回到姊姊那兒去了。

「還有一個人跟賓利先生，媽媽，」凱蒂說，「他會是誰呢？」

「我想是他的朋友吧，親愛的，我自己也不太清楚。」

「啊！」凱蒂喊起來，「很像是以前總跟他在一塊兒的那個人。他的名字叫什麼來著。就是那個非常傲慢的高個兒。」

「天呀！是達西先生！——我敢肯定。哦，毫無疑問，賓利先生的任何一位朋友都會在這兒受到歡迎。不然的話，我就該說我討厭見到這個人啦。」

珍這時候用驚奇和關切的目光注視著伊莉莎白。她不知道他們在德比郡時會晤的情形，以為這是妹妹在收到他的那封解釋信以後與他的第一次見面，因而不免為妹妹將會遇到的尷尬擔心。總之，姊妹倆都夠不好受的了。她們兩個都考慮到了對方，當然也想到她們自己。她們所以決定有禮地待他，完全是由於他是賓利先生的朋友，當然她這話只是在私下裡說，不會讓他們兩個人聽到。伊莉莎白還有珍根本不知曉的隱情叫自己感到惴惴不安，她還從未有勇氣把加德納太太的信讓珍看過，也沒有向珍吐露過她對達西先生感情的變化。在珍看來，達西先生只是一位被她所拒絕過的男人，他的優點也為她所低估過。可是對情況瞭解得更多的伊莉莎白來說，他是他們全家的大恩人，她自己也深深地景仰他，如果這情意不如珍的來的溫馨，至少也像珍的一樣合理。他會來到尼瑟菲德，來到朗博恩主動地看她，這一事實使她感到驚奇，幾乎不亞於她在德比郡最初看到他舉止作風改進時所感受到的驚奇。

當她想到經過了這麼久的時間，他對她的感情和心意竟依然如故時，她剛才變得蒼白的臉又放出了光彩，綻開的笑顏給她的眼睛裡也注入了一種愉快的光芒，不過她還是有些放心不下。

「且讓我先看看他如何表現，」她說，「然後再存指望也不遲。」

她坐在那裡專心地做著活計，努力想使自己平靜下來，連眼皮也不敢抬起一下，只是到後來僕人走到門前的時候，她才出於擔心和好奇，把眼睛落在了姊姊的臉上。珍的臉色比平常顯得略為蒼白了點兒，不過她的鎮靜倒出乎伊莉莎白的預料之外。在兩位貴客走進來的時候，她的臉漲紅了，可是她接待他們的舉止還是顯得挺自然，挺有禮的，沒表現出任何的怨恨或是不必要的殷勤。

伊莉莎白只說了幾句禮貌上的應酬話便不再吭聲了，接著又坐了下來做她的活兒。她那種專心勁兒是她平時少有的。她只有一次抬眼看了達西，只見他還是平常的那副嚴肅神情，她想，比他以前在哈福德郡時，和她在彭貝里看到他時，或許還要嚴肅。不過，這也許是由於他在她母親面前的緣故，使他不像跟舅父母在一起時那麼隨便。這一猜想叫她痛苦，可又不是不可能的。

她也望了賓利先生一眼，即刻便看出他又是覺得高興又是有點兒不好意思。班奈特夫人對待他禮貌周到，可對她的那位朋友卻既冷淡又拿腔拿調，相形之下使她的兩個大女兒很是覺得過意不去。

對於知道內情，覺得她母親的寶貝女兒之所以能保全了名譽全是靠了達西先生的伊莉莎白來說，母親這種待人的輕重位置，尤其叫她感到了萬分的難過和痛苦。

達西向她問起加德納夫婦的情形，她慌亂地回答了幾句，在這以後達西便沒有再說什麼。他沒有坐在她的旁邊，或許這就是他沉默的原因，然而在德比郡時情形可不是這樣。幾分鐘過去了，沒有聽到他吭一聲。有時候，她忍不住好奇地抬起眼睛，望著他的臉，常常看到他不是瞧著珍就是瞧著自己，要不就是什麼也不看只是盯著地面。比起他們上一次見面的時候，達西的心事顯然加重了，也不像以前急於博得人家的好感；她覺得失望，可又為她這樣而生自己的氣。

「這不是我意料之中的事嗎？」她想，「可是，他為什麼又要來呢？」除了達西先生本人，她現在沒有心情和任何人談話，可跟他談，她又幾乎沒有足夠的勇氣。

她在詢問了他妹妹的近況以後，就再也找不出話說了。

「賓利先生，你這次離開可有不少的日子啦。」班奈特夫人說。

賓利先生忙表示贊同。

「我開始還擔心你這一走再也不會回來了。人們都說，你打算一過米迦勒節就把房子退掉。不過，我希望這只是謠傳。自從你走後，鄰里發生了許多事情。盧卡斯小姐嫁走了，我自己的一個女兒也出嫁了，我想你一定知道，想必你在報紙上看到過了。我知道這消息在《泰晤士報》和《快報》上都登載了，不過寫得不夠勁兒。上面只說：『喬治・韋翰先生與麗迪亞・班奈特小姐近期結婚』，一個字兒也沒提她的父親、她住的地方。這是我兄弟加德納起的稿，我真納悶他怎麼會做得這麼糟糕。你看到了嗎？」

賓利回答說他看到了，並且向她表示祝賀。伊莉莎白連眼皮也沒敢抬。因此達西先生是怎樣的表情，她就不得而知了。

「我敢說，把一個女兒快快樂樂地嫁出去了，真是件叫人高興的事，」她母親繼續道，「可是，賓利先生，女兒離開我那麼遠又使我很難過。他們倆去到了紐卡斯爾，一個緊靠北邊的地方，他們似乎就得在那兒待下去了，我不知道他們待多久。韋翰的部隊在那兒駐紮。我想你也聽說他離開民團進到正規軍裡的消息了。感謝上帝！多虧他有一些幫忙的朋友，儘管憑他的人品，他該有更多的朋友才是。」

伊莉莎白知道，母親這話是說給達西先生聽的，她真是難為情的要命，幾乎連坐也坐不住了。不過這番話倒是比以往的什麼東西都頂事，逼得她開口說起話來，她問賓利他這一回打算在鄉下留多久，他說：「可能要住上幾個星期。」

「賓利先生，在你打盡了你那邊的鳥兒以後，」她的母親說，「我懇請你到班奈特先生的莊園來，在這兒你可以盡情地打。我相信我的丈夫也將非常願意讓你來，而且會把最好的鵪鶉都留給你打獵用的。」

伊莉莎白為母親這一過分的討好奉迎，真是感到羞愧難當！她覺得，即便眼下會有一年前的那種好事在望，也會轉眼之間再度落空的。在那一瞬間，她只覺得就是珍或是她自己的許多年的幸福，也補償不了這幾分鐘的痛苦難堪。

「我的第一個心願，」她暗暗地對自己說，「就是永遠不要再見到他們兩個。跟他們在一起的愉悅怎能抵償得了我現在所受的羞辱！讓我再也不要見到他們中間的任何一個！」

然而，許多年的幸福也抵償不了的痛苦，不久便被大大地減輕了，因為伊莉莎白看到姊姊的美貌又燃起了她先前那位情人的多大的熱情。賓利剛進來時幾乎沒有跟她說什麼話，可是後來的每一分鐘都使他對她越來越關注起來。他發現她還和去年一樣漂亮，還像以前一樣溫馨，一樣純真，儘管不如從前健談了。珍一心只希望人家看不出她跟從前有什麼兩樣，也真的以為自己還是說得很多，可是她心事重重，連她自己有時候的沉默，她也沒有察覺出來。

當客人們起身要走的時候，班奈特夫人沒有忘記她早就想好了的邀請，在幾天以後這兩位貴客將來朗博恩吃飯。

「你還欠著一次對我們的訪問呢，賓利先生，」她補充說，「因為在你去年冬天進城以前你曾答應過我們，在你一回到這兒後便與我家人吃頓便飯。你瞧，我還沒有忘記。老實說，上次你沒回來赴約還真叫我非常的失望呢。」

賓利聽到這話，不由得面上有了羞色，抱歉地說上次是有生意給耽擱了。說完，他們便離去了。

班奈特夫人本來很想當天就讓他們留下吃飯來著，只是想到雖然她家的飯食不錯，可是要請一個一年有一萬英鎊進項的人，不添上兩道正菜怎麼能說得下去呢，更何況她還對他娶她的女兒存著殷切的期望呢。

54

待客人們一走，伊莉莎白也蹓躂了出去，好讓精神恢復一下；或者，換句話說，也就是要不受攪擾地去想想那些只會讓她的精神更加沉鬱的事情。達西先生的行為叫她驚奇也叫她煩惱。「如果他來只是為了表現出那副不言不語、一本正經、冷若冰霜的樣子，」她說，「那他何必要來呢？」

她怎麼想這件事，也覺得不快活。

「在城裡時，他對我舅舅舅媽依然是很和氣很悅人，可待我為什麼就是這樣呢？如果他是害怕我，那又何必來呢？如果他不再愛我了，那他何必不說出來呢？這個人真是叫人琢磨不透！我再也不願去想他的事了。」

她的這個決心由於姊姊的走上前來，倒真的給頂用了一會兒，一見姊姊神情欣然，她便知道這兩位客人雖使自己失意，可倒也滿足了姊姊的心意。

「現在，」珍說，「經過這一次的見面以後，我的心情完全平靜下來啦，我知道我能應付得很好，我將再也不為他的到來覺得彆扭了。我很高興他星期二要來這兒吃飯，到那個時候，人們就會看見，我和他之間的見面只是作為關係很淡的普通朋友罷了。」

「是的，關係的確很淡，」伊莉莎白笑著說，「哦，珍，還是當心點兒吧。」

「親愛的麗琪，你可別認為我那麼軟弱，到現在還會舊情復燃。」

「我看你很有可能會讓他再一往情深地愛上你的。」

到了星期二時，她們再一次見到了這兩位客人。班奈特夫人因為上次看到賓利在半個小時的訪問中，竟然興致極高禮貌又好，便又來了好情緒，打起諸多的如意算盤。

星期二這一天，朗博恩來了許多的人。那兩位叫主人家殷切盼望的客人很守信用，準時地趕來赴飯局了。當他們走進飯廳的時候，伊莉莎白留意注視著賓利，看他會不會坐到珍身邊去，因為從前每逢有宴請，他都是坐在那個位子上的。她的母親事先也想到了這一層，很明智地沒把賓利讓到她自己這一邊來。他剛一進來時似乎有些猶豫，可正巧這時珍轉過頭朝他這邊笑了一下，便把這事給決定了。他坐到了珍身旁。

伊莉莎白頓時感到一陣快意，跟著去瞧他的朋友，看他做如何的反應。達西看上去倒是雍容大度，對此毫不在意。要不是她這時看見賓利也又驚又喜地望了達西一眼，她還以為他這樣做是事先得到了達西先生的恩准呢。

吃飯的時候，賓利先生對姊姊的態度儘管顯得較以前拘謹了些，可仍然流露出了不少的愛慕之意，使伊莉莎白覺得，如果讓他完全自己做主的話，珍的幸福和他自己的幸福很快便會到來的。雖然她對事情的結局還不敢完全斷定，她看到他是那樣的態度還是感到了由衷的高興，這使得她的精神一下子有了生氣和活力，因為她此刻的心情本來並不愉快。達西先生和她之間的距離真是隔得不能再遠了，他和母親坐在一起。她當然清楚這種情勢對於他們哪一方都毫無愉悅和趣味可言。由於離得遠，她聽不清他們倆的談話，不過她看得出他們之間很少說話，而且一旦說起點什麼的時候，雙方也都顯得那麼拘束和冷淡。每當她母親對人家的怠慢叫她想起她一家對他所欠的情時，心裡就更覺得難過。她有幾次真想不顧一切地告訴他，他的恩情，她家裡並不是沒有人知道，也並非是沒有人感激。

伊莉莎白希望到傍晚的時候他們倆能有機會待在一起，希望整個訪問不至於只是在達西進來時打個招呼，連話也沒有談上幾句就收了場。在男客們沒進來之前，她等在客廳裡的這一段時間，叫她覺得既煩躁不安又索然無味，幾乎都要讓她耐不住要使性子了。她期待著他們的到來，她知道她這個晚上能否過得快樂就全靠這一著了。

「如果他進來後不找我，」她說，「那麼，我將要永遠地放棄他了。」

他們來到客廳裡，她覺得他似乎就要做她所嚮往的事了。可倒楣的是，在班奈特小姐斟茶的時候，女客們都圍聚到了桌子旁邊，在伊莉莎白倒咖啡的地方，連擺一張椅子的空地兒也騰不出來。他們進來以後，有一個姑娘向她這邊更挨近了一些，跟她低聲說道：

「我們不能讓這兩個男人擠到我們倆中間來。我們並不想要他們，不是嗎？」

達西走到了屋裡的另一頭。她的眼睛一直跟著他，隨便看到他和什麼人說話，她都嫉妒，連給別人倒咖啡的心思也沒有了，稍後她又痛恨自己不該這樣的愚蠢。

「對一個被我拒絕過的男人，我怎麼能妄想人家再愛上自己呢？哪一個男人會這樣低三下四，第二次向同一個女人求婚呢？他們的感情豈能忍受得了這般的羞辱！」

可是在看到他自己拿著咖啡朝這邊走過來的時候，她的情緒又興奮起來，她抓住這個機會對他說：

「你妹妹還在彭貝里嗎？」

「是的，她在那兒一直要待到耶誕節。」

「是她自己一個人嗎？她的朋友們是不是都走了？」

「安妮斯利太太跟她在一起。其他的人都上斯卡巴勒去了。她要在那兒待上三個星期。」

伊莉莎白再想不出別的話兒來說；不過如果他願意和她談話，他本不愁沒有話說的，可是他在她旁邊站了幾分鐘卻沒有吭聲。後來那個姑娘又跟伊莉莎白嘮叨起了什麼，他便走開了。

等到茶具撤走，牌桌都擺好以後，女客們都立起身子，伊莉莎白這個時候又希望他能很快走到自己身邊，但見她母親在四處拉人打惠斯特，他也不好推卻，幾分鐘以後便與其他客人一同坐上牌桌。於是她的一切希望都落空了，現在她滿心希望到來的快樂都化為了泡影，他們只能各自坐在自己的那一牌桌上，她已經完全沒有了指望；達西的眼睛不停地掃到她這來，因此像她自己一樣，他的牌也沒有打好。

班奈特夫人想讓尼瑟菲德的兩位朋友吃了晚飯再走，可不幸的是，他們的馬車比別的任何客人的都來得更早，她沒有機會能留住他們。

「女兒唷，」待客人們一散完後，班奈特夫人便說，「你們覺得今天過得快活嗎？我敢說，一切都做得非常漂亮，飯菜的烹調味道從來沒有今天這麼好。鹿肉燒得恰到火候——大家都說沒有吃過這麼肥的鹿肉。說到湯，比起我們上星期在盧卡斯家吃的要好上一百倍。甚至連達西先生也說鷓鴣肉燒得很好吃，我想他至少有兩三個法國廚子吧。而且，我的好女兒珍，我從來沒見你比今天更漂亮過。當我問朗格太太的意見時，她也這麼說。你們猜她還說了什麼？『啊！班奈特夫人，珍終歸會嫁到尼瑟菲德去的。』她真是這麼說來著。我也確實認為朗格太太是個大好人——她的外甥女們都是些很懂禮識體的姑娘們，只是長得稍遜色一點。我非常喜歡她們。」

總之，班奈特夫人的心情現在好極了。她把賓利對珍的一舉一動都看在了眼裡，相信珍到最後準會得到他的。她在一時高興之下，便對這樁美事想入非非起來，乃至第二天時，由於沒見到他來求婚，便變得頗為沮喪。

「這是叫人覺得很愉快的一天，」珍事後對伊莉莎白說，「客人們都請得很好，彼此之間非常融洽。我希望我們能常常再聚到一起。」

伊莉莎白會心地笑了。

「麗琪，你不應該這樣。你不應該不相信我，這很傷我的自尊心。老實說，我現在已經學會與這樣一位明理可愛的年輕人愉快地聊天，而不存任何其他的非分之想。我很滿意他現在的行為舉止，他從不曾想著要籠絡我的感情。只不過是，他的談吐比別人來得美妙，他更希望博得人們的好感。」

「你真狠心！」她的妹妹說，「你不讓我笑，可又時時刻刻在引我發笑。」

「在一些事情上，叫人相信自己是多麼難啊！」

「又有些事情簡直不可能叫人相信！」

「可是你為什麼非要想說服我，讓我承認我沒有能說出我的心裡話呢？」

「對你的這個問題，我簡直也不知道該怎麼回答了。我們每個人都喜歡勸導別人，儘管我們說出來的都不值得一聽。請原諒我的率直，如果你一味地擺出一副若無其事的樣子，那就不要想讓我做你的知己了。」

55

幾天以後賓利先生又來做客，這一次是他一個人。他的朋友那天早晨已動身去倫敦了，要走十天的時間。他與班奈特先生家的人坐了一個多鐘頭，興致顯得很高。班奈特夫人留他跟他們一起用飯，他說了許多道歉的話，因為他在別處已先有了約會。

「等你下次再來時，」她說，「我希望我們將有幸能請你吃飯。」

「明天你能來嗎？」

可以，他明天沒有任何的約會。於是她的這一邀請便被爽快地接受下來。

第二天他一大早就到了，太太小姐們都還沒打扮好呢。班奈特夫人穿著晨衣，頭髮還沒有來得及梳好。便跑進女兒房間裡喊：「珍，快點兒弄好下樓去。他來了——賓利先生來了——這是真的，趕緊點兒。喂，莎拉，到班奈特小姐這邊來，幫她穿一下衣服。這個時候，麗琪的頭髮你就甭去管了。」

「我們馬上就下去，」珍說，「不過我敢說凱蒂比我們兩個都快，因為她在半個鐘頭前就上了樓。」

「噢！你提凱蒂幹嘛？這關她的什麼事？趕快，趕快！你的腰帶放在哪兒啦，親愛的？」

然而在母親走了以後，珍沒有妹妹們陪著卻怎麼也不願意一個人下樓去。一到了傍晚時分，眼見得母親想叫他們兩個再能單獨待上會兒的心思又活了起來。喝過茶以後，班奈特先生像往常一樣到了書房，瑪麗上樓去彈琴了。五個障礙就這樣去掉了兩個。班奈特夫人坐在那兒朝著伊莉莎白和凱薩琳使了好一陣子的眼色，可沒有得到她們兩個的反應。伊莉莎白裝著沒有看見，而在凱蒂最後終於對母親的這種行為有所察覺時，卻不解其意地天真地問道：「媽，你怎麼啦？你剛才對我眨巴眼睛是怎麼回事？你想讓我做什麼呀？」

「沒事，沒事，孩子。我沒有朝你眨眼睛。」就這樣子她又坐了五分鐘的光景。可是班奈特太太實在不忍心讓這樣的一個大好機會錯過，於是她突然站了起來對凱蒂說：

「來，寶貝，跟媽媽走，我想跟你說件事。」說著領著凱蒂走了出去。珍立刻向伊莉莎白望了一眼，示意求她不要離去，因為她對母親的這一做法已經感到有點兒受窘了。可是沒有過幾分鐘，班奈特夫人拉開了一半門喊：

「麗琪，親愛的，媽媽有話要跟你說。」

伊莉莎白不得不走了出去。

「我們還是不要打攪他們兩個人，」在她一走進穿堂的時候，母親說，「凱蒂和我要上樓到我的梳妝間裡去坐了。」

伊莉莎白沒有和母親爭辯，在穿堂裡靜靜地待著，看到母親和凱蒂上了樓以後，又踅回到客廳裡。班奈特夫人那一天的計畫並沒有奏效。賓利渾身上下都是可愛之處，可卻沒有表明他對她女兒的愛意。他的隨和、快樂風趣為他們家的晚上增添了格外的歡樂情趣。他能很好地忍耐這位母親不合時宜的過分殷勤，聽著她母親講的許多蠢話而能耐住性子，不表示出厭煩，這使珍尤為感激。

幾乎沒有用主人家邀請，他便留下來吃了晚飯。在他臨走以前，主要是經他自己和班奈特夫人撮合，約定好了翌日清晨他與她的丈夫去一同打獵。

從這一天以後，珍再也不提漠然處之的話了。姊妹倆之間也沒再談起賓利，不過伊莉莎白在晚上睡覺的時候，心裡高興地想到只要達西先生不在十天之內趕回來，這件事很快就能成功了。可是她又認真地轉念一想，覺得事情之所以這樣發展一定是事先有了達西先生的參與。

賓利準時前來赴約。他和班奈特先生像事先說好的那樣，一起消磨了一個上午。班奈特先生顯得友好熱情，實在出乎賓利的預料。在賓利身上找不到那種傲慢跋扈或愚蠢的地方讓他去嘲笑，也不會叫他厭惡得不願意開口。他健談，而又少了他平時的那種怪癖，以前賓利還從不曾見過他這樣。不用說，賓利和他一塊兒回來吃了午飯。下午的時候，班奈特夫人想辦法把別人支開，留下了他和她的女兒兩個人在一塊。伊莉莎白因為有封信要寫，喝過茶以後就到起居室去了。再則她看到別人都躲開去打牌，她也不願意再和母親的安排作對。

但是當伊莉莎白寫完了信回到客廳裡的時候，她不勝驚訝地看到母親的做法在起作用了。她拉開門的當兒，瞥見姊姊和賓利挨著站在壁爐前，好像正沉浸在一場熱烈的談話中間。即使這還不能引起她的懷疑，在他倆急急地轉過頭來相互站離開來時，臉上現出的神色卻也把一切都告訴她了。他們兩個都顯得很尷尬，可伊莉莎白覺得她自己的情形也許更糟。那兩個人誰也沒有吭聲，伊莉莎白正待走開時，賓利（他和珍剛才都已坐下了）突然立起身子，跟她悄悄地說了幾句，跑出屋子去了。

只要這貼心的話兒能帶來愉快，珍從來也不會向伊莉莎白保守秘密的。她即刻上前去抱住了妹妹，無比快樂地說，她現在已是世界上最幸福的人了。

「這幸福我得到的太多啦！」她接著說，「實在是太多了，我不配享有這麼多的幸福。噢！為什麼不是所有的人都像我這麼幸福呢？」

伊莉莎白連連地向姊姊道賀，那種真摯、熱烈和喜悅的心情實是言語所難以表達的。她的每一句祝賀的話兒，都叫珍覺得是一份新的快樂。可是此時此刻的珍不願意只讓她們兩個分享這幸福，或者說她要把還沒說完的話兒留著跟別的人去傾吐。

「我必須馬上到媽媽那兒去，」她大聲說，「我無論如何也不願意讓她那份愛心還懸在半空中，我要親自去告訴她，而不願意讓她從別人那兒聽到。噢！麗琪，且想像一下，我要說的話兒將會給我們的家人帶來多麼大的快樂呀！我如何能消受得了這樣的幸福！」

說著她便跑到母親那邊去了，只見母親已經有意識地早散了牌局，在樓上和凱蒂坐著拉話兒。

伊莉莎白這時留下了她獨自一人，微微地笑著思忖著，沒想到幾個月來一直困擾和焦慮著她家人的這件大事，竟然一下子便順利地得到了最後的解決。

她自言自語道：「這也宣布了他的朋友處心積慮的阻撓的完結！宣布了他妹妹百般欺瞞從中作梗的完結！這是最幸福、最圓滿、最合理的結局。」

幾分鐘以後，賓利已經跟她們的父親談妥了這件事，回到了伊莉莎白這兒。

「你姊姊哪兒去了？」他一打開門便急切地問。

「上樓找我母親了。我敢說，她馬上就會下樓來的。」

賓利跟著關上門到了她跟前，得到了她這個做妹妹的良好親切的祝願，伊莉莎白真心誠意地說，她為他和姊姊的姻緣感到欣喜。兩人親切地握了握手。她聽著他對他的幸福的傾訴，聽著他對珍的讚美，直到姊姊下樓來。儘管這些話是出於一個熱戀著的情人之口，伊莉莎白卻真誠地相信，他那對幸福的期盼是有把握的，因為他們彼此非常瞭解，珍的性情又是那麼的溫柔善良，她和他自己之間的感情和情趣又是那麼相合。

對他們全家人來說，這都是一個不同尋常的歡欣夜晚。珍內心的喜悅把她的面容襯得更加明豔，比平時更加的美麗。凱蒂吃吃地笑著，希望她的機會不久也會到來。班奈特夫人喜形於色，什麼熱烈的話語也表達不夠她對這門親事的贊同，雖然有半個鐘頭的時間她和賓利談的都是這件事，班奈特先生吃晚飯時的談吐和舉止，都表明他心裡是怎樣的高興。

不過，在他們的客人沒走之前，他嘴裡卻沒有對這件事提到過一個字。可是待客人一走，他便朝女兒轉過身來說：

「珍，爸爸祝福你。你將會成為一個非常幸福的姑娘。」

珍立即走向前去，親吻了父親，感謝了他的這番好意。

「你是一個好姑娘，」他說，「我為你將有這麼一個幸福的歸宿，而感到高興。我完全相信你們倆會過得十分美滿的。你們的性情很相似，你們兩個都那麼願意順從，結果會弄得樣樣事情都拿不定主意。你們又都那麼隨和，每個僕人都會欺騙你們。又都那麼大方，所以每每會入不敷出的。」

「但願不是這樣。要在料理錢財上粗心馬虎，我是不會原諒我自己的。」

「入不敷出！我親愛的老頭子，」他的妻子喊，「你這是說到哪裡去了？哦，他一年有四五千英鎊的收入，很可能比這還要多。」末了，她又對珍說，「噢！我親愛的女兒啊，我真是太高興啦！我想我今天晚上是肯定睡不著了，我早就知道事情會是這樣的。我總是說，到最後會是這樣的。我相信你這樣的美貌是不會白白地沒有用場的！我記得，去年他剛剛來到哈福德郡時，我第一眼看到他便覺得你們倆將可能會到一塊兒的。啊！我這輩子也沒有見到過他這麼漂亮的男人！」

韋翰、麗迪亞，這時候都被忘到九霄雲外了。珍是她最心愛的女兒，別人她都不放在心上了。妹妹們很快都擁到她這邊來，要她答應將來盡她的可能給她們種種的優待。

瑪麗請求能使用尼瑟菲德的圖書館。凱蒂懇求姊姊在每個冬天的時候能舉辦幾個舞會。

賓利從這以後，自然成了朗博恩府上的天天客。常常是早飯前來，留到吃過晚飯後走，除非是有的時候，有些不知趣的鄰居還沒有能夠完全死心，邀他去家中吃飯，出於禮貌，他不得不去應酬。

伊莉莎白現在幾乎很少有時間能和姊姊交交心，因為賓利先生在的時候，珍便對誰也顧不上理會了。不過她發現，在這對情人有時候不得不分開一會兒的那些時間裡，她自己倒對他們兩個人還都有用。於珍不在的當兒，他總是找伊莉莎白，很有興趣地和她談她的姊姊；賓利走了以後，珍也總是跟她談起他來。

「他告訴我說，」有一天晚上她對伊莉莎白講，「他一點兒也不知道我去年春天住在城裡的消息，聽了這話我心裡真高興！我可從來不曾想到過這一點。」

「我也不曾想到，」伊莉莎白回答說，「那麼他對此是如何解釋的呢？」

「他說那一定是他妹妹做的。對我和他的認識，他的姊妹們肯定是不滿意的，就這一條而言，我毫不感到有什麼奇怪，因為他本可以找到一個各方面都更為理想的意中人。不過我相信，當她們看到她們的兄弟跟我一起很幸福時，她們慢慢地會轉變態度的，我們之間又會和好起來的，儘管再像從前那般親密無間是絕不可能了。」

「這還是我第一次聽到你講不寬宥的話兒。我的好姊姊！看到你得再次面對賓利小姐的假仁假義，我便感到難過。」

「你能相信嗎，麗琪，去年十一月份他回到城裡時，心裡還是真正愛著我的，就是幾句我這方面感情不熱烈的勸說話兒，竟然使他當時沒有再回到鄉下來！」

「他確實還有些不是，不過這都是由於他太謙卑的緣故。」

這話又自然引起珍對他的讚美來，說他謙虛，雖然有那麼多好的品質，卻並不自以為是。

伊莉莎白很高興地發現，賓利並沒有透露出他朋友對這件事的干涉，因為她知道雖然珍是那種最善良最寬厚的心腸，在這種事情上她很難不對他產生出偏見來。

「我無疑是世界上最幸運的人啦！」珍大聲地說，「噢！麗琪，為什麼是我受到這樣的寵幸，成了全家最為幸福的人呢！要是我能夠看到你這樣幸福！要是另有一個這樣好的男人也愛上了你，那該有多好啊！」

「即便你給我找到幾十個這樣的男人，我也決不會像你那麼幸福的。除非是我也有了你那樣的性情、那樣的善良，否則的話，我永遠不會有你那樣的幸福。不，不，還是讓我自己來做吧。或許，假如運氣好的話，我會碰上另一個柯林斯先生的。」

朗博恩家的好消息不可能對外人瞞得太久。班奈特夫人得到允許，悄悄地將它告訴了菲力浦斯太太，菲力浦斯太太可無需經過誰的允許，就把這消息傳遍了梅里屯的街坊四鄰。

班奈特府上很快地就被左鄰右舍們稱頌為是天下最有福氣的一家人了，儘管只是在幾個星期以前，大家還以為他們一家是倒盡了楣的。

56

在賓利和珍訂婚一個星期後的一個早晨，他和這家的太太小姐們正在樓上的客廳裡坐著，突然聽到一陣馬車聲，大家走到視窗去看，只見一輛四馬大車駛進了草地裡。鄰里人一般是不在這麼早來訪問的，況且，看那輛車的配置也不像是這附近一帶的。馬是驛站上的馬，馬車和趕車人的制服他們都不熟悉，不過可以肯定的是，有人要來訪了。於是賓利即刻勸說班奈特小姐躲開這來人的侵擾跟他到矮樹林那邊去。他們兩人走了，留下的這三個還在那兒猜想著，可惜都覺得茫茫然。直到門被推開，客人進來，她們才發現是凱瑟琳・德・柏格夫人。

她們當然會覺得驚奇的，可是卻沒有料到是這樣的事出意料，雖然班奈特夫人和凱蒂根本不認識這位夫人，可她們甚至比伊莉莎白覺得寵幸。

她旁若無人地走進屋子裡，對伊莉莎白的行禮只是稍稍地傾了傾頭，然後一聲不吭地坐了下來。她在這兒也不願行介紹之禮，不過伊莉莎白還是在她進來時，把她的名字告訴了母親。

班奈特夫人儘管為有這樣一個地位顯耀的客人來訪不勝榮耀，可也感到萬分的納悶。她極其禮貌地接待她。然而凱瑟琳夫人坐在那裡，卻是置若罔聞，過了一會兒後，只是朝著伊莉莎白冷冷地說：

「你一切都好吧，班奈特小姐。我想那位太太就是你母親嘍。」

伊莉莎白簡短地回答說是的。

「這一位我想是你的妹妹了。」

「是的，夫人，」班奈特太太說，她為能跟這樣一位貴夫人搭話而頗感得意，「她是我的四女兒。我最小的姑娘老五，最近已經出嫁了。我的大女兒正在什麼地方，和她的心上人散步，這位年輕人相信很快也會變成我們家的一份子啦。」

「你們的園子可是不大。」在片刻的沉默後，凱瑟琳夫人說。

「我敢說，若跟夫人羅辛斯的園子相比，它就什麼也不是啦，可是老實說，它比威廉・盧卡斯爵士家的園子還大得多呢。」

「這間屋子在夏天做起居室一定一點兒也不合適，窗子都是朝著西面的。」

班奈特夫人說他們吃過午飯以後從來也不在那兒坐的，最後又補充說：

「我可以冒昧地問夫人一句，你離開時，柯林斯夫婦都好吧。」

「是的，很好。我在前天晚上還見到了他們。」

伊莉莎白此刻想，凱瑟琳夫人接著就該會從口袋掏出一封夏綠蒂託捎的信了，因為這似乎是她來造訪唯一可能的動機了。然而卻不見夫人拿出信來，她完全弄不明白了。

班奈特夫人極為客氣地懇求貴夫人用點兒點心，可是被凱瑟琳夫人毫不客氣地一口拒絕了，過了一會兒，她站了起來和伊莉莎白說道：

「班奈特小姐，在你家草地的那一端很有一些郊野的氣息，如果你能陪我的話，我倒很樂意去看一看。」

「去吧，親愛的女兒，」她的母親說，「帶夫人到各條小徑上走一走。我想她會喜歡我們這兒的幽靜的。」

伊莉莎白聽從了母親的話，跑進自己的房間裡拿了一把陽傘，然後陪著這位貴客走下樓來。兩人走過穿堂，凱瑟琳夫人邊走邊打開飯廳和客廳的門瀏覽一下，稱讚房間佈置得很舒適。

她的馬車還停在門口，伊莉莎白瞧見她的女僕還在車裡。她們倆沿著鵝卵石甬道默默地走向小樹林那裡。伊莉莎白決定不去勞神和這樣的一個女人攀談，她現在的態度比平時更是傲慢和無禮。「我以前怎麼竟會以為她和她的外甥有相像之處呢？」在望著她的臉時，伊莉莎白暗自說。

待她們一走進小樹林時，凱瑟琳夫人便用下面的方式開始了她的談話：

「班奈特小姐，你一定知道我來到這兒的原因。你的良心都會告訴你我為什麼要來到這裡的。」

伊莉莎白並不想掩飾她所感到的詫異。

「的確，你是弄錯了，夫人。對會在這兒看到你的原因，我一點兒也解釋不出。」

「班奈特小姐，」這位貴夫人生氣地回答，「你應該知道，我是不允許別人來捉弄我的。不管你想要怎樣狡辯，你將會發現我是不會那樣做的。我的性格一向是以真誠和率直聞名遐邇的，在這樣一件舉足輕重的大事上，我當然更會恪守我的這一品性了。兩天以前，我聽到了一則驚世駭俗的新聞，說是不只是你姊姊就要攀上一門富親了，就是你，班奈特．伊莉莎白小姐也很快會跟我的外甥達西先生結親了。儘管我知道這一定是狂妄的謠傳；儘管我相信他不可能恥於做這等事情，我還是決定馬上趕到這個地方來了，把我的想法告知你。」

「如果你相信這傳聞不可能是真的，」伊莉莎白又是驚訝又是厭惡，臉不由得漲紅了，「那麼我真弄不懂你為什麼要這麼大老遠的不辭勞苦跑來啦。請問夫人對此有何見教呢？」

「我要求你立即向大家說明這都是謠言。」

「你來到朗博恩，來看我和我的家人，」伊莉莎白冷淡地說，「這本身便是對這條傳聞的一種肯定，假如真有這麼一條傳聞存在的話。」

「假如，那麼你是在裝著不知道怎麼回事啦？這消息難道不是你自己死勁兒傳布出去的嗎？難道你不知道這消息已經是弄得滿城風雨了嗎？」

「我從不曾聽說過。」

「你能不能起誓說，這消息也沒有一點兒的根據呢？」

「我並沒有聲稱，我也具備夫人你那樣的坦率。問題你可以問，至少是否願意回答那可就在於我了。」

「你這種態度我可不能容忍，班奈特小姐。我堅持要得到一個滿意的回答。我的外甥他到底向你求過婚沒有？」

「夫人，你已經說過這是根本不可能的了。」

「照理應該是這樣。只要他還沒有失去他的理智，就一定不會這樣做的。可是你的各種手腕和百般的引誘，也可能會使他一時癡迷，從而忘掉了他對他自己和家人應負的責任。你或許已經把他給迷住了。」

「如果真是這樣，我也不會向你承認出來的。」

「班奈特小姐，你知道你是在和誰說話嗎？我可不習慣聽你這樣講話。我幾乎是他在這個世界上最親近的人了，我有權利瞭解他所有的切身大事。」

「可是你沒有權利知道我的。而且你用這種蠻橫的態度，更是休想叫我說出真情來。」

「請你把我的話兒聽明白。你膽敢攀附這門親事，是絕對不可能成功的。不，絕對不會。達西先生已經與我的女兒訂婚了。現在，你還有什麼話可說呢？」

「只有這一點，如果他已經訂婚，你就沒有理由懷疑他會向我求婚了。」

凱瑟琳夫人猶豫了一下，然後回答說：

「他們之間的訂婚，比較特別。從孩提時起，他們就相互傾心。這是他母親的心願，也是她的母親的心願。他們還睡在搖籃裡的時候，我們便計畫好了這門親事，現在當這老姊妹兩個的心願即將在他們的完婚中實現的時候，竟然有一個出身低微、微不足道，與達西家族毫無關係的丫頭要來從中作梗了！難道你絲毫也不顧及他的親友們的願望？不顧及他跟德•柏格小姐默許的婚姻？難道你竟然毫無羞恥體面之心？難道你沒有聽我說過，他很小就已經和他表妹的命運聯繫在一起了嗎？」

「是的，我以前聽你說過。不過那跟我又有什麼關係呢？如果沒有別的理由反對我嫁給你的外甥，僅是憑他的母親和姨媽想讓他娶德•柏格小姐的心願，我肯定是不會放棄這門親事的。你們姊妹兩個在盤算他倆的婚姻上盡了你們的努力，可到底如何進行，則要看他們自己了。如果達西先生既沒義務也沒有心思和他的表妹結婚，那他為什麼不可以另行選擇呢？如果他選中的是我，那我為什麼不可以接受呢？」

「因為名譽、禮節、慎行謹言，以及利益關係都不允許你這麼做。是的，班奈特小姐，利益的關係。如果你要一味地一意孤行得罪所有人的意願的話，你就別指望他的家人和他的朋友們會看得起你。凡是和他有關係的人都會譴責你，小看你，鄙視你。你的婚姻將成為你的恥辱，你的名字將永遠不會被他的親友們提起。」

「這真是些大大的不幸，」伊莉莎白回答說，「不過作為達西先生的妻子，與她的這一身分俱來的，必然會有許多莫大幸福之泉源，所以整個看來，她沒有抱怨的必要。」

「你這個冥頑不化的丫頭！真為你感到羞恥！這就是你對我今年春天招待了你一番的報答嗎？你為此不應該對我有所感激嗎？讓我們坐下來談吧。班奈特小姐，你應該明白，我到這兒來是下定了決心的，不達到我的目的，我是絕不肯罷手的。我從來沒有對任何人的妄想屈服過。我也從來沒有叫自己失望過。」

「這只會使夫人你現在的處境更加難堪，對我可沒有絲毫的影響。」

「不許你打斷我的話，安靜地聽我說。我的女兒和我的外甥是天生的一對。他們的母系都是高貴的出身，他們的父系雖然沒有爵位，可也都是極受尊重、極為榮耀的名門世家。他們兩家的財產都極為可觀。兩家的親戚都一致認為，他們是前世註定的姻緣，世上有什麼能把他們倆拆散呢？難道是一個出身低微、沒有顯貴親戚、沒有財產的癡心妄想的丫頭不成？這還成什麼體統！這將是絕對不能容忍的。如果你要是為你自己著想，腦子放明白一點兒，你就不會想著要跳出你成長的這個環境啦。」

「我並不認為，跟你的外甥成親，我就脫離了我現在的環境。他是一位紳士，我是一位紳士的女兒，在這一點上我們是平等的。」

「說得不錯。你是一位紳士的女兒。但是你的母親是什麼樣的人呢？你的姨父和舅父舅母又是什麼樣的人呢？不要以為我不知道他們的情況。」

「不管我的親戚們怎麼樣，」伊莉莎白說，「只要你的外甥他自己不反對他們，他們又與你有什麼關係呢。」

「請你實話告訴我，你到底與他訂婚了沒有？」

儘管伊莉莎白不願意只是為了順從凱瑟琳夫人而回答她的這個問題，不過在斟酌了片刻之後，她還是說了實話：

「沒有。」

凱瑟琳夫人似乎大大地鬆了一口氣。

「你願意答應我，永遠不跟他訂婚嗎？」

「我不願做任何這樣的承諾。」

「班奈特小姐，你真讓我感到震駭和驚訝了。我原以為你是一個理智的姑娘。不過你也不要打錯了算盤，以為我會妥協。你如果不給予我所要的保證，我是不會離開這裡的。」

「我永遠也不會給予你什麼保證。我是不會被你這樣一種完全無理的要求嚇住的。你想叫達西先生娶你女兒，可是，難道你以為只要我答應了你的要求，他們的婚姻就會有可能了嗎？如果他真的愛上了我，我現在就是拒絕了他，他就會去找他的表妹了嗎？請允許我冒昧地說，凱瑟琳夫人，你向我提出這一非常之請求的理由，就是既無聊淺薄又沒有道理的。你大大地錯看了我的人格，如果你認為你能夠說得我屈服的話。你的外甥會在多大程度上贊同你對他的事情干涉，我不知道，不過你顯然沒有權利來過問我的事情。所以我請求你不要再在這件事情上繼續糾纏了。」

「請你耐住點你的性子。我的話還沒有講完呢。除了我剛才說過的那些反對的理由外，我還要再加上一條，有關你最小的妹妹跟人私奔的那樁不名譽的事，我並不是不知情。我知道所有一切的細節，那年輕人跟她結婚，完全是你爸爸和舅舅花錢買來的，是一樁湊合撮合成的婚姻。這樣的女孩子難道也配做我外甥的小姨嗎？她的丈夫，他父親生前的帳房兒子，也配和他做連襟嗎？真是天地不容——你究竟打的是什麼主意？彭貝里的門第難道能給這樣的踐踏嗎？」

「現在，你不會有什麼再可拿來譴責的了，」伊莉莎白憤憤地回答，「對我，你已經極盡了一切能力來進行侮辱。我現在必須回家去了。」

說著伊莉莎白站起身來。凱瑟琳夫人隨後也站了起來，一塊兒往回走。這位貴夫人可真是有點兒氣急敗壞了。

「那麼，你對我外甥的名譽和體面根本不顧及啦！好一個不通人情、自私自利的丫頭！你難道不懂得，跟你完了婚，他會在所有人的眼裡都名譽掃地嗎？」

「凱瑟琳夫人，我沒有什麼再要說的了。我的意思你都已經明白了。」

「那麼，你是非要嫁他不可了？」

「我並沒有這麼說。我只是決心要按我自己的意願和方式建立起我的幸福，而不去考慮你，或是任何一個與我毫無關係的人的意見。」

「好啊，你是堅決不肯依從我啦。你是堅決不願意遵循責任、榮譽和知恩圖報的信條啦。你是決心要讓他所有的朋友們都看不起他，讓世人們都取笑他啦。」

「責任和榮譽感，以及知恩圖報，」伊莉莎白回答說，「在現在的這件事情上，都跟我牽扯不上，我和達西先生的婚姻不會違反這裡的任何一個信條。至於他家人的不滿或是世人的憤慨，如果前者是由於我嫁他而引起的，我是根本不會去在乎的——至於世人，則還是明理識義的人多，所以一般來說是不會幫著去嘲諷的。」

「啊，這就是你的起初想法！這就是你最後下定的決心！很好，現在我知道我該如何行動了。不要以為，伊莉莎白小姐，你的妄想和野心會能得逞，我剛才只是在試探你，我本希望發現出你是明理的。等著瞧吧，我說得出，便做得到。」

凱瑟琳夫人就這樣說，和伊莉莎白走到了她的車子門前，臨上車前，她又匆匆地掉轉頭來說道：

「我不向你道別，班奈特小姐。我也不問候你的母親，你們都不配得到我這樣的對待，我真是太生氣啦。」

伊莉莎白沒有搭話，也沒有想著再請這位貴夫人來家坐上一坐，她獨自兒默默地走回到房裡。她上樓的時候聽到了馬車走遠的聲音，她的母親在化妝室的門前性急地攔住了她，問凱瑟琳夫人為什麼不進來再休息休息。

「她自己不願意，」她的女兒說，「她想要走嘛。」

「她是個長得多麼好看的女人啊！她能來這兒真是太客氣太給我們家面子啦！因為我想她來這兒，不外乎是告訴我們柯林斯夫婦一切都好吧。我敢說，她或許是到別的什麼地方，路過梅里屯，想起了順便來看看你。我想她不會有什麼特別的事情跟你說吧，麗琪？」

伊莉莎白不得不就勢撒了個小小的謊，因為她實在不可能把這次談話的內容告訴母親。

57

這一不同尋常的造訪給伊莉莎白精神上帶來的不安，並不是那麼容易就能克服掉，在許多個鐘頭裡，她都不能不想著這件事。凱瑟琳夫人這次不辭辛苦從羅辛斯趕來，似乎全是為了拆散掉她和達西先生這樁只是存在於想像中的姻緣。毫無疑問，凱瑟琳夫人的此舉不能說是不明智！可是，關於他們訂婚的謠言是從什麼地方傳出去的，這卻叫伊莉莎白無從想像。後來她才想起達西是賓利的好朋友，她是珍的妹妹，現在既然已有一樁婚姻可望成功，人們當然也就企望著另一樁接踵而來了。她自己不是也早就想到，姊姊結婚以後，她和達西見面的機會也就更多了嗎？她的鄰居盧卡斯一家（通過他們和柯林斯夫婦的通信，她想這一消息才會傳到了凱瑟琳夫人那裡）竟把這件事看得十拿九穩，而她自己只不過認為，這件事將來也許有幾分希望罷了。

然而，在翻來覆去地想著凱瑟琳夫人的那些話語的時候，伊莉莎白對她一味地進行干涉的後果還是禁不住感到了些許的不安。從她所說的她要堅決阻止這門親事的話兒裡，伊莉莎白想到她一定在盤算著如何勸說她的外甥了。至於達西會不會像他姨媽那樣來看待這與她成親的種種不利，她可不敢妄下斷言。伊莉莎白不清楚他對他姨媽到底喜歡到什麼程度，或者說他在多大程度上聽憑於她的判斷，不過有一點自然是肯定的，那就是他一定比她自己看重凱瑟琳夫人的意見，在列舉與一個其至親門第遠遠低於他本人的女人結婚的種種不幸中間，他的姨媽無疑會擊中他的弱處的。他有那麼多的體面感和尊嚴感，在伊莉莎白看來不值一駁的荒唐話兒，在他覺得也許就是理由充分，很多道理的訓誡了。

如果以前他似乎在這個問題上常常表現出動搖，那麼他這位至親的勸導和懇求可能會把他的這全部疑惑打消了，會使他下定決心，去高高興興地追求他的尊嚴不受到玷污。如果真是這樣，他就再也不會回到這兒來了。凱瑟琳夫人很可能在城裡見到他，他答應賓利再回到尼瑟菲德的事，恐怕也就會泡湯了。

「所以，如果在這幾天之內，一旦有他不再前來踐約的託詞傳回來，」她心裡又想到，「我就知道這是怎麼回事。那時我就該放棄一切期盼，放棄他會繼續愛我的一切希望了。如果在他可以得到我的感情和我本人的時候，他卻只滿足於為我感到惋惜，那麼很快連惋惜他的心情也會消逝掉的。」

且說她家裡的人聽說是誰前來訪問後，都不勝驚訝。不過他們也只是用班奈特夫人那樣的假想去滿足了他們的好奇心。因此伊莉莎白在這件事情上並沒有受到過多的詰問。

第二天早晨，在她走下樓來的時候，她碰上了父親，見他拿著一封信從書房裡出來。

「麗琪，」他說，「我正要去找你，你來我的房間一下。」

她跟著他走進書房，她想知道他要告訴的事兒的好奇心，由於她猜測到這事一定與他手中的那封信有關，而變得越發強烈了。她突然想到這信也許是凱瑟琳夫人寫來的，於是她不無煩惱地預想到了，她為此需要做出的種種解釋。

她跟父親到壁爐前，兩人一起坐下了。臨了父親說道：

「我今天早晨收到了一封信，叫我大大地吃了一驚，因為這封信主要是與你有關，所以你應該知道它的內容。在這以前，我真的不曉得我有兩個女兒快要成親了。讓我祝賀你，你竟然得到了這樣重大的勝利。」

斷定這封信是達西而不是她的姨媽寫來的，伊莉莎白臉上立刻泛起一片紅暈。正在她不知道對達西終於表白了他自己的感情是應該感到高興，還是對他的信不直接寄給她而感到氣惱的時候，她的父親說話了：

「你好像是有預感似的，年輕姑娘在這類事情上總是看得透徹的，不過我想，你縱使聰明，也猜想不出愛慕你的人是誰。這封信是柯林斯先生寫來的。」

「柯林斯先生！他能有什麼話好說？」

「當然是一些非常重要的話嘍。他在信的一開始表達了他對我的大女兒快要婚娶的祝賀，這消息似乎是盧卡斯家的某個愛管閒事的好心人告訴他的，我並不打算告訴他的，我也不打算把他這一段祝賀的話讀出來叫你更心焦。跟你自己有關的內容是這樣寫的：『在這樣向你道賀了一番柯林斯夫人和我自己對這門親事的誠摯祝願以後，我現在想就另一件事略提一二，這件事我們也是聽盧卡斯家的人說的。你的女兒伊莉莎白，據說她在她的姊姊出嫁以後，也會很快嫁出去的，她的如意郎君將可能是世上最享有盛名的富豪之一。』

你，能猜想得出，麗琪，他指的是誰嗎？

『這位年輕人福星高照，擁有世人所希冀的一切珍物——巨大的財富、世襲的高貴門第、眾多受其庇蔭的家產。雖然這一切的誘惑力是如此之強大，不過我還是要告誡我的表妹伊莉莎白和你自己，當這位先生向府上求婚時，切不可見利眼紅，遽而應承，否則會招來種種的禍患。』

麗琪，你知道這位先生是誰嗎？下面就要提到了。

『我之所以要告誡你們，是因為我們有理由認為，他的姨媽凱瑟琳・德・柏格夫人對這門親事是很有看法的。』

現在你明白了，這個人就是達西先生！麗琪，我想我叫你感到意外了吧。柯林斯先生，或者說盧卡斯一家人，難道還能夠在我們認識的人裡找出一個比此人更能證明他們的話是無稽之談的了嗎？達西先生在任何一個女人身上看到的都是瑕疵，他這一生也許就沒有正眼看過你一次！他們的想像力可真令人豔羨！」

伊莉莎白盡力想跟父親一起調笑打趣，可卻只勉強擠出一個最不自然的笑來。父親的機智幽默從來沒有像今天這樣不合她的口味。

「難道你不覺得有趣嗎？」

「噢！很有趣。請再往下讀吧。」

「『當昨天晚上我們向她提及了這樁可能的婚姻時，凱瑟琳夫人立即表達了她在這件事情上的看法。很顯然，由於我表妹家庭方面的種種缺陷，她堅決反對這一她稱之為是不光彩的婚姻。所以我想我有責任盡快地將這一情況告訴我的表妹，以便能引起她和傾慕她的貴人的警覺，不致沒有經得至親的同意便草率婚娶。』柯林斯先生還說：『得知我表妹麗迪亞的不貞之事得到了悄然的解決，我真覺得高興，我只是擔心他們沒有結婚就住在了一起的事兒日後總會被眾人知曉。不過，在聽到你於他們剛剛成親後便邀他們回家去住的消息，我還是感到了極大的困惑，我的身分和我的職責都要求我必須就此說上幾句。你這是對邪惡穢行的一種慫恿，如果我是朗博恩的牧師，我一定會拚力去反對這種做法的。作為一個基督教徒，你當然應該寬恕了他們的行為，但是卻永遠不應該再見他們，或者是不允許別人再在你面前提到他們的名字。』」

「這就是他關於基督教徒應該對人寬宥的見解！」伊莉莎白的父親說，「這封信的其他部分都是關於夏綠蒂現在的情形，以及他們快要生貴子的事兒。喂，麗琪，你好像聽得並不高興。我想，你不至於也變得故作正經起來，一聽到這種閒話便裝出受到觸犯的樣子。我們活著，難道不就是作鄰居的笑料，反過來也對他們進行取笑嗎？」

「噢！」伊莉莎白喊道，「我聽得津津有味呢。不過，這事還是太古怪啦！」

58

事情並沒有像伊莉莎白揣測的那樣發展，賓利先生非但沒有收到他朋友不能履約的道歉信，反而在凱瑟琳夫人來過後沒幾天，便把達西也帶到了朗博恩。兩位貴客來得很早，伊莉莎白坐在那兒很是擔心，怕母親把他姨媽造訪的事告訴達西，好在賓利想要和珍單獨在一塊兒，所以提議大家都出去散步，許多人同意了。班奈特夫人沒有散步的習慣，瑪麗又從來不肯浪費時間，於是一同出去的只有五個人。剛出去不久，賓利和珍便讓別人超過了他們，他們倆在後面慢騰騰地走著，而伊莉莎白、凱蒂、達西三人走在了前面。三個人誰也很少說話，凱蒂很怕達西，不敢吭氣；伊莉莎白這時在心裡暗暗下著最後的決心，達西或許也是這樣。

他們朝盧卡斯家的方向走著，因為凱蒂想去看瑪麗亞。由於伊莉莎白覺得沒有必要大家都去，所以凱蒂離開了他們倆，自個兒進了盧府。伊莉莎白大著膽子跟著達西繼續往前走，現在是她將決心變為行動的時候了，趁著她還有足夠的勇氣，她即刻說道：

「達西先生，我是一個非常自私的人，為了使我自己的情緒得到解脫，我便顧不上想這會如何傷害到你的感情了。你對我那可憐的妹妹情義太重，我再也不能不感激你了，自從我知道了這件事以後，我一直急切地盼望著有一天能向你表白，我對此事是如何的感激；如果我的家人也知道這件事，現在對你表示感激的就不會是我一個人啦。」

「抱歉，非常抱歉，」達西用一種吃驚又充滿感情的語調說，「我擔心你知道了這件事情後，會想到別的地方去，會叫你自己無謂地感到不安。我並沒有料到，加德納太太這樣不能保守秘密。」

「你不該責怪我舅媽。是麗迪亞的不小心最先向我透露出你也攪在了這件事中間，當然，我不弄清楚是不肯甘休的。讓我代表我的家人再一次地謝謝你，感謝你的一片同情憐憫之心，為了找到他們，你不怕麻煩，忍受了那麼多的羞辱。」

「如果你要感謝我，」他回答，「那你就為你自己感謝我好了，我不願意否認，除了其他的原因外，為了叫你能幸福的願望是我要這樣做的主要原因。你家裡的人不用感謝我，我雖然也尊敬他們，可是我當時想到的只是你一個人。」

伊莉莎白羞澀得一句話也說不出。在短暫的沉默以後，她的朋友又說：「你是個有度量有涵養的人，是不會與我計較的。如果你的感情還是和四月份一樣，請你能告訴我。我的感情和心願依然如故，只要你說一個『不』字，我就永遠不再提起這件事了。」

伊莉莎白自然能體會到，她的情人此刻的那種尷尬和焦急的心情，因而覺得她現在不能再不說話了。於是她馬上仍帶著些靦腆地告訴他說，自從他剛才提到的那個時期以來，她的感情已經發生了很大的變化，現在她願意以非常高興和感激的心情來接受他的這番美意了。這一回答給達西帶來的喜悅，是他以往從未體會過的，他頓時成了一個熱戀中的情人，熱烈而又溫柔地傾吐起他自己的愛意來。如若伊莉莎白能抬起頭來瞧上一瞧他的眼睛，她就會看到，那洋溢在他臉上的，從心底裡湧出的喜悅神情，把他映襯得多麼美啊。儘管她不敢抬眼看，可是她能聽，聽他將他那蓄積著的感情傾訴出來，證明她在他的心目中是多麼重要，使她越聽越覺得他的感情的可貴。

他們倆繼續走著，也不知道在走向哪裡。他們之間有多少的心思，多少的感情，需要表述，再也沒有心力去注意別的事情了。伊莉莎白很快就知曉了他們倆之所以能這樣瞭解對方的心意，還多虧了他姨媽的幫忙，這位姨媽的確在她返回的途中去過倫敦，告訴了達西她的朗博恩之行、她這樣做的動機，以及她和伊莉莎白談話的內容。而且著重地將伊莉莎白的一言一語詳細地道出來，以凱瑟琳夫人的理解，這些話語都特別地表現出了伊莉莎白的乖張和自負，滿心以為這種講述能夠幫助她從她的外甥口裡，得到她從伊莉莎白那裡所得不到的承諾。然而，事與願違，實際的效果卻和凱瑟琳夫人所想的恰恰相反。

「姨媽的這番話給了我希望，」達西說，「在這以前，我還沒敢抱有過這種奢望。我早就瞭解你的性格，知道如果你當真是對我恨得要命，你就會向凱瑟琳夫人坦率地當面講出來的。」伊莉莎白紅著臉笑著回答說：「是的，你對我率直的性格瞭解得很透徹，你相信我敢那樣做。是的，既然我敢當著你的面，深惡痛絕地罵你，那麼我也能在你所有的親戚面前罵你了。」

「你所批評我的，都是我應該接受的。因為雖然你對我的指責沒有根據，是聽了別人的謠傳，可是在那時我對待你的態度，卻是應該受到最嚴厲的責備的。那是不可原諒的。我一想起它來總是痛恨自己。」

「我們倆不要爭著去搶在那天晚上誰該受到更多的指責了，」伊莉莎白說，「如果嚴格地審視一下，我們兩個人的態度都是有過錯的。不過從那以後，我認為我們兩個人都在禮貌待人方面有了進步。」

「我還不能夠就這樣輕易地寬恕了我自己。我當時的行為舉止，我的態度和我所說的話都深深地印在了我的腦海裡，幾個月來，甚至直到現在，都深深地刺痛著我的心。你對我的中肯的批評，我永遠也不會忘記：『如果你表現得禮貌一些就好了。』這是你當時說的話。你不知道，你也無從想像，這句話一直在怎樣地折磨著我，儘管只是過了一些時候以後，我承認，我方才冷靜下來能夠認識到其正確性的。」

「我萬萬沒有料到，我的那些話會給你留下這麼深刻的印象。我一點兒也沒想到它們會給你這樣大的影響。」

「對這一點我很容易相信。那時候你以為我已經喪失掉了一切應有的感情，我敢斷定你當時是這樣想的。我永遠忘不了，你當時沉下臉來說，我不可能做出任何一種適當的求愛方式，來勸誘你接受我。」

「噢！請不要再提我那時說的話啦。這些回憶一點兒也不能說明什麼。老實說，很早以前我就為我的那些話感到羞愧啦。」

達西提到了他的那封信：「那封信是不是很快就使你改變了一些對我的看法呢？在讀它的當兒，你對信上的內容相信還是不相信？」

她向他解釋了那封信對她的影響，告訴了他她對他以往的一切偏見如何逐漸地消除掉的。

「我知道，」他說，「我的信一定使你感到痛苦了，但是我這也是不得已的。我希望你已經把這封信燒了，尤其是開始的那一部分，我擔心你是否能有勇氣再去重讀。我至今還記著其中的一些句子，你看了它們很可能會恨我的。」

「如果你認為這對保留住我的愛情是必要的，那我當然一定要把它燒掉了。不過，雖然我們倆都有理由認為我的觀點和想法不是完全不可以改變的，可是我希望它們還不至於像這兒所說的一樣，那麼容易地改變。」

「我寫那封信的時候，」達西回答說，「滿心以為自己的心情是非常和平和冷靜的，但是自那以後，我就意識到了我的信是在一種極度的激憤心情下寫成的。」

「信在開始時也許有怨憤，不過到結尾時就並不是這樣啦，那句收尾的話本身便是一種寬宥，我們還是不要再想那封信了。寫信人和收信人現在的感情都和那時大大地不同了，所以伴隨著這封信而來的一切不愉快，都應該被忘掉了。你應該學學我的人生哲學，回憶過去時，只去想那些給你留下美好印象的事情。」

「我不認為你有這一類的人生哲學。在你的反省裡完全沒有了呵責的因素，從這樣回顧中得到的滿足不是一種哲理，更恰當一點兒說是一種純真。可是對於我來說，情形就是這樣了，痛苦的回憶總是侵擾著我，它們不可能也不應該被拒之門外。我活了這麼大，在實際上是自私的，雖然在信條和原則上不是如此。從孩提時候起，大人們就開始都給我講什麼是對的，可從來也沒有人教導我去改好我的性情。他們教給了我好的信條，可任我以那種驕傲和自負的方式去實行它們。由於家中只有我一個兒子（很多年中就我一個孩子），我被父母寵愛壞了，他們雖然自身很好（尤其是我父親，待人非常仁厚、和藹），可卻允許和縱容我，甚至是教育我自私自利、高傲自大，不去關心家庭以外的任何人，去認為天下人都不好，希望或者至少是認為別人的見解、悟性、品格都不如我。我就這樣從八歲活到了二十八歲。我也許還會這樣繼續地活下去的，要不是你，我最親愛最可愛的伊莉莎白！我哪一點不是虧了你！你給我上了一課，儘管在開始時使我很痛苦，可是卻叫我受益匪淺。你羞辱得我很有道理。我當初向你求婚時，根本沒有想到會被拒絕。是你叫我懂得了，在取悅一個值得自己愛的女子方面，我的那種自命不凡是多麼的微不足道。」

「當時你真的以為我會很高興地接受你嗎？」

「的確如此。你一定會笑我太自負了吧？我那時真的相信你希冀期盼著得到我的求愛的。」

「我當時的態度也一定欠妥，可是我向你保證，我絕不是有意的。我從來沒有想過要欺騙你的感情，可是我往往憑著一時的興致便弄出了錯兒。從那天晚上以後，你一定非常恨我吧？」

「恨你！也許我當時有些生氣，可是我的氣憤很快便開始導入到正確的方向去了。」

「我簡直害怕問你，那次我們在彭貝里碰見時，你怎麼看我呢？你是不是怪我在那裡了？」

「一點兒也沒有，我只是覺得驚奇罷了。」

「在我被你看到時，我的驚奇並不比你的小。我的良知告訴我，我並不配受到你那樣殷勤的對待，我承認，我沒有料到你會那樣的待我。」

「我當時的用意，」達西回答說，「就是以我所擁有的一切禮貌告訴你，我並不那麼小肚雞腸，對過去還會耿耿於懷。我希望得到你的諒解，減少你對我的壞印象，叫你發現出你批評我的缺點，我在留心去改了。至於別的念頭是在哪一刻鑽進了我的腦子裡的，我也說不清楚了，不過我想大概是在見到你的半個鐘頭裡吧。」

達西隨後告訴了伊莉莎白，喬治安娜對認識了她是有多麼的高興，而在這種結識突然中斷以後又是多麼的失望。接著便自然談到了這交情中斷的原因，伊莉莎白這才明白，他要從德比郡追隨她去尋覓她妹妹的決心早在其離開旅店前就下定了，他當時在旅店房裡的那種嚴肅專注的神情，便是由於內心轉念著這麼一個意圖而引起的。

她再一次表達了她的謝意，不過雙方都覺得這個題目太叫人痛苦，所以沒有再談下去。

他們這樣悠閒地走了好幾哩路，只顧傾心於交談，根本沒有意識到他們走的路程，待最後想起看錶時，才知道是該回去的時候了。

「賓利和珍上哪兒去啦？」這一問又引發出了他們倆對那一對情人的討論。達西對他們的婚姻表示由衷的高興，他的朋友賓利最早便告訴了他這個消息。

「我要問，你當時聽了感到意外嗎？」伊莉莎白說。

「一點兒也不。在我走了的時候，我就感到這事就要成功了。」

「這就是說，你早就給了他許可，我已經猜到這樣。」雖然達西對她的用詞表示反對，可她發現事實跟她猜想的差不多。

「在我動身要去倫敦的前一天晚上，」達西說，「我對賓利交代了我覺得我早就應該告訴他的話。我把過去的事都對他說了，使他明白我當初對他這件事情的干涉真是又荒唐又冒失。他是那麼的驚奇，他一點兒也沒有懷疑到會是這樣的。另外，我還告訴了他，我以前認為你姊姊對他沒有情意的看法並不正確，因為我一眼便看出他對你姊姊仍然是一片深情，所以我相信他們倆結合一定會幸福的。」

伊莉莎白對他能夠這樣輕而易舉地駕馭他的朋友，禁不住笑了。

「當你告訴他我姊姊是愛著他時，」她說，「你是出自你的觀察，還是僅僅憑著我春天裡對你講的呢？」

「憑我的觀察。在我最近兩次去到你家時，我對她進行了仔細的觀察；我確信了她是有真情的。」

「我想，你的這一確認很快便給他帶來了信心。」

「是這樣。賓利為人極其謙卑。他的缺乏自信妨礙了他在這樣一件頗費思考的事情上運用他自己的判斷力，可是他習慣於依賴我的，這使一切事情都變得容易了。我不得不向他承認了一件事，他對那件事真的氣了一段時間。我告訴他，你姊姊去年冬天有三個月曾住在城裡，我知道這件事，卻故意隱瞞了他。他很生氣。不過，我相信在他明白了你姊姊的真實感情時，他的氣也就消了，現在他已經真心誠意地原諒我了。」

伊莉莎白這時真想說，賓利先生真是個討人喜歡的朋友，這樣容易受朋友的擺布，對他的朋友來說，他可真是個無價之寶，可是她抑制住了自己。她想到在這一方面他還得有個適應的階段，現在開他的玩笑還為時過早。就這樣，他們談著賓利即將到來的幸福（這幸福僅次於他自己的）一直走到了家門口。在門廳裡，他們倆分了手。

59

「親愛的麗琪，你們蹓躂到哪兒去了？」伊莉莎白剛進門，珍就問，等他們坐下，家裡其他的人也這麼問；她只得說他們隨便蹓躂，到了她也不知道的地方；說話的時候，她的臉都紅了，但沒有人懷疑她和他之間會有什麼事情。

整晚都很平靜，沒有什麼特別的事情。已經公開的那對戀人談笑風生，而還沒有公開的一對則沉默不語。達西生性沉靜，不喜歡把心情表露在臉上；伊莉莎白心慌意亂，只知道自己很幸福，卻沒有確切體會到究竟如何幸福，因為除了眼前這一陣彆扭以外，還有種種麻煩等在前頭。她在想，等他們的事情公開以後，家裡人會是怎樣的反應；除了珍，家裡沒有一個人喜歡他，她甚至害怕家裡人都會討厭他，而這並不是他的財產地位所能挽救的。

晚上休息的時候，她把事情告訴了珍。珍沒有多疑的習慣，但她絕對不相信伊莉莎白說的是真的。

「麗琪，你在開玩笑。和達西先生訂婚！這不可能！不，不，你不會騙我的。我知道你不可能騙我。」

「這確實是一個糟糕的開始！在這個家裡面，我只信任你一個人；如果你不相信我，我相信就沒有其他人會相信我了。但我真的是認真的，我說的都是真的。他還愛著我，我們訂婚了。」

珍充滿疑惑地看著她，「天啊，麗琪！那不可能！我知道你有多麼討厭他。」

「你不知道事情是怎麼回事，那都已經是過去的事情了。我也許從來沒有像現在這樣愛著他。在這種事情上，還是把它忘記的好。這是我自己最後一次提討厭他的話。」

班奈特小姐看起來還是很詫異，伊莉莎白一遍又一遍，而且很嚴肅地告訴她這是事實。

「天啊！難道這真是真的嗎？但我現在必須要相信你的話，」珍嚷道，「親愛的麗琪，我確實要向你祝賀。你確信自己說的都是真的嗎？請原諒我問一個問題，你確信你和他在一起會幸福嗎？」

「我對這一點絲毫不會懷疑。我們兩人之間已經達成共識，我們將會是世界上最幸福的夫妻。但珍，你不高興嗎？你不希望有這樣一位妹夫嗎？」

「希望，非常希望。沒有什麼事情能比這讓我和賓利更高興的了。但我們想了想，也交流了一下，覺得不可能。你真的很愛他嗎？麗琪，沒有愛情千萬不要結婚。你確信你知道自己應該怎麼做嗎？」

「是的！當你知道了詳細的經過，你只會覺得我還做得不夠呢。」

「什麼意思？」

「我必須告訴你我為什麼喜歡他勝過喜歡賓利，我想你聽了這話會生氣。」

「我親愛的妹妹，嚴肅點，我想和你很嚴肅地談談。趕緊告訴我一切，快告訴我，你喜歡他多長時間了？」

「是慢慢喜歡上他的，連我自己都不知道是什麼時候。但我想可以追溯到我第一眼看到彭貝里美麗的花園起。」

姊姊叫她正經些，這一次總算產生了效果；她立刻順從了珍的意見，鄭重其事地把自己愛上他的經過講給珍聽。班奈特小姐弄明白了這一點以後，便放心了。

「我現在真的好高興，」珍說，「因為你就要像我一樣幸福了。我一直都很看重他；不為別的，就憑他愛你，我就該永遠地尊敬他。現在，他作為賓利的朋友、你的丈夫，除了賓利和你，我最喜歡的就是他了。但麗琪，你真是狡猾，還對我保密，你都沒有告訴我在彭貝里和蘭頓到底發生了什麼事情。我所知道的也都是別人告訴我的，不是你自己親口說的。」

伊莉莎白告訴了她保守秘密的原因。因為她不願意提到賓利，再加上自己感情亂成一團麻，不想提到達西這個名字。但現在，她沒有必要再對珍隱瞞他在麗迪亞的婚姻中扮演的角色了，一切都真相大白了，談著談著，不知不覺到了後半夜。

第二天早上，班奈特太太走在窗戶邊往外看的時候，不禁叫道：「我的天啊！那位討厭的達西先生又和我們親愛的賓利一塊兒來了！他這麼樂此不疲地到咱們家來是什麼意思？我倒是希望他去打打鳥，或幹點別的什麼事情，別讓他打擾了我們。我們該拿他怎麼辦呢？麗琪，你還得和他出去散散步，這樣他才不會妨礙賓利先生。」

伊莉莎白對母親的這個絕佳提議忍不住要笑出聲來；但她母親總那麼說他，讓她很是惱火。

兩位先生一進門，賓利便表情豐富地看著她，熱情地跟她握手，毫無疑問，他已經知道昨天發生的事情了；過了不一會兒，他就大聲地說：「班奈特太太，今天還有沒有別的小道可以讓伊莉莎白再次迷路啊？」

班奈特太太說：「我建議達西先生、麗琪和凱蒂，今天上午都去奧肯山玩兒。這是一段非常有趣的長途散步，達西先生還沒有見過那兒的風景呢。」

「我想對其他人來說很好，」賓利說，「但我認為對凱蒂來說，路程太遠了，你說呢，凱蒂？」

凱蒂說她寧可待在家裡。達西則說自己想去看看山上四周的風景，伊莉莎白沒有說什麼，就當是默許了。她上樓準備的時候，班奈特太太跟著她，對她說：

「麗琪，真的很對不起，要你一個人去應付那個討厭的人。但我希望你不要放在心上，你要知道這都是為了珍好；你只需隨便應付一下他就好，不要太費心了。」

散步的時候，他們決定今天晚上就要徵得班奈特先生的同意；而母親那邊，則由伊莉莎白去說。她不知道母親聽到這個消息會是什麼樣的反應；她實在太厭惡他了，因此伊莉莎白有時候竟會認為，即使他的財產和地位，也抵消不了她對他的憎惡。但不管她是極力反對，還是滿心歡喜地接受這門親事，可以肯定一點，她的行為都將是不得體的，都會讓人覺得她沒有見識；伊莉莎白既不希望達西先生聽到她歡天喜地的贊成，也不希望看到她第一個義憤填膺地出來反對。

晚上，班奈特先生一進入書房去，伊莉莎白就看見達西先生跟了過去，看到這一幕，她心裡緊張極了。她不害怕父親反對，但這件事情會惹他不高興，這絕對不是她的本意。父親將會被自己最疼愛的孩子的決定所折磨，將會為自己的婚事患得患失，想到這兒，她感到罪惡極了。她痛苦地坐著，直到達西先生再次出現在她面前；她抬頭看他的時候，看到了他的微笑，心裡才稍微好受了一些。幾分鐘後，達西走到她和凱蒂坐著的桌子旁邊，一邊裝作看她幹活，一邊偷偷地對她說：「你父親讓你到書房去。」她逕自去了書房。

她進去的時候，父親正在房間裡不停地走來走去，滿臉嚴肅而焦急的樣子。「麗琪，」他說，「你在做什麼？接受這樣一個人的求婚，你瘋了嗎？你不是一直都非常討厭他嗎？」

她現在虔誠地希望自己以前的觀點不那麼欠考慮，語言不那麼過激就好了！如果是那樣的話，她現在就不用費這麼多唇舌，尷尬地去解釋和剖析了。可是事到如今，解釋是必要的，她只得語無倫次地告訴父親，說自己愛上了達西先生。

「換句話說，你已經決定要嫁給他了是嗎？他當然很富有，與珍相比，你會擁有更多的好衣服、好車子，但它們會讓你感到幸福嗎？」

「除了你認為我對他沒有感情外，你還有別的反對的理由嗎？」

「一點沒有。我們大家都知道他是一個傲慢而又不容易親近的人，但如果你真心愛他的話，這一點就無所謂了。」

「我愛他，我真的愛她，」伊莉莎白回答道，眼裡噙著淚水，「我愛他。他確實很傲慢無禮，但並不是傲慢得沒有理由；他還非常地可愛。你不知道他究竟是怎樣一個人，那麼就請你不要那樣說他，免得我痛苦。」

「麗琪，」他的父親說，「我已經同意他的請求了。他是那種人，只要他開口，我就不好拒絕。如果你決定要嫁給他，我現在也可以同意你的請求，但我還是建議你能好好地想想。麗琪，我知道你的性格；你不會幸福，也不會得意，除非你尊重你的丈夫，你認為他比你強。你的才能決定了在不平等的婚姻中，你的處境會非常地危險；那你也就很難逃脫丟人和痛苦的深淵。孩子，不要讓我看到你不尊重你的丈夫，那樣我會傷心；你得明白，這不是鬧著玩的。」

伊莉莎白更加感動，便非常認真、非常嚴肅地回答他的話；最後她不斷地保證達西確實是她愛慕的對象，解釋她對他的看法改變的過程，敘述說他的感情絕不是一朝一夕生長起來的，而是經過了好幾個月考驗出來的；她又竭力列舉了他種種優秀的品質，她確實打消了父親的疑慮，使他完全贊成了這門婚姻。

她說完之後，他說：「好了，親愛的，我無話可說了。如果事實真是如此，他該擁有你。我可不願意讓你嫁給一個不值得你愛的人。」

為了增加父親對他的良好印象，她接著就把達西自願為麗迪亞做的一切都告訴了父親。聽了她的話，他驚呆了。

「今天晚上真是奇怪了！促成麗迪亞和韋翰的親事，給他們錢，幫那個傢伙還債，給他謀求一個好差事，原來這都是達西先生幫的忙。真是再好不過了，這下子省了一大堆的麻煩和金錢。如果這一切都是你舅父做的，我就必須並且我也會還給他；只是年輕人愛到了發狂的地步，什麼事情都自作主張。明天我就提出要還錢給他，他一定會狂轟濫炸地說怎麼樣愛你，那他的錢我也就不用還了。」

接著他又想起了前兩天給她讀柯林斯先生那封信時她尷尬的表情，於是笑話了她一段時間，接著就讓她出去了；伊莉莎白出去的時候，他對她說：「如果還有年輕人想要娶我的瑪麗和凱蒂，就讓他們進來吧，我現在正有空呢。」

現在伊莉莎白放下了思想上的大包袱，趕忙跑到自己房間裡，穩定了一下情緒。半個小時後，她鎮定地加入到他們當中去了。最近發生的事情讓大家欣喜，但這個晚上卻安安靜靜地度過了。現在再也沒有什麼重大的事情需要擔憂了，她覺得非常踏實，非常愉快。

晚上班奈特太太去樓上梳妝間的時候，伊莉莎白也跟著上去，並告訴了她這個好消息。這個消息引起的反響是巨大的；聽到這個消息時，班奈特太太的第一反應就是靜靜地坐著，沒有說一個字。過了好幾分鐘，她才明白自己聽到的話，才明白了又有一個女兒要出嫁了，這對於家裡有多少好處。她終於恢復了常態，開始坐立不安，一會兒站起來，一會兒又坐下，一會兒詫異，一會兒又慶幸自己幸運。

「謝天謝地，上帝保佑！天啊，竟然是達西先生！誰會想到是這樣的事呢，這是真的嗎？啊！我親愛的麗琪，你要成為富婆了！你會有很多的零花錢，很多的首飾，很華麗的馬車！珍和你比起來就沒有什麼了，簡直不在話下。我真幸福，真高興啊！他是一個多麼有魅力的男子！那麼英俊，那麼高大！啊，親愛的麗琪！原諒我以前對他的厭惡，我希望他不會放在心上。我親愛的麗琪！他在倫敦有一處大房子，房子裡面的東西都華麗極了！我要有三個結了婚的女兒！一年有一萬英鎊的收入！哦，天啊！我這是怎麼了？我樂得快要發瘋了！」

班奈特太太的這番話足以證明她對這樁婚事再贊同不過了；伊莉莎白很慶幸，這番話只有她一個人聽到。她很快就離開了，但她回到自己的房間還不到三分鐘，她的母親就尾隨而至。

「我親愛的孩子！」班奈特太太大聲叫道，「我腦子裡再也盛不下別的事情了！一年有一萬英鎊的收入，甚至更多！簡直和王侯一樣闊氣，還要領取特許結婚證。你必須要領取特許結婚證。親愛的，告訴我，達西先生最喜歡吃什麼菜，我明天好做給他吃。」

這不是好兆頭，看來她母親明天又要在那位先生面前出醜；伊莉莎白覺得，現在雖然已經切切實實地擁有了他的愛，而且家裡人也同意了，但難免還會有變數。但第二天的情形卻出人意料地好，這是因為班奈特太太極其敬畏她這位未來的女婿，除了向他獻些殷勤，或者是附和一下他的高談闊論外，就不敢再說話了。

班奈特先生也極力地討好達西，伊莉莎白看了非常地滿意；不久，班奈特先生就告訴她，說他越來越尊重達西先生了。

「我的三個女婿我都很喜歡，」他說，「韋翰或許是我最喜歡的一個，你的丈夫和珍的丈夫我也一樣喜歡。」

60

伊莉莎白很快就恢復了往日的活蹦亂跳，她要求達西先生說說他是怎麼愛上她的。「你是怎麼開始的？」她問，「我知道你一旦開了頭，就會著了魔似的走下去；可是你當初怎麼會有這個念頭？」

「我不知道我是在什麼時候、什麼地點愛上你的，也不知道是你哪一句話、哪一個眼神讓我迷上的；那是太久以前的事情了，當我發現我已經愛上你的時候，我已經深陷其中，不能自拔了。」

「你認為我並不漂亮，我對你至少不怎麼有禮貌，我沒有哪一次同你說話不是想要叫你難過一下。請你老老實實說一聲，你是不是愛我的冒失無禮？」

「我愛你的頭腦靈活。」

「你也可以說是唐突，非常唐突。事實上，是因為你對於殷勤多禮的客套已經感到膩煩。你也已經厭煩了那種無論從說話、表情，還是思想都只是為得到你贊許的女人。我之所以會引起你的注意，脫穎而出，就因為我和她們不同。如果你不是一個真正可愛的人，你一定會恨我；可是，儘管你努力地掩飾自己，可你的情感一直是高貴的、公正的，你打心底裡看不起那些拚命討好你的人。我這樣一說，你就可以不必費神去解釋了；深思熟慮以後，我開始覺得你的愛完全合情合理。我敢肯定，你完全沒有想到我有什麼實際的長處；不過，戀愛的時候，沒有人會想到這種事情。」

「當珍在尼瑟菲德生病時，你表現出來的深情厚誼難道不是你的優點嗎？」

「親愛的珍！誰能對她不好呢？就算那是一個優點吧。你認為我有什麼優點，這你說了算，那你就盡可能地誇大我的優點吧；不過我也不會虧待你，我逮住機會也會取笑你，和你鬥嘴；我現在馬上就這樣做了。我問你，你為什麼總不願意直截了當地切入正題呢？從你第一次到我們家，以及後來到這兒吃飯的時候，你為什麼對我總是很害羞的樣子呢？為什麼你每次來我們家做客，都要裝作不在乎我的模樣呢？」

「因為你總是一副冷若冰霜的樣子，而且話又不多，沒有給我任何示好的勇氣。」

「但那個時候我感覺很尷尬。」

「我也是。」

「吃飯的時候你為什麼不多和我說兩句話呢？」

「如果一個男人感情投入得少了，也許會那麼做。」

「唉，你這樣明智的回答，我如果不接受就說明我不明智了。我想知道如果不理你，你會拖到什麼時候？如果我不問你，你打算到什麼時候才說呢？我想我決定感謝你對麗迪亞做的一切促使了我們關係的發展，恐怕起了很大的作用；如果說，我們是因為打破了當初的諾言，才獲得了目前的快慰，那在道義上怎麼說得過去？我實在不應該提起那件事的，以後再也不會提起。」

「你不必難過，道義上還算是過得去。凱瑟琳夫人千方百計地要拆散我們，反而讓我打消了疑慮。我不認為我們現在的幸福歸因於你對我熱切的感激之情，我並沒有打算讓你先開口。我姨媽所說的話給了我希望，因此我決定立即查明事情的真相。」

「凱瑟琳夫人幫了我們一個大忙，她應該感到高興才對，因為她很高興給別人幫忙。但請告訴我，你這次為什麼會再次來尼瑟菲德？不會只是為了騎馬到朗博恩自討尷尬吧？還是說你準備做一件正兒八經的事情？」

「看看你，然後再判斷一下我能否讓你愛上我，這就是我到這兒來的真正目的。當別人問我，或我自我安慰的時候，我就會說我到這兒的目的就是為了確認一下你姊姊對賓利是否還有情意，如果有，我就向賓利道歉，雖然以前我已經這樣做過了。」

「那你有沒有勇氣把我們之間發生的一切告訴凱瑟琳夫人呢？」

「伊莉莎白，我不是沒有勇氣，而是沒有時間；但這件事情確實該做。如果你給我一張紙，我就會立即給她寫信。」

「如果我自己沒有信要寫的話，我會坐在你的旁邊，看你整齊的字體，就像以前那位小姐那樣。但我也有舅母，我必須把事情的來龍去脈告訴她，再也不能不回信了。」

加德納太太前一段時間高估了她和達西之間的關係，伊莉莎白不好意思明說，也不願意承認；現在事情都明朗了，聽到這個消息他們肯定會高興的。準備寫信的時候，她發現這個好消息已經晚告訴了他們三天，不免覺得羞愧，於是趕緊提筆寫道：

親愛的舅母：

感謝你的那封好心而又令人滿意的長信，感謝它告訴了我事情的真相；但說句實在話，我本想回信，無奈很生氣，就沒有給你回覆。你當時說的那件事情未免有些與事實不符。但現在對那件事情，你願怎麼想就怎麼想吧；盡情地發揮你的想像力吧，盡情地想像吧，只要不想像我已經結婚了，就不會有錯了。

你一定要盡快給我回信，比上一次還要大大地讚揚他一番。我再次感謝你沒有帶我去湖區旅行，我曾經是那麼愚蠢地希望去！你提議騎著馬遊彭貝里的想法真是不錯，我們以後可以每天都騎著馬逛一圈了，我是世界上最幸福的人兒了。也許有人以前也說過類似的話，但卻沒有人像我這樣真的很幸福。我甚至比珍還要幸福；如果她只是微笑的話，那我可就要開懷大笑了。達西先生讓我替他轉達他最誠摯的問候。希望你們能到彭貝里來過耶誕節。

你的外甥女

達西先生給凱瑟琳夫人的信則是以另外一種不同的口吻寫的。

而班奈特先生給柯林斯先生的那封信，與他們兩人的風格又不相同。

親愛的賢侄：

請允許我再一次要求得到你的祝賀。伊莉莎白很快就要成為達西先生的妻子，得到這個消息，你們要盡可能地安慰凱瑟琳夫人。如果我是你，我會站在達西先生這一邊，要知道在他這一邊更有利可圖。

你真誠的班奈特

賓利小姐祝賀她哥哥即將到來的好事，言辭懇切，但缺乏誠意。她甚至間或給珍寫信，表達她的喜悅之情，把原來惺惺作態的話又重複了一遍。珍並沒有相信她說的話，但卻一定程度上受到了她的影響。儘管理智告訴珍不要再信任她，可珍還是忍不住寫了一封懇切的信，這讓她實在受之有愧。

達西小姐聽到這個消息時的喜悅和她哥哥寫信時的感情正好不謀而合。四頁信紙也不足以表達她的興奮，也不足以表達她盼望嫂子的熱切心情。

柯林斯先生還沒有回信，沒有寄出他或他妻子對伊莉莎白的祝賀，朗博恩這家人就聽到柯林斯夫婦親自到盧卡斯宅第的消息了。他們這次突然回來的原因很明顯，凱瑟琳夫人得知達西和伊莉莎白要結婚的消息非常憤怒，而夏綠蒂卻為這門親事欣喜不已，為了避免凱瑟琳夫人遷怒於她，她還是躲開，等風波平息之後再回去比較好。在這個時候，伊莉莎白對朋友的到來感到衷心的高興；只可惜等到見了面，看到柯林斯先生對達西那種極盡阿諛的樣子，便不免認為這種愉快有些得不償失。不過達西卻非常鎮定地容忍著。她甚至還受不了威廉・盧卡斯爵士；他恭維達西，說他摘走了當地最璀璨的明珠，希望以後能經常在宮裡見到他。達西一直忍著，直到威廉爵士不見了蹤影，他才不屑地聳了聳肩。

還有菲力浦斯太太，她的粗俗也叫達西無法忍受，和她的姊姊班奈特太太一樣。賓利的好脾氣可以讓她們暢所欲言，而對達西，她們則敬畏三分，不敢輕易開口，只要一開口，說出來的就是粗俗的話。不是她們不尊敬達西先生，儘管她們很少說話，但這並沒有讓她們看起來更優雅一些。為了不讓達西受到這些人的糾纏，伊莉莎白便努力地使他跟她自己談話，跟她家裡那些不會讓他受罪的人聊天。雖然這種不舒服的情感大大減少了戀愛的樂趣，可是卻增添了她對未來生活的期望，她欣喜地盼望趕快離開這些讓人不高興的人物，到彭貝里去，到他們舒適而又優雅的生活中去。

61

兩個最寶貝的女兒出嫁的那天，是班奈特太太作為母親最快樂的一天。她去賓利太太家做客，眉飛色舞地談起達西太太時，那股高興勁兒、自豪感可想而知。她所有的女兒當中，有三個已經找到了好的歸宿，讓她的願望得以實現。說來可喜，她從此以後竟也變成了一個理智、可愛，有見地的女人；不過她有時候還是神經脆弱，經常癡頭怪腦，這也許倒是她丈夫的幸運，否則他就無從享受這種稀奇古怪的家庭幸福了。

班奈特先生尤其捨不得第二個女兒；正因為對她依戀，所以他會常常去看她。他喜歡到彭貝里去，尤其是不打任何招呼就去拜訪。

賓利和珍只在尼瑟菲德莊園住了一年，賓利隨和的秉性和珍溫柔的脾氣都忍受不了班奈特太太及梅里屯那些親戚們了。後來他在鄰近德比郡的一個郡裡買了一幢房子，於是他姊妹們的美好願望總算如願以償；這在萬重幸福上又添了一重幸福，那就是說，珍和伊莉莎白姊妹倆從此相距不過三十英里了。

凱蒂大部分時間都和兩個姊姊在一起度過，她們的婚姻對她影響很大。在一個比以前高級的圈子裡生活，她獲得了巨大的提昇。她本不像麗迪亞那樣任意妄為，現在又不受麗迪亞的教唆，加上適當的關心和管束，她就不像以前那麼無理取鬧、愚昧無知了。家裡人不讓她再和麗迪亞接觸；儘管韋翰太太經常邀請她去住一段時間，並說家裡有舞會，還有許多年輕的男子，但班奈特先生怎麼也不允許凱蒂去。

瑪麗是五個女兒中唯一一個在家裡住的；班奈特太太不能忍受自己一個人乾坐著，就拉著瑪麗一起玩兒，這樣瑪麗就少了讀書的時間。瑪麗與外界交往的機會越來越多，但卻堅持每天早上都講一番道理，不管是去做客還是家裡來客人。她不再為別人拿她和姊妹們做比較而苦惱，因此班奈特先生懷疑她很樂意看到家裡的這些變化。

韋翰和麗迪亞夫婦的性情並未因他們兩個姊姊的結婚而有所改變。韋翰可以肯定伊莉莎白知道了他的忘恩負義和虛偽，但他覺得這都無所謂；而且，他還覺得達西先生說不定還能給他一筆錢呢。在給伊莉莎白的賀信中——他說信中的內容是麗迪亞的意思，並不代表他本人的意思——他們這樣說道：

親愛的麗琪：

我祝你幸福。如果你愛達西先生能有我愛韋翰的一半，那你就很幸福了。你嫁給了一個有錢人，想起來就覺得很舒服。希望你有空的時候能想起我們這些窮親戚。韋翰很想在宮中謀個差事，但我們沒有足夠的錢打點，希望有人能幫助我們。只要一年能賺三百或四百鎊，什麼差事都行。如果你不願意幫忙的話，就不要和達西先生說了。

你的妹妹麗迪亞

伊莉莎白果然不願意幫忙，還竭力勸說她打消這種念頭。不過，她總是盡她所能，從自己的用項裡節省下一些錢，不時地寄去救濟他們。伊莉莎白很清楚，像他們這樣收入的人，花錢又大手大腳，不考慮未來的生活，日子註定會入不敷出；他們每次搬家，珍和伊莉莎白都會給他們一些錢。兩人居無定所，甚至天下太平，韋翰退伍了之後，他們兩口子也總是東遊西蕩。為了找一個便宜的地方，他們總是從一個地方搬到另一個地方，結果花錢比想像中的卻多。結婚不久，韋翰就對麗迪亞冷淡了；麗迪亞對他的感情要稍微長一點；儘管年輕魯莽，在外面她還是會顧全夫妻兩人的名聲。

儘管達西不允許韋翰再踏進彭貝里一步，但看在伊莉莎白的面子上，他還是幫韋翰謀了一份差事。每當韋翰去倫敦或巴斯尋歡作樂的時候，麗迪亞也會偶爾到彭貝里坐坐。賓利夫婦那裡，他們倒是常去，以至於就連賓利先生這麼好脾氣的人都受不了了，說些暗示讓他們離開的話。

達西先生結婚了，這讓賓利小姐苦惱不已，但她不想因此放棄去彭貝里做客的機會，於是她把所有的不滿都埋藏起來；她對喬治安娜比以前還要好，對達西先生還是像以前一樣殷勤；與以前不同的是，她對伊莉莎白彬彬有禮起來。

喬治安娜現在也住在彭貝里，姑嫂之間的關係正向著達西先生希望的方向發展。她們兩人互敬互愛，彼此都中雙方的意。當她第一次看到伊莉莎白活潑、調皮地跟達西說話的時候，她幾乎驚呆了。她一直很尊敬自己的哥哥，這種尊敬甚至超過了親人間的愛，現在她看到他竟然成了被人公開打趣的對象，她以前怎麼也想不通的事情現在想明白了。通過伊莉莎白，她明白了女人可以和自己的丈夫自由相處，但哥哥卻不允許比自己小十歲的妹妹這麼放肆。

凱瑟琳夫人對外甥的婚事非常憤怒；當達西給她寫信報告這個好消息的時候，她暴露出了自己的本性，在回信中怒斥了他，尤其是充滿了對伊莉莎白的侮辱；曾經有一段時間，她跟他們終止了來往。在伊莉莎白的勸說下，達西才決定釋懷，希望雙方達成和解；凱瑟琳夫人象徵性地拒絕後，就屈尊去了彭貝里，這也許是她怒氣消了，也許是她太愛她的外甥，又也許是她好奇地想知道伊莉莎白在彭貝里如何出醜。她認為彭貝里的一草一木被玷污了，不僅因為有了這麼一位女主人，還因為這位女主人在城裡住著的舅父和舅母經常來做客。

他們一直跟加德納夫婦交往甚密。達西和伊莉莎白都很喜歡他們，感激他們把伊莉莎白帶到了德比郡，成就了他們的好姻緣。

傲慢與偏見
Pride and Prejudice

作者　珍・奧斯汀（Jane Austen）
發行人　王春申
編輯指導　林明昌
副總經理兼任副總編輯　高　珊
責任編輯　王窈姿
封面設計　吳郁婷
校對　趙蓓芬
印務　陳基榮
出版者　臺灣商務印書館股份有限公司
地址　23150 新北市新店區復興路 43 號 8 樓
電話　(02) 8667-3712　傳真：(02) 8667-3709
讀者服務專線　08000056196
郵撥　0000165-1
E-mail　ecptw@cptw.com.tw
網路書店網址　www.cptw.com.tw
網路書店臉書　facebook.com.tw/ecptwdoing
臉書　facebook.com.tw/ecptw
部落格　blog.yam.com/ecptw

局版北市業第 993 號
初版一刷：2011 年 9 月
初版六刷：2017 年 8 月
定價：新台幣 320 元

ISBN 978-957-05-2637-0

傲慢與偏見
珍・奧斯汀（Jane Austen）著；樂軒譯
初版 . -- 新北市：臺灣商務出版發行
2011.9
面； 公分 . --（經典小說）
譯自：Pride and Prejudice
ISBN 978-957-05-2637-0

1. 英國文學 2. 小說
873.57
100012733